T. A. Willberg
Der Mitternachtsmord

T. A. Willberg

DER MITTERNACHTSMORD

Roman

Aus dem Englischen von Diana Bürgel
Mit einer Karte

PIPER

Mehr über unsere Autorinnen, Autoren und Bücher:
www.piper.de

Wenn Ihnen dieser Roman gefallen hat, schreiben Sie uns unter Nennung des Titels »Der Mitternachtsmord« an *empfehlungen@piper.de*, und wir empfehlen Ihnen gerne vergleichbare Bücher.

Unser Versprechen für mehr Nachhaltigkeit
• Klimaneutrales Produkt
• FSC®-zertifiziertes Papier
• Hergestellt in Europa

FSC www.fsc.org
MIX
Papier | Fördert gute Waldnutzung
FSC® C083411

ISBN 978-3-492-70596-7

Titel der englischen Originalausgabe:
»Marion Lane and the Midnight Murder«, Trapeze, London 2021

Satz: Eberl & Koesel Studio, Kempten
Gesetzt aus der Bembo MT Pro
Druck und Bindung: CPI Books GmbH, Leck
Printed in the EU

Für Marion, Werner und Ben

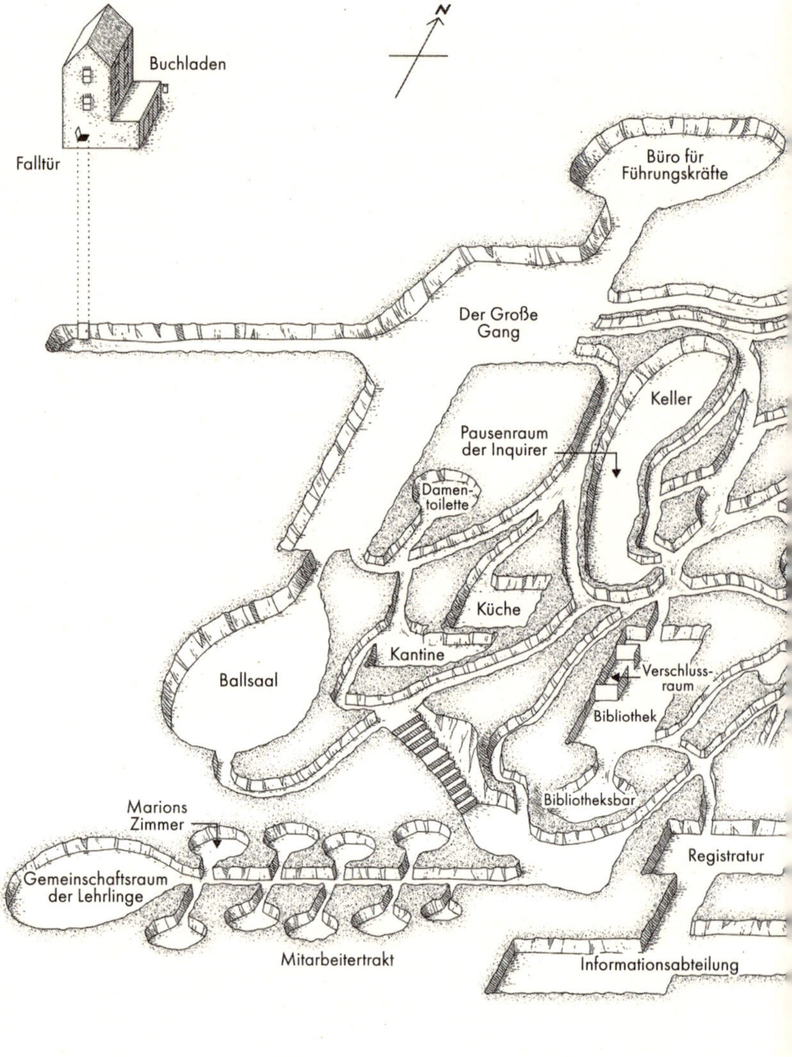
Buchladen
Falltür
Büro für Führungskräfte
Der Große Gang
Keller
Pausenraum der Inquirer
Damen-toilette
Küche
Kantine
Ballsaal
Verschluss-raum
Bibliothek
Bibliotheksbar
Marions Zimmer
Gemeinschaftsraum der Lehrlinge
Registratur
Mitarbeitertrakt
Informationsabteilung

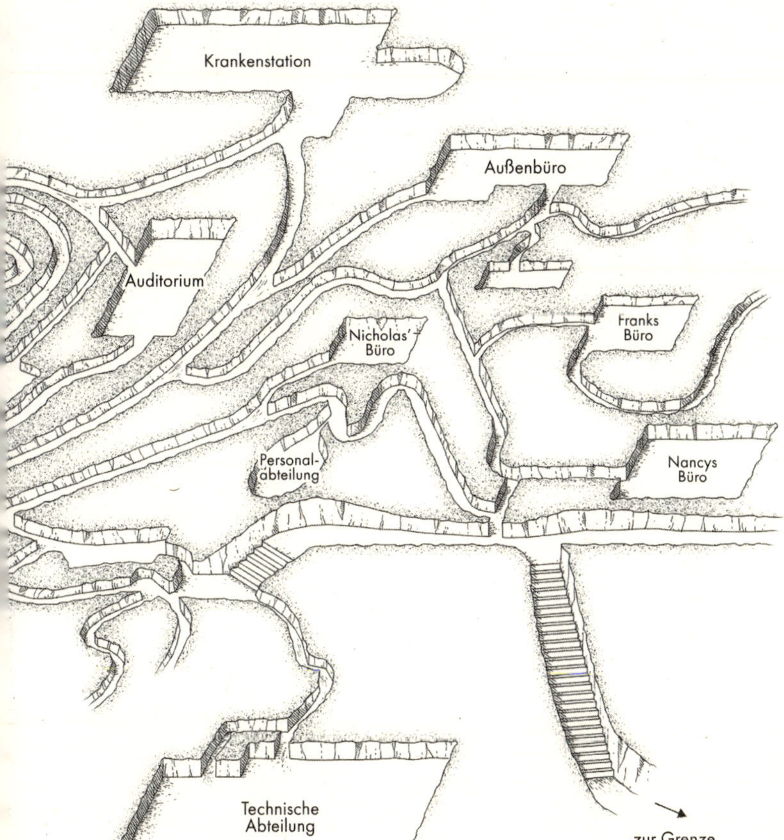

Krankenstation
Außenbüro
Auditorium
Nicholas' Büro
Franks Büro
Personal-abteilung
Nancys Büro
Technische Abteilung
zur Grenze

Eins

DER GEHEIME DIEB

Irgendwo in London.
Freitag, 11. April 1958
23.40 Uhr

Dunstschwaden stiegen vom warmen Straßenpflaster auf. In den Gassen war es still in dieser Nacht. Ein Ort, wie geschaffen für die Weitergabe eines Geheimnisses. Die Frau mit dem roten Kopftuch sah sich um. Natürlich war ihr niemand gefolgt, doch sie wollte ganz sicher sein.

Drei Yards vor der Straßenlaterne blieb sie stehen und zog eine Stablampe und einen versiegelten Umschlag aus ihrer Tasche. Sie wusste genau, wo der geheime Briefkasten verborgen war – links, auf Schulterhöhe, hinter dem Ziegelstein, der etwas anders aussah als die anderen. Dies war nicht der Grund für ihr Zögern. Was sie in dieser Nacht vorhatte, würde die Zukunft eines anderen Menschen verändern.

Sie umfasste den Griff der Taschenlampe fester, während sie mit sich rang. So vieles sprach dafür, sich einfach umzudrehen und wieder davonzugehen. Die möglichen Konsequenzen dessen, was sie plante, waren zahlreich und beängstigend. Trotzdem … Wenn es etwas gab, woran sie aus tiefstem Herzen glaubte, etwas, das wichtiger war als alles andere, dann war es die Wahrheit.

Sieben Jahre lang hatte sie ein abscheuliches Geheimnis gewahrt. Sieben Jahre lang hatte sie den Mund gehalten, an den bindenden Schwur ihrer Zunft gefesselt. Nun jedoch spürte sie es stärker denn je – wie das Geheimnis sie allmählich verschlang, wie unerträglich die Bürde geworden war. Wenn sie dies hier heute Nacht nicht tat, würde sie sich selbst vielleicht niemals verzeihen.

In der dunklen, stillen Gasse nickte sie sich selbst zu. Ja, die Wahrheit war das Risiko wert. Doch sie musste sich beeilen, denn die Nacht zog rasch vorüber. Sie richtete den Strahl der Taschenlampe auf die gegenüberliegende Wand, und da war er – ein einzelner grauer Ziegelstein, der das Licht reflektierte. Denn es war überhaupt kein Ziegelstein, es war Metall. Mit dem Griff der Taschenlampe schlug sie leicht dagegen.

Einmal. Nichts.

Ein zweites Mal – etwas kräftiger –, und der schmutzig graue Quader sank in die Mauer zurück. Es klickte leise, und dort, wo gerade noch der falsche Ziegelstein gewesen war, schob sich eine schmale Metallplatte aus der Wand.

Ein Windstoß erhob sich und fegte durch die Gasse, trotzdem brach der Frau mit dem roten Kopftuch der Schweiß aus. Sie legte den Brief auf die Metallplatte und sah zu, wie beides in die Mauer zurückglitt und schließlich verschwand. Sie stieß einen langen Atemzug aus und wischte sich über die Stirn – nun musste sie das Geheimnis nicht länger allein tragen.

Sie wusste genau, wo der Umschlag landen würde. Bei diesen Leuten unter der Erde, jenen mysteriösen Gestalten, die in den Schatten weilten: die Inquirer. Eine Gruppe von Privatdetektiven, die unter den Straßen Londons in einem Labyrinth aus verzweigten Tunneln und uralten Gängen lebte. Den Eingang zu diesem Netzwerk hatte bisher niemand finden können. Für die Londoner waren die Inquirer eine Art Mythos. Eine gewisperte Legende von etwas, das es vielleicht oder vielleicht auch nicht wirklich gab, je nachdem, wen man fragte. Unter jenen, die an die Geschichten glaubten, hatten sich die Inquirer allerdings einen eher zweifelhaften Ruf erworben. Sie seien wie Geister, sagten manche. Spürhunde, die über die Stadt wachten. Namenlos. Stumm. Auf ewig an ein Dasein in Finsternis gebunden. Und während praktisch jeder von den mehr als hundert geheimen Postfächern (oder Briefkästen, wie sie genannt wurden) gehört hatte, die sich versteckt und getarnt über ganz London verteilten und in denen man einen möglichen Verdacht auf kriminelles Vorgehen, Hinweise oder Aufträge platzieren konnte, wusste niemand so recht, was danach geschah.

Wo landeten die Briefe? Wie kamen sie dorthin, und wer bekam sie zu lesen? Alle paar Monate trieben neue Gerüchte an die Oberfläche. *Die Briefe werden an einer Schnur durch die Wand und direkt in den Raum dahinter gezogen* – dies war eine sehr beliebte Erklärung, bis jemand eine Mauer einriss, in der ein Briefkasten vermutet wurde, und dabei die gesamte Südwand von Mr Silvertons Garage dem Erdboden gleichmachte. Keine Schnur, kein Geheimraum, nur ein Haufen Ziegelsteine und ein Metallrohr, das im Boden verschwand – eine Wasserleitung wahrscheinlich.

Auch was die Effektivität der ermittlerischen Fähigkeiten der Inquirer betraf, gab es Zweifel, da viele der Leute, die angeblich einen warnenden Hinweis abgeschickt hatten, seither vergeblich darauf warteten, dass sich diesbezüglich etwas tat. Vernünftigere Personen wiesen jedoch darauf hin, dies läge schlicht daran, dass die Inquirer weder über die Zeit noch über die nötigen Mittel verfügten, um sich mit Angelegenheiten *persönlicher Natur* zu beschäftigen – untreue Ehemänner, entlaufene Haustiere und dergleichen.

Die Frage nach besagten Mitteln war wiederum ein weiteres heiß diskutiertes Streitthema. Wie konnten die Inquirer, die nie einen Penny (oder ein Dankeschön) für ihre Dienste verlangten, ein so ausgefeiltes und offenbar reibungslos funktionierendes Netzwerk finanzieren?

Die Frau mit dem roten Kopftuch zog es vor, nicht darüber nachzugrübeln. Sie war zufrieden mit der Gewissheit, dass die Inquirer kein Mythos waren. Da sie das ausgesprochene Pech gehabt hatte, einigen von ihnen persönlich zu begegnen, wusste sie nur allzu genau, dass die Inquirer ebenso echt waren wie das schmutzige Straßenpflaster unter ihren Füßen. Nach ihrer Meinung gefragt, hätte sie allerdings gesagt, dass die Inquirer mehr Probleme verursachten, als sie zu lösen vorgaben. Genau wie alle anderen hatte sie die Geschichten gehört – korrupte Geschäftsleute, die zur Rechenschaft gezogen worden waren; vermisste Kinder, die zu ihren Eltern hatten zurückkehren können; zu einem Geständnis gezwungene Verbrecher –, aber hatte jemals jemand nach dem Wie gefragt? Hatte jemals jemand ein wenig tiefer geschürft, dort, wo Knochen verscharrt und Lügen begraben worden waren?

Tatsächlich wäre die Frau mit dem roten Kopftuch nie auf den Gedanken gekommen, Kontakt zu den Inquirern aufzunehmen, wäre nicht einer von ihnen selbst in die Angelegenheit verwickelt.

Missbilligend schnalzte sie mit der Zunge, während sie die Straße zurücklief. Sie hoffte, endgültig mit den Inquirern und ihren fragwürdigen Methoden fertig zu sein, und sie war erleichtert darüber, sich nun wieder auf dem Weg zurück zu ihrem Sessel beim Kamin zu befinden. Wo eine Tasse mit dampfend heißem Tee auf sie wartete. Und vielleicht auch eine Scheibe Früchtebrot.

Der Transportzylinder, in dem sich der Brief befand, schoss eine meilenlange pneumatische Röhre entlang, von seinem Ursprungsort hinab in das dunkle, tiefe Verlies der Registratur – wo er aus dem Ende des Rohrs fein säuberlich in den zugehörigen Empfangsbehälter fiel, als hätte ihn ein magischer unsichtbarer Postbote soeben ausgeliefert.

Ein Glöckchen klingelte, als der Brief in Empfangsbehälter fünfundfünfzig landete.

Michelle White riss die Augen auf und war mit einem Schlag hellwach, nachdem sie fast eingedöst war. Blinzelnd sah sie zu dem blinkenden gelben Licht auf dem Kontrollbrett über ihr hinauf. Es war ihre Aufgabe, dafür zu sorgen, dass sämtliche Briefe umgehend sortiert wurden: Jene, die alle Anforderungen der Inquirer erfüllten, mussten nach Datum eingeordnet und für spätere Ermittlungen im Posteingangskorb der Inquirer abgelegt werden. Jene, die nicht direkt in den Papierkorb wanderten, und jene, bei denen sie noch nicht sicher war, was sie mit ihnen anfangen sollte, wanderten auf einen turmhohen Stapel auf dem Schreibtisch. Während der vergangenen Wochen hatte es jedoch verhältnismäßig wenige Verbrechen und Bosheiten in London gegeben, weshalb Michelle White die Registratur eher gemächlich durchquerte, da sie erwartete, dass es in dem Brief um irgendwelche Belanglosigkeiten ging.

Sie hob den Deckel von Empfangsbehälter fünfundfünfzig, dem Endpunkt der sechs Meilen langen Röhre, die von einem verborgenen Briefkasten in der Passing Alley in Farringdon hierherführte.

Normalerweise waren die Umschläge und Briefe, die sie aus den Empfangsbehältern holte, an die Detektei im Allgemeinen adressiert: »Liebe Leute unter der Erde« oder etwas in der Art.

An diesem Abend war es jedoch anders.

»An Miss M. White, Inquirer«.

Was merkwürdig war, trotzdem konnte sie ein Lächeln bei dieser Vorstellung nicht unterdrücken. Früher einmal hatte Michelle davon geträumt, Ermittlerin zu werden. Tatsächlich war sie nah an die Verwirklichung ihres Traums herangekommen, aber sie war einfach nicht gut genug gewesen. Nicht klug genug, nicht mutig oder talentiert genug. Von allem eben nicht genug.

Vor zehn Jahren hatte man sie im Alter von zweiundzwanzig Jahren aus einer Textilfabrik rekrutiert, wo sie quälend lange Stunden als Assistentin in der Güteprüfung verbracht hatte. Doch wie auch alle anderen, die in dem sonnenlosen Labyrinth arbeiteten, hatte Michelle rasch und ohne lange zu überlegen die Freiheiten ihres früheren glanzlosen Lebens im Austausch für die Möglichkeit aufgegeben, eine neue und aufregende Laufbahn als Inquirer anzutreten, wo sie hoffte, ihre sehr speziellen Fähigkeiten endlich angemessen einsetzen zu können.

Allerdings hatten sich die Dinge nicht ganz so entwickelt wie erwartet, weshalb Michelle schließlich hier gelandet war – anstatt die Straßen Londons auf der Suche nach Kriminellen und Gesetzesbrechern zu durchstreifen – und ihre Abende als Registraturassistentin mit der Spätschicht in der langweiligsten Abteilung der Einrichtung verbrachte. Hätte es da nicht noch ihre andere, sehr viel erfüllendere Rolle gegeben – die der Ersten Grenzwächterin, Wahrerin des Geheimnisses –, dann hätte sie möglicherweise schon vor Jahren gekündigt.

Nun, während sie den Briefumschlag in ihrer Hand anstarrte, fragte sich Michelle jedoch, woher der Absender wusste, wo sie arbeitete, und warum er oder sie ausgerechnet Michelle als würdige Adressatin seiner oder ihrer Sorgen auserkoren hatte. Mit dem Daumen strich sie über die Wörter – *Miss M. White, Inquirer* –, als könnte sie deren Bedeutung über die Haut aufnehmen und wahr werden lassen.

Kurz zögerte sie, den Umschlag zu öffnen, weil sie fürchtete, es könnte sich um einen Scherz handeln. Vielleicht spielte ihr einer der jungen Lehrlinge einen Streich. Bei diesem Gedanken biss sie die Zähne zusammen, atmete tief durch und gab die Details des Briefs in das Verzeichnis ein: Zeit und

Datum des Briefeingangs, Nummer des Empfangsbehälters sowie ihre eigenen Initialen. Als sie dann jedoch den Umschlag öffnete und die letzten Zeilen las – den Grund der Ermittlungsanfrage –, beschleunigte sich ihr Atem.

Der Brief war kurz. Ein Name, eine Zeit, ein Ort und eine schlichte Enthüllung. Trotzdem entfesselten die wenigen Worte eine Kaskade der Angst.

Vor mehreren Wochen war etwas aus ihrer Handtasche verschwunden – etwas von unschätzbarem Wert, etwas Unersetzliches, etwas, das ein längst jenseits der Grenze vergrabenes Geheimnis wieder ans Licht zerren konnte. Erst hatte sie genau zu wissen geglaubt, wer es sich geholt hatte, und zahllose Nächte hatte sie sich ruhelos umhergewälzt, voller Sorge, der gemeine Dieb könnte zurückkehren und nach dem dazugehörigen Stück suchen, das sie in ihrem Privatbüro unter Verschluss hielt. Damit könnte das Geheimnis enthüllt werden.

Wenn man dem Brief, den sie soeben erhalten hatte, jedoch trauen konnte, dann waren Michelles Ängste überflüssig gewesen. Denn das Geheimnis war längst aufgedeckt. Sie wusste nicht, wie oder warum. Wenn sie den Anweisungen in dem Brief folgte, dann würde sie es aber vielleicht bald herausfinden.

Alarmglocken schrillten in ihrem Kopf, doch Michelle hatte sich bereits entschieden. Natürlich könnte sie mit dem Brief zu jemandem gehen, der qualifizierter war als sie selbst, doch das Schreiben war an sie adressiert – wer auch immer der Absender sein mochte, hatte es ihr anvertraut, dieses kostbare und dringliche Geheimnis. Außerdem war Miss White, ganz wie es auf dem Umschlag stand, und wenn auch nur für diese eine Nacht, ein Inquirer.

Wie sie in dem Schreiben angewiesen worden war, riss sie ein Streichholz an und hielt das Papier an die Flamme. Nachdem es zu Asche verbrannt war, packte sie ihre Sachen zusammen, griff nach ihrer Handtasche, schloss das Büro ab und eilte die Treppe hinauf in Richtung Bibliothek. Vor dem Eingang zum Verschlussraum blieb sie stehen, auf der anderen Seite des gewaltigen Saals voller prächtiger Bücherreihen. Wie erwartet war die Tür nur angelehnt.

Sie trat ein, hielt aber sofort inne, als eine schneidend kalte Woge an ihr vorüberwehte. Wie seltsam. Sie rieb sich die Augen und sah sich in dem schwach erleuchteten Raum um. Hunderte von stählernen Schließfächern umgaben sie, in denen die Detektei ihre heiligsten Akten und Dokumente aufbewahrte. Im Verschlussraum mit seinen dicken Mauern und der hohen Decke war es immer kühl, in dieser Nacht kam er ihr jedoch besonders frostig vor.

Knack.

Etwas spaltete sich von der Wand hinter ihr ab. Sie drehte sich zu dem Geräusch um, sah jedoch nur einen Schatten, der sich durch den Raum bewegte, und etwas, das aussah wie ein großer schwarzer Kasten, der aus der Wand gelöst wurde. Sie zögerte, dann trat sie etwas näher heran. Da war es wieder – eine Welle kalter Luft tanzte vor ihr. Mit dem Ärmel wischte sie sich über die Augen – ganz sicher musste dies ein Streich sein, denn alles hatte sich in ein fremdartiges, verschwommenes Nichts verwandelt. Panik packte sie, ihre Gedanken wurden ebenso unscharf wie ihre Sicht. In ihrem Kopf drehte sich alles, und ihre Arme und Beine kribbelten. Dies hätte der Moment sein können, in dem Michelle um ihr Leben rannte, hinaus aus dem Verschlussraum und fort von dem Bösen, von dem sie nun wusste, dass es hier auf sie gewartet hatte. Doch das Grauen hatte sie erstarren lassen. Sie konnte ihre Beine einfach nicht dazu bringen, sich zu bewegen, nicht einmal, als sie schnelle Schritte vernahm, hinter ihr, vor ihr. Nicht einmal, als sie einen Lufthauch über ihren Hals streichen spürte.

»Was passiert hier«, krächzte sie, und es klang eher verblüfft. »Ich weiß, dass du hier bist … ich weiß, dass du es warst …« Ihre Stimme verlor sich, da die Wörter in ihrem Kopf keinen Sinn mehr ergaben.

Sie ließ ihre Handtasche fallen. Etwas Hartes rollte heraus und über den Boden davon. Sie war zu verwirrt, um zu begreifen, was es war.

In einem lang gezogenen Moment, der ewig anzudauern schien, wurden Michelles Sinne dumpf und zähflüssig. Sie konnte ihren Augen und Ohren nicht länger trauen. Vielleicht sah sie eine formlose Gestalt vor sich, die sich hinabbeugte und möglicherweise etwas vom Boden aufhob. Sicherlich fühlte sie jedoch das scharfe Brennen einer kalten, gezackten Klinge, die schnell und leicht durch die zarte Haut an ihrer Kehle schnitt.

Wärme, Dunkelheit, dann nichts mehr.

Zwei

WILLOW STREET 16

Marion Lane hielt einen Schraubenzieher in der Hand und zog die letzte Stahlfeder fest, wodurch sie den Aufzieh-Nektarvogel aus einem Häuflein Metall in sein glorreiches früheres Selbst zurückverwandelte. Sie wendete den Vogel, drehte den unter dem linken Flügel verborgenen Aufziehschlüssel und wartete. Und es geschah – nichts. Genau wie vorher.

Mit einem unwilligen Laut stellte sie den Vogel auf ihrem Fensterbrett ab, legte ihre Ledertasche mit dem Werkzeug beiseite und blickte auf die Straße hinunter. Wie immer gab es nicht viel zu sehen, auch an diesem tristen Morgen nicht: eine einsame Katze, die herumstreunte, Müll, der sich auf dem Asphalt gesammelt hatte, der Milchmann, der frische Flaschen auf die Türschwellen stellte. Und natürlich das »Zu verkaufen«-Schild, das seit fast eineinhalb Jahren an ihrer Haustür hing.

Genau hier, im übel riechenden Herzen des East Ends, in einem maroden zweistöckigen Reihenhaus in der Willow Street, hatte Marion ihr ganzes bisheriges Leben verbracht. Dreiundzwanzig Jahre lang hatte sie innerhalb der Grenzen dessen gelebt, was sie kannte, und sie hatte nicht gewagt, sich auch nur vorzustellen, dass noch ein anderes Leben auf sie warten könnte – ein Leben jenseits des Banalen und Gewöhnlichen. Eine andere Welt, eine Welt, in die sie wirklich gehörte.

Und obwohl Marion diese neue Welt vor vier Monaten tatsächlich gefunden hatte, schien sich ihr Leben oberflächlich betrachtet kein bisschen verändert zu haben. Sie lebte immer noch zusammen mit ihrer Großmutter in der Willow Street, in einem Schlafzimmer voller außerordentlich gewöhnlicher Dinge. Abgesehen natürlich von dem goldenen Nektarvogel.

In einer Ecke stand ein ganz normales Bett, auf dem eine halb ausgepackte Aktentasche lag. Es gab eine ganz normale Kommode direkt gegenüber, mit einem Stapel unbeschriftetem Papier darauf, außerdem ein paar Bücher und zwei gerahmte Fotografien: eine von Marions Vater, den sie kaum gekannt hatte, da er kurz nach ihrem fünften Geburtstag im Krieg gestorben war, und eine von Marion und ihrer Mutter Alice. Dieses zweite Foto war an Marions sechzehntem Geburtstag aufgenommen worden, und es war für keine der beiden Frauen sonderlich schmeichelhaft – das Licht war schlecht, der Aufnahmewinkel ungeschickt und unnatürlich –, aber dennoch war es für Marion die letzte schöne Erinnerung, die sie an ihre Mutter hatte. Ein flüchtiger Moment, in dem Alice wenigstens so getan hatte, als wäre sie glücklich.

Ein Strahl der blassen Morgensonne fiel durch das Fenster ihres Schlafzimmers und ließ die Schwanzfedern des Vogels aufleuchten, was Marion in die Gegenwart zurückholte. Es war ein Fehler gewesen, Bill anzubieten, dass sie versuchen würde herauszufinden, was mit dem Ding nicht in Ordnung war, auch wenn ihr Plan ihr in jenem Augenblick todsicher vorgekommen war. Immerhin hatte Marion ein Händchen für Mechanik, also hatte sie den Vogel über das Wochenende mit nach Hause genommen, um ihn auseinanderzubauen. Sie hatte nach losen Verbindungen, einer verstellten Schraube, einer unausgewogenen Gewichtung suchen und sich Notizen darüber machen wollen, was sie dabei fand.

In der Zwischenzeit würde sich Bill fünf Meilen von hier

entfernt in seiner genauso muffigen und erbärmlichen Bleibe in einem Haufen kurioser Fachbücher vergraben, in der Hoffnung, über irgendeinen möglichen Grund zu stolpern, weshalb ein Aufziehvogel vielleicht nicht mehr funktionierte. Am Montag würden sie sich dann treffen und über die möglichen Antworten diskutieren, und dieses, ihr erstes gemeinsames Projekt würde ein Erfolg werden. Sie hatte angenommen, dass es wenigstens für sie eine leichte Aufgabe werden würde. Dieser Nektarvogel-Apparat mit seiner schimmernden Hülle und dem komplizierten und fragilen Kern zog sie auf besondere Weise an, und mittlerweile war sie mit seinem Innenleben äußerst vertraut. Trotzdem wurde sie ein weiteres Mal daran erinnert, dass nichts in ihrem neuen Job so leicht war, wie es aussehen mochte.

Seit vier Monaten schon arbeiteten Marion und Bill als Lehrlinge in einem obskuren Buchladen, von dem kaum jemand je etwas gehört hatte, am Ende einer namenlosen Sackgasse direkt hinter dem Eel-Brook-Common-Gemeinland in Fulham: »Miss Brickett's gebrauchte Bücher und Kuriositäten«. Das gesamte Mobiliar des Ladens bestand aus einem Sekretär, der als Empfangstisch genutzt wurde, auch wenn er in dieser Funktion vollkommen überflüssig war, denn Kundschaft gab es bei Miss Brickett's nicht. Natürlich diente der Sekretär noch einem anderen, praktischen Zweck, dieser jedoch war – genau wie die Existenz des Aufzieh-Nektarvogels – ein Geheimnis, das Marion und Bill keinesfalls preisgeben durften.

In diesem Moment schwang die Schlafzimmertür auf, und Marions Großmutter Dolores Hacksworth kam herein. Misstrauisch betrachtete sie den glänzenden Nektarvogel und schien schon drauf und dran zu sein, zu fragen, was das für ein Ding war, doch glücklicherweise lenkte sie ein offenbar sehr viel alarmierenderer Anblick ab.

»Also wirklich, Liebes«, sagte Dolores mit jenem missfälligen Stirnrunzeln, das sie so oft zur Schau trug. »Was hast du nur mit deinem Haar angestellt?«

Marion strich sich den Wust aus unbändigen braunen Locken glatt, dem sie nie irgendwelche Aufmerksamkeit schenkte. Genauso wenig wie dem Rest ihrer äußerlichen Erscheinung. »Eigentlich habe ich gar nichts damit angestellt. Ich bin einfach aufgestanden.«

»Tja, das ist eben der Punkt, nicht wahr?«, kommentierte Dolores, während sie Marions Locken akribisch musterte. »Stumpf und leblos, Liebes. Außerdem bist du viel zu dünn. Was in aller Welt isst du überhaupt in diesem Buchladen?«

Marion überlegte, ob sie darauf hinweisen sollte, dass ihr Haar genauso *stumpf und leblos* gewesen war, als sie noch sieben Tage die Woche dreimal täglich Dolores' selbst gekochtes Essen zu sich genommen hatte. Dann allerdings entschied sie sich dagegen, da vor ihr noch ganze achtundvierzig Stunden lagen, in denen sie Dolores pausenlos ausgeliefert sein würde. Sie musste ihre Kräfte sparen. »Geh dich doch wenigstens kämmen, Liebes«, fuhr Dolores fort, »und …« Da fiel ihr Blick auf den noch versiegelten Briefumschlag auf Marions Nachttisch. »Oh, Herrgott noch mal, du hast Mr Smithers' Brief immer noch nicht beantwortet? Wahrscheinlich ist es eine Einladung zu seinem Geburtstag, der deine letzte Chance sein könnte, Eindruck auf ihn zu machen.« Sie sah Marion an, wobei sie ihr Kinn an die Brust zog, sodass ihr Hals darunter Falten schlug.

»Ich war diese Woche sehr beschäftigt.«

Vor Ärger wurde Dolores' Gesicht ganz rot. »Beschäftigt?«

»Ja …« Marion zögerte. Es war keine Lüge, sie war tatsächlich sehr beschäftigt gewesen, besonders nach dem Mittwoch, an dem man Marion, Bill und Jessica (die ebenfalls zu den Lehrlingen gehörte) damit beauftragt hatte, ein paar Kisten mit Waren für Miss Brickett's Werkstatt durchzusehen, was leider dazu geführt hatte, dass eine dieser *Waren* aus der Kiste entkommen war und sich, wie sich herausstellte, partout nicht wieder hatte einfangen (und ausschalten) lassen wollen. Darüber durfte Marion allerdings nicht sprechen, also erfand sie wie sonst auch eine langweilige Ausrede: »Eines der Bücherregale ist zusammengebrochen … es hat zwei Tage gedauert, es zu reparieren, und dann noch einen Tag, um es wieder einzuräumen.«

Dolores stieß ein nasales, herablassendes Lachen aus. »Zwei Tage, um es zu reparieren?«

Marion holte tief Luft und zählte bis fünf, bevor sie antwortete. Das hatte sie vor Kurzem in irgendeiner Ausgabe von Dolores' Zeitschrift »Die gute Hausfrau« gelesen. Angeblich half es einem dabei, Haltung zu bewahren, wie es eine Lady stets tun sollte. »Ja. Zwei Tage und noch ein bisschen länger.«

Dolores musterte sie nun noch genauer. Sie glaubte ihr kein Wort, so viel war deutlich. »Tja, wie auch immer«, sagte sie schließlich reserviert. »Du brauchst dich bei diesem Mann jedenfalls nicht so zu zieren. Mr Smithers hat dir den Brief schon vor zwei Wochen geschickt. Er ist sehr angetan von dir, weißt du.«

»Ja, das habe ich begriffen. Aber leider bin ich nicht sehr angetan von ihm.«

»Ist dir bewusst, dass er einmal das Familiengeschäft übernehmen wird? ›Smithers Möbel und Zubehör‹. Weißt du, wie gut es dem Unternehmen finanziell geht? Du könntest ein sehr komfortables Leben haben. Nicht jeder bekommt eine solche Chance, und ich glaube wirklich …«

»Wir sind einander nur ein einziges Mal begegnet«, fiel ihr Marion ins Wort, da sie sich nicht auf eine weitere, ausgedehnte Diskussion über Mr Smithers' Potenzial einlassen wollte. »Er hatte überhaupt kein Interesse an irgendetwas, das ich gesagt habe. Hauptsächlich hat er über das Wetter geredet. Außerdem bin ich nicht mal ganz vierundzwanzig.«

Dolores' Augen wurden zu schmalen Schlitzen. »Vierundzwanzig? Genau darum geht es, Mädchen! Ich war siebzehn, als ich geheiratet habe, und deine Mutter war …« Sie hielt inne. Ein kurzes, unangenehmes Schweigen. »Ich wünschte nur, du würdest mir eine Chance geben.«

»Dir?«

»Ja, mir. Ich versuche mein Bestes, um dir zu helfen, ich tue, was ich kann. Aber du machst dich nur darüber lustig.«

Marions Brust wurde eng, und sie rieb über das abgetragene Leder ihrer Armbanduhr. Das letzte Geschenk ihrer Mutter. Sie wusste, was als Nächstes kommen würde – ein Vortrag darüber, wie gütig ihre Großmutter doch gewesen war, weil sie nach Alice' Tod hier eingezogen war. Dass sie großzügigerweise die Rechnungen zahlte, das Essen kaufte und sogar versuchte, einen Ehemann für Marion zu finden. Alles Dinge, für die Marion dankbar sein sollte. Alles Dinge, die sich Alice für ihre Tochter gewünscht hätte. Doch das stimmte nicht. Es gab nur eines, das sich Alice für Marion gewünscht hatte, und das war weder eine Heirat noch ein Ehemann oder ein Leben nach gesellschaftlichen Normen. Es war etwas, das Alice selbst nie wirklich gehabt hatte. Glück.

Marion stand auf und richtete den Blick wieder auf den Nektarvogel, um die Tränen zurückzuhalten. »Ich mache mich nicht darüber lustig. Ich mag mein Leben so, wie es ist. Ich wünschte nur, du würdest das akzeptieren.«

Dolores schwieg. Vielleicht zählte sie gerade bis fünf? Dann: »Willst du wirklich den Rest deines Lebens in einem Buchladen verbringen? Das ist dir genug?«

Marion wollte so vieles erwidern. Sie wollte scharfe, kluge Antworten geben, bei denen sich Dolores dumm und unbedeutend vorkommen würde, genau so, wie sich Marion in diesem Moment fühlte. Doch wie immer blieben ihr die Worte im Hals stecken, voll ausformuliert und ganz und gar unausgesprochen.

»Tja, ganz genau, dachte ich es mir doch«, sagte Dolores. Ein weiteres Mal hatte sie gewonnen.

Es war ein unvorhergesehener Glücksfall, dass genau in dem Moment, in dem Dolores weitersprechen wollte, die Türklingel läutete.

Dolores' Blick schoss zum Fenster.

Es klingelte ein zweites Mal.

»Schau nach, wer das ist!«, fauchte sie.

Marion trat zum Fenster und spähte auf die Straße hinab. Vor der Eingangstür stand der Mensch, den sie dort am allerwenigsten erwartet hätte: Frank Stone.

»Und?«, fragte Dolores.

Marion zog den Kopf zurück. »Ich glaube, es ist für mich.«

»Für dich?« Nun kam Dolores ebenfalls zum Fenster.

Dolores und Frank waren einander schon ein paarmal begegnet, da er früher ein Freund von Marions Mutter gewesen war. Außerdem hatten sie sich gesehen, als Frank ihnen beiden vor vier Monaten einen Besuch abgestattet hatte, um Marion den Job im Buchladen anzubieten. Leider – da dies schon das zweite Mal gewesen war, dass sich Marion geradezu auf das Angebot einer nicht sonderlich lukrativen Arbeit gestürzt hatte – war Dolores von Franks Vorschlag alles andere als begeistert gewesen.

Als Marion achtzehn Jahre alt gewesen war, zwei Jahre nach dem Tod ihrer Mutter und Dolores' Einzug, hatte sie verzweifelt versucht, den langen, sinnlosen Tagen in der Willow Street 16 zu entfliehen. Da sie jedoch keine solide Ausbildung und keine nennenswerten Talente vorweisen konnte, waren die Möglichkeiten begrenzt gewesen. Für eine Frau sogar fast nicht existent.

Nachdem sie sich viele Monate umsonst bemüht hatte, war ihr allerdings schließlich eine Bürotätigkeit in einer schäbigen Autowerkstatt angeboten worden. Der Besitzer der Werkstatt, Felix, war ein freundlicher, aber weltfremder Mann gewesen, der sich einfach weigerte, sein einst florierendes Geschäft in den tristen Jahren nach dem Krieg aufzugeben. Infolge der steigenden Steuern, der Nahrungsmittelknappheit und der Trauer, die so viele Menschen ausgehöhlt hatte, gab es nur noch wenige, die ein Auto besaßen, und noch weniger von ihnen konnten es sich leisten, es professionell reparieren und warten zu lassen.

Dennoch war Felix beharrlich geblieben, und auch wenn sein Traum von einem Ansturm an Kundschaft niemals wieder wahr wurde, fand er wenigstens in Marion mehr, als er erwartet hatte: eine begabte und unermüdliche Assistentin, die bereit war, jede Arbeit anzupacken, die gerade anstand. Also hatte Felix damit begonnen, seine Leidenschaft für Metall, Öl und Gummi an Marion weiterzugeben. Während der nächsten fünf Jahre ihres Lebens hatte sie ihre Tage damit verbracht, Radmuttern festzuziehen, Motoren wiederzubeleben, Zündkerzen zu wechseln und Verteilerkappen auszutauschen. Und inmitten des Chaos' und der Armut des Nachkriegslondons fand Marion, genau wie Felix vor ihr, Trost in der stillen Beständigkeit gut geölter Getriebe, sich drehender Schrauben und aufgewickelter Spulen. Die Logik der Maschinen wurde für Marion die einzige Form von Geborgenheit in einer ansonsten rauen und harschen Wirklichkeit.

Als Marion jedoch dreiundzwanzig wurde, verschlechterte sich Felix' Gesundheitszustand auf einmal dramatisch, und nach so vielen Jahren voller Schufterei und Enttäuschungen gab sein Herz schließlich den Dienst auf. Am 8. Juli 1957 schloss die Werkstatt, und Marion war wieder arbeitslos, abgewiesen und allein.

Oder jedenfalls hatte sie das geglaubt.

Wie hätte sie ahnen können, dass durchaus nicht unbemerkt geblieben war, welche Fähigkeiten Felix an sie weitergegeben hatte? Weit unter den Straßen auf der anderen Seite Londons waren bereits Vorkehrungen für Marions Zukunft getroffen worden. Sehr zu Dolores' Verzweiflung.

Frank klingelte ein drittes Mal an der Tür, dann klopfte er.

»Ach, um Himmels willen!«, rief Dolores. »Was will er hier?«

»Keine Ahnung«, antwortete Marion aufrichtig und versuchte dabei, so beiläufig und wenig überrascht wie nur möglich zu klingen, gar nicht so, wie sie sich fühlte. Sie eilte an ihrer Großmutter vorbei die Treppe hinab und zur Haustür.

Auf der Schwelle stand tatsächlich Frank, Beauftragter für die Nachwuchsanwerbung im Buchladen und Leiter des Ausbildungsprogramms. Wie schon an dem Tag, an dem sie einander kennengelernt hatten, trug er einen Bowler und einen Chesterfield-Mantel.

»Was machst du hier?«, fragte sie gedämpft.

»Guten Morgen, Marion«, sagte er mit einem Anflug von Ungeduld in der Stimme. Er nahm seinen Hut ab und spähte über ihre Schulter.

Dolores, die überraschend schnell und leise für ihr Alter die Treppe heruntergekommen war, schob Marion entschieden beiseite. Ärgerlich betrachtete sie Frank. »Kann ich Ihnen helfen?«

Frank lächelte, und wie immer überkam Marion eine tiefe Wärme, ein Gefühl von Stärke und Ruhe, das jede Zelle ihres Körpers erfüllte. Eine Wirkung, wie sie vielleicht auch ein Vater auf sie hätte.

Frank streckte zur Begrüßung die Hand aus. »Guten Morgen, Mrs Hacksworth!«

Dolores schürzte die schmalen roten Lippen und ging ohne Vorwarnung zum Angriff über. »Marion hat an dem Tag, an dem Sie ihr die Arbeitsstelle angeboten haben, einen Heiratsantrag erhalten. Mr Smithers von Smithers Möbel und Zubehör. Sie haben gerade ein fantastisches Verkaufsjahr, und er hat Marion sogar eine Beteiligung angeboten. Haben Sie das gewusst?«

Frank lächelte immer noch, wenn auch vielleicht nicht

mehr ganz so strahlend. »Das wusste ich nicht. Wie wunderbar!«

Dolores schniefte. »Das *war* es allerdings.«

»Dann hat er seine Meinung also geändert?«

»Natürlich hat er das! Welcher Mann wäre noch an einer Frau interessiert, die zwölf Stunden täglich in irgendeinem lächerlichen Buchladen arbeitet? Für ein Almosen, wie ich hinzufügen möchte.«

»Ach ja«, sagte Frank nachdenklich. »Ich verstehe, dass das ein wenig abschreckend wirken kann, aber wissen Sie, ich bin ganz sicher …«

»Ihre Meinung interessiert mich nicht.« Sie holte tief Luft. »Warum sind Sie hier?«

Frank schob die Hand in die Tasche, die er über der Schulter trug, und zog einen Briefumschlag hervor. »Tatsächlich bin ich hier, um mit Ihnen zu sprechen, Mrs Hacksworth.«

Nach einem langen Schweigen, während dem sich Marions Herzschlag verdoppelte, fuhr Frank schließlich fort. Dieses Mal sah er nur Marion an.

»Nur ein paar Formalitäten«, sagte er, was wahrscheinlich beruhigend klingen sollte. »Wir brauchen einen nächsten Angehörigen, der einige Papiere unterzeichnet.«

»Einige Papiere? Welche denn zum Beispiel? Wenn Sie glauben, dass ich …« Abrupt verstummte Dolores, und das, obwohl sich Marion schon ganz sicher gewesen war, dies würde der Auftakt zu einer ausgedehnten Tirade darüber werden, dass Dolores ganz sicher nichts tun würde, was Frank von ihr verlangen könnte. Warum sie so plötzlich schwieg, begriff Marion nicht, doch sie bemerkte, dass Dolores' Blick auf einer handschriftlichen Notiz auf einem Blatt ruhte, das aus Franks Umschlag hervorlugte. Bevor Marion jedoch erkennen konnte, worum es sich dabei handelte, schob Frank den Umschlag wieder unter seinen Mantel.

»Wie wäre es mit einem Tee?«, fragte er.

In einer raschen Bewegung nickte Dolores und machte gleichzeitig kehrt, um Frank und Marion in die Küche zu führen.

»Ach, Marion, bevor ich es vergesse«, sagte Frank, sobald Dolores und er sich an den Tisch gesetzt hatten. »Könntest du mir den Ersatzschlüssel holen, den ich dir letzte Woche für den Buchladen gegeben habe? Offenbar habe ich meinen eigenen verlegt …«

Nach einem Augenblick, in dem sich Marion vor lauter Schreck nicht hatte rühren können, eilte sie die Treppe hinauf. Frank mit Dolores allein zu lassen, war furchtbar beängstigend. Was, wenn es Dolores in der Zeit, die Marion brauchte, um den Schlüssel zu holen, irgendwie gelang, Frank davon zu überzeugen, es wäre ein Fehler, Marion anzuheuern, und sie wirklich besser heiraten und ohne Arbeit weiterleben sollte? Was, wenn ihre Großmutter in diesem Moment dabei war, das Einzige in Marions Leben zu zerstören, das ihr je etwas bedeutet hatte? Was, wenn ihr, gerade einmal vier Monate nachdem sie endlich eine Welt gefunden hatte, in die sie gehörte, alles wieder weggenommen werden würde?

Sie lief zu ihrem Bett hinüber und öffnete die Aktentasche, die noch immer unausgepackt vom Vorabend darauf lag. Unter einigen mehr schlecht als recht zusammengelegten Kleidern fand sie ein Fernglas mit seltsam geformten Linsen, eine tennisballgroße Lichtkugel (die stets in einem weichen Weiß schimmerte) und eine Broschüre mit dem Titel »Miss Brickett's Strategien und Vorschriften«, die auf Seite dreiunddreißig bei dem Kapitel »Das erste Lehrjahr: allgemeines Verhalten und Vorgehen« ein Eselsohr aufwies.

Sie hielt inne. Inmitten des Durcheinanders konnte sie keinen Ersatzschlüssel entdecken, und nun, da sie darüber nachdachte, fiel ihr auch nicht ein, dass Frank ihr je einen gegeben hätte. Sie trat an die Tür und sah nach, ob an dem Schlüsselbund im Schloss ein solcher Schlüssel hing, wobei sie einige Unterhaltungsfetzen von unten aufschnappte.

»… Sie hätten uns allen viel Ärger ersparen können, wenn Sie gar nicht erst hier aufgetaucht wären«, sagte Dolores, deren Nebelhorn-Stimme problemlos bis in den ersten Stock hallte.

»Ich wusste, was ich tat. Und ich bereue es nicht, dies hier sind jedoch … unvorhergesehene Umstände.«

»Unvorhergesehen?« Unverhohlene Skepsis schwang in Dolores' Frage mit. »In diesem Fall sollten Sie vielleicht eher darüber nachdenken, mich einzustellen. Ich habe vorhergesagt, dass es so kommen …«

»Das ist leider nicht möglich«, warf Frank ein. »Lassen Sie mich einfach bis Freitag wissen, ob alles arrangiert werden kann.«

»Nun gut.«

Darauf folgte eine kurze Stille.

»Danke! Und noch einmal, das alles tut mir sehr leid. Aber ich habe Ihnen meine Beweggründe so gut erklärt, wie ich kann.«

Stuhlbeine kratzten über den Boden, als die beiden aufstanden.

»Es war mir eine Freude, Sie wiederzusehen, Mrs Hacksworth.«

Marion war halb die Treppe hinunter, als Frank die Eingangstür wieder erreichte. »Frank? Ich konnte keinen Ersatzschlüssel finden. Aber ich kann dir meinen geben?«

»Oh nein, keine Sorge«, sagte er hastig, setzte sich den Bowler auf und öffnete die Tür. »Vielleicht warst es auch gar nicht du, der ich den Schlüssel gegeben habe. Wir sehen uns am Montag.« Nach einem knappen Nicken in Dolores' Richtung trat er ins Freie hinaus. Als Marion schließlich die Tür erreicht hatte, erhaschte sie nur noch einen kurzen Blick auf Franks rotbraunen Mantel, dann war er auch schon um die letzte Ecke der Willow Street verschwunden.

»Was hat er zu dir gesagt?«, fragte sie, als sie die Küche betrat.

Dolores stand beim Waschbecken und spülte die Tassen. Marion sah, dass ihre Hände zitterten.

»Papiere.« Ein fast unverständliches Murmeln. »Papiere, die ich unterzeichnen soll. Notfallkontakte, Telefonnummern, so etwas eben.«

»Ich habe gehört, dass er etwas über …«

»Wofür zum Teufel braucht man in einem Buchladen einen Notfallkontakt?«, fuhr Dolores fort, als hätte sie Marion gar nicht gehört.

Marion erwiderte nichts. Sie konnte nichts sagen, ohne dabei vielleicht zu viel preiszugeben. Aber auch Dolores verschwieg ihr etwas. Schon an ihrem ersten Tag im Buchladen hatte Marion die Kontaktdaten ihrer Großmutter an Frank weitergegeben. An dem Tag, an dem sie auch diverse Geheimdokumente unterschrieben hatte, die sicherstellen sollten, dass sie niemals enthüllen würde, was sich hinter der Eingangstür von Miss Brickett's gebrauchte Bücher und Kuriositäten befand.

Sie kehrte nach oben zurück und ließ diese seltsame Unruhe, die nun die Küche erfüllte, hinter sich. Sie setzte sich auf den Stuhl neben dem Fensterbrett und griff wieder nach dem Nektarvogel, ohne sich dessen wirklich bewusst zu sein. In Gedanken war sie mit anderen, finstereren Dingen beschäftigt. Welche Dokumente es auch gewesen waren, die Frank an Dolores weitergegeben hatte, er wollte eindeutig nicht, dass Marion etwas darüber erfuhr. Doch was konnte das sein, was er zwar Dolores, nicht aber Marion anvertrauen konnte? Hatte sie im Buchladen irgendeine Regel gebrochen, ohne es zu wissen? Hatte sie irgendein bürokratisches Detail übersehen, das nun zu ihrer Entlassung führen konnte?

Vielleicht hätte sie sich noch tiefer in solch unguten Gedanken verloren, wenn der Aufziehvogel in ihren Händen nicht auf einmal zu zucken begonnen hätte. Irgendwie war es ihr gelungen, den kleinen Apparat zum Leben zu erwecken – genau das, was sie schon den ganzen Morgen über vergeblich versucht hatte. Der Vogel streckte seine Metallflügel aus, stieß gegen Marions Handflächen. Die scharfen Kanten gruben sich in ihre Haut, während der Vogel gegen ihren Griff kämpfte, und schließlich blieb ihr nichts anderes übrig, als ihn loszulassen. Mit zielstrebigen mechanischen Flügelschlägen schwang er sich empor und landete auf dem Deckenbalken über ihrem Bett. Wo er, sehr zu Marions Verdruss, das ganze Wochenende über blieb.

Drei

DAS ANDERE MISS BRICKETT'S

Marion schlüpfte in ihre gewohnte Uniform – ein grauschwarz gestreifter, knielanger Bleistiftrock und eine weiße Baumwollbluse –, verabschiedete sich knapp von Dolores (die ihr seit Franks Besuch kaum in die Augen gesehen hatte) und trat auf die Straße hinaus. Wie an jedem Montag seit Jahresbeginn ließ sie die Tür der Willow Street 16 erleichtert hinter sich zufallen.

Nach einem kurzen Fußmarsch zur U-Bahn-Haltestelle Upton Park Station nahm Marion die District Line Richtung Wimbledon und stieg am Fulham Broadway aus. Von dort aus ging sie zu Fuß bis zum Westende des Eel-Brook-Common-Parks, bis sie schließlich bei einem baufälligen georgianischen Gebäude ankam, das durchaus etwas Gespenstisches an sich hatte: Miss Brickett's gebrauchte Bücher und Kuriositäten – der Buchladen, der nichts mit dem Verkauf von Büchern zu tun hatte. Obwohl die Fassade des Geschäfts – schwarz gerahmte, nach außen gewölbte Fenster aus Milchglas und eine dunkelgrün gestrichene Wand, von der die Farbe bereits abblätterte – potenzielle Kunden eher abschrecken sollte, hatte sie auf Marion die genau gegenteilige Wirkung. Was aber vielleicht daran lag, dass jene, die sich davon angezogen fühlten, eben – genau wie der Buchladen selbst – *anders* waren. Nicht dazu passten.

Hier, in einer Welt aus düsteren Tunneln, die sich unter dem alten Geschäft verbarg, fand Marions Ausbildung wirklich statt. Für die nächsten drei Jahre würden sie und einige andere sorgfältig ausgewählte Rekruten eine anstrengende Probezeit durchlaufen, an deren Ende ihnen (falls sie sich denn als fähig und würdig erwiesen) eine Vollzeitstelle (mit der Möglichkeit auf Unterkunft und Verpflegung) bei Miss Brickett's angeboten werden würde.

Die Ausbildungszeit sollte die Rekruten auf die trügerische Welt einer sehr speziellen Detektei vorbereiten. Zwar gab es in London auch noch andere Agenturen und Privatdetekteien, die ein Vermögen dafür verlangten, dass sie sich um die Fälle kümmerten, mit denen die Polizei nicht behelligt werden konnte, doch Miss Brickett's diente der Stadt auf eine Art, wie es keine dieser anderen Organisationen konnte. Rekruten wurden darauf trainiert, Verdächtige zu verfolgen, ohne gesehen zu werden, Gespräche zu belauschen, ohne bemerkt zu werden, Gebäude ohne Einladung zu betreten. Man erwartete von ihnen, dass sie das Ungewöhnliche hinter einer Fassade nüchterner Normalität verbargen, dass sie mit dem Hintergrund des alltäglichen Londons verschmolzen und unsichtbar wurden für alle, die nicht wussten, wonach sie Ausschau halten mussten. Vielleicht war es aber vor allem Miss Brickett's Sammlung erstaunlicher Gerätschaften – dort unten in den Tunneln entwickelt und zusammengetragen –, die diese Detektei und jene, die dort ausgebildet wurden, vom Rest unterschied.

Einen Moment lang blieb Marion einfach vor dem Geschäft stehen. Die Milchglasfenster schimmerten wie dunkle Juwelen in der Morgensonne, eine Ahnung des Geheimnisvollen, das sich dahinter verbarg. Nachdem sie sich davon überzeugt hatte, dass sie allein in der Sackgasse war, schob sie einen kleinen Messingschlüssel in ein Schloss unten an der Tür des Buchladens (eine undurchdringlich wirkende schmiedeeiserne

Barriere, verziert mit seltsamen Gestalten, Ghulen, Uhren und anderen nicht näher definierbaren Abbildern). Der Schlüssel drehte sich einmal um dreihundertsechzig Grad im Uhrzeigersinn, dann noch einmal um neunzig Grad gegen den Uhrzeigersinn, und dann – wie üblich – spuckte ihn das Schlüsselloch wieder aus. Marion konnte ihn gerade noch auffangen. Als Nächstes zog sie einen größeren Silberschlüssel aus ihrer Tasche und öffnete damit ein zweites Schloss direkt unterhalb der Türklinke. Sie zog an einem als alte Gaslaterne getarnten Hebel, und endlich sprang die Tür mit einem Klicken auf.

Marion schob sich in den vollgestopften Verkaufsraum. Selbst von jemandem, der so wenig gepolstert war wie sie, erforderte es eine gewisse Finesse, sich zwischen den gefährlich überladenen Bücherregalen hindurchzuschlängeln. Außerdem war es ziemlich dunkel, da der Lichtschalter unpraktischerweise am anderen Ende des Raums angebracht war. Alles in allem war es also kein Wunder, dass sie über die Gestalt stolperte, die neben dem Empfangstresen lag.

»Gott, der Allmächtige!«, rief die Gestalt und fing Marion gerade noch auf, bevor sie sich den Kopf an der scharfen Kante des Empfangstresens einschlug. »Alles in Ordnung?«

Marion sammelte sich, stand auf und schaltete das Licht ein. »Mr Nicholas?«, fragte sie und riss vor Überraschung die Augen auf. »Ja … nichts passiert. Was in aller Welt machen Sie denn hier?« Was eine dumme Frage war, wie sie kurz darauf begriff, als sie Mr Nicholas – dem Sicherheitschef bei Mrs Brickett's, einem rundlichen Mann mit schütter werdendem blondem Haar und einer gezackten Narbe durch die rechte Augenbraue – dabei zusah, wie er eine Decke und ein Kissen vom Boden aufhob.

»Das tut mir sehr leid«, sagte er und sah auf die Uhr. »Ich habe verschlafen.«

»Stimmt irgendetwas nicht?« Marion war sich sicher, dass die Antwort darauf nur »Ja« lauten konnte.

»Nein, nein, nur eine Vorsichtsmaßnahme. Nichts weiter.« Er zog sich einen dicken Wollmantel über. »Aber danke dafür, dass Sie mich geweckt haben. Schlimme Sache, das«, fügte er ein wenig leiser hinzu. »Ich wünsche Ihnen einen schönen Tag, Miss Lane.« Er griff hinter den Empfangstresen, zog ein Schlüsselbund hervor und verließ den Buchladen, bevor Marion ihm noch weitere Fragen stellen konnte. Genau wie Frank beherrschte Mr Nicholas die Kunst eines raschen Abgangs längst in Perfektion.

»Schlimme Sache?«, murmelte Marion vor sich hin, während sie die Ecke hinter dem Empfangstresen umrundete. Mr Nicholas hatte einen Hang zum Dramatischen, rief sie sich in Erinnerung, vertrieb diese Gedanken aus ihrem Kopf und bog in einen kurzen Gang ein, an dessen Ende eine leere Wand und eine Kiste voller Bücher auf sie warteten. Sie ging in die Hocke und zog an dem vierten Dielenbrett von rechts, das einzige, in dessen Mitte ein Metallring befestigt war. Widerstrebend und laut knarrend schwang das Brett nach oben, und Marion stieg die Treppe darunter hinab in die Dunkelheit.

Unten angekommen durchquerte sie einen weiteren kurzen Korridor, der zu einer Stahltür führte. Im schwachen Dämmerlicht zog Marion ein silbernes Abzeichen aus ihrer Tasche, in das in filigraner Schrift der Buchstabe A eingraviert war, und drückte es in eine kleine Mulde in der Wand. Die Tür glitt beiseite, Marion heftete sich die silberne Mitarbeitermarke an die Brust und betrat den Fahrstuhl. Sie brauchte kein Stockwerk auszuwählen, denn der Fahrstuhl würde erst ganz unten wieder ruckelnd zum Stehen kommen. Tief unter dem Buchladen und den Straßen Londons. Ein weiteres Mal glitt die Tür auf, und vor Marion lag der elegante marmorgeflieste Eingang des wahren Miss Brickett's: »Miss Brickett's Ermittlungen und Recherchen«.

Der Große Gang, wie er genannt wurde, erinnerte an das Innere einer römischen Basilika. Es war ein gewaltiger Korridor, sowohl was die Breite als auch die Länge betraf. Die Kuppeldecke ruhte auf schimmernden hellen Marmorsäulen. An jeder dieser Säulen standen vier Fuß hohe Messinglaternen in Form von geflügelten Menschen, die mit ausgestreckten Händen ihr Licht großzügig in der Halle verbreiteten. Die Augen der Statuen folgten Marion, als sie an ihnen vorbeiging, drehbare Kameras, die jeden Besucher registrierten – und davon gab es viele.

Abgesehen von den Lehrlingen wurde die Detektei noch von einer ganzen Legion fester Angestellter bevölkert, die auch hier unten lebte: sieben Mitglieder des hohen Rats, sechs Abteilungsleiter sowie Assistenten, Mechaniker und eine Handvoll Leute, die sich um Reinigungs- und generelle Wartungsarbeiten kümmerte. Unter all diesen Menschen bewunderte Marion jedoch niemanden so sehr wie die Inquirer – die voll ausgebildeten Privatermittler der Detektei und damit die Einzigen, die ihren Namen vielleicht eines Tages auf der goldenen Gedenktafel am Ende des Großen Gangs wiederfinden würden. »Zu Ehren folgender Ermittler« stand darauf. Oft blieb Marion dort stehen, um die glänzende Tafel zu bewundern, und mehr als einmal hatte sie sich schon vorgestellt, ihren eigenen in Gold verewigten Namen dort zu lesen.

Der Anzahl an Namen und Daten auf der Tafel nach zu urteilen, waren die frühen Fünfzigerjahre die geschäftigste Zeit der Detektei gewesen – eine Epoche des Wiederaufbaus und der Transformation Londons und eine Phase, in der sich Miss Brickett's den Respekt und die Bewunderung der Stadt verdient hatte.

Während der großen Smog-Katastrophe im Jahr 1952, während der ganz London in Dunkelheit und Chaos versank und die Luft voller giftiger Abgase und Angst war, war die Detektei von einer Woge panischer Hilferufe überflutet worden. Plündereien, Vandalismus und Gewalt auf der Straße. Also gingen die Inquirer, die seit Langem an Düsternis und harte Arbeit gewöhnt waren, auf die Straßen: eine Flut unsichtbarer Beschützer, bewaffnet mit Leuchtkugeln, die nach allen möglichen Widrigkeiten Ausschau hielten.

Welche Auswirkungen die Taten der Inquirer während der Smog-Katastrophe wirklich hatten, war unmöglich zu sagen. Doch für die ältere Dame, die ein freundlicher Gentleman mit einem seltsamen schimmernden Ball nach Hause führte, oder für die Familie, deren Juweliergeschäft von einer Gruppe Gestalten in Mänteln bewacht wurde, bedeutete es einfach alles.

Als sich der Smog endlich hob und die Luft wieder klar wurde, verbreiteten sich in der Stadt die Gerüchte über eine namenlose Macht, die an die Schatten gebunden war. Man wisperte sich im Vorbeigehen zu, wo sich die geheimen Briefkästen befanden, und in der ganzen Stadt wurde über die Effektivität der Inquirer gemurmelt und geflüstert.

In den darauffolgenden Jahren hatte die Detektei mehr Arbeit, als sie bewältigen konnte. Weitere Lehrlinge wurden angeworben und ausgebildet, Büros erweitert, neue Abteilungen eingerichtet und Ausrüstung entwickelt. Zum Dank an die gesichtslosen Beschützer malten Londoner gewaltige Wandbilder an Gebäude in der ganzen Stadt, die das öffentliche Symbol der geheimnisvollen Gruppe von Gesetzeswächtern zeigten: einen Halbkreis, der den Buchstaben I einfasste.

Als Marion jedoch an diesem Tag an der goldenen Gedenkplakette vorbeikam, richtete sich ihre Aufmerksamkeit nicht darauf, sondern auf die große Anschlagtafel. Daran wurden jeden Tag die neuen Arbeitspläne für die Lehrlinge angeheftet und Routinemeldungen veröffentlicht. Daneben hing heute allerdings noch eine eher ungewöhnliche Nachricht:

Bitte nehmen Sie zur Kenntnis, dass alle Herold-Stethoskope zurückgerufen werden und vom heutigen Tag an als Vorrichtungen der Liste 3 gelten. Daher wird jeder, in dessen Besitz ein Herold-Stethoskop gefunden wird, ohne dass er oder sie die dafür nötige Lizenz vorweisen kann, fristlos entlassen.

Vielen Dank

N. Brickett

»Typisch«, erklang eine mürrische Stimme hinter ihr. »Noch mehr Verbote, noch mehr Kontrolle.«

Als Marion sich umdrehte, erkannte sie David Eston – einen anderen Lehrling im ersten Jahr –, der hinter ihr stand. Er war stämmig, hatte kurz geschorenes braunes Haar, schmale Augen und einen Hang zu ungebremster Schadenfreude. Eine Woche nachdem sie einander begegnet waren, hatte es Marion aufgegeben, ihn mögen zu wollen. Er war nur ein paar Tage vor ihr angeworben worden, fort von einer schlecht bezahlten Anstellung in einer Metallfabrik, wie sie gehört hatte. Während Marion bei jedem anderen der Lehrlinge, die zusammen mit ihr ausgebildet wurden, mindestens eine einzigartige Eigenschaft, ein typisches Merkmal oder ein bestimmtes Talent hatte entdecken können, war bei David keine Spur davon zu erkennen.

»Als Nächstes rufen sie noch unsere Leuchtkugeln zurück und verlangen dafür eine Lizenz«, murrte er, wobei er seine eigene gläserne Kugel von einer Hand zur anderen warf.

Marion wandte sich wieder der Anschlagtafel zu und las die Nachricht dort ein weiteres Mal. So ungern sie es auch zugab, sie musste ihm zustimmen: Die Herold-Stethoskope – lange, dünne Messingrohre, mit denen man durch Wände hören konnte – schienen wirklich nicht auf die Liste 3 zu passen, die eine Art Verzeichnis für eingeschränkt zugängliche Ausrüstungsgegenstände war, versehen mit dem Hinweis: »Können bei unangemessenem Gebrauch ernsten Schaden verursachen.«

»Vielleicht hat es eine Art Unfall gegeben«, schlug sie vor, wobei sie jedoch mehr zu sich selbst sprach.

»Unfall? So klingt das aber nicht.«

Marion drehte den Kopf in Richtung des Alkovens zu ihrer Linken – dem Eingang zu einem der Büros für Führungskräfte.

»... eine Katastrophe«, sagte eine Frauenstimme, die vermutlich zu Nancy Brickett gehörte, der Leiterin und Gründerin der Detektei. »Ich will mir gar nicht vorstellen, was es für Konsequenzen nach sich ziehen würde, wenn die Polizei Wind davon bekommen sollte.«

»Wir sollten keine voreiligen Schlüsse ziehen«, gab eine zweite Stimme zurück – es war die von Frank. »Vielleicht meldet sich ja jemand.«

»Du erwartest ein Geständnis?«

Darauf folgte eine kurze Stille.

»Jemand hat ihr den Hals durchbohrt, Frank. Mitten durch den Kehlkopf, Herrgott noch mal. Wenn das nicht symbolisch ist, dann weiß ich auch ...« Sie verstummte.

Weiteres Schweigen, gefolgt von einem lauten Klicken, als die Tür zum Alkoven zugezogen wurde.

Marion wandte sich wieder David zu. »Worum ging es da?« Ihre Stimme klang brüchig.

Ein merkwürdiger Ausdruck huschte über Davids Gesicht. Angst? Ekel? Sie konnte es nicht sagen. »Jemand hat Mist gebaut, und wir werden alle dafür bezahlen.« Er pflückte seinen Arbeitsplan von der Anschlagtafel, und schon war er ohne weitere Erklärung verschwunden.

Davids rätselhafte Andeutung geisterte durch Marions Kopf und rief eine unwillkommene Erinnerung wach: Franks überraschender Besuch in der Willow Street 16. Hatte Franks abweisende Art an diesem Tag etwas mit dem zu tun, was sie gerade gehört hatte? Hatte es irgendetwas mit ihr zu tun? Sie starrte die Bürotür an und war versucht, noch ein bisschen näher heranzutreten. Aber nein, das war doch albern. Sie war überängstlich – wie üblich. Sie stieß die Luft aus und nahm sich ebenfalls ihren Arbeitsplan von der Anschlagtafel.

Die Pläne wurden individuell für jeden Lehrling erstellt und morgens ausgehängt. Darauf war zu lesen, in welcher Abteilung man im Laufe des Tages eingesetzt werden sollte. An diesem Morgen wurde Marion zuerst im Auditorium zur Generalversammlung der Detektei erwartet, dann folgte die Technische Abteilung bis zum Mittagessen und schließlich die Informationsabteilung für den Rest des Nachmittags, wo sie die mit Sicherheit wichtigste Präsentation ihrer Karriere halten sollte. Sie steckte sich den Arbeitsplan in die Manteltasche und begann ihren gewundenen Weg zum Auditorium.

Die viele Meilen langen verschlungenen Tunnel und Korridore von Miss Brickett's hatten angeblich schon lange vor der Gründung der Detektei vor zehn Jahren existiert, allerdings beruhte das, was die Lehrlinge darüber wussten, größtenteils auf Gerüchten, Legenden und nur sehr wenigen Fakten. Die am weitesten verbreitete Theorie lautete, dass die labyrinthartigen Gänge – die vielleicht schon zu Zeiten der Römer gebaut worden waren – im vierzehnten Jahrhundert von einer Gruppe in Ungnade gefallener und von der Kirche verbannter Alchimisten wiederentdeckt worden waren, die diese verborgenen Korridore genutzt hatte, um an ihren Formeln zu forschen und geheimnisvolle Mischungen zusammenzubrauen. Hätte man sie dabei entdeckt, wären sie vermutlich auf direktem Weg am Galgen gelandet. Allerdings schien niemand zu wissen, wer das riesige unterirdische Geflecht aus Tunneln schließlich modernisiert und instand gesetzt hatte. Wer ein Belüftungssystem installiert, Stützen eingebaut, Rohre verlegt und eine Lichtanlage eingerichtet hatte, und zu welchem Zweck.

Die offizielle Geschichte lautete, dass man das Labyrinth während des Kriegs als Luftschutzbunker gebraucht hatte, obwohl einige auch glaubten, dass es wahrscheinlich als Kommandozentrale oder sogar als Waffenlager gedient hatte. Was auch immer die Wahrheit sein mochte, Marion fühlte oft einen Anflug von Nervosität, wenn sie die vielen stillen Gänge durchquerte und daran dachte, wer wohl vor ihr hier gewesen sein mochte.

Was auch der Grund war, warum sie zögerte, als sich drei dunkle Tunneleingänge vor ihr auftaten. Sie dachte über ihre Möglichkeiten nach. Alle drei führten auf dem einen oder anderen Weg zum Auditorium. Der rechte Gang folgte allerdings einem verschlungenen Pfad, vorbei an einer Damentoilette und der Bibliothek, dann eine lange Treppe hinauf und eine weitere hinunter. Diesen Tunnel hätte sie sowieso nicht gewählt, auch dann nicht, wenn kein gewaltiges Holzschild davor genagelt worden wäre. »Kein Durchgang, unter *keinen Umständen.* Nehmen Sie eine alternative Route.«

Ohne weiteres Zögern wandte sie sich dem linken Gang zu, denn die einzige Alternative wäre der mittlere Tunnel gewesen. Ein schmaler Durchgang, der sich in alle möglichen Richtungen verzweigte, und jeder der von diesem Gang abgehenden Korridore war meilenlang und bestand aus Fels und Backstein, sodass es unmöglich war, sie voneinander zu unterscheiden. Sie wollte sich lieber nicht daran erinnern, was geschehen war, als sie diesen Tunnel einmal gewählt hatte, und der Hinweis möge genügen, dass sie erst Stunden später am anderen Ende wieder herausgekommen war, und zwar nicht einmal in der Nähe des Auditoriums, dafür aber mit einer handfesten Angst vor Ratten.

Erwartungsgemäß kam Marion zu früh beim Auditorium an. Trotzdem war der Saal schon recht voll, so wie an jedem Montagmorgen, da das gesamte Personal von Miss Brickett's hier zur wöchentlichen Generalversammlung zusammenkam. Im Gegensatz zu den meisten anderen Montagen wirkte die

Stimmung an diesem Morgen jedoch gedrückt, und Marion fragte sich, ob nicht nur David und sie die beunruhigende Unterhaltung zwischen Nancy und Frank mit angehört hatten.

Sie ging in einer der hinteren Reihen zu Bill Hobb, ihrem Partner bei dem Nektarvogel-Projekt und eigentlich auch bei sonst allem.

»Na endlich, setz dich.« Bill klopfte auf den freien Platz neben sich. Wie üblich sah er aus, als hätte er nur sehr wenig Zeit darauf verwendet, sich anzuziehen. Sein schwarzes Haar war zerzaust, seine Hose ungebügelt. Dünn und groß, wie er war, hätte er mit seinen feinen Gesichtszügen und seiner fast kränklichen Blässe eher hinter den Empfangstresen einer Bank gepasst als in eine Detektei. Und an diesem Tag wirkte er sogar noch etwas ungekämmter als sonst.

»Bin ich zu spät?«, Marion sah auf ihre Uhr. Es war noch nicht acht. Sie atmete auf.

Bill lächelte. »Warst du das jemals? Nein, ich meinte, *endlich bist du hier,* damit ich mich nicht mit denen da herumstreiten muss. Sie sind mal wieder voll dabei.« Er deutete auf die beiden Frauen, die eine Reihe vor ihnen saßen.

Maud Finkle – eine stämmige und selbstsichere Zweiundzwanzigjährige aus Tottenham, die man auf der Straße angeworben hatte. Die Umstände hatten dafür gesorgt, dass ihre Talente im Bereich List und Tücke fein herausgearbeitet worden waren. Getreu ihrer gleichmütigen Art fläzte sie sich auf ihrem Stuhl, die Beine vor sich ausgestreckt, und wirkte durch und durch gelangweilt von dem, was auch immer Jessica Meel ihr gerade zu erklären versuchte.

Jessica war in praktisch jeder Hinsicht das genaue Gegenteil von Maud: groß, schön und blond. Man hatte sie aus einem recht behaglichen Leben in Oxford gepflückt, wo sie bei einer Berufsberatung gearbeitet hatte. Sie war ihrer unfehlbaren Fähigkeit wegen ausgewählt worden, die Feinheiten einer

Persönlichkeit präzise auseinanderzunehmen, weshalb sie ihre Ausbildung bisher hauptsächlich mit dem Abheften von Akten in der Personalabteilung zubrachte (der Abteilung, in der die Gefahr, verletzt zu werden, am geringsten war).

Wie so oft schienen die beiden auch an diesem Tag in einen unerbittlichen Streit vertieft zu sein.

»Herrgott, Jess, ist mir egal«, sagte Maud gerade, und ihre Langeweile drohte ganz offensichtlich in Ärger umzuschlagen.

»Du kannst das bestimmt für uns regeln, Mari«, verkündete Jessica und drehte sich zu Marion um.

Marion grinste Bill an. Sie wusste genau, was jetzt kommen würde, aber die Verlockung, den Schlagabtausch zwischen Maud und Jessica noch etwas anzuheizen, war wie immer einfach zu groß. »Bestimmt kann ich das. Was ist denn los?«

»Stachel sie nicht auch noch an, um Himmels willen«, mischte sich Preston Dinn ein, ein Immigrant aus Ghana und ebenfalls ein Lehrling im ersten Jahr, der sich gerade neben Jessica setzte.

»Jess denkt, dass Nancy die Herold-Stethoskope wegen unseres kleinen Missgeschicks vor zwei Wochen zurückruft«, erklärte Maud.

»Wegen *deines* kleinen Missgeschicks«, korrigierte Jess.

»Was genau war das?«, fragte Marion, womit sie noch ein bisschen Öl ins Feuer goss.

Preston gab einen unwirschen Laut von sich, zündete sich eine Zigarette an und holte eine Ausgabe des »Daily Telegraph« aus seiner Tasche – fest entschlossen, sich nicht mit hineinziehen zu lassen.

Maud winkte ab. »Mir ist das Stethoskop zerbrochen, als ich den Resonator einstellen wollte. Keine große Sache.«

»Das nenne ich mal eine Kurzfassung«, kommentierte Jessica. »Nein, ich sage euch, was passiert ist: Sie hat den Resonator mit einem nicht dafür gedachten Werkzeug eingestellt.

Mari, würdest du mit einer Kombinationszange an einem Herold-Stethoskop herumhantieren?«

Die Antwort lautete ganz eindeutig Nein. Kombinationszangen waren für Abmantelungen und das Biegen von Drähten gedacht. Für etwas so Empfindliches wie ein Herold-Stethoskop waren sie viel zu sperrig. »Es wäre nicht meine erste Wahl«, gab sie behutsam zurück. Dann, in der Hoffnung, beide Seiten zufriedenzustellen, fügte sie noch hinzu: »Aber es kommt natürlich darauf an, wie man damit umgeht. Wenn man ganz vorsichtig ist …«

»Genau, aber Maud ist nie ganz vorsichtig«, fiel ihr Jessica ins Wort.

Maud grinste. »Charmant. Übrigens erinnert mich das an etwas.« Sie zwinkerte Preston zu, der von seiner Zeitung aufblickte, einen Moment brauchte, bis er begriff, und dann strahlend lächelte. »Preston hat mir erzählt, dass du selbst letzte Woche in der Bibliothek auch eher *unvorsichtig* warst.«

Jessica rutschte auf ihrem Stuhl herum, und ihre Wangen wurden rot.

»Roger aus der Instandhaltung. Klingelt da was?« Vor Freude erschienen Lachfältchen in Mauds schon etwas verlebtem Gesicht.

Interessante Entwicklung, dachte Marion und wandte sich neugierig Jessica zu.

Preston legte Jessica den Arm um die Schulter. »Ach, Jess, dafür lieben wir dich! Roger aus der Instandhaltung.« Er stieß einen anerkennenden Pfiff aus. »Den hätte sogar ich …«

»Okay, okay, das reicht«, warf Marion rasch ein. Immerhin rangierte Jessica auf der Liste ihrer engsten Freunde gleich hinter Bill, weshalb sie begriff – angesichts der Tatsache, dass Jessica hektisch begann, ihre Handtasche aufzuräumen –, dass Roger aus der Instandhaltung kein Thema war, über das sie sprechen wollte. »Kommen wir wieder zu dem Rückruf. Was das wohl zu bedeuten hat?«

»Genau das wollte ich ja gerade erklären«, sagte Jessica, eindeutig erleichtert darüber, dass sich die Unterhaltung anderen Dingen zuwandte. »Maud hat vor zwei Wochen ein Stethoskop zerbrochen und den Vorfall nicht gemeldet. Stattdessen hat sie es einfach weggeworfen, weshalb jetzt eines zu wenig im Lagerbestand ist.« Ihr letzter Satz troff nur so vor Gehässigkeit, was Maud aber nicht einmal zu bemerken schien. »Nancy glaubt wahrscheinlich, dass eines gestohlen wurde.«

»Aber sie wurden auf Liste 3 gesetzt«, warf Marion ein. »Das ist doch sicher nicht passiert, weil eines fehlt?«

Jessica zuckte mit den Schultern. »Nein, wahrscheinlich nicht.«

Marion wandte sich an Bill, doch sein Blick war zum Eingang des Auditoriums gewandert, wo nun David Eston stand und sich gegen den Türrahmen lehnte. Er erwiderte Bills Blick, und Bill murmelte etwas vor sich hin.

»Alles in Ordnung?«, fragte Marion. Es war nicht das erste Mal, dass sie David und Bill dabei ertappte, wie sie sich durch einen Raum hinweg wütend, ja vielleicht sogar hasserfüllt anstarrten. Genau wie Maud und Jessica waren sie das genaue Gegenteil des jeweils anderen. Natürliche Gegner. Im Gegensatz zu den beiden Frauen schien die Abneigung zwischen Bill und David jedoch nichts Scherzhaftes an sich zu haben. Und im Laufe der vergangenen Wochen war es eindeutig noch schlimmer geworden.

Marion hatte Bill schon öfter danach gefragt, weil sie den Grund für diesen Konflikt kennen wollte. Und den Grund dafür, warum er sich plötzlich auch noch zuzuspitzen schien. Es machte ihr zu schaffen. Nicht, weil es ihr ein Bedürfnis gewesen wäre, die Kluft zwischen den beiden Männern zu überbrücken (tatsächlich konnte sie David ja selbst nicht leiden), sondern gerade weil sich Bill ihr in diesem Punkt nicht anvertrauen wollte. Was untypisch war.

Warum erzählte er ihr von jedem Detail seines Lebens – wo

er wohnte (in einem schäbigen Zweibettzimmer in der Nähe von Blackwall), mit wem er zusammenlebte (einem Cousin, der Drogen verkaufte), wie er angeworben worden war (aus der London Library, wo er als Archivar gearbeitet hatte und als »unglaublicher Bücherwurm mit einer erstaunlichen Allgemeinbildung« bekannt gewesen war) –, aber diese Kleinigkeit konnte er ihr nicht anvertrauen?

»Übrigens glaube ich, dass ich herausgefunden habe, wie der Distraktor funktioniert«, sagte er, wohl um das Thema zu wechseln, und zog sich seine Aktentasche auf den Schoß. Allerdings musste sie zugeben, dass es ein passendes Thema war. »Es könnte irgendetwas mit der Feder am Aufziehmechanismus zu tun haben«, fuhr er fort und blickte auf seine Ausgabe der »Werkstattgrundlagen« hinab, die er aus seiner Tasche gezogen und auf Seite zweiundachtzig aufgeschlagen hatte. »Anscheinend besteht sie aus Kupfer und ist daher sehr korrosionsanfällig, besonders hier unten in diesem feuchten Höllenloch. Aber ich bin mir noch nicht ganz sicher, anscheinend kommt es auf die Modellnummer an. Die Versionen drei und vier haben Kupferfedern, die Versionen fünf und sechs dagegen Federn aus Edelstahl, was dann natürlich nicht passen würde. Marion? Was meinst du?«

Sie betrachtete das Schaubild auf Seite zweiundachtzig, auf dem ein metallener Nektarvogel abgebildet war, der den Kopf um hundertachtzig Grad gegen den Uhrzeigersinn drehen konnte: der Distraktor.

»Das ist es nicht«, kommentierte sie leichthin, während sie die Seite überflog und dabei den Nektarvogel aus ihrer eigenen Aktentasche zog. »Der Phonograf hat eine Macke, nicht der Aufziehmechanismus.«

»Dann hast du ihn also repariert?«

»Nein, aber ich habe ihn dazu gebracht zu fliegen.« Sie drehte den Vogel um und musterte das Lautsprechergewebe, das sich über dessen Bauch zog. »Ich schaue mal, was ich da tun kann, wenn ich die entsprechenden Ersatzteile habe. Es ist aber nicht nur der hier, bei der ganzen Charge taucht dieses Problem auf.«

Gerade hielt sie sich den Vogel vor die Augen und inspizierte eine Schraube unter einem der Flügel, als ihr Blick auf Mr Nicholas fiel, der ganz offensichtlich von seiner »schlimmen Sache« zurück war und sich nun in eine der ersten Reihen des Auditoriums setzte.

Bill folgte ihrem Blick. »Hast du ihn heute Morgen auch gesehen?«

»Im Buchladen? Ja.« Marion steckte den Vogel wieder in ihre Aktentasche. Sie sah, wie Mr Nicholas auf seinem Platz herumrutschte, und fragte sich, ob sie die Unterhaltung erwähnen sollte, die sie vorhin mit angehört hatte. Der Gedanke, eine Klatschtante zu sein, gefiel ihr zwar nicht sonderlich, aber sie war sicher, dass Bill es sowieso bald von irgendjemandem hören würde.

»Ich habe gehört, wie sich Nancy und Frank heute Morgen unterhalten haben«, erklärte sie. »Ich weiß nicht, ob ich das richtig verstanden habe, aber ich glaube, jemand ist ermordet worden. Erstochen, wie es sich angehört hat. Durch die Kehle.«

Bill wirkte beunruhigt, seltsamerweise jedoch nicht überrascht. Wieder flackerte sein Blick zu David.

»Aber wie gesagt, genau weiß ich es nicht«, fügte Marion hinzu, um die Stille zu füllen. »Vielleicht ging es auch um einen Fall, in dem sie ermitteln.«

»Nein«, mischte sich Preston ein.

Marion zuckte zusammen. Irgendwie hatte sie vergessen, dass die anderen drei Lehrlinge nur eine Reihe vor ihnen saßen und alles problemlos mit anhören konnten.

»Es war eine Angestellte«, erklärte Preston offenbar ungerührt – seine Lässigkeit war ein Wesenszug, den er sich in den Jahren angeeignet hatte, in denen er als Hafenarbeiter geschuftet hatte. Es gab nicht viel, was er noch nicht gesehen oder gehört hatte. Und es gab nicht viel, was ihn aus der Ruhe brachte. »Ermordet.«

»Wie bitte?«, fragte Jessica.

Preston zog an seiner Zigarette. »Was? Ich kann doch wohl nicht der Einzige sein, der davon gehört hat. Was glaubt ihr denn, worüber heute Morgen alle sprechen?« Er machte eine Geste zu dem voll besetzten Auditorium hinunter.

Mehrere Reihen vor ihnen hatten sich Inquirer und Angestellte zu kleinen Grüppchen zusammengefunden und redeten verstohlen miteinander. Was Marion jedoch am meisten zusetzte, war Nancy Bricketts Miene.

Es war keineswegs ungewöhnlich, dass Nancy kalt und distanziert wirkte. Sie war einfach so. Nachdem sie in Cambridge Linguistik studiert hatte, war sie den Gerüchten zufolge während des Kriegs von der Regierung rekrutiert und auf ein Anwesen in Buckinghamshire geschickt worden, wo sie als Kryptoanalytikerin gearbeitet hatte. Sie war brillant gewesen, wie Marion gehört hatte, auch unter Druck hatte sie die Ruhe bewahrt. Als sie dann schließlich Miss Brickett's gegründet hatte, war sie ihrer Gesinnung treu geblieben, hatte Stärke und Stabilität vermittelt. Die allgemein akzeptierte Begründung für Nancys Wunsch, eine private Detektei zu etablieren, war die, dass sie frustriert über die zunehmende Kriminalität und Korruption in London gewesen war. Doch Marion vermutete, dass es eher daran lag, dass Nancys hochgeheime Arbeit im Krieg ihr einen Sinn für Wichtigkeit, für Einfluss eingegeben hatte. Wie hätte eine Frau, die eine solch wesentliche Rolle dabei gespielt hatte, den deutschen Vormarsch zu stoppen, in ein Leben zurückkehren können, das in irgendeiner Hinsicht weniger beispielhaft war? Nancy war zur Anführerin geboren worden, zur Beschützerin, und ihre Detektei gab ihr die Möglichkeit dazu.

Während Marion sie nun jedoch betrachtete – stumpfes

rotes Haar, das von grauen Strähnchen durchzogen wurde –, schien Nancy den Blick mit einem bisher unbekannten Anflug von Nervosität über das Auditorium schweifen zu lassen. Es war, als würde sie darauf warten, dass etwas geschah, etwas Unangenehmes und zugleich ganz und gar Unvermeidliches.

Marion erinnerte sich daran, was Nancy zuvor gesagt hatte: *Ich will mir gar nicht vorstellen, was es für Konsequenzen nach sich ziehen würde, wenn die Polizei Wind davon bekommen sollte.* Sie hatte auf die größte Furcht innerhalb der Detektei angespielt: der Furcht vor Entdeckung, die durchaus nicht unbegründet war.

Obwohl die Polizei etwas von Miss Brickett's Existenz ahnen musste, und obwohl es einige ausgewählte Mitarbeiter der Met gab, die mit der Detektei in Verbindung standen und daher wussten, dass es sie gab, konnte man kaum bestreiten, dass die Inquirer praktisch jede Grenze der konventionellen Strafverfolgung überschritten hatten. Was bedeutete, dass die Entdeckung der Detektei oder des Labyrinths nur eine einzige schlichte Konsequenz nach sich ziehen würde: Miss Brickett's würde geschlossen werden.

Was für Marion das Ende von allem bedeuten würde, was in ihrem Leben gut war. Wie könnte sie diese komplizierte, geheimnisvolle Welt wieder verlassen und so tun, als hätte es sie nie gegeben? Wie könnte sie die Menschen hier vergessen und die Dinge, die sie gelernt hatte? Und, was am schlimmsten war, wie könnte sie jemals zu ihrem *normalen* Leben in der Willow Street 16 zurückkehren? Zurück in eine einsame, unglückliche und sinnlose Existenz?

Das Klingen des Glases, gegen das Nancy nun klopfte, holte Marion in die Gegenwart zurück.

»Guten Morgen«, rief sie. »Ich hoffe, Sie alle hatten ein erholsames Wochenende.« Sie hob die Mundwinkel. Vielleicht versuchte sie zu lächeln?

Die im Auditorium Versammelten senkten die Stimmen und setzten sich, dann breitete sich die Stille aus wie eine dunkle Wolke.

»Wie Sie alle sicher wissen, hat es am Wochenende einen Vorfall hier gegeben.« Sie schob die Finger unter ihren Kragen und zog daran, ein verärgerter und vielleicht sogar verzweifelter Versuch, mehr Luft zu bekommen. »Leider ist es meine Pflicht, Sie darüber in Kenntnis zu setzen, dass Miss Michelle White, unsere geschätzte, langjährige Registraturassistentin, am Freitagabend in der Bibliothek durch eine unnatürliche Ursache ums Leben gekommen ist.«

Eine Woge nervösen Getuschels erhob sich.

»Weitere Details werden beizeiten mitgeteilt«, fuhr Nancy fort. »Bitte nehmen Sie jedoch zur Kenntnis, dass die Schlösser des Buchladens am Ende der Woche ausgetauscht werden.«

Da begriff Marion etwas Furchtbares – niemand, der *nicht* zu Miss Brickett's gehörte, hatte jemals einen Fuß in die Detektei gesetzt. Niemand wusste, wo der Eingang war, und selbst wenn, wäre es unmöglich, in den Buchladen zu kommen, wenn man nicht die richtigen Schlüssel in der richtigen Reihenfolge verwendete. Wäre dies trotzdem irgendjemandem irgendwie gelungen, dann hätte er noch die in den Dielenbrettern verborgene Falltür entdecken und den Fahrstuhl ohne Mitarbeitermarke aktivieren und öffnen müssen.

Was Marion anging, konnte es kaum einen Zweifel geben: Der Mörder gehörte zur Detektei.

»Zweitens«, fuhr Nancy fort, »möchte ich Sie bitten, sich während der kommenden Wochen besonders unauffällig zu verhalten. Bitte nehmen Sie zu Ihrer eigenen Sicherheit und der Ihrer Kollegen von gesellschaftlichen Kontakten außerhalb der Detektei Abstand, und natürlich erwähnen Sie den Zwischenfall niemandem gegenüber, der nicht bei Miss Brickett's arbeitet. Und wie immer, bitte beherzigen Sie die

Anweisung, dass das Betreten der Korridore unterhalb der Technischen Abteilung streng verboten ist. Für jeden.«

Spannungsgeladenes Schweigen breitete sich im Auditorium aus.

»Nun, trotz der unangenehmen Umstände möchten wir, so weit möglich, einen normalen Lauf des Betriebs aufrechthalten. Lehrlinge …« Ihr Blick huschte über Marion und ihre Gruppe, dann zu den anderen Lehrlingen im zweiten und dritten Jahr, die im Auditorium verteilt saßen. »… Ihre Schichten werden in dieser Woche wie üblich weitergeführt werden. Zu diesem Thema möchte ich noch anmerken, dass die Aufnahmezeremonie der Lehrlinge im dritten Jahr wie geplant an diesem Freitag, dem achtzehnten April, stattfinden wird.« Sie hielt inne, hob ein Blatt Papier von dem Stapel vor sich und schob ihre Katzenaugenbrille ein Stück weiter den Nasenrücken hinauf. »Bevor wir mit unserer Woche fortfahren, würde ich gern Verity Gould und Don Shu gratulieren.« Sie sah zu einem Paar von Senior-Inquirern hinüber. »Für ihren Erfolg im Fall Jane Holland. Wie sich einige von Ihnen sicher erinnern, ist die sechzehnjährige Jane Holland vor drei Monaten auf dem Heimweg von der Schule spurlos verschwunden. Die Ermittlungen der Polizei sind rasch im Sande verlaufen, woraufhin sich Miss Hollands Eltern an uns gewandt haben.« Sie lächelte Verity und Don zu. »Am vergangenen Mittwoch ist es Gould und Shu gelungen, Jane Holland ausfindig zu machen und sie unversehrt zu ihren Eltern zurückzubringen. Sehr gute Arbeit, vielen Dank Ihnen beiden.«

Darauf folgte ein kurzes Zögern der Menge. Marion spürte, dass die anderen, genau wie sie selbst, gern Veritys und Dons Erfolg und die Rückkehr von Jane Holland gefeiert hätten, was angesichts der Neuigkeiten, die sie soeben vernommen hatten, jedoch schwierig war. Schließlich erhoben sich erste, gedämpfte Hochrufe und Applaus, der immer mehr an Enthusiasmus gewann.

Don Shu drehte sich zum Auditorium um. Genau wie alle anderen wirkte er erschöpft, im Gegensatz zu den meisten jedoch auch erleichtert. »Ich könnte noch hinzufügen, dass wir auch den Kidnapper unversehrt abgeliefert haben. Beim Polizeirevier.« Weiterer tosender Applaus, ein paar Leute lachten sogar.

Nancy dankte den beiden Inquirern ein weiteres Mal, dann bat sie die Versammelten mit einer Geste um Ruhe. »Miss Hollands Fall gehört zu den Aufgaben, die uns beflügeln«, sagte sie. »Den Ausdruck auf dem Gesicht der Eltern zu sehen, die Erleichterung und die Freude. Lassen Sie uns die kommende Woche und die Tage und Stunden, die unsere Beharrlichkeit und unsere Kraft auf die Probe stellen, mit diesem Bild vor Augen angehen.« Sie atmete rasch und flach ein. »Das wäre alles für heute. Danke.«

Die Zuhörer erhoben sich. Die Inquirer machten sich auf den Weg zur Informationsabteilung, andere Mitarbeiter und Abteilungsleiter steuerten ihre jeweiligen Arbeitsplätze an. Und die Lehrlinge liefen, wohin ihre Arbeitspläne sie schickten.

Bill sammelte einen Aktenstapel ganz vorn im Saal ein und folgte Marion dann hinaus in den Korridor, während sie die Richtung zur Technischen Abteilung einschlugen, wo sie den Vormittag verbringen würden.

»Warum, glaubst du, hat Nancy es noch einmal erwähnt?«, fragte Marion, als sie eine lange Steintreppe erreichten, die hinab zum untersten Stockwerk der Detektei führte.

Bill wirkte verwirrt. »Was denn?«

»Die Grenze.« Sie deutete auf den düsteren schmalen Gang, der am Fuß der Treppe vom Hauptgang abzweigte. »Sie hat uns daran erinnert, dass diese Korridore verboten sind. Als ob wir das vergessen könnten.«

Die Grenze, wie sie oft genannt wurde, war der Rand all dessen, was die Lehrlinge zu sehen bekamen. Es war der

Bereich, wo Miss Brickett's endete und finstere Gerüchte begannen. Ein Geflecht unbenutzter Korridore und Kammern, so dunkel und bedrohlich, dass Marion sich nicht vorstellen konnte, irgendjemand würde sich freiwillig dort hinein wagen, selbst wenn es nicht streng verboten gewesen wäre.

Bill zuckte mit den Schultern und schob den Aktenstapel, den er aus dem Auditorium mitgenommen hatte, in seine Tasche. »Ich schätze, weil Whites Büro und ihre Wohnräume da unten sind.«

Marion blieb stehen. »Was?«

»Ja. In der Nähe der Grenze.«

»Bist du sicher?«

Er nickte geistesabwesend und begann, in seiner Tasche zu kramen. Er hielt inne. Seine Miene veränderte sich, ein subtiler Wandel, der vielleicht Schreck hätte sein können. Er ging in die Hocke und starrte völlig verwirrt in die Tasche.

»Was ist los? Bill?«

»Im Auditorium«, gab er hastig zurück. »Du hast nicht zufällig irgendein Papier aufgehoben, oder?«

»Was?«

»Eine Schriftrolle, mit einem lila Band zugebunden? Hast du sie irgendwo gesehen?«

»Ich habe keine Ahnung, wovon du da redest.«

»Nicht wichtig. Hier.« Er reichte Marion den Aktenstapel. »Die Auftragsformulare für diesen Monat. Gibst du die für mich an Bal weiter?«

»Wohin willst du denn?«

»Ich muss was nachsehen. Wir treffen uns gleich in der Werkstatt.«

»Okay, aber …«

»Bin sofort wieder da.« Damit machte er kehrt und eilte die Treppe wieder hinauf.

Wenn Marion nicht so abgelenkt von dem Nektarvogel gewesen wäre, der sich wieder selbst einschaltete, als sie die

Akten, die Bill ihr gegeben hatte, in ihre Tasche schob, dann hätte sie die Gestalt vielleicht gesehen, die in dem Augenblick, in dem Bill außer Sicht war, in die Schatten am Kopf der Treppe glitt.

Vier

IN DER TECHNISCHEN ABTEILUNG

Während alles oberhalb der vierundvierzig Stufen zählenden Treppe gut kartografiert war und zumindest mehr oder weniger vernünftig ausgeleuchtet und belüftet wurde, waren die niedrigen Korridore und schmutzgefüllten Kammern darunter praktisch ausgestorben. Das meilenlange Gewirr aus Stein und Kies und merkwürdig geformten Räumen bildete ein Netzwerk aus Ausläufern jenseits der Grenze, das sich sogar noch tiefer hinab unter die Erdoberfläche wand.

Vor acht Jahren, so wurde jedenfalls gemunkelt, war ein Lehrling namens Ned Asbrey nach dem Genuss zu vieler Pints in der Bibliotheksbar an einem Mittwochabend die lange Steintreppe zur Technischen Abteilung hinabgetorkelt und in seiner alkoholvernebelten Benommenheit nicht durch die Tür zur Abteilung gegangen, sondern nach links in den Tunnel und über die Grenze getaumelt. Es gab zwar keinen offiziellen Bericht über Asbreys Schicksal, doch den Gerüchten unter den Lehrlingen zufolge tauchte Asbrey erst Tage später wieder von jenseits der Grenze auf, seltsam verschlossen, mit schlammverkrusteten Kleidern und einem tiefen Schnitt auf der Wange. Er hatte nicht darüber sprechen wollen (oder können), was er in den Tunneln gesehen und erlebt hatte, doch kurz nach seiner Rückkehr kündigte er ohne Angabe von Gründen bei Miss Brickett's und wurde nie wieder gesehen.

Allein und zunehmend beunruhigt darüber, wie sich dieser Tag entwickelte, ging Marion weiter in Richtung Technische Abteilung. An der Tür angekommen trat sie vor den Wasserspeier, der den Haupteingang bewachte, und zog seinen linken Arm mit einem Ruck nach unten. Ächzend setzte er sich in Bewegung und sank in den Erdboden hinab.

Die Werkstatt, wie sie genannt wurde, war eine große Halle voller unordentlicher Werkbänke, auf denen Mikroskope, Hämmer, Pinzetten, Bohrer und Waagen in allen Formen und Größen lagen. Der eindrucksvollste Gegenstand in der Halle befand sich jedoch hinten an der Nordwand: ein riesiges Glaskabinett in einem sogar noch größeren Stahlkäfig. Darin erstreckten sich fünfzig lange Holzregale, auf denen sich so verschiedenartige und absonderliche Gegenstände reihten, dass Marion sich häufig dabei ertappte, wie sie fasziniert davorstand und das Kabinett voller Bewunderung und Ehrfurcht anstarrte. Es gab Stifte, mit denen man die Lufttemperatur messen konnte, und Apparate, in denen sich Giftpfeile oder Halothangas verbargen. Es gab Kisten voller Zeitanzünder (gasbetriebene Aufziehtaschenlampen, die zur vollen Stunde aufleuchteten) und kunstvoll verzierte Dietriche (universelle Generalschlüssel, die dazu gemacht waren, sich in jedes Schlüsselloch der Welt zu schmiegen und zu winden).

»Guten Morgen, Marion«, rief ihr Professor Uday Bal zu, Chefingenieur und Leiter dieser Abteilung. Uday trug ein langärmliges rotbraunes Hemd, Hosen, die ihm zwei Nummer zu groß waren, und eine Baskenmütze, die gewagt schief auf seinem dichten Haarschopf saß. Eine Brille trug er nicht, obwohl er dies vielleicht hätte tun sollen in Anbetracht der riesigen Lupe, die er immer an einer Kette um seinen Hals mit sich herumschleppte. Der Professor war groß und dürr, so dürr, dass sich Marion manchmal fragte, ob er vielleicht krank war. Bei der einen Gelegenheit, bei der sie so kühn gewesen war, ihn zu fragen, hatte er ihr jedoch versichert, es sei ihm noch nie besser gegangen und seine körperliche Erscheinung sei ein Segen, den ihm seine Mutter vererbt habe – eine gertenschlanke Lady aus Pakistan.

Marion zog die Akten aus der Tasche, die Bill ihr auf der Treppe gegeben hatte, und reichte sie an den Professor weiter. »Die Bestellformulare aus der Fabrik, Sir.«

»Ist Bill heute nicht hier?«, fragte der Professor, dem Bills Abwesenheit natürlich nicht entging.

»Er kommt nur ein bisschen später.«

»Ah …« Der Professor betrachtete die Bestellformulare eher desinteressiert, was untypisch für ihn war. »Scheint ja ganz schön viel zu sein«, bemerkte er und blätterte seufzend durch die Seiten.

»Ich dachte, das ist gut?«

»Schon, für unsere Finanzen …«

Die Fabrik war die Tarnung der Detektei für ihren Sektor der Spionagegerätschaften. Wanzen, Apparaturen, um Telefone anzuzapfen, Miniatur-Chiffriermaschinen und Mikropunkt-Kameras waren nur einige der Ausrüstungsgegenstände, die an anonyme Kunden jeder Art verkauft wurden, und das von einer Pseudofabrik im Southend aus – einem heruntergekommenen Gebäude, das beständigen Renovierungsbedarf aufwies.

Nancy hatte die Fabrik im Jahr 1947 übernommen und einen von Professor Bal geleiteten Kleinbetrieb daraus gemacht, der Spionagevorrichtungen für das Kriegsministerium produzierte. Als Nancy ein Jahr später Miss Brickett's gründete, versetzte sie sowohl den Professor als auch die Werkstatt buchstäblich und im übertragenen Sinn in den Untergrund, und Uday bekam die Erlaubnis, zu erfinden, was immer er wollte, ganz gleich, wie skurril, kompliziert oder illegal es auch sein mochte. Rasch entwickelte sich die Fabrik zur einzigen Einkommensquelle der Detektei, was sie bis heute geblieben war, und der Professor war der Herrscher über alle Heimlichkeiten.

An diesem Tag legte Uday Bal die Formulare jedoch ohne großes Interesse beiseite. »Hast du den Fehler im Distraktor gefunden?«, fragte er stattdessen.

Marion legte eine Hand auf ihre Tasche. Der Vogel darin ratterte noch immer. »Noch nicht. Ich hatte gehofft, dass ich vielleicht noch ein paar Tage länger daran arbeiten kann. Es könnte ein Problem mit dem Phonografen sein …« Sie verstummte, denn der Professor schien ihr überhaupt nicht mehr zuzuhören. Stattdessen ruhte sein Blick auf einem in ein Tuch eingeschlagenen Objekt auf der Werkbank vor ihm.

Eine kurze Stille entstand, gleich darauf unterbrochen von der knarrenden Tür zur Werkstatt. Sie schwang auf, und Bill kam herein, atemlos und blass.

»Hast du's gefunden?«, fragte Marion.

»Was?«

»Das, was du im Auditorium verloren hast?«

»Oh. Nein. Nein, ich habe es nicht gefunden.«

Marion runzelte die Stirn und wandte sich wieder dem Professor zu, der immer noch das Ding unter dem Tuch anstarrte. Wahrscheinlich lag es an der Nachricht über den Mord, dass sich alle an diesem Morgen so seltsam verhielten.

Mit ebenfalls gerunzelter Stirn betrachtete nun auch Bill das Objekt auf der Werkbank. Er reckte den Hals. »Ist das Blut?«

Darauf folgte ein Augenblick unguter Anspannung. Der Professor schien hin- und hergerissen zu sein zwischen dem Bedürfnis zu antworten und der Hoffnung, es nicht tun zu müssen. Nun war Bills und Marions Aufmerksamkeit jedoch geweckt, und keiner der beiden konnte die roten Flecken auf dem Tuch einfach übersehen.

»Ihr habt doch schon davon gehört, nicht wahr?«, fragte der Professor. »Von Michelle?«

»Ja, es ist furchtbar«, sagte Marion, allerdings klang es irgendwie nicht so mitfühlend, wie es sollte.

Der Professor nahm seine Baskenmütze ab und drückte sie sich an die Brust. Seine Augen glänzten verdächtig. »Ich habe Michelle von Anfang an gekannt. Sie war ein bisschen jünger als ihr beide, als sie angeworben wurde. Ich war ihr Mentor. Sie mochte Technik.« Er lächelte schwach. »Sie war ein bisschen wie du, Marion.«

Diese Bemerkung erwischte Marion auf dem falschen Fuß. Sie war Michelle nur ein paarmal begegnet, und nach diesen wenigen, kurzen Gelegenheiten hatte sie den Eindruck gewonnen, dass Michelle eine eher zynische, einzelgängerische und ehrlich gesagt nicht sonderlich sympathische Frau gewesen war.

Der Professor verschränkte die Arme, löste sie dann wieder. Es war deutlich, wie unwohl er sich fühlte. »Ich muss euch wohl sagen, dass ich Michelle am Donnerstagmorgen noch gesehen habe«, berichtete er hastig, seine Stimme klang angespannt. »Sie ist gegen zehn in mein Büro gekommen. Zum Tee. Das war unsere donnerstägliche Tradition. Aber irgendetwas hat mit ihr nicht gestimmt. Genau genommen war das schon ein paar Wochen lang so. Ich wünschte nur, ich hätte sie gefragt, was los ist. Vielleicht hätte ich ihr helfen können. Vielleicht wäre sie dann noch …« Er schüttelte den Kopf. »Ich wünschte, ich hätte sie trösten können. Ich glaube, sie hatte sonst niemanden, wisst ihr. Die Leute haben sie falsch eingeschätzt, glaube ich.«

Bizarre Geräusche füllten die über ihnen hängende Stille – gelegentliches Klirren oder das Scharren von Metall auf Metall, während die Assistenten des Professors in den düsteren Winkeln der Halle ihrer Arbeit nachgingen.

Nach einer Weile schien der Professor aus den finsteren

Gedanken, die ihn gefangen zu halten schienen, aufzutauchen. Als er wieder das Wort ergriff, sprach er schnell und leise: »Ich glaube, es war David.«

Bill an Marions Seite zuckte zusammen. Sie sah ihn an. Er erwiderte ihren Blick jedoch nicht, also wandte sie sich wieder an Uday Bal und überlegte, ob sie ihn vielleicht davon abhalten sollte weiterzureden. Die Offenheit des Professors machte sie nervös – derart sensible Informationen sollten doch sicher direkt an Nancy berichtet werden? Bevor sie ihre Sorge jedoch äußern konnte, sagte Bill: »Was meinen Sie damit, dass es David war?«

»Das, was Michelle so zu schaffen machte«, erklärte der Professor so leise, dass es fast ein Flüstern war. »Sie hat gesagt, da gebe es etwas, das sie beunruhige. Sie hat mir nicht genau erklärt, was es war, nur dass ›irgendjemand danach sucht‹. Und ich glaube, dass sie damit David gemeint hat, weil er …« Wieder unterbrach er sich und kam offenbar zu dem Schluss, dass er vielleicht schon zu viel gesagt hatte. Er seufzte, und ein Teil der Anspannung schien von ihm abzufallen. »Schon komisch, nicht wahr? Wie uns ein unerwarteter Todesfall dazu bringt, alles infrage zu stellen und jedes Wort, jede Geste auf die Goldwaage zu legen. Was, wenn wir etwas übersehen haben? Was, wenn wir hätten verhindern können, was passiert ist?«

»Herrgott!«, fiel ihm Bill ins Wort, als er etwas zu begreifen schien. Er deutete auf den stoffverhüllten Gegenstand. »Das ist sie, nicht wahr? Die Mordwaffe!«

Der Professor zögerte, aber nur für den Bruchteil eines Augenblicks. Marion wollte sich der Magen umdrehen, als Bal schließlich einen blutigen Metallstab auswickelte, etwa achtzehn Zentimeter lang und fünf Zentimeter breit, mit einer Bruchkante an einem Ende, die so spitz zulief wie ein Speer.

Der Professor hielt den Stab hoch, ins Licht – es war ein

Herold-Stethoskop. Da begriff Marion, warum die Notiz im Großen Gang aushing. Sämtliche Herold-Stethoskope waren auf die Liste 3 gesetzt worden: *Können bei unangemessenem Gebrauch ernsten Schaden verursachen.*

»Es steckte in ihrer Kehle«, erklärte der Professor umsichtig, und es klang fast geschäftsmäßig. Ein Bewältigungsmechanismus, wie Marion annahm. »Es hat ihren Kehlkopf durchbohrt und mehrere Blutgefäße verletzt. Ich nehme an, sie war sofort tot.«

Ein Herold-Stethoskop, einer der vielen komplizierten Ausrüstungsgegenstände der Detektei, war dafür angefertigt worden, Geräusche durch praktisch jedes Hindernis hindurch aufzufangen – Wände, Türen, Fenster und Böden. Es war ein schmales Rohr mit einer flexiblen inneren Schicht aus Gummi und einer stabilen Metallummantelung. An einem Ende lief das Rohr in einen hocheffektiven glockenförmigen Resonator aus, am anderen Ende befand sich ein Ohrstück.

Das Ohrstück war vollkommen unversehrt geblieben, der Resonator jedoch abgebrochen, und das Metallrohr endete in einer blutigen, gezackten Bruchkante. Das einstmals harmlose Gerät war dadurch zu einer zerklüfteten, aber durchaus hocheffektiven dreizackigen Klinge geworden. Die bizarrste Mordwaffe, die Marion je gesehen hatte, trotzdem war sie zweifellos ohne Schwierigkeiten durch Haut und Fleisch gedrungen.

»Warum ist es hier?«, fragte Marion. *Und warum zeigen Sie uns das?* Kalter Schweiß überzog ihre Haut.

Aus einer Schublade neben ihm zog der Professor eine Flasche Desinfektionsmittel und eine Rolle Baumwollwatte. Er streifte sich Einmalhandschuhe über, schloss kurz die Augen, wie um sich ein weiteres Mal geistig zu wappnen, dann wischte er das Blut von dem Stethoskop und hielt in seiner Tätigkeit nur einmal inne, um ein Stück Fleisch aus dem Inneren des schmalen Rohrs zu ziehen. »Nancy möchte, dass ich ihr sage, wie es zerbrochen wurde«, erklärte er ernst. »Ob es fallen gelassen oder gegen eine Wand geschleudert oder mit einem Werkzeug bearbeitet wurde. Das Problem dabei ist, dass dieses Stethoskop nicht so ist wie die anderen.« Mit einer Stiftlampe leuchtete er in die Röhre hinein.

Marion trat von einem Fuß auf den anderen. »Mit Respekt, Professor, aber ich glaube wirklich nicht, dass Sie uns das zeigen sollten.« Sie empfand einen schuldbewussten Stich, als Uday sie verwirrt ansah. »Ich meine nur ... das verstößt doch gegen das Protokoll. *Oder?«*

Nun wirkte der Professor eher ungläubig. »Aber ihr werdet es doch niemandem erzählen?«

»Na ja, nein, natürlich nicht, aber ...« Sie seufzte.

Zufrieden nickte der Professor, dann fuhr er fort. »Dieses Stethoskop hier habe ich speziell für Michelle angefertigt, versteht ihr? Es war von Anfang an ihr Lieblingsgerät, schon an ihrem ersten Tag als Lehrling hier. Das Messing, aus dem die Stethoskope üblicherweise gemacht sind, ist allerdings recht empfindlich und zerbricht leicht, wenn man es fallen lässt. Es zerspringt in viele kleine Stücke. Das hier nicht. Bis zum Ende ihres ersten Jahrs hatte sie drei Stethoskope auf dem Gewissen, also habe ich ihr zum siebenundzwanzigsten Geburtstag ein ganz besonderes Stethoskop gemacht. Ein viel stabileres. Es zerspringt nicht wie die anderen, sondern zerbricht in große Scherben, so wie wir es hier sehen. Dieses Stethoskop besteht aus geschichtetem Stahl. Ich kann es nicht glauben. Ich kann nicht fassen, dass es dies hier war, was sie am Ende umgebracht hat ...« Seine Stimme verklang.

»Mein Gott!«, flüsterte Marion. Sie sah sich in der Halle um. Die Assistenten des Professors hielten sich ganz in der Nähe auf, und einige von ihnen sahen immer wieder zu dem Stethoskop hinüber. In Marions Bauch formte sich ein Knoten. Sie wusste, warum ihnen der Professor die Mordwaffe gezeigt und warum er (wie üblich) mehr gesagt hatte, als er eigentlich sollte. Während der zahllosen Stunden, in denen sie mit ihm zusammengearbeitet hatte, war ihr klar geworden, dass Udays bewundernswerteste Eigenschaft gleichzeitig auch seine größte Schwäche war: sein vorbehaltloses Vertrauen in die Integrität jener, mit denen er sich umgab. Angesichts von Michelle Whites kürzlichem Dahinscheiden stand jedoch fraglos fest, dass nicht jeder bei Miss Brickett's dieses Vertrauen verdiente.

»Vielleicht sollten wir das jetzt lieber wieder wegräumen«, sagte sie hastig und deutete auf die Waffe.

Der Professor schien zu einem ähnlichen Schluss zu kommen, und rasch legte er das Stethoskop in einen bereitstehenden Kasten. »Tja.« Er seufzte, dann fügte er offenbar verlegen hinzu: »Ich schätze, wir müssen trotzdem mit der Tagesarbeit weitermachen.« Er hob eine Kiste von einer der Werkbänke, die bis zum Rand mit Knäueln grauer Stahlseile gefüllt war. »Ich nehme an, ihr beide wisst, was ihr damit zu tun habt. Ich bin in meinem Büro, falls ihr irgendetwas braucht.«

»Puh, was für ein Morgen!«, sagte Marion zu Bill, als sie sich an die Arbeit machten.

Bill gab ein Murren von sich und brummelte etwas, das wie »Verdammtes Chaos!« klang, vor sich hin. Marion beschloss, nicht weiter nachzuhaken. Sie wollte nicht mehr darüber nachdenken, was ihnen der Professor gezeigt hatte. Sie wollte nicht an die Mordwaffe oder an irgendetwas in diesem Zusammenhang denken. »Und jetzt auch das noch.« Bill deutete auf die Kiste voller verknoteter Schlingstricke – Stahlseile, die abschnittsweise eine magnetisch aufgeladene Metallfüllung enthielten, dank derer sich die Seile um alles schlangen, womit sie in Berührung kamen. Inklusive anderer Schlingstricke oder auch sich selbst. Weshalb sie dazu neigten, sich zu praktisch unentwirrbaren Knäueln zu verwickeln. Bill sah auf seine Uhr. »Für den Haufen da brauchen wir sicher den ganzen Tag.« Mit beiden Unterarmen nagelte er ein besonders lebhaftes, sich wild windendes Seil auf der Werkbank fest, wo es sich erst wehrte wie ein sterbendes Tier, dann aber still lag. Vorsichtig, um die Magnetfüllung nicht wieder zu aktivieren (was laut der »Werkstattgrundlagen« oft durch grobe Behandlung geschah), entwirrte er das Seil langsam und sorgfältig und hob es in die Luft, durchquerte damit die Halle und hängte es in einem gummiverkleideten Vorratsschrank auf. »Super, eins geschafft. Bleiben noch etwa zweihundert.«

Marion zog ebenfalls ein Seil aus der Kiste und versuchte, es zu entknoten. Sie sah Bill zu, der dasselbe tat, das Gesicht angespannt vor Konzentration oder vielleicht auch Verärgerung. Nach einigen weiteren komplizierten Entwirrungen seufzte er und sah auf. »Wie war eigentlich dein Wochenende?«

»Genau wie immer. Ich habe hauptsächlich an meiner Fallpräsentation in der Informationsabteilung heute gearbeitet. Außerdem hat mir Dolores wieder keine Ruhe gelassen. Von Mr Smithers habe ich dir erzählt?«

»Deinem zukünftigen Ehemann?« Bill schnaubte.

»Er schickt mir immer noch Briefe. Ich könnte ihm mein Desinteresse wirklich nicht deutlicher zeigen. Meinst du, er kapiert es irgendwann?«

»Mari«, verkündete Bill leichtfertig, »dir ist doch klar, dass es nicht Smithers ist, dem du die Sache ausreden musst?«

Verwirrt sah Marion ihn an.

»Du musst vor allem Dolores überzeugen«, erklärte er. »Du hast mir doch selbst erzählt, dass sie ihn für dich ausgesucht hat, was bedeutet, dass sie ihm wahrscheinlich hinter den Kulissen Druck macht. Wenn er dich aufgibt, dann bekommt er es mit ihr zu tun.«

»Gott helfe ihm.«

Sie lachten.

»Was ist mit dir?«, fragte Marion nach einer Weile. »Irgendjemand in Sicht?« Bill war auf seine eigenwillige Art durchaus gut aussehend – groß, mit feinen Gesichtszügen und reiner Haut –, und Marion glaubte nicht, dass er auf romantischem Gebiet irgendwelche Probleme hatte. Trotzdem verspürte sie einen leisen Stich in der Brust bei der Vorstellung, er könnte eine Ehefrau finden, sich niederlassen, wegziehen. Marions und Bills Beziehung zueinander war immer platonisch gewesen, trotzdem war es eine enge Bindung, auf die sie beide sich verließen. So selbstsüchtig das auch sein mochte, Marion wusste nicht, wie gut sie damit zurechtkommen würde, wenn Bill seine Aufmerksamkeit auf eine andere Frau richten würde.

»Wie genau soll ich denn jemanden kennenlernen, wenn ich meine gesamte Zeit unter der Erde verbringe?«

Marion lachte. »Weiß ich auch nicht, aber Jess hat es offensichtlich rausgefunden.«

»Ha, stimmt. Roger aus der Instandhaltung. Kennst du den?«

Marion stellte sich einen rauen und kräftigen Kerl vor – genau Jessicas Typ –, aber sie wusste nicht, ob sie Roger aus der Instandhaltung schon einmal begegnet war. »Ich glaube nicht.«

Die Zeit verstrich langsam, schleppend, während die beiden schweigend mit ihren Schlingstricken kämpften. Mit jeder verstreichenden Minute wurde Bill ungeduldiger, ärgerlicher, er fluchte leise vor sich hin.

»Alles in Ordnung?«, fragte Marion.

Er schien sie nicht gehört zu haben. »Weißt du, wo David heute Nachmittag eingeteilt ist?«

»David?« Marion horchte auf. »Woher soll ich das wissen?«

Bill schüttelte den Kopf. Keine Antwort.

Und schon sind wir wieder so weit.

Marion sah, wie seine Miene etwas Angespanntes bekam. Seine Hände begannen leicht zu zittern. Dieses Zittern hatte Marion erst einmal zuvor gesehen. Das war bei ihrer ersten Begegnung gewesen – der Tag, an dem Marion angeworben worden war und Bill seinen Job riskiert hatte, um sie zu decken. Er war nervös gewesen, und er hatte gelogen, obwohl es ihm lieber gewesen wäre, es nicht tun zu müssen.

Bill griff nach einem weiteren Seil, war jedoch zu abgelenkt – ein gefährlicher Fehler, wenn man mit Schlingstricken arbeitete.

Das Seil in seiner Hand entglitt ihm, entrollte und straffte sich und wickelte sich dann um seinen linken Arm. Bevor Marion begriff, was geschah, schlang sich das andere Ende des Seils um seinen Hals. Die beiden unterschiedlich aufgeladenen Enden zogen sich gegenseitig an und zerrten Bills Hals an seine Schulter und seinen Arm an seinen Hals. »Könntest du mal?«, ächzte er, als sich die Schlingen strafften.

Marion packte die beiden Seilenden und zog sie mit einem kräftigen Ruck auseinander, womit man die Stricke für einen Moment entmagnetisieren konnte. Genug Zeit für Bill, um sich aus der Umklammerung zu befreien. Gerade noch rechtzeitig.

»Herrgott …«, keuchte er und rieb sich über den hellroten Striemen, der sich an seinem Hals bildete. »Was jetzt …?«

Marion trug das übergriffige Seil zum Schrank und achtete dabei darauf, dass es vollkommen gerade hing. Dann warf sie einen Blick auf die Wanduhr. Irgendwie war die erste Viertelstunde ihrer Mittagspause bereits verstrichen. »Na komm«, sagte sie, schloss die Kiste mit den Seilen und schob sie beiseite. »Die können wir später fertig aufrollen.«

Sobald sie die nasskalte Halle jedoch verlassen hatten, blieb Bill stehen. Er umklammerte den Gurt seiner Tasche und starrte die lange Steintreppe hinauf. Ganz oben stand jemand. Der Umriss einer menschlichen Gestalt war im Dämmerlicht nur teilweise zu erkennen.

»Ich muss gehen«, sagte Bill. »Wir sehen uns beim Essen. Oder später.«

»Wann später? Wohin willst du denn?«

»Ich muss nur noch was für heute Nachmittag vorbereiten.« Nun war das Zittern seiner Hände noch deutlicher. »Wir sehen uns später.«

Als Bill die Treppe hinaufeilte, trat die Gestalt am oberen Absatz ins Licht. Es war David. Er schob die rechte Hand in seine Manteltasche. Die beiden jungen Männer wechselten ein paar Worte, dann gingen sie durch den Korridor davon.

Marion spürte ihre Verärgerung wieder aufflammen, während sie David und Bill im Dämmerlicht verschwinden sah. Beim nächsten Mal würde sie Bill nicht so einfach davonkommen lassen, sondern ihn dazu zwingen, ihr zu sagen, was hier los war.

Fünf

DER SPITZEL

Genau wie Marion befürchtet hatte, war die Neuigkeit von dem zerbrochenen, blutigen Herold-Stethoskop und seiner Rolle bei Michelle Whites Tod mittlerweile durchgesickert, und auf dem Weg zur Kantine musste sie sich durch eine wahre Spekulationsflut in den Korridoren kämpfen.

»Mittendurch. Auf der einen Seite rein, auf der anderen wieder raus«, erklärte Patrick Castle, ein Lehrling im dritten Jahr, gerade genüsslich seinem Freund Howard Yon, der ebenfalls im dritten Jahr seiner Ausbildung war, während sich die beiden an den Tisch neben Marion setzten.

»Fast geköpft«, bestätigte Howard.

Sie wandten sich an Marion. »Du hast es doch gesehen, Lane, oder?«, fragte Patrick.

Marion ignorierte ihn und holte sich stattdessen etwas zu essen.

Als sie zurückkehrte, rutschte Howard mit seinem Stuhl an ihren Tisch. »Das war doch sicher vorsätzlich?«, fragte er, wobei ihm der Gedanke überhaupt nichts auszumachen schien.

Nun rutschte auch Patrick herüber. »Komm schon, Lane«, drängte er, und seine dunkelbraunen Augen blitzten vor Aufregung. »Du bist doch ständig da unten bei Bal. Meinst du, er hat was damit zu tun?«

Patrick grinste Howard an. »Geschichteter Stahl, schön stabil, genau richtig für eine Waffe, meinst du nicht?«

Dies konnte Marion nicht ignorieren. »Ich würde es mir zweimal überlegen, bevor ich solche Anschuldigungen ausspreche. Das hier ist kein Scherz, und ich glaube kaum …«

»Ja, ja, wissen wir, Lane«, fiel ihr Patrick ins Wort. »Entspann dich. Sollte doch nur ein Scherz sein. Von dir haben wir sowieso kein Wort erwartet.«

»Hobb dagegen …«, warf Howard grinsend ein. »Der hat's auch gesehen, oder?«

Patrick schlug sich aufs Knie. »Und ob! Da hast du verdammt recht. Warum ist mir das nicht eingefallen? Gebt Hobb ein Pint oder vier, dann singt er wie ein Vogel am Pier.«

Die beiden lachten, bis Patrick die Tränen in den Augen standen, während sie ständig »Gebt Hobb ein Pint oder vier, dann singt er wie ein Vogel am Pier« wiederholten.

»Also, wo ist er?«

Marion richtete den Blick starr geradeaus und tat so, als könnte sie die beiden nicht hören.

Howard beugte sich der dramatischen Wirkung wegen zu Patrick vor, machte jedoch keinen Versuch, seine Stimme zu senken. »Haben wir ihn nicht gerade noch mit Eston gesehen? Die haben gestritten, oder?«

Patrick nickte, und sein Grinsen wurde breiter. »Sehr verdächtig, wenn du mich fragst. Was die wohl …« Abrupt verstummte er.

»Yon, Castle«, erklang eine herrische Frauenstimme hinter ihnen, die beiden prompt das Grinsen aus dem Gesicht wischte.

Als Marion aufblickte, erkannte sie Senior Inquirer Aida Rakes, die Leiterin der Informationsabteilung. Obwohl erst Mitte dreißig, war Rakes mit ihren senegalesischen Wurzeln und den fast ein Meter neunzig Körpergröße eine eindrucksvolle Erscheinung und wurde in der Detektei hochverehrt.

Noch mehr Respekt wurde einzig und allein Nancy entgegengebracht.

»Sind Sie beide heute Nachmittag nicht bei Simkins in der Bibliothek eingeteilt?«, fragte Rakes. Ihre Stimme klang neutral und ruhig, doch Marion wusste, wie schnell sich das ändern konnte.

»Wir wollten gerade los.« Howard suchte seine Sachen zusammen.

Rakes sah auf die Uhr. »Es ist zwölf Uhr fünfundfünfzig. Bis zur Bibliothek werden Sie mindestens zehn Minuten brauchen, und wenn Sie schon wieder zu spät kommen, wird Simkins das in seinem Sachstandsbericht erwähnen.«

Ohne ein weiteres Wort standen Howard und Patrick auf und verschwanden.

Rakes wandte sich an Marion und musterte ihr noch unberührtes Tablett. »Sie wollten gerade zu Mittag essen?«

»Na ja, ja, jedenfalls hatte ich das vor.« Marion war verwirrt und auch ein wenig gereizt. Dies war der erste ruhige Moment für sie an diesem Tag. Bei dem ganzen Trubel hatte sie auf wenigstens eine halbe Stunde gehofft, in der sie in Ruhe ihr Mittagessen zu sich nehmen konnte. Was ihr jedoch nicht beschieden zu sein schien.

Rakes musterte sie mit einem verächtlichen Blick. »Sie wissen, dass Sie heute Nachmittag eine Präsentation bei mir haben?«

Marion sah auf die Uhr. Es war nicht einmal eins. »Ja.« *Natürlich weiß ich das noch.* »Um halb drei.«

Rakes antwortete nicht gleich, was – wie Marion durchaus begriff – eine Warnung sein sollte. *Seien Sie lieber pünktlich und gut vorbereitet.* »Wir sehen uns dort.«

Nachdem Rakes schließlich fort war, hatte Marion ihren Appetit verloren. Sie schob das Tablett von sich weg und stand auf. Jede Hoffnung auf einen normalen Tag war längst verflogen. Es gab nur einen Menschen, der sie jetzt beruhigen konnte.

Sie klopfte dreimal an Franks Bürotür. Sie öffnete sich, allerdings nur einen Spaltbreit. »Marion?« Frank wirkte, als hätte sie ihn gestört oder bei etwas Wichtigem unterbrochen. Er bat sie nicht herein.

»Tut mir leid«, stotterte sie. »Ich wollte mich nur kurz mit dir unterhalten.«

Er zögerte, woraufhin Marion ihre Wangen heiß werden spürte. Der Gedanke, jemandem ihre Gesellschaft aufzuzwingen, war grässlich, besonders jemandem, den sie praktisch als Familienmitglied betrachtete. Vielleicht spürte Frank dies, denn er trat beiseite. »Natürlich. Komm rein.« Sein Büro war unaufgeräumt – Bücher und Akten und Papierstapel waren überall auf dem Schreibtisch und dem Boden verteilt. »Tut mir leid«, sagte er, als er ihren Blick auf das Chaos bemerkte. »Ich räume nur gerade um.« Er lehnte sich gegen die Schreibtischkante, vielleicht, weil die drei Stühle im Raum von irgendwelchem Bürokram belagert wurden oder weil er hoffte, die Unterhaltung damit möglichst kurz zu halten. »Was gibt es?«

Sie beschloss, direkt zur Sache zu kommen. »Ich habe heute Morgen vor dem Büro für Führungskräfte im Großen Gang zufällig etwas mit angehört. Nancy und dich.« Dabei beließ sie es. Die Lücken würde er selbst füllen.

Er richtete den Blick zu Boden. »Es ist furchtbar, was da geschehen ist.«

»Sollte ich mir Sorgen machen? Wegen der Detektei, meine ich. Ich habe gehört, dass Nancy beunruhigt ist, weil sich die Polizei einmischen könnte.«

»Nein, natürlich nicht«, gab er, ohne zu zögern, zurück. »Alles ist unter Kontrolle.« Er rieb sich die Knie und stand dann auf. »War das alles?«

Marion öffnete den Mund. Es gab noch so vieles, was sie gern gefragt hätte – wer unter Verdacht stand, der Mörder zu sein, oder welches Motiv dahinterstecken könnte –, doch sie wusste, dass er darauf nicht antworten würde. Nicht, während die Ermittlungen unter Hochdruck liefen. Frank bestand zwar nicht pedantisch auf Vorschriften und Formalitäten, aber er handelte stets strikt nach den Regeln der Vernunft. Wenn es an dem Fall nichts gab, was sie unbedingt wissen musste, dann würde er ihr – *vernünftigerweise* – auch nichts darüber erzählen. Ganz im Gegensatz zu Professor Bal. Sie beschloss, die Unterhaltung auf das andere Thema zu lenken, das ihr zu schaffen machte. »Bill und David hecken irgendetwas zusammen aus.«

Sofort entspannte sich Franks Miene etwas. »Ach?«

»Das geht schon seit einer Weile. Da muss es irgendeine Abmachung zwischen ihnen geben. Aber Bill will mir nichts darüber erzählen. Jedes Mal, wenn ich es erwähne, wechselt er schnell das Thema.«

Frank wirkte ernsthaft interessiert. Oder vielleicht war er auch nur erleichtert, weil sie nicht mehr über den Mord sprachen. »Und warum macht dir das so zu schaffen?«

Marion dachte einen Moment nach. »Weil wir einander alles erzählen.«

Frank legte den Kopf schief. »Wirklich?«

Marion runzelte die Stirn. Was sollte das denn heißen? Bill wusste alles über sie, oder? »Ja, wirklich.«

»Hast du ihm erzählt, wie Alice gestorben ist? Die Wahrheit, meine ich.«

In ihrer Kehle formte sich ein Kloß. Sie verschränkte die Arme. Die Antwort darauf lautete Nein. Sie hatte Bill gesagt, ihre Mutter sei an Krebs gestorben. Dieselbe Geschichte, die sie auch allen anderen erzählte. Außer Frank natürlich. Er kannte die Wahrheit.

»Ich will damit nicht sagen, dass du es tun solltest«, erklärte er freundlich. »Wir alle haben unsere Geheimnisse, Marion. Bill hat seine, du hast deine. Das bedeutet nicht, das ihr einander nicht vertraut. Einige Wahrheiten sind eben privat und sollen es auch bleiben.«

Marion nickte, obwohl sie nicht sicher war, ob sie ihm da zustimmte. Sie wusste selbst nicht, warum es ihr so schwerfiel, über ihre Mutter zu sprechen. Darüber, wie sie gestorben war. Vielleicht lag es an dem Mitleid, von dem solche Geschichten immer begleitet wurden – eine Mutter, die sich dafür entschied, ihre einzige Tochter allein zurückzulassen. Oder vielleicht lag es auch daran, dass sie nicht gern gemustert und beurteilt wurde. Die bohrenden Blicke, die subtilen Fragen. Die Versuche, den Schaden und die möglicherweise daraus resultierenden Charakterfehler abzuschätzen.

Frank wartete auf ihre Reaktion, darauf, dass sie wieder aus ihren Gedanken auftauchte. Er legte ihr eine Hand auf die Schulter. »Was auch immer es ist, Bill wird es dir sagen, wenn und falls er bereit dazu ist.« Er lächelte, dann führte er sie zur Tür. Als sie die Schwelle erreicht hatten, ergriff er wieder das Wort, und dieses Mal klang er nicht mehr ganz so selbstsicher: »Ich weiß, dass dies hier ungewisse Zeiten sind. Halte dich einfach an deine Arbeit, und …« Er blickte den Gang hinauf und hinunter, aber außer ihnen war niemand da. »… pass auf dich auf, in Ordnung?«

Eine halbe Stunde später traf Marion in der Bibliothek auf Aida Rakes, gerade noch rechtzeitig für ihre Präsentation.

»Nicht nur die Lehrlinge reden über die Mordwaffe«, erklärte ihr Rakes, während sie die schmale Treppe in den Keller der Bibliothek hinabschritten. »In der ganzen verdammten Detektei wird geklatscht und getratscht. Wie ein Haufen Schulkinder.«

Marion seufzte. Ihre Unterhaltung mit Frank hatte sie zwar ein wenig beruhigt, aber nun dachte sie wieder an das grässliche Herold-Stethoskop und daran, was jemand damit getan hatte.

»Ich weiß, dass Bal Ihnen die Waffe gezeigt hat«, fuhr Rakes fort. »Einer der Werkstattassistenten hat es mir erzählt.«

»Ja, das habe ich mir gedacht«, murmelte sie leise vor sich hin. Dann fügte sie lauter hinzu: »Ich habe aber mit niemandem darüber gesprochen.«

Was Rakes zu genügen schien. »Ich hoffe nur, dass Nancy es nicht herausfindet. Sonst wird sie sicher fuchsteufelswild. Sie versucht, diesen Fall diskret zu behandeln. Sie kann keine Einmischung brauchen. Habe ich mich klar ausgedrückt?«

»Natürlich.« *Natürlich.* Obwohl Marion – genau wie alle anderen – die alarmierende Nachricht von Michelles Tod unmöglich ignorieren konnte, würde ihr nie einfallen, sich in die Ermittlungen einzumischen. Die Sachstandsberichte über die Lehrlinge würden in der kommenden Woche erstellt werden, weshalb ihr nicht viel Zeit blieb, um ihre Konzentration wiederzufinden, trotzdem würde sie es versuchen müssen.

Alle drei Monate wurden von Abteilungsleitern und hochrangigen Mitarbeitern Sachstandsberichte über die Lehrlinge erstellt. Eine Sammlung positiver Berichte war nicht nur ein todsicherer Weg, um am Ende der Probezeit eine Festanstellung in der Detektei angeboten zu bekommen, wer glänzende Leistungen vorweisen konnte, der durfte gelegentlich auch selbst bestimmen, wo er seine Schichten ableisten wollte – ein Privileg, auf das Marion hoffte, da es ihr gestatten würde, sogar noch mehr Zeit in der Werkstatt zuzubringen.

»Shirley.« Rakes nickte einer zierlichen Blondine zu, die am Fuß der Treppe auf sie wartete. Amanda Shirley, die siebte und älteste unter den Lehrlingen in Marions Gruppe. Amandas scharfe Gesichtszüge, ihr blasser Teint und ihre tief liegenden Augen wirkten immer ein wenig beunruhigend (um es vorsichtig auszudrücken), und sie vermittelte Marion stets den Eindruck, sie würde sich am Rande eines möglicherweise in Gewalt ausartenden Nervenzusammenbruchs befinden.

Ohne die Begrüßung zu erwidern, reichte Amanda eine Akte an Rakes weiter. Marion schenkte sie überhaupt keine Beachtung. »Nur drei Fälle diese Woche. Allesamt Kategorie zwei. Ich schlage vor, Sie beauftragen Barnes, Appleton und Patterson damit.« Obwohl Amanda genau wie Marion und die anderen nur ein Lehrling war, hatte sie es in den fünf Monaten, die ihre Ausbildung nun bereits andauerte, irgendwie geschafft, sich die zusätzliche Teilzeitstellung als Fallmanagerin in der Informationsabteilung zu sichern. Frank zufolge hatte sie diese Position ihrem Organisationstalent zu verdanken, das sie während ihrer Zeit als Postmeisterin der Royal Mail noch ausgebaut hatte. Zum Missfallen aller, die mit ihr arbeiteten, hatte diese Stellung ihr ohnehin schon überhöhtes Selbstwertgefühl noch zusätzlich gesteigert. Manchmal fand Marion sie einfach unerträglich, und da war sie nicht die Einzige.

»Danke für den Hinweis«, sagte Rakes, als sie drei nun einen kleinen Bogengang hinter der Treppe durchschritten.

Amanda musste fast in Laufschritt fallen, um mit Rakes' langen Schritten mithalten zu können. »Es fällt jedem schwer, sich zu konzentrieren, wissen Sie. Nach Nancys Bekanntmachung im Auditorium. Alle sagen, es muss ein Mitarbeiter der Detektei gewesen sein. Ich schlage vor, dass Sie sich der Sache annehmen, bevor sie aus dem Ruder läuft.«

»Ja, das ist mir bewusst.«

»Genau genommen«, fuhr Amanda fort, »wollte ich vorschlagen, dass wir sämtliche Operationen einfrieren, bis dieser Fall aufgeklärt ist.«

Rakes erstarrte. »Sämtliche Operationen einfrieren? Sie haben ganz eindeutig keine Ahnung, was das bedeuten würde. Wenn wir das auch nur ein paar Tage lang tun würden, wären wir über Monate hinweg mit unseren Aufgaben im Rückstand.«

»Da stimme ich nicht zu«, gab Amanda zurück. »Im Augenblick kommt ohnehin kaum etwas über die Briefkästen herein.«

Rakes schloss einen Moment lang die Augen. »Und was

würde das bringen? Falls der Mörder tatsächlich einer von uns ist – und ich meine *falls* –, dann ist es meiner Ansicht nach das Beste, ihn einfach in dem Glauben zu lassen, er wäre damit davongekommen. Er soll sich entspannen, Risiken eingehen, einen Fehler machen.«

»Zum Beispiel das Risiko, wieder zuzuschlagen? Noch jemanden umzubringen?« Amanda verschränkte die Arme vor der Brust.

Marion musste sich ein Lacheln verbeißen, als sie sah, wie Rakes' Miene verkniffen wurde. Amanda bewegte sich auf gefährlichem Terrain mit ihrer hartnäckigen Widersetzlichkeit. Gut begründete Kritik oder gegensätzliche Meinungen machten Rakes nichts aus, auch von einem Lehrling nicht. Amanda brachte es mit ihren unablässigen Sticheleien und Unterbrechungen jedoch häufiger fertig, eine rote Linie zu überschreiten, und es war ein Genuss, dabei zuzusehen, wie Rakes sie in die Schranken wies.

»Wenn Sie ein Problem damit haben, wie die Dinge hier gehandhabt werden, Shirley«, erklärte Rakes kurz und knapp, »dann schlage ich vor, dass Sie Ihre Beschwerden direkt bei der obersten Leitung vorbringen. Nancy weiß solche Vorschläge sicher zu schätzen.« Sie fuhr zu Marion herum. »Sie finden das amüsant, Lane?«

Rasch setzte Marion eine neutrale Miene auf. »Nein, überhaupt nicht.«

»Gut. Shirley, wir sehen uns um fünf in meinem Büro zum Aktenbericht. Lane, gehen wir.«

Die immer muffige, vollgestopfte Registratur mit ihren schwindelerregend hohen Aktentürmen ließ so einiges zu wünschen übrig. Was man von der Wand, die ihre Nordgrenze bildete, nicht behaupten konnte. Hunderte von stählernen Empfangsbehältern hingen an einem gewaltigen Betonpaneel, jeder davon direkt unterhalb der numerisch dazu passenden pneumatischen Röhre. Die Röhren verbanden die Empfangsbehälter in der Registratur mit geheimen Briefkästen an diversen Orten in der Londoner Innenstadt – in Straßenmauern, U-Bahn-Stationen oder auch unter Brücken.

Marion und Rakes durchquerten die Registratur und betraten die danebenliegende, viel größere Informationsabteilung – ein offener Saal voller Aktenschränke und Schreibtischreihen mit Arbeitslampen darauf. Hier verbrachten die Inquirer, die nicht gerade im Außeneinsatz unterwegs waren, ihre Tage damit, Verdächtigenakten, Beweismittel und Tipps durchzugehen, die der ersten Prüfung in der Registratur standgehalten hatten.

Marion hatte schon oft in der Informationsabteilung gearbeitet, allerdings war es hier noch nie so voll gewesen. Wie Rakes (und Amanda) allerdings gerade eben erst angemerkt hatten, schienen die meisten der hier anwesenden Inquirer jedoch hauptsächlich miteinander zu tuscheln, anstatt zu arbeiten. Rakes schüttelte tadelnd den Kopf, doch vermutlich kämpfte sie auf verlorenem Posten. »Nicht zu fassen«, fauchte sie. Einige ihrer Kollegen wandten wie ertappt den Blick ab, doch die meisten bemerkten sie nicht einmal, und Marion glaubte, gleich mehrmals die Wörter »Kehle« und »Stethoskop« zu hören, bis sie den Saal endlich hinter sich ließen. »Man könnte glauben, sie hätten noch nie einen Mordfall gehabt. Also«, wandte sich Rakes an Marion, als sie ein Büro mit der Aufschrift »Beauftragter für Sonderfälle« erreichten. »Bereit?«

Marion nickte. Seit Tagen bereitete sie sich nun schon auf ihre Präsentation vor, und trotz Dolores' zahlreicher Unterbrechungen und Mr Smithers' Liebesbriefen war es ihr gelungen, sie mindestens dreimal durchzugehen und zu überarbeiten. Zugegeben, Präsentationen waren nicht ihre Stärke. Doch sie war bereit, sich zu beweisen.

Sie zog eine Akte aus ihrer Tasche, auf der »SI 0087. Der Brandschatzer« stand.

»Vergessen Sie nicht, den Peilsender zu erwähnen, über den wir letzte Woche gesprochen haben«, riet ihr Rakes. »Und geben Sie Swindlehurst um Himmels willen keinen Grund, an Ihnen zu zweifeln, oder an meiner Entscheidung, Sie in die Ermittlungen mit einzubeziehen. Er unterstellt mir auch so schon, dass ich Lehrlinge dafür einspanne, meine Drecksarbeit zu erledigen.« Mit finsterer Miene klopfte sie an die Tür.

»Herein«, kam die Antwort von einer tiefen Stimme.

Edgar Swindlehurst war vor neun Jahren im Alter von dreiunddreißig Jahren angeworben worden und gehörte zu der ersten Gruppe von Mitarbeitern, die bei Miss Brickett's angefangen hatten. Als einer der brillantesten Köpfe der ganzen Detektei war er rasch zum Abteilungsleiter aufgestiegen. Dann jedoch, aus Gründen, über die niemand richtig Bescheid wusste, war Swindlehurst im vergangenen Jahr von seinem Posten verdrängt worden, und Rakes hatte die Leitung übernommen. Marion hatte keine Ahnung, was hinter diesem Wechsel steckte, aber eines war für jeden in der Detektei mehr als offensichtlich: Zwischen Swindlehurst und Rakes herrschte böses Blut.

Marion zögerte noch einen Moment. Ein Anflug von Beklemmung überkam sie, während sie versuchte, Rakes' Gesichtsausdruck einzuschätzen. Der Brandschatzer-Fall stellte derzeit die wichtigste Ermittlungsarbeit der Detektei dar. Marion war beauftragt worden, Rakes zu assistieren und jede neue Entwicklung aufzuzeichnen. Natürlich war es ein Glücksfall gewesen, dass man sie für diese Aufgabe auserwählt hatte, das war ihr durchaus bewusst, doch wie bei allem, was sie bei Miss Brickett's tat, hingen ihre Zukunftsaussichten stark davon ab, wie sie die ihr anvertrauten Aufgaben handhabte. Wenn sie Swindlehurst und Rakes mit ihrer Arbeit beeindrucken konnte, dann würde ihr Sachstandsbericht positiv ausfallen. Ganz so einfach war es jedoch leider nicht. Marion wusste, dass alles, was sie Swindlehurst über Rakes' Umgang mit den Ermittlungen berichtete, einen Streit zwischen den beiden entfachen konnte. Und in diesem Fall wäre Marion zwischen den Fronten gefangen. Wenn sie von beiden einen positiven Bericht erhalten wollte, dann musste sie sehr, sehr vorsichtig vorgehen.

»Tag, Swindlehurst«, begrüßte Rakes ihn kurz und knapp.

Swindlehurst nickte nur. Keine Antwort.

»Lane ist hier für den Bericht über den Brandschatzer-Fall«, fuhr Rakes trotz der Stille fort und machte Marion ein Zeichen, damit sie übernahm.

Marion begrüßte Swindlehurst und setzte sich an seinen Schreibtisch. Seine Statur und sein schönes Gesicht schüchterten sie jedes Mal aufs Neue ein. Die Tatsache, dass er nie etwas sagte, wenn es nicht unbedingt sein musste, machte es auch nicht gerade besser. Sie räusperte sich und begann, eröffnete ihren Vortrag mit einer Zusammenfassung des Falls.

Vor zwei Wochen hatte der Brief eines gewissen Norman Tucker die Detektei erreicht. Das Schreiben war kurz und präzise gewesen, im Gegensatz zu den ellenlangen Litaneien, die sonst meist eingingen. Außerdem waren ein Absender und mehrere alternative Kontaktdetails angegeben worden. Die Nachricht hatte aus folgenden schlichten Sätzen bestanden: »Meine Frau bekommt es vom Brandschatzer besorgt. Folgt ihr, dann findet ihr ihn.« Normalerweise wanderten derlei Hinweise auf direktem Weg in den Mülleimer. Miss Brickett's Ermittlungen und Recherchen verfügte weder über die Zeit noch die Mittel, sich mit Londons beständig wachsender Schar untreuer Ehepartner zu befassen.

Den Brandschatzer – was die Bezeichnung war, unter der dieser Verbrecher der verunsicherten und verängstigten Londoner Gesellschaft bekannt war – hatte die Detektei jedoch schon seit fast zwei Jahren auf dem Radar. Ein Mann, der sich in Geheimnisse hüllte. Der nachts die Straßen durchstreifte, durch Fenster spähte, Telefonverbindungen abhörte und sorgfältig seine nächsten Opfer aussuchte. Obwohl viele behaupteten, sie hätten ihn dabei gesehen, wie er sie beobachtete, schien niemand in der Lage zu sein, ihn zu beschreiben, ihn beim Namen zu nennen oder auch nur seine Haarfarbe wiederzugeben. Natürlich war es die Angst, die sie schweigen ließ, denn die Angriffe des Brandschatzers waren erbarmungslos. Fast alle zwei Wochen schlug er zu und warf benzingetränkte Fackeln durch die von ihm auserwählten Fenster. Er griff in den frühen Morgenstunden an, wenn seine Opfer fest schliefen und das Feuer ihre Häuser zerstörte, bevor sie auch nur eine Chance hatten, zu entkommen. Zwölf junge Männer waren bisher dabei gestorben oder furchtbar entstellt worden.

Bis zum vergangenen Jahr hatte niemand das Motiv des Brandschatzers erkannt. Dann jedoch hatten sich mehrere der Überlebenden zu Wort gemeldet und die Theorie aufgestellt, die in der Detektei mittlerweile als Tatsache galt: Der Brandschatzer war ein brutaler, gnadenloser Schwulenhasser, und sein einziges Ziel bestand darin, London von etwas zu befreien, was er als grässliche Plage betrachtete.

»… letzte Woche haben wir einen Peilsender in der Handtasche von Tuckers Frau platziert«, schloss Marion ihren Bericht. »Leider hat sie das Haus seither nicht verlassen, weshalb der Sender bis jetzt noch keinen großen Nutzen gebracht hat.«

Swindlehurst wirkte verdrossen, was Marion sofort nervös machte. Hatte sie etwas gesagt, das sie nicht hätte sagen sollen? Er warf einen Blick auf die Akte vor sich, eine Zusammenfassung von Marions Bericht, und plötzlich kam es ihr so vor, als müsste er mit sich ringen. Fast als müsste er sich beherrschen. »Und was schlagen Sie jetzt vor?«

Zögerlich warf sie Rakes einen Blick zu. »Ich habe am Freitag mit Rakes darüber gesprochen«, erklärte sie. »Und ich glaube, dass dieser Fall die Mithilfe der Met Police Force erfordert.«

Rakes schwieg, doch Marion kannte ihre Meinung zu diesem Vorschlag. Selbst mit den wenigen Verbindungen zur Polizei, die in der Detektei gepflegt wurden, musste man sehr vorsichtig umgehen. Wie immer galt die Hauptsorge der Detektei dem Risiko der Entdeckung, und je mehr Menschen außerhalb von Miss Brickett's über die Detektei Bescheid wussten, desto wahrscheinlicher wurde es, dass sich irgendwann einmal einer von ihnen gegen Miss Brickett's stellen würde. Seit der Gründung der Detektei hatte es nur sechs Polizisten gegeben – vier Detective Inspectors, einen Constable und einen Chief Officer –, denen man dieses Geheimnis anvertraut hatte. Obwohl man diesen Personen nur das Allernötigste verraten hatte – die Tatsache, dass Miss Brickett's eine privat geführte Detektei war, die von einem geheimen Ort irgendwo in London aus geleitet wurde, und dass bei Ermittlungen gelegentlich spezielle Ausrüstungsgegenstände zum Einsatz kamen –, wurden die meisten von ihnen irgendwann zu neugierig, woraufhin man sie als Inquirer anwarb. Allen voran Frank Stone, ehemaliger Detective Inspector der Dorset Police.

»Sie könnten über Informationen verfügen, die uns bisher entgangen sind«, verteidigte Marion ihren Vorschlag. »Vielleicht könnte uns Frank einen Rat geben, an wen wir uns wenden sollten?«

Swindlehurst lehnte sich auf seinem Stuhl zurück und machte dabei einen durch und durch überlegenen Eindruck. Sein finsterer Blick war auf Rakes gerichtet. »Ich nehme an, ich sollte Sie in dieser Angelegenheit nach Ihrer Meinung fragen?«

»Mir gefällt das nicht«, erklärte Rakes kategorisch, ohne

auf irgendwelche verborgenen Andeutungen in Swindlehursts Kommentar zu achten. »Außerdem haben sie nichts, da bin ich sicher. Niemand da draußen kommt mit diesem Fall irgendwie weiter. Ich habe sogar einen gewissen vertrottelten Constable Redding sagen hören, dass sich der Brandschatzer ›wenigstens einen guten Namen ausgesucht hat‹. Herrgott noch mal …«

Swindlehurst warf einen Blick auf seine Notizen. »Nun gut, dann besteht unsere beste Option wohl darin, Tuckers Ehefrau weiterhin im Blick zu behalten. Irgendwann wird sie etwas unternehmen, selbst wenn sie befürchtet, dass man sie überwacht.«

Rakes nickte und atmete erleichtert aus.

»Bis dahin, Lane«, fuhr Swindlehurst fort, »möchte ich, dass Sie sowohl von Tucker als auch von seiner Frau ein komplettes Personenprofil erstellen und es mir bis Mittwoch, den dreiundzwanzigsten, zukommen lassen.«

»*Mittwoch.* Nächste Woche?«, fragte Marion erschrocken. Flehentlich sah sie Rakes an. Personenprofile waren extrem arbeitsintensiv und erforderten stundenlange Nachforschungen, Notizen und Schreibarbeit. Sie überschlug die Arbeitszeit in ihrem Kopf. Waren gleich zwei Personenprofile in etwas über einer Woche überhaupt zu schaffen?

»Haben Sie Wichtigeres zu tun?«, kommentierte Rakes, und es war eine Herausforderung, keine echte Frage. Die Antwort darauf lautete allerdings »Ja«. Marion hatte noch immer einen ganzen Berg Arbeit für Professor Bal in der Werkstatt zu erledigen, zum Beispiel musste sie den Distraktor reparieren. Darauf würde der Professor ganz sicher zurückkommen, sobald er sich von dem Schock über Michelle Whites Tod erholt hatte.

Swindlehurst wurde allmählich ungeduldig. »Wenn Sie sich das nicht zutrauen, gebe ich den Fall gern an Shirley weiter.«

»Nein«, warf Marion rasch ein. Das Einzige, was noch schlimmer war, als rettungslos in Arbeit zu ertrinken, war, Amanda einen Grund zu geben, sich noch überlegener zu fühlen. »Das bekomme ich schon hin.«

Rakes nickte. »Bis Mittwoch nächste Woche, zwei Uhr nachmittags, haben Sie den Bericht. Das verspreche ich.«

Swindlehurst machte ein Gesicht, als würde er bezweifeln, dass ein Versprechen von Rakes sonderlich viel wert war. »Das wäre dann alles, Lane.« Er deutete auf die Tür. »Rakes, wenn Sie noch einen Moment erübrigen können, würde ich gern etwas mit Ihnen besprechen.«

»Worum geht es?«

Swindlehurst atmete tief durch, und wieder schien es fast so, als würde er versuchen, sich zu beruhigen. »Den Zustand der Abteilung.«

Rakes sah Marion an. »Sie lösen heute Nachmittag Perry in der Registratur ab. Wir treffen uns später dort.«

Marion ging zum Ausgang, froh, dieser angespannten Atmosphäre zu entkommen. Als sie die Tür hinter sich zuzog, waren Swindlehurst und Rakes bereits in eine leise Debatte vertieft, und Marion war sicher, die Worte »Ermittlungen unterbrechen« vernommen zu haben.

Wollte Swindlehurst dasselbe vorschlagen, was Amanda vorhin verlangt hatte? Dass infolge des Mordes an White alle anderen Ermittlungen vorübergehend eingestellt wurden? Vielleicht hatte Amanda doch nicht ganz unrecht, so wenig Marion das auch zugeben wollte. Es war gut und schön, wenn man die Belegschaft mit Papierarbeit ablenken wollte, aber ganz egal, wie furchtbar der Brandschatzer wütete, die Inquirer hatten im Moment ein ganz anderes Problem. Während Marion die Informationsabteilung durchquerte, wusste sie eines auf einmal mit eiskalter Gewissheit: Die akuteste und tödlichste Bedrohung für die Detektei streifte nicht dort oben durch die Straßen Londons – sie hauste hier unten, eingesperrt in diesem verzweigten, sonnenlosen Labyrinth.

Schließlich erreichte sie die Registratur und ging zu einer der beiden winzigen, schäbig wirkenden Arbeitsnischen hinüber. Eine davon hatte Michelle White gehört und war nun leer. Die andere war die ihres Kollegen John Perry.

»Hallo.« Sie nickte Perry zu. »Rakes hat mir aufgetragen, Sie heute Nachmittag abzulösen.«

Drei lange Sekunden starrte John Perry sie einfach nur an, bevor er zu verstehen schien, was sie gesagt hatte. »Wissen Sie denn, was Sie hier zu tun haben, Miss …?«

»Lane. Und ja. Alles, was in den Empfangsbehältern landet, muss sortiert und entsprechend abgeheftet werden. Ich habe schon hier gearbeitet.« Sie wusste, dass sie gereizt klang, doch allmählich war ihre Geduld einfach am Ende.

Perry blinzelte. Er wirkte erschöpft, und Marion wusste auch, warum. Die Empfangsbehälter mussten Tag und Nacht beaufsichtigt werden, weshalb Michelle White und Perry die Schichten unter sich aufgeteilt hatten. White war von sechs Uhr abends bis Mitternacht im Einsatz gewesen, und Perry und die Lehrlinge hatten die Zeiten davor und danach übernommen. Nun war Perry jedoch natürlich gezwungen, seine Schichten zu verdoppeln, und wie es schien, hatte er seit Tagen nicht geschlafen.

»Na gut, bitte schön, alles Ihres«, sagte er hastig, vielleicht aus Angst, dass Marion es sich anders überlegen könnte.

Kurz nachdem er verschwunden war, erklang ein leises Klingeln von der anderen Seite des Raums, das anzeigte, dass in einem der Empfangsbehälter ein Brief gelandet war. Auf einem Kontrollbrett darüber blinkte ein Licht.

Marion ging zu Empfangsbehälter 101 hinüber, öffnete ihn und holte den Brief heraus.

Weiß nicht, ob es Sie interessiert, aber da lebt so ein komischer Kerl im Clapham Common. Schläft unter dieser großen Birke (Sie wissen schon, welche). Hab gesehen, wie er einmal eine Handtasche geklaut hat, und neulich hat er sich fast meine Tasche geschnappt. Er hat zwei Straßenköter, richtig gemeine, tollwütige Viecher, und einer von denen hat meine Katze umgebracht. Zur Polizei kann ich nicht, warum, sag ich nicht. Und suchen Sie nicht nach mir.

Danke, Harriet

Harriets Handtaschendieb konnte sicher auch vom unerfahrensten aller Inquirer überführt werden – ein paar Tage Überwachung im Clapham-Common-Park, einige Aufnahmen des Kriminellen in Aktion und schließlich ein anonymes Paket an das zuständige Polizeirevier: Der Handtaschendieb selbst, gefesselt und bewusstlos mitsamt einem Briefumschlag voller eindeutiger Fotos.

Sie klappte das Register auf und begann, die Details einzutragen. Wie sie las, war der letzte Eintrag am Freitag, dem 11. April, gemacht worden war, um 23.45 Uhr. Der Eintrag schien unvollständig zu sein. Zeit, Datum und die Nummer des Empfangsbehälters waren notiert worden, doch die Spalte für die Kategorie war leer. Wie üblich war der Eintrag außerdem mit den Initialen des Mitarbeiters versehen worden, der den Brief entgegengenommen hatte. In offenbar eilig notierten Lettern stand dort: »M. W.«

»Shirley hat es verdammt noch mal getan. Sie hat mit Nancy darüber gesprochen, alle Ermittlungen ruhen zu lassen«, erzählte ihr Rakes, als sie fast eine Stunde später zu ihr in die Registratur kam. »Ist das zu fassen? Sie hat es hinter meinem Rücken durchgezogen. Und was das Schlimmste ist, sie muss es heute Morgen schon getan haben, bevor sie überhaupt mit mir gesprochen hat.« Sie zog ein Zigarettenpäckchen aus ihrer

Tasche, schwang die Stiefel auf Perrys Schreibtisch und zündete sich eine an. »Swindlehurst tobt, weil Nancy geglaubt hat, die Idee käme von ihm. Meine Güte, was für ein Schlamassel. Ich sage Ihnen was, Lane, sehen Sie lieber zu, dass Sie diese Personenprofile pünktlich bei ihm abliefern, sonst explodiert er noch …«

So ging es noch eine Weile weiter, doch Marion hörte kaum noch zu, so abgelenkt war sie durch das, was sie im Register entdeckt hatte – Michelle Whites Initialen. In der Nacht notiert, in der sie gestorben war. War Perry das aufgefallen? Irgendjemand musste mittlerweile doch im Register nachgesehen haben.

»… bei diesem Arbeitstempo hier können wir genau genommen sowieso auch einfach alle nach Hause gehen, nichts wird mehr erledigt«, drang Rakes' Tirade als fernes Hintergrundrauschen an ihr Ohr. Dann verstummte Rakes plötzlich und sah Marion an. »Raus damit.«

»Wie bitte?«

»Sie denken über irgendetwas nach. Sagen Sie schon.«

Marion zögerte, doch ein Blick in Rakes' ungeduldige Miene genügte. »Ich habe gerade Whites Signatur im Register entdeckt, und es sieht so aus, als wäre in der Nacht, in der sie ermordet wurde, ein Brief durch einen der Empfangsbehälter hereingekommen. Ich frage mich, ob Perry das schon gemeldet hat?«

»Sie sind genauso neben der Spur wie alle anderen.« Rakes schüttelte den Kopf. Nun wirkte sie jedoch nicht mehr verärgert, sondern eher geschlagen. Resigniert. »Das Erste, was Nancy nach der Nachricht von dem Mord getan hat, war, das Register zu überprüfen. Natürlich weiß sie von der Signatur.«

»Ja, natürlich.« Sie wagte nicht, danach zu fragen, was in dem Brief stand.

Rakes seufzte, und ihre Miene wurde etwas weicher. »Aber

nein, es war nicht Perry, der davon berichtet hat. Der würde keinen Finger rühren, um bei den Ermittlungen zu helfen.«

»Warum das?«

Rakes zuckte mit den Schultern. »Es ist ihm einfach egal.«

»Sie meinen, White und er haben sich nicht gut verstanden?«

»Natürlich nicht. White war Perrys Vorgesetzte. Außerdem war sie jünger als er. Er fand es furchtbar, Befehle von ihr entgegennehmen zu müssen.« Sie grinste. »Ich weiß, was Sie jetzt denken. Perry klingt nach dem perfekten Verdächtigen, was? Das Problem ist allerdings, dass wir schon die gesamte Belegschaft verdächtigen müssten, wenn wir uns an persönlichen Abneigungen orientieren.«

»Wie meinen Sie das?«

Rakes blies ihr eine Rauchwolke ins Gesicht. Unabsichtlich, wie Marion hoffte.

»Es gab nicht viele, die Michelle wirklich *mochten*. Ich war eine davon. Professor Bal und Nicholas waren vermutlich die einzigen beiden anderen.«

Marion sah sich um. Wahrscheinlich bildete sie es sich nur ein, doch es kam ihr vor, als wäre das leise Gemurmel der Inquirer im Raum nebenan verstummt. Lauschten sie etwa?

»Wie gesagt«, fuhr Rakes fort. »Ich mochte ihren Mumm. Sie hat sich nicht darum gekümmert, was andere von ihr hielten, und sie hat sich eingemischt, wann immer ihr danach war. Genau das war es aber – verstehen Sie? –, was Perry so gegen den Strich gegangen ist. Ihm und praktisch allen anderen.« Ein kleines Lächeln umspielte ihren Mund. »Sicher sind Sie mittlerweile darauf gekommen, oder? Auf den Grund dafür, warum alle so interessiert an der Mordwaffe sind. Wissen Sie, wie das Herold-Stethoskop früher genannt wurde, Lane?«

»Nein, ich wusste nicht einmal, dass es einen anderen Namen hatte.«

»Der Spitzel«, verkündete Rakes. »Und genau das war auch Whites Spitzname während ihrer Zeit als Lehrling hier. Wie ironisch, nicht wahr? Wenn hier irgendjemand irgendetwas zu verheimlichen hatte, dann war es Michelle, die davon wusste. Was auch immer sie dieses Mal herausgefunden hat, nun, ich schätze, es hat sie das Leben gekostet.«

Sechs

DIE ERINNERUNG

Es war eine klare und präzise Erinnerung. Ein Vorfall, der ihr damals vollkommen unwichtig erschienen war, der im Licht von Aida Rakes' und Uday Bals jüngsten Enthüllungen aber auf einmal etwas Erschreckendes an sich hatte.

Damals an jenem kalten Freitag im Februar hatte es unablässig geregnet. Ein permanentes Prasseln eisiger Tropfen gegen die Fensterscheiben des Buchladens, der die Gullys zum Überlaufen brachte und die Sackgasse in einen schmutzigen Fluss verwandelte. Weshalb es nicht weiter verwunderlich war, dass sich die meisten Lehrlinge auch um fünf Uhr noch in der Detektei aufhielten und sich viel Zeit damit ließen, ihre Aufgaben zu erledigen, oder einfach eine Runde Karten spielten. Alles, um den Heimweg noch ein bisschen hinauszuzögern, bis sich das Wetter etwas besserte.

Für Marion jedoch, die an diesem Nachmittag in der Werkstatt arbeitete, hatte es nichts mit dem Wetter zu tun, dass sie den alltäglichen Weg zurück nach Hause noch etwas hinauszögerte. Durch die Versuch-und-Irrtum-Methode war es ihr mittlerweile gelungen, herauszufinden, dass der Trick einfach darin bestand, beschäftigt zu wirken. Jeden Nachmittag, ohne Ausnahme, lungerte sie so lange wie irgend möglich in der Detektei herum und bot überall ihre Hilfe an.

Glücklicherweise waren die Lehrlinge in der Werkstatt an

diesem ansonsten recht ruhigen Freitag jedoch mit einer solchen Flut an Aufgaben überschüttet worden, dass Marion nach der Mittagspause gar nicht erst zusätzliche Hilfe hatte anbieten müssen. Professor Bal hatte sie geradezu angefleht, noch ein wenig zu bleiben.

Marions Aufgabe war relativ simpel – fünf Prüfdrähte vor sich auf die Werkbank legen, sie einschalten, etwas sagen, dann die Aufzeichnung abrufen und kontrollieren. Ganz leicht. Leider hatte Professor Bal aber vergessen, wo genau er die Ladung defekter Knopfmikrofone abgestellt hatte, weshalb Marion die erste Hälfte des Nachmittags damit verbracht hatte, die komplette Technische Abteilung nach zwölf wunderbar unauffindbaren winzigen schwarzen Scheiben abzusuchen.

Dann hatte man ihr die Arbeit übertragen, Professor Bals stetig wachsenden Vorrat an Halothangas ausdünstenden Flachmännern zu reinigen und aufzufüllen. Eine knifflige, mühselige Angelegenheit: fünf kleine, von einem feinen Drahtgeflecht überzogene und mit Halothangas gefüllte Bällchen, die erst gründlich sauber gemacht und dann durch die schmale Trinköffnung der Flachmänner geschoben werden mussten. Was fast immer damit endete, dass ein, zwei der Stoffbällchen rissen, woraufhin all jene, die nah genug standen, um das Gas einzuatmen, einen kurzen Zwischenstopp in der Krankenstation einlegen mussten.

Um halb sieben an diesem Abend, nachdem endlich auch der letzte Flachmann aufgefüllt und einsatzbereit auf Professor Bals Werkbank stand, verließ Marion die Werkstatt und steuerte die Kantine an. Sie hatte vor, sich noch ein schnelles Abendessen zu gönnen, bevor sie schließlich unvermeidlich in die Willow Street 16 würde zurückkehren müssen. Dolores wartete sicher bereits auf sie. Mit einem Topf voll kaltem Gemüseeintopf und einer ganzen Liste mit Fragen über ihr Zuspätkommen. Wenigstens den Eintopf würde sie nicht essen müssen.

Dann nahm ihr Abend allerdings eine seltsame Wendung, als sie gezwungen wurde, einen Umweg zu machen.

Die kürzeste Route zur Kantine führte an Mr Nicholas' Büro vorbei, den Korridor zur Bibliothek entlang, an ihrem Haupteingang vorbei und schließlich nach unten in den Speisesaal.

Als sich Marion jedoch der Ecke näherte, hinter der Mr Nicholas' Büro lag, hörte sie etwas, das sie stehen bleiben ließ. Es klang ganz nach einem Streit zwischen Frank und Nancy. Sie konnte die beiden nicht sehen, da sie auf der anderen Seite der Ecke standen, doch sie erkannte die Stimmen.

»… kannst dem Jungen kaum einen Vorwurf machen«, sagte Frank gerade. »Er ist nur …«

»Es ist mir egal, was er ist, Frank«, gab Nancy zurück. »Und dein Mitgefühl für seine Lage ändert nichts daran. Was hat er hier außerhalb der Bürozeiten getrieben? Und was wollte er mit einem Dietrich?« Sie hielt inne. Das Scharren von Füßen war zu hören. Dann nichts mehr.

Frank seufzte. »Du kannst ihn nicht feuern. Bitte, Nancy. Ich bin sicher, dass Rupert die Situation unter Kontrolle hat, und wenn nicht, dann werde ich selbst mit ihm sprechen.«

Marion hörte, wie Nicholas' Bürotür aufschwang, dann eilige Stiefelschritte. Vorsichtig machte sie einen Schritt nach vorn und spähte um die Ecke.

Mr Nicholas, Nancy und Frank standen mit verschränkten Armen vor David Eston, der wütend aussah.

Nicholas lächelte zaghaft. »Keine Sorge«, sagte er, ziemlich außer Atem. »Alles in Ordnung. Ich habe Mr Eston gerade versichert, er würde schon noch begreifen, dass alles, was wir hier tun, im Interesse … nun, im Interesse aller ist. Also, gibt es schon eine Entscheidung?«

Streng sah Nancy Frank an. Ein langes Schweigen entstand, dann ergriff sie schließlich das Wort. »Ja, ich habe beschlossen, in dieser Angelegenheit Mr Stones Rat zu befolgen. Sie dürfen bei Miss Brickett's bleiben, Mr Eston, wenn Sie uns versichern, dass sich diese Situation nicht wiederholen wird.«

Davids Miene blieb kalt und ungerührt.

»Wir brauchen Ihre Zusicherung, Mr Eston«, wiederholte Nancy und hielt ihm ein Blatt Papier hin.

David nahm es nicht. »Was soll das sein?«

»Eine schriftliche Zusage. Sie werden außerhalb der Bürozeiten nicht ohne Begleitung dort hinuntergehen und sich auch nicht in der Nähe der Technischen Abteilung aufhalten. Unterschreiben Sie das«, verlangte Nancy.

»Das soll doch wohl ein Scherz sein«, höhnte David.

»Ich werde es Ihnen noch ein einziges Mal erklären, Mr Eston.« Nancy sprach nun in ihrem kältesten, schneidendsten Tonfall, den sie für Situationen wie diese reserviert hatte. Ihre Worte waren so klar und scharf, dass nicht einmal David in seinem allerstumpfsinnigsten Gemütszustand wagte, sie zu unterbrechen. »Seit zehn Jahren führe ich diese Detektei nach unbeugsamen Prinzipien, die jene schützen sollen, für die ich verantwortlich bin. Niemand hat Sie gezwungen, einer von uns zu werden, und Sie können jederzeit gehen, wenn Sie es wünschen. Solange Sie jedoch meiner Fürsorge unterstehen, solange Sie in diesen Hallen arbeiten, werden Sie sich an jede einzelne Richtlinie und Vorschrift halten, die ich erlassen habe. Ansonsten werden Sie die Konsequenzen tragen müssen. Und jetzt unterschreiben Sie.«

Mindestens eine volle Minute verstrich, während der David einfach dastand und das Dokument in Nancys Hand anstarrte. Niemand sprach, niemand schien auch nur zu atmen. Endlich und ganz offensichtlich voller Feindseligkeit nahm er das Blatt Papier (und einen Stift, den Nicholas ihm eilig reichte) entgegen und setzte seine Unterschrift darunter.

Die Versammelten zerstreuten sich langsam, und Panik erfasste Marion. Man durfte sie nicht beim Lauschen ertappen, sonst würde sie ganz schön in Erklärungsnot kommen.

Glücklicherweise entdeckte sie gerade noch rechtzeitig einen Spalt in der Wand direkt hinter sich. Mit einem Satz war sie dort und quetschte sich hinein. Dabei erkannte sie, dass der Spalt größer war, als sie gedacht hatte – es war eher ein länglicher Raum, dessen Nordwand zugleich die Außenmauer von Nicholas' Büro sein musste.

Sie wartete in der Dunkelheit und Stille, bis sie sicher war, dass sich draußen niemand mehr aufhielt. Diese unfreiwillige Begegnung hatte ein ungutes Gefühl hinterlassen, obwohl David genau der Typ dafür war, nach kaum zweimonatiger Ausbildung in Nicholas' Büro zu landen. Ganz offensichtlich hatte er versucht, etwas aus der Technischen Abteilung zu stehlen, weshalb ihm zu Recht der Rauswurf angedroht worden war, falls sich so etwas wiederholen sollte.

Sie hörte ein Scharren von irgendwo hinter sich im Spalt, und als sie sich umdrehte, entdeckte sie Michelle White, die in den Schatten stand.

Seltsamerweise lächelte Michelle, als sich ihre Blicke trafen. »Ich verstehe …«, sagte sie leise und trat einen Schritt vor.

Marion erstarrte. Sie war so sicher gewesen, dass der Spalt leer war. »Miss White, ich wollte nur …«

Michelle nickte verstehend. »Keine Sorge, Liebes, ein bisschen Lauschen hat noch niemandem geschadet.« Sie blickte auf ihre lederne Handtasche hinab, die ihr über der Schulter hing. Und darin steckte, offenbar hastig hineingeschoben, ihr treues Herold-Stethoskop. Michelle streichelte darüber, als wäre es ein geliebtes Haustier, dann schob sie sich mit raschen Schritten und einer fast triumphierenden Miene an Marion vorbei. Zweifellos freute sich Miss White aus irgendeinem Grund sehr über das, was sie gerade mit angehört hatte.

Sieben

EINE VERZWEIFELTE NACHRICHT

Am Dienstagmorgen brach Marion früher als gewöhnlich zur Arbeit auf. Dolores schlief noch, und auch am Vorabend hatte Marion sie nicht zu Gesicht bekommen. Gott sei Dank. Nach dem Montag, den sie hinter sich gehabt hatte, war sie wirklich nicht in der Stimmung gewesen, sich auch noch eine plausible Ausrede dafür einfallen zu lassen, warum sie so erschöpft war. Eine Ausrede, die nichts mit Mord, Stethoskopen oder Gerüchten zu tun hatte.

Sie zog sich ihren braunen Swing-Mantel an und trat in den frostigen Frühlingsmorgen hinaus, wobei sie um ein Haar mit dem Lumpensammler zusammengestoßen wäre, der es sich offenbar vor ihrer Tür gemütlich gemacht hatte. Er fluchte und schimpfte vor sich hin, doch Marion bemerkte es kaum. Ihre Gedanken waren mit etwas anderem beschäftigt, was sich auf dem ganzen Weg zum Buchladen nicht änderte.

Sosehr sie es auch versuchte, sie konnte die Erinnerung an Davids Zurechtweisung damals einfach nicht verdrängen. Wofür auch immer er ermahnt worden war, Michelle White hatte davon gewusst. Marion begriff nun, dass jemand, der als Spitzel bekannt war, wie Michelle, wahrscheinlich eine ganze Menge Geheimnisse in der Detektei kannte, doch möglicherweise hatte sie Davids Geheimnis ganz besonders interessiert.

Marion dachte daran, was Professor Bal ihr am Vortag erzählt hatte – Michelle war ihm beunruhigt vorgekommen. Besorgt. Irgendetwas darüber, dass *irgendjemand nach irgendetwas gesucht hatte.* Irgendetwas über David. War das, was Michelle zufolge *irgendjemand suchte,* vielleicht dasselbe, das David im Februar zu stehlen versucht hatte? Hatte Michelle ihn bei einem weiteren Versuch erwischt? War sie ihm in die Quere gekommen?

Daraus ergab sich natürlich ein böser, aber folgerichtiger Gedanke: War David Eston zu einem Mord fähig? Was vielleicht eine dumme Frage war. Immerhin kannte sie David erst seit vier Monaten. Keine lange Zeit, und sicher nicht lange genug, um die Feinheiten und Vielschichtigkeiten eines anderen Menschen zu durchschauen. Wenn sie allerdings David nicht gut genug kannte, um entscheiden zu können, ob er zu einem Mord fähig war oder nicht, galt dasselbe dann nicht für jeden, den sie bei Miss Brickett's kennengelernt hatte?

Trotz ihres frühen Aufbruchs kam Marion erst um kurz vor acht beim Buchladen an. In der U-Bahn war es noch voller und rußiger als sonst gewesen, und die Fahrt hatte unerwartet lange gedauert.

Sie schloss die Tür des Buchladens auf und stolperte durch die Dunkelheit zur Falltür, die Treppe hinunter und zum Aufzug. Sie drückte ihre silberne Mitarbeitermarke gegen die Wand und wartete.

Knarrend öffnete sich die Falltür über ihr ein weiteres Mal. Jemand kam die Treppe herunter.

»Warte mit dem Aufzug.« David erschien auf den Stufen. Dann blieb er wie angewurzelt stehen. Er schien fast genauso überrascht zu sein, Marion zu sehen, wie umgekehrt.

Im Dämmerlicht starrten sie einander an. Keiner begrüßte den anderen.

Der Aufzug kam. Ächzend und bebend blieb er stehen, dann glitt die Tür auf. Sie betraten die Kabine. Marion drückte sich in eine Ecke. Seine Gegenwart machte sie nervös, und noch immer war da diese Erinnerung, sehr präsent in ihrem Kopf. Ratternd schloss sich die Tür, und der Fahrstuhl setzte sich in Bewegung. Spannung erfüllte die enge Kabine, und das Schweigen zwischen ihnen zog sich in die Länge.

Marion musterte Davids Gesicht, erkannte, wie hart und verhärmt er aussah: die tiefen Schatten unter seinen Augen, seine scharf geschwungene Nase, die raue Haut. Sie hatte Gerüchte darüber gehört, wie er aufgewachsen war. Wie er in Familienstreitigkeiten und Auseinandersetzungen verwickelt gewesen war. Eine dieser Auseinandersetzungen hatte für seinen Stiefbruder offensichtlich mit zwei blauen Augen und einem vorübergehenden Verlust des Gehörs geendet. Tatsächlich hatte sie selbst erlebt, wie rasch Davids Wut mit ihm durchgehen konnte, als sie einmal einen Nachmittag zusammen in der Werkstatt verbracht hatten. Damals hatte er eine Mikropunktkamera zusammenbauen sollen und dabei die Nerven verloren. Sie erinnerte sich daran, wie sich der Zorn in seinem Blick zusammengebraut hatte, während er mit den winzigen Bauteilen kämpfte. Dem darauf folgenden Ausbruch waren sowohl die Kamera als auch eine von Professor Bals Lupen zum Opfer gefallen.

Wie schon so oft fragte sie sich in diesem Moment, was Frank und Nancy wohl in David gesehen haben mochten. Welche Fertigkeiten hatte er sich in dieser Metallfabrik angeeignet, die ihn hoch genug auszeichneten, um von Miss Brickett's angeworben zu werden?

Sie fragte sich, wie er wohl tickte. Und was ihn dazu bringen würde, die Kontrolle zu verlieren.

Um diesen Gedanken zu vertreiben, senkte sie den Blick schließlich auf das, was er in der Hand hielt. Erst dachte sie, es wäre nur irgendeine Papierrolle. Je länger sie jedoch darauf starrte, desto mehr Details nahm sie wahr. Es schien eine sehr alte Rolle zu sein, und obwohl sie keine Schriftzeichen darauf erkennen konnte, sah sie seltsame silbrig schimmernde Furchen, die sich willkürlich kreuz und quer über die Oberfläche zogen. Zusammengehalten wurde die Rolle von einem schmalen lila Band.

Ruckelnd und schaukelnd sank der Fahrstuhl immer weiter unter die Erdoberfläche, und trotz der kühlen Luft glänzte im fluoreszierenden Licht der Kabine ein dünner Schweißfilm auf Davids Stirn.

Er bemerkte, dass sie die Schriftrolle anstarrte, und schob sie in seine Tasche. Außer Sicht. »Mir ist da gestern was zu Ohren gekommen«, sagte er. Sein Tonfall war rau, gebrochen – genau wie sein Gesicht.

Marion spürte, wie sich ihr die Kehle zuschnürte. Sie brauchte einen Moment, um eine Antwort zu formulieren. »Und was wäre das?«

»Angeblich sollst du in der Registratur für einigen Ärger gesorgt haben. Wegen Perry.«

»Was soll das denn heißen?«

»Er wurde wegen des Mordes an White befragt.« Er hob eine Braue. »Das hätte ich dir gar nicht zugetraut, Lane. Ich dachte, du hältst dich lieber raus, wenn es Ärger gibt. Und bei offiziellen Detekteiangelegenheiten.«

Marion wich noch weiter in ihre Ecke zurück. Er log. Bestimmt. Er wollte sie nur reizen.

Entspann dich! Geh nicht darauf ein!

»Ich weiß nicht, wovon du da redest.«

»Anscheinend wurde er entlassen. Was wahrscheinlich bedeutet, dass er unschuldig ist. Einen Mörder würden sie wohl eher nicht feuern. Ein Haufen Schwachköpfe. Man sollte doch denken, mittlerweile hätten sie's rausgekriegt, oder?«

»Was rausgekriegt?«, rutschte es Marion unvorsichtigerweise heraus. Sie wollte, dass der Fahrstuhl anhielt. Sie wollte hier raus, weg von ihm.

»Wer der Mörder ist, natürlich.« Er sah sich in der Kabine um. Die Bremsen quietschten. Endlich hielt der Fahrstuhl.

»Hast du es denn? Rausgekriegt, wer der Mörder ist?«

Er antwortete nicht, doch seine Augen funkelten. Die Reflexion dunkler Gedanken vielleicht. Sie sah, wie er die Hand in seiner Tasche zur Faust ballte und vermutlich wieder um die Pergamentrolle schloss.

»Was ist das für ein Ding?«

Sofort veränderte sich seine Miene. Der höhnische Ausdruck war verschwunden und wurde von aufflackernder Wut ersetzt.

Mit einem Ruck kam der Fahrstuhl zum Stehen, und die Tür glitt auf.

Es war deutlich zu sehen, dass David versuchte, sich zu beherrschen, den anbrandenden Zorn zurückzuhalten. »Als ob du das nicht wüsstest.« Er drängte sich an ihr vorbei in den Korridor hinaus, blieb ein paar Schritte weiter jedoch noch einmal stehen. Drehte sich zu ihr um. »Das hier geht nur mich und Hobb etwas an. Also kümmere dich um deinen eigenen Kram, hast du verstanden?«

Marion unterdrückte ein Schaudern. »Soll das eine Drohung sein?«

»Eine *Warnung.* Halt dich einfach aus unseren Angelegenheiten raus.«

Marion erreichte die Kantine und wartete. Langsam füllte sich der Raum mit Angestellten und Lehrlingen, aber Bill war nirgends zu sehen. Sobald das Frühstücksbuffet aufgebaut worden war, holte sie sich ein Eiersandwich und eine Tasse Kaffee und setzte sich damit an einen Tisch beim Kamin. Seit ihrer Anwerbung war es erst das zweite Mal, dass sie ohne Bill aß.

Unsere Angelegenheiten.

Bei der Erinnerung verzog sie das Gesicht. Was hatte David damit gemeint? Natürlich hatte er versucht, sie abzuschrecken. Aber warum? Wovon hatte er sie abbringen wollen? Hatte es etwas mit dem Ding in seiner Tasche zu tun? Aber warum glaubte er, dass sie irgendetwas darüber wusste?

Unsere Angelegenheiten. David und Bill. Er musste denken, dass Bill sie eingeweiht hatte. Was er aber nicht getan hatte.

Sie warf einen Blick auf die Uhr. Halb neun. Dann Viertel vor. Bill kam nicht zum Frühstück. Genau wie gestern, als er nicht zum Mittagessen aufgetaucht war. Sie pickte auf ihrem Teller herum, dann knibbelte sie an ihren Fingernägeln. Das Buffet wurde abgeräumt, und die Kantine leerte sich allmählich.

Sie wusste, dass sie überreagierte. Dass Bills schon fast vierundzwanzig Stunden andauernde Abwesenheit nichts zu bedeuten hatte. Er war nur beschäftigt. Oder abgelenkt. Trotzdem war sie nervös. Weil sie befürchtete, dass irgendetwas nicht stimmte, oder weil sie sich ausgeschlossen, herabgewürdigt fühlte?

Seit dem Tag, an dem sie einander kennengelernt hatten, waren Bill und sie unzertrennlich gewesen. Sie hatten Trost in den Macken und Eigenarten des jeweils anderen gefunden. Darin, dass sie beide einfach nie richtig dazu passten. Sie hatten über Mauds und Jessicas Gezanke gelacht, bei Davids schneidenden Bemerkungen die Augen verdreht. Sie hatten sich im Radio in den Pausen dieselben Sendungen angehört und sich über die Ähnlichkeiten ihrer schrecklichen Verwandtschaft lustig gemacht. Sie waren nicht nur Freunde. Sie waren so etwas wie die Familie des jeweils anderen bei Miss Brickett's. Warum also sollte Bill ihr etwas vorenthalten? Warum vertraute er ihr auf einmal nicht mehr? Trotz Franks tröstlicher Worte – dass jeder seine Geheimnisse hatte und auch haben durfte – wusste sie, dass dies hier etwas anderes war. Sie kannte Bill gut genug, um zu spüren, dass er dieses Geheimnis nicht wahrte, weil er es *wollte.*

Sie zog ihren Arbeitsplan aus der Tasche und faltete ihn auseinander. Ein voller Tag lag vor ihr, wie üblich, aber vor dem Mittagessen hatte sie zwei freie Stunden, die sie in der Bibliothek mit den Vorbereitungen für die Personenprofile im Brandschatzerfall verbringen würde.

Sie atmete dreimal tief durch.

Komm runter. David ist eben einfach, wie er ist. Bill geht es gut, wahrscheinlich hat er nur viel mit irgendeinem Projekt zu tun. Alles ist gut. Du hast Arbeit zu erledigen. Konzentrier dich darauf.

»Miss Lane, haben Sie verstanden, was ich gesagt habe?« Marion zuckte zusammen. Sie sah auf. Vor ihr stand Edgar Swindlehurst und sah auf sie herab.

»Wie bitte?«

Schon verzog sich Swindlehursts schönes Gesicht vor gereizter Ungeduld. »Ich habe Sie gefragt, wie es mit den Personenprofilen vorangeht?«

Marion errötete. Sie wagte nicht, zuzugeben, dass sie noch nicht einmal damit angefangen hatte. »Sehr gut. Ich bin schon fast fertig.«

»Gut, ich brauche sie jetzt nämlich schon am einundzwanzigsten.«

»Das ist am Montag«, sagte Marion ungläubig. Es war schon schlimm genug gewesen, die Profile wie ursprünglich geplant am Mittwoch abgeben zu müssen. In sechs Tagen damit fertig zu werden, obwohl sie noch nicht einmal angefangen hatte, war praktisch unmöglich.

»Ja. Und?«

Sie öffnete den Mund. Jetzt steckte sie wirklich in der Klemme.

»Möchten Sie gern wissen, warum?« Swindlehurst zog eine Akte unter seinem Jackett hervor und warf sie achtlos auf den Tisch. Marion brach der Schweiß aus. Auf der Akte prangte ein Stempel: »Personalabteilung, Beschwerdeformular.« Sie starrte darauf, rührte sich jedoch nicht. »Ihre Kollegin Miss Shirley hat eine Beschwerde über die Leitung der Informationsabteilung eingereicht.«

Swindlehursts Tonfall war so schneidend, dass Marion tatsächlich auf ihrem Stuhl nach hinten rutschte. »Sie ist der Meinung, dass die Informationsabteilung mehr Zeit und Ressourcen auf den White-Fall verwenden sollte. Nancy stimmt ihr da zu, was bedeutet, dass man von mir erwartet, bis Mittwoch Fortschrittsberichte über unsere laufenden Ermittlungen bei Rakes abzugeben. Weshalb ich die Personenprofile bis Montag brauche.« Als er weitersprach, klang seine Stimme noch tiefer, rauer. »Ich bin jetzt Rakes unterstellt, ist das zu fassen?«

Eine rhetorische Frage, wie Marion begriff. Sie wartete ein wenig, bis sich Swindlehursts Stimmung etwas stabilisiert hatte, bevor sie versprach: »Ich werde die Profile bis Montag fertig haben.« *Keine Ahnung, wie,* fügte sie im Stillen noch hinzu. Er nickte und ging.

Später an diesem Vormittag betrat Marion die Bibliothek. Sie fand eine leere Arbeitsnische im Lesebereich und begann unverzüglich mit den Profilen des Ehepaars Tucker. Es war eine mühselige, langwierige Arbeit, aber sie boxte sich durch, angetrieben von der grässlichen Vorstellung, am Montag mit leeren Händen vor Swindlehurst stehen zu müssen.

Zwei Stunden lang arbeitete sie wie besessen, dann bemerkte sie, wie ihre Gedanken abzuschweifen begannen, fast so, als würde ihr Verstand versuchen, im Hintergrund noch etwas anderes zu lösen.

Um zwölf Uhr vierzig gab sie schließlich nach. Natürlich war sie nicht einmal ansatzweise fertig, aber immerhin hatte sie einen Anfang gemacht. Sie schloss die Akte und drückte sich die Daumen auf die Augen, die vor Erschöpfung und

Frustration stachen. Sie ließ den Blick über den Wald aus Bücherregalen um sie herum schweifen. Lange Schatten auf dem Marmorboden, wie von gewaltigen Eichen in der Nachmittagssonne. Der Einzige, der diese Bibliothek noch mehr liebte als sie selbst, war Bill, und sie hatte ihn schon oft hier mit überkreuzten Beinen auf dem Boden sitzend gefunden, den Rücken an ein Regal gelehnt und ein Buch auf dem Schoß. Aber natürlich war er heute nicht hier.

Sie starrte mit leerem Blick vor sich hin. Warum machte ihr die Begegnung mit David an diesem Morgen so zu schaffen? Besonders jetzt, als sie an Bill dachte?

Endlich begriff sie.

Es war dieses Ding, das David in der Hand gehalten hatte. Die merkwürdige Pergamentrolle. Irgendwie war ihr die Rolle bekannt vorgekommen, auch wenn sie nicht hatte einordnen können, weshalb. Jetzt wusste sie es. Gesehen hatte sie das Ding zwar davor noch nie, aber sie hatte davon gehört.

Eine Schriftrolle, mit einem lila Band zugebunden.

Bill hatte gestern auf dem Weg in die Technische Abteilung darüber gesprochen. Er hatte sie gefragt, ob sie die Rolle irgendwo gesehen hatte.

Irgendjemand sucht danach.

Sie rieb sich die Stirn. Ihre Gedanken waren chaotisch, unklar, aber trotzdem hatte sie das Gefühl, ganz nah dran zu sein – an dieser Sache, die sie nicht verstand.

Stimmen aus dem Südflügel der Bibliothek wehten zu ihr herüber. Dort drüben befand sich die Bar. Eine der Stimmen erkannte sie als die von Preston wieder, die anderen waren zu gedämpft, um sie zuordnen zu können. Vielleicht war Bill dort.

Sie durchquerte die Bibliothek und betrat die Bar. Es war ein kleiner, gemütlicher Raum mit dunklen Holzmöbeln. Das Licht war gedämpft, und es roch nach schalem Bier. Abgesehen von der Kantine und dem Gemeinschaftsraum war dies der Ort, an dem man die Lehrlinge während der Pausen am wahrscheinlichsten antreffen konnte. Die Bar wurde von einem Mann namens Harry Nobody geführt. (Was daran lag, dass niemand seinen Nachnamen zu kennen schien.) Er war ein älterer, hagerer Mann, der gleichzeitig als Chefkoch der Detektei arbeitete.

Jessica, Maud und Preston saßen am Tresen. Kein Bill. Kein David.

»Wein?«, rief Maud ihr entgegen.

»Es ist gerade mal Mittag«, gab Marion zurück und setzte sich.

»Genau.« Maud grinste. »Harry? Zwei Weißwein, bitte.« Harry gab einen mürrischen Laut von sich, goss ihnen aber trotzdem zwei Gläser ein. »Geht auf mich«, sagte Maud, als Marion ihren Geldbeutel zücken wollte.

»Danke.« Ein weiteres Mal ließ sie den Blick durch den dämmrigen Raum schweifen. Bill war ganz eindeutig nicht hier. Dafür aber jemand anders. Jemand, den sie nicht kannte. Mehrere Tische weiter saß ein großer, breitschultriger Mann mit hellem Oliventeint und dichtem sandblondem Haar. Er trug ein lächerlich auffälliges stahlblaues Hemd und weiße Hosen. Sein gewagter Aufzug in Kombination mit seiner Körpersprache – der zufolge er die Bar im Blick behielt, wartend, aufmerksam – machte Marion sofort nervös. Oder vielleicht auch neugierig. Der Blick des Mannes traf ihren. Grüßend tippte er sich mit dem Zeigefinger an die Stirn. Sollte sie ihn kennen? Der Fremde wandte seine Aufmerksamkeit anderen Dingen zu, doch sie spürte noch immer die Hitze seines Blicks. »Wer ist *das?*«

Jessica biss sich auf die Unterlippe. »Umwerfend, oder?«

Ja, dachte Marion. »Eher ein bisschen komisch«, antwortete sie stattdessen. »Was macht er hier?«

»Offenbar wurde er gerade erst angeworben. Aus New York, glaube ich.«

»Er ist Amerikaner?« Wieder musterte Marion ihn. »Dann trägt man dort also so was?«

Maud schnaubte. »Fantastisch. Wie auch immer, wir haben gerade über den Mord gesprochen.«

»Oh, toll«, gab Marion sarkastisch zurück. Sie trank einen großen Schluck Wein. Er schmeckte grässlich, billig und sauer. Trotzdem rauschte er ihr sofort ins Blut, dämpfte ihre Gedanken. Sie trank noch einen Schluck.

»Jessica denkt, dass Nancy Bescheid weiß. Dass sie irgendetwas vertuscht«, fuhr Maud mit glänzenden Augen fort. Ganz offensichtlich war dies nicht ihr erstes Glas Wein.

»Sei nicht albern«, warf Jessica hastig ein. Sie sah Marion an. »Das habe ich nicht gesagt. Ich meinte nur, dass ich es seltsam finde, dass wir nicht mehr darüber erfahren. Wir sollten auf dem Laufenden gehalten werden. Zumindest sollten wir es erfahren, sobald sie herausfinden, wer es war.«

»Wenn ich auf Wetten stehen würde«, mischte sich nun Preston ein, der fast genauso breit grinste wie Maud. »Dann würde ich darauf tippen, dass es Amanda war.«

Mauds lautes Lachen zerriss die stille, steife Atmosphäre wie ein ausgelassener Donnerschlag.

»Ich verstehe nicht, was daran so lustig ist«, kommentierte Jessica vorwurfsvoll. »Amanda hatte einen harten Tag. Wenn einer von euch ein bisschen besser aufgepasst hätte …«

»Einen harten Tag?« Preston klang nicht überzeugt. Er bestellte sich ein Bier bei Harry. »Was ist passiert? Hat ihr Fahrer gekündigt, und sie musste die U-Bahn nehmen wie wir anderen auch?«

»Sie hat einen Fahrer?« Mauds Stimme kletterte mehrere Oktaven in die Höhe.

»Ja, ich habe mindestens schon fünfmal gesehen, wie sie irgendein Typ hier abgesetzt hat.«

»Hm …« Maud trank ihren Wein aus und winkte Harry, damit er ihr einen neuen brachte. Er schüttelte den Kopf, was sie jedoch nicht sonderlich zu stören schien. »Bist du schon mal auf den Gedanken gekommen, dass er auch ihr Kerl sein könnte?«

Preston schüttelte den Kopf. »Unmöglich. Die könnte nur eine Mutter lieb …«

»Okay, kommt schon«, mischte sich Jessica ein. »Ich meine es ernst. Irgendwas ist in der Informationsabteilung passiert, und ich glaube, sie könnte ihre Stellung dort verlieren. Wahrscheinlich war es nur irgendein Missverständnis. Offenbar ist Amanda zu Nancy gegangen, weil sie glaubt, dass Rakes und Swindlehurst, was die Verwaltung angeht, ein paar Dinge verbessern könnten …«

»Ach herrje«, sagte Maud.

»Amanda, die glaubt, sie wüsste es besser als die anderen? Nee, klingt gar nicht nach ihr«, kommentierte Preston.

Jessica ignorierte beide. »Die ganze Sache scheint die Stimmung zwischen Swindlehurst und Rakes nicht gerade verbessert zu haben, und jetzt denkt Nancy über Amandas Position nach.«

»Gut«, konnte sich Marion nicht verkneifen. »Dank Amanda darf ich diese Woche jeden Abend Überstunden schieben.«

Jessica runzelte die Stirn, fragte aber nicht nach. »Jedenfalls finde ich, dass wir ein bisschen nachsichtiger mit ihr sein sollten.«

»Armes Mädel.« Maud nickte, was aber irgendwie nicht überzeugend wirkte. Dann sah sie Preston an, und beide hoben ihre (leeren) Gläser. *»Auf Amanda!«*

Jessica seufzte und wandte sich an Marion. Sie musterte sie, was wie immer recht nervenaufreibend war. »Du kommst mir angespannt vor?«

»Alles bestens.« Marion wich ihrem Blick aus. Sie war nicht in der Stimmung für Jessicas frustrierende Scharfsichtigkeit. Sie warf einen Blick über die Schulter. Der Fremde in der Ecke war verschwunden.

»So siehst du aber nicht aus. Hat dich jemand geärgert?«

»Nein. Wirklich, mir geht's gut.«

Jessica ließ nicht locker. »Ich finde es auch schwierig. Alle anderen wahrscheinlich auch. Wir sollen einfach weitermachen, als wäre nichts passiert.« Sie wartete ab. Ihre Augen schimmerten, ihr Blick war wachsam. Es war unmöglich, sich gegen den Eindruck zu wehren, dass man unter diesem Blick einfach alles sagen konnte.

»Ich bin nur müde. Und gestresst«, gab Marion schließlich zu. »Außerdem glaube ich, dass Bill irgendetwas zu schaffen macht, was er mir aber nicht verraten will …«

Jessica holte scharf Luft. Marions Aufmerksamkeit wurde jedoch von Amanda abgelenkt, die gerade die Bar betrat.

»Wein?«, rief Maud wieder, nur war die Frage dieses Mal an Amanda gerichtet. Im Gegensatz zu Marion stimmte sie sofort zu.

»Alles klar, Mands?«, fragte Preston, gab sich jedoch keine sonderliche Mühe, aufrichtig interessiert zu klingen.

Amanda wandte sich an Marion und musterte sie unfreundlich. »Das wäre es, wenn wir heute Vormittag nicht rettungslos unterbesetzt gewesen wären.«

Es dauerte einen Moment, bis Marion begriff, dass Amanda mit ihr sprach. »Warum schaust du mich da an? Ich war heute Morgen in der Personalabteilung.«

»Ich rede von deinem Freund Hobb. Er war zusammen mit Jessica und mir zur Schicht eingeteilt, aber praktischerweise musste er ja weg.«

Marions Herz schlug schneller. Sie wartete darauf, dass Amanda fortfuhr.

»Richte ihm aus, dass er sich beim nächsten Mal eine bessere Ausrede einfallen lassen soll.«

Marion stellte ihr Glas ab. »Wovon redest du überhaupt?«

Amandas Blick flackerte kurz zu Jessica hinüber. *»Dringendes Treffen mit Marion.* Klingelt da was?«

Marion öffnete den Mund. Ihre Kehle war wie ausgetrocknet, und ihre Gedanken überschlugen sich.

»Mist …« Jessica öffnete ihre Tasche und zog einen zusammengefalteten Zettel heraus. »Das tut mir so leid. Bill hat mich gebeten, dir das hier zu geben.«

»Wann hast du ihn gesehen?« Marions Stimme zitterte ein wenig.

»Heute Morgen, auf dem Weg in die Informationsabteilung. Ich hätte dir das viel früher gegeben, aber ich hab's einfach vergessen …« Jessica setzte zu einer Erklärung an, die vermutlich beinhaltete, wie beschäftigt sie mit ihren vielen Aufgaben gewesen war.

Marion hörte jedoch kaum hin. Sie faltete den Zettel auseinander.

Mari,
es tut mir leid, dass ich Dich gestern beim Abendessen und heute beim Frühstück verpasst habe. Ich stecke da in etwas drin, und ich brauche Deine Hilfe. Ich hätte schon viel früher etwas sagen sollen, aber es ist kompliziert – es geht um David. Ich mache mir wirklich Sorgen. Komm um elf in den Gemeinschaftsraum, dann erkläre ich Dir alles. Bitte sei pünktlich.

»Herrgott, Jess!« Marion sah auf die Uhr. Es war fast eins.

»Es tut mir leid. Mari … was ist denn los?«

Marion sprang auf und wandte sich an die ganze Gruppe. »Weiß irgendjemand, wo David ist?«

Alle starrten sie an.

»Der ist heute anscheinend auch nicht da«, antwortete Amanda.

»Doch, ist er«, korrigierte Preston. »Ich habe ihn nach dem Frühstück noch gesehen. Er hat gesagt, dass er sich um eins mit Bal trifft.«

»Moment mal …«, sagte Jessica nach einer kurzen Stille. Mit gerunzelter Stirn sah sie Preston an. »David trifft sich mit Bal?«

Preston zuckte mit den Schultern. »Ja.«

»In der Werkstatt? Heute?«

»Kann sein. Ich weiß nicht, wo.«

Ängstlich sah Marion ihre Freundin an. »Warum? Was ist los?«

»Na ja, Bal ist nicht hier. Er ist gestern Abend nach Edinburgh abgereist, zu einem Besuch bei seiner Familie. Er kommt erst morgen wieder.«

»Bist du sicher?«

»Ganz sicher.«

Der Knoten in Marions Bauch zog sich noch fester zusammen.

Maud, die offenbar mäßig interessiert versuchte, der wirren Unterhaltung zu folgen, sagte: »Irgendwie habe ich das Gefühl, ich kriege was nicht mit.«

Marion schnappte sich ihre Tasche und schlang sich den Tragegurt über die Schulter.

»Wohin willst du?«, fragte Maud.

»Ich muss sie finden.«

»Wen?«

»Bill und David!«

»Aha …«, sagte Maud. »Und warum genau?«

Marion zögerte. Maud, Preston und Jessica starrten sie an – Jessica ängstlich, Maud neugierig, Preston unbeeindruckt. Amanda wich ihrem Blick jedoch aus. »Das ist eine lange Geschichte«, antwortete sie rasch und verließ die Bar ohne weitere Erklärungen.

Acht

DER SPION IM KORRIDOR

Es gab gleich mehrere Dinge, die Marion nun plötzlich begriff.

David war an jenem Freitagnachmittag im Februar in Nicholas' Büro gebracht worden, weil er versucht hatte, etwas zu stehlen – nämlich dasselbe Ding, das Bill gestern Morgen auf dem Weg in die Technische Abteilung verloren hatte: eine mit einem lila Band zusammengebundene Pergamentrolle. Und nun waren David und Bill verschwunden. Einer von beiden hatte die Pergamentrolle wahrscheinlich bei sich, und der andere wollte sie möglicherweise zurückhaben.

Noch verstörender war jedoch ihre Befürchtung, dass diese Pergamentrolle auch irgendwie mit Michelle White und dem Mord an ihr in Verbindung stand.

Am Kopf der langen Steintreppe blieb sie stehen. Im schwachen Flackern der Tunnellichter und in der kühlen, dünnen Luft hier unten konnte Marion kaum atmen. Sie strich sich das schweißfeuchte Haar zurück und versuchte, sich darüber klar zu werden, ob sie ihrem Verdacht trauen sollte. Im Gemeinschaftsraum war sie bereits gewesen, aber natürlich war Bill nicht mehr dort. Er musste mit David zusammen sein, aber wenn dessen angebliches Treffen mit Bal nur ein Vorwand gewesen war, wo war dann David?

»Du hast schon recht damit, dass du dir Sorgen machst«,

erklang eine Stimme hinter ihr wie eine Antwort auf ihre Gedanken. Amanda stand im Gang, einen dicken Schal um den Hals. »Was Bill angeht, meine ich. Er hat ganz blass ausgesehen, als er vorhin losgezogen ist. Als hätte er Angst. David war auch in der Nähe.« Sie trat ins Licht.

Marions Herz schlug wild gegen ihre Rippen, doch Amanda schien das nicht weiter ausführen zu wollen. »Weißt du, wo sie sind?«

Amanda kam noch einen Schritt näher, und erst jetzt fiel Marion auf, wie angespannt und erschöpft sie aussah. Auch zu besten Zeiten wirkte sie oft kalt und gefühllos, aber heute kam sie Marion distanzierter vor denn je. »Sie haben diese komische Schriftrolle angestarrt«, sagte sie, ohne auf Marions Frage zu achten. »Hat sehr alt und merkwürdig ausgesehen. Als sie mich bemerkt haben, hat David sie schnell weggesteckt.«

»Weißt du, was das für eine Rolle ist?«

»Natürlich nicht.« Amanda schob beide Hände in die Taschen. »Komisch, dass Bill es dir nicht längst erzählt hat. Ich dachte, ihr beide seid Freunde.«

Marion atmete tief durch, damit sie nicht versehentlich etwas sagte, das sie später bereuen würde. Sie wandte sich wieder zur Treppe, um ihre Gedanken zu ordnen.

Amanda musterte sie wie ein Entomologe, der eine besonders interessante neue Insektenspezies entdeckt hatte. »Ich glaube, sie sind da runtergegangen.« Sie deutete auf die Treppe.

»In die Werkstatt?«

»Nein.« Amanda zögerte. »Zu Whites Büro.«

Marions Puls schoss in die Höhe. »Was?«

»Ich habe es dir doch gesagt. Ich habe sie zusammen gesehen, nachdem Bill die Nachricht für dich an Jessica weitergegeben hat. Ich wollte David fragen, was sie vorhatten, weil ich wegen Bills Ausrede so genervt war. Ich bin ihnen ein Stück nachgegangen und habe gehört, dass sie etwas darüber gesagt haben, dass White ›eines hatte‹ …« Sie zögerte, dann: »Ich weiß auch nicht, was sie damit gemeint haben.«

Wieder starrte Marion die Treppe hinab und den schmalen Gang entlang, der in dem grauen Zwielicht jenseits der Technischen Abteilung verschwand, über das Gebiet der Detektei hinaus, über die Grenze ins Ungewisse. Wenn sie dort hinunterging, um nach Bill zu suchen, könnte sie sich verirren und nie wieder zurückfinden. Und falls sie doch zurückkam, dann würde sie sich vielleicht wünschen, sie wäre es nicht – sie konnte sich kaum etwas Schlimmeres vorstellen, als aus der Detektei entlassen zu werden. Aber was, wenn Bill in Gefahr war? Dann würde sie es sich nie verzeihen, wenn sie einfach nichts tat.

Sie wandte sich wieder an Amanda, in der vagen Hoffnung, sie könnte ihr sagen, was sie tun sollte. Amanda schien sich ihrer selbst stets so sicher zu sein, sie war immer so frustrierend kompetent. Doch Amanda war verschwunden. Marion sah auf die Uhr – Viertel nach eins –, dann zog sie sich den Mantel enger um die Schultern und stieg die Stufen hinab.

Zuerst kam ihr der Gang zu Michelle Whites Büro lichter und breiter vor, als er von oben ausgesehen hatte, erhellt von einer Reihe sanft leuchtender Lampen. Je weiter Marion jedoch ging, desto dunkler, feuchter und schmaler wurde er. Sie versuchte, sich möglichst vorsichtig und geräuschlos zu bewegen, aus Angst davor, wem sie hier unten in die Arme laufen könnte. Mit jedem Schritt, den sie auf die Grenze zuging, meldeten sich weitere Zweifel. Wären Bill und David wirklich hier heruntergegangen? Hatte Amanda vielleicht gelogen? Würde Nicholas sie erwischen? Oder Nancy? Oder Michelle Whites Mörder?

Ein paar Meter weiter umrundete sie eine Kurve und gestattete sich ein erleichtertes Aufatmen, als Whites Büro plötzlich vor ihr lag. Über der nur angelehnten Tür hing ein Schild: »Miss M. White, Grenzwächterin.«

Sie stutzte, dann las sie das Schild ein weiteres Mal – *Grenzwächterin* – und betrachtete den dunklen Tunnel, der sich an Whites Büro vorbeiwand. Ein Schauer lief ihr über den Rücken, als sie an die alten Gerüchte darüber denken musste, was Miss Brickett's früher einmal gewesen war – Luftschutzbunker, Kommandozentrale, ein Versteck für geächtete Alchemisten. War irgendetwas davon wahr?

»Hallo?«, rief sie und legte eine Hand auf den Türknauf. »Bill? David?«

Keine Antwort.

Das Büro war leer, ausgeräumt, eingepackt. Es roch nach Schimmel, und die Luft schmeckte nach Kreide. Sie konnte nicht verstehen, warum Bill und David hergekommen waren.

Sie trat wieder in den Korridor hinaus und sah nach rechts. Der Gang jenseits des Büros war vollkommen schwarz, keine Lampen, kein Licht – der Pfad, der über die Grenze führte. Sie wollte ganz und gar nicht dorthin. Sie war schon viel tiefer unter den Straßen und dem Sonnenschein, als ein Mensch sein sollte.

Eine Stimme. Ein Ächzen, das von den Wänden zurückgeworfen wurde, unmöglich zu orten.

»Bill?« Ihre Stimme klang schrill und dünn. Panik stieg in ihr auf. Erst langsam, dann aber mit voller Wucht, bis jeder ihrer Atemzüge zu schwach und zu schnell war.

Ein weiteres Stöhnen, dieses Mal dringlicher.

Sie folgte dem Laut in die Schwärze, über die Grenze. Immer weiter lief sie, folgte dem Stöhnen und dem Rauschen eines unterirdischen Stroms, bei dem es sich wahrscheinlich um einen kleinen Zufluss der Themse handelte, der sich durch die Tunnel tiefer und tiefer unter die Erde hinabwand. Sie hatte keine Ahnung, wohin sie ging oder ob sie dieser Gang zu Bill oder zu etwas ganz anderem führen würde.

Sie ging langsam, zählte die Kurven, hielt nach jeder davon inne und lauschte, achtete auf Anzeichen einer Bewegung, Anzeichen von Leben. Doch die Stille wurde nur von dem tiefen Rauschen des Wassers und dem seltsamen Getrappel kleiner Beine unterbrochen. Kakerlaken, Ratten oder andere Kreaturen der Dunkelheit und der Kälte.

Sie konnte kaum mehr als eine halbe Meile hinter sich gebracht haben (auch wenn es sich anfühlte, als wäre es viel mehr), als sich der Tunnel zum ersten Mal gabelte. Der Fluss, der mittlerweile dreimal so breit war und dessen trübes, schmutziges Wasser über die Kanalufer schwappte, floss in den Gang, der nach links führte. Der rechte Gang war zwar trocken, aber deutlich schmaler.

»Bill? Wo bist du? Bitte antworte mir.« Sie zögerte. Das Rauschen des Flusses war mittlerweile fast ohrenbetäubend in der Stille des Labyrinths.

Da bewegte sich etwas hinter ihr.

Sie drehte sich um und erhaschte den Blick auf einen niedrigen Schatten, der über den Tunnelboden dahinschoss. Sie holte flach und tonlos Luft, stieß die Hände noch tiefer in die Manteltaschen und ging einen weiteren Schritt nach vorn.

Dann kam es.

Gedämpfte atemlose Stimmen, die aus der Dunkelheit rechts von ihr herandrifteten. Oder hatte sie sich das nur eingebildet? Die Mauern hier schienen aus einem anderen Material zu bestehen. Uralter, brüchiger Kalkstein, so porös, dass man vielleicht sogar ihre Schritte meilenweit hören konnte.

Sie wartete. Nichts.

Schritte. Aus dem Korridor vor ihr. Genau genommen klang es, als kämen sie *aus* der Kalksteinwand. Sie öffnete eine kleine Klappe an der Seite ihrer Leuchtkugel und zog eine lange, an der Kugel befestigte Schnur heraus. Das eine Ende der Schnur schlang sie sich um den Unterarm und hielt es fest, dann warf sie die Leuchtkugel so weit sie konnte in den Tunnel.

Was auch immer sie zu sehen erwartet hatte, als der leuchtende Ball über den unebenen Felsboden sprang – das war es nicht: ein hellorangerotes Augenpaar, das zu einer langen, schuppenbewehrten Metallkreatur gehörte.

Adrenalin tanzte durch ihren Körper, als die Augen noch heller, größer wurden. Sie versuchte, die Leuchtkugel zurückzuholen, doch die Schnur glitt ihr durch die schweißnassen Finger und fiel zu Boden.

Ein bizarrer Laut kroch durch die Stille. Er kam vom Boden, von dem Ding mit den orangeroten Augen.

Klink – schlick, schlick – klink – schlick, schlick.

Lang und dünn, kaum sichtbar abgesehen von dem metallischen Glanz der Schuppen, glitt eine sechs Fuß lange Metallschlange auf sie zu. Unter all den brillanten und skurrilen Apparaten, die sie in der Werkstatt bisher zu Gesicht bekommen hatte, war keiner dabei gewesen, der so echt aussah. Die Bewegungen waren elegant, reibungslos, jede einzelne Schuppe bestand aus perfekt poliertem Stahl, mehrfach geölt. Mehr Fleisch und Blut als Metall und Schrauben, und fast schien es so, als hätte die Schlange ihren eigenen Willen.

Sie glitt näher.

Obwohl Marion mit jeder Faser ihres Körpers zurückweichen wollte, konnte sie nichts anderes tun, als einfach dazustehen und die Schlange anzustarren, während sie ihr über die Füße kroch. Selbst durch ihre Lederstiefel fühlte sie den kalten Stahl, das Winden und Ziehen der Metallmuskeln. Alles Blut wich ihr aus dem Kopf, und der Boden begann zu schwanken. Endlich war auch die Schwanzspitze vorbeigeglitten, und die Spannung in Marions Körper ließ ein wenig nach. Sie stieß den angehaltenen Atem aus.

Klink – schlick, schlick – klink.

Die Kreatur verschwand in der Dunkelheit.

Marion beugte sich nach vorn, stützte sich auf den Knien ab und versuchte, wieder zu Atem zu kommen. Da hörte sie, wie die Schlange stoppte. Schwaches gelbliches Licht von einer fernen Tunnellampe erhellte den Kopf der Schlange, die sich umgedreht hatte. Marion richtete sich auf, was das scheußliche Wesen zu bemerken schien. Viel schneller als zuvor schoss es zu ihr zurück, den Pfeilspitzenkopf auf sie gerichtet. Dann bäumte sich die Schlange auf, sodass ihr schimmernder Körper direkt vor Marion aufragte, Zentimeter vor ihrem Gesicht.

Marion wünschte, sie könnte die Augen schließen, doch sie wagte es nicht. Die Kreatur öffnete den Mund, und eine graue Metallzunge schnellte hervor, züngelte nach rechts und links, nach oben und unten. Die Schlange zischte. Einen Moment, der eine Ewigkeit anzudauern schien, schwebte der Schlangenkopf direkt vor Marions Gesicht. Immer wieder schoss die lange Schlangenzunge hervor, versuchte, irgendeine Bewegung auszumachen, einen Lufthauch zu erspüren. Marion blieb vollkommen reglos. Dann, gerade als sie glaubte, die Metallzunge würde gleich ihre Wange berühren, hörte sie jemanden den Korridor entlangrennen. Sofort ließ sich die Schlange zu Boden sinken und jagte dem Geräusch nach wie eine blutrünstige Bestie.

In diesem Moment erkannte Marion, dass sich das Ende der Leuchtkugelschnur von ihr fortbewegte. Jemand zog daran. Da die Kugel jedoch hinter einer Ecke lag, konnte Marion nicht erkennen, wer. Oder was.

Entgegen aller Vernunft folgte sie der Schnur, die unstet und langsam von ihr fortglitt. Erst als sie die Ecke umrundet hatte und das weiße Leuchten der Kugel den Tunnel erhellte, sah sie eine menschliche Gestalt, die auf dem Boden des Gangs lag, mit einer Hand hielt sie die Kugel umklammert, die andere kam ihr verdreht und unnatürlich dünn vor.

Marions Herz hämmerte wie wild. Sie versuchte, ihren Blick zu fokussieren, blieb für einen Moment stehen, während Angst und Feigheit sie zu überwältigen drohten.

»David?« Nun konnte sie ihn besser erkennen. Ihr Magen krampfte sich zusammen. Sein linkes Bein war so blutüberströmt und verdreht, dass schwer zu sagen war, wie herum es überhaupt dalag. Sein Knie und sein Köchel standen fast in einem Neunzig-Grad-Winkel zueinander.

»O Gott! Was ist passiert?«

Sie tastete nach seinem Oberschenkel. Die Haut war nass und klebrig, wie von warmem, frischem Blut.

Er deutete hinter sich. Sie griff nach der Kugel und leuchtete damit die Wand ab.

In ihrer Verwirrung und Angst war ihr das klaffende runde Loch im Kalkstein nicht einmal aufgefallen. Es sah aus wie eine merkwürdige Tür, die in einen so engen Tunnel führte, dass man ihn nur auf allen vieren betreten konnte. Marion kroch hinüber, um in das Loch zu spähen.

David riss sie zurück. »Nein, nicht. Es schließt sich … völlig willkürlich.« Er deutete auf sein Bein, und da begriff sie. »Bitte, bring mich hier raus.«

Wieder Schritte. Dieses Mal kamen sie direkt auf sie zu. Und wer immer es war, er rannte.

Eine Taschenlampe wurde eingeschaltet, und der Lichtstrahl blendete Marion. Derjenige, der die Lampe hielt, jagte direkt auf sie zu.

»Marion. Mein Gott!« Bill ließ die Taschenlampe sinken und ging neben ihr in die Hocke. Er richtete den Strahl der Lampe auf David. »Habt ihr die Schlange gesehen?«

David stöhnte und versuchte, sich zu bewegen.

»David!«, wiederholte er, dringlicher. »Ist die Schlange hier vorbeigekommen? Habt ihr sie gesehen?«

»Nein …«, brachte David schließlich heraus.

»Du hast sie auch gesehen?«, fragte Marion an Bill gewandt.

Er nickte. »Sie gehört Nicholas, glaube ich. Ein Spion, der durch die Tunnel patrouilliert.«

»Was?« Marion begriff nicht. Ihr Mund war so ausgetrocknet, dass kaum mehr als ein Krächzen herauskam.

»Ihre Augen sind Bewegungsdetektoren mit eingebauten Kameras. Sie schalten sich nur ein, wenn die Schlange Bewegungen wahrnimmt.«

Marion hatte eine Million Fragen – *Wohin führte der Tunnel in der Wand? Warum hatte David hineinkriechen wollen? Woher war Bill plötzlich aufgetaucht? Woher war die Schlange gekommen, und warum wollte Bill unbedingt wissen, ob David sie gesehen hatte?* –, doch dann fiel ihr Blick auf David, dessen Brust sich nur noch schwach hob und senkte. Im Augenblick hatten sie ein drängenderes Problem.

Bill und sie richteten David auf. Eine enorme Kraftanstrengung bei seiner Größe und seinem Gewicht. Er war kaum noch bei Bewusstsein. Sie trugen ihn den Korridor entlang, an Whites Büro vorbei und weiter. Es fühlte sich an, als hätten sie einen meilenlangen Weg hinter sich gebracht, als sie endlich den Fuß der langen Steintreppe erreichten.

»Da kriegen wir ihn nie hoch, ohne sein Bein noch schlimmer zu verletzen«, keuchte Bill. »Du wartest hier bei ihm. Ich hole Hilfe.«

Marions Nerven fühlten sich an, als stünden sie in Flammen. Sie öffnete den Mund, doch nichts kam heraus.

Bill sah sie an, seine Augen waren groß und angsterfüllt, seine Wange blaugrün verfärbt, wie nach einer Prügelei, seine Unterlippe aufgeplatzt. »Er ist die Treppe runtergefallen.«

»Wie bitte?«

»Wir müssen allen weismachen, dass David die Treppe hinuntergefallen ist. Kein Wort von der Grenze. Kein Wort von der Schlange.«

»Bill …«

»Ich erkläre dir alles später. Vertrau mir einfach, Marion. Bitte.«

Neun

BILLS GEHEIMNIS

Es war fünf vor zehn am Dienstagabend. Marion stand im Gemeinschaftsraum vor dem Kaminfeuer und wartete auf Bill. Ihre Knie waren noch etwas weicher, als sie es schon den ganzen Tag über gewesen waren, und das allein war schon eine Überraschung.

Ein paar Stunden zuvor war Bill in Begleitung von Nancy und Professor Henry Gillroth an den Fuß der Treppe zurückgekehrt. Gillroth war der älteste Mitarbeiter bei Miss Brickett's und außerdem der Leiter der Personalabteilung und ein Mitglied des Hohen Rats. Bei Gillroths Anblick zuckte Marion zusammen, weil sie ahnte, was seine Anwesenheit hier bedeutete: Nancy erwartete, dass dieser Unfall eine Untersuchung nach sich ziehen würde. Zufälligerweise fiel David in genau dem Moment, in dem Nancy und Gillroth eintrafen, in einen Schock und musste schnellstens für eine Notfalloperation ins Krankenhaus gebracht werden. Für eine ausführliche Befragung blieb keine Zeit. Wie geplant berichtete Bill ihnen nur das Allernötigste: David war die Treppe hinuntergestürzt und hatte sich das Bein gebrochen. Was zugegebenermaßen recht glaubwürdig war – die vierundvierzig glatten Steinstufen der Treppe waren beinahe genauso tückisch wie alles andere in der Detektei. Beinahe.

Marion war viel zu nervös, um beurteilen zu können, ob

Nancy die Lüge glaubte, oder um sich Gedanken darüber zu machen, ob die Schlange, *der Spion,* ihre Anwesenheit in den Tunneln aufgezeichnet hatte. Bill warf ihr jedoch immer wieder bedeutungsschwere Blicke zu, deutliche Warnungen, die dafür sorgen sollten, dass sie den Mund hielt. Er hatte ihr versprochen, ihr an diesem Abend alles zu erklären, und sie hatten sich im Gemeinschaftsraum verabredet. Spät, um sicher sein zu können, dass sie allein sein würden.

Langsam schwang die Tür auf, und Bill trat ein und kam zu ihr. Gemeinsam setzten sie sich auf das Sofa beim Kamin.

Der Gemeinschaftsraum der Lehrlinge lag im Südwestflügel der Detektei. Ein runder Raum voller nicht zusammenpassender Stühle und Sofas. Zwei Kamine und ein Eichentisch in der Mitte. Manchmal kam es vor, dass ein überarbeiteter oder angetrunkener Lehrling auf einem der Sofas übernachtete. Im Moment schien dies jedoch keine sonderlich verlockende Vorstellung zu sein. Immerhin lief ein Mörder hier frei herum.

Bill goss ihnen beiden ein Glas Wasser ein und zündete sich eine Zigarette an. Es war erst das zweite Mal, dass Marion ihn rauchen sah. »David wird wieder. Er hat sich das Bein gebrochen, aber es hat schlimmer ausgesehen, als es ist. Er wird etwa eine Woche im Krankenhaus bleiben und dann auf die Krankenstation hier verlegt, damit er sich auskurieren kann.«

Ein Rauchkringel stieg zur Decke empor und verschwand dort.

»Was ist mit der Schlange? Hat sie uns gesehen?«

Bill wirkte unsicher. »Ich glaube, wenn es so wäre, dann hätten uns Nancy und Nicholas inzwischen längst gefeuert.«

Eine erdrückende Spannung erfüllte den Raum. Marion war nervös, ungeduldig. Noch am Anfang der Woche waren ihr die vier Monate, die Bill und sie sich mittlerweile kannten, wie eine Ewigkeit vorgekommen, nun jedoch schien es plötzlich nur eine verdammt kurze Zeit zu sein. Sie vertraute ihm –

vielleicht mehr, als sie sollte. Sie hoffte, was auch immer er in den Tunneln jenseits der Grenze getan hatte, war etwas vollkommen Unschuldiges und Belangloses. Mehr als alles andere hoffte sie, dass ihr Vertrauen in ihn nicht unangebracht gewesen war.

Im Schutz ihrer Manteltaschen knibbelte sie an ihren Fingernägeln herum. Und wartete.

Bill drückte seine Zigarette aus und leerte sein Wasserglas. »Dann hast du meine Nachricht also nicht bekommen?«

»Doch. Aber zwei Stunden zu spät. Sonst hätte ich euch nie gefunden.«

Bill nickte. Sein Blick war in die Ferne gerichtet. Marion drängte ihn nicht. Sie sah auf seine Hände. Das leichte Zittern war wieder da, begleitet von einem neuen Tick, den sie noch nie zuvor gesehen hatte. »Vor ein paar Wochen habe ich etwas gestohlen«, setzte er an und tippte mit dem Daumen gegen seinen Mittelfinger. »Ich war seit fast fünf Stunden in der Registratur im Einsatz. Perry war nicht da, und White war gebeten worden, für ihn einzuspringen. Sie hatte schrecklich miese Laune, wahrscheinlich, weil sie schon die ganze vorherige Nacht im Einsatz gewesen war. Es gab jedenfalls nicht viel zu tun, also hat White mich gefragt, ob es mir etwas ausmachen würde, die Empfangsbehälter im Auge zu behalten, während sie in der Bibliotheksbar etwas trinken ging. Ich habe Ja gesagt, weil ich sowieso keine andere Wahl hatte. Du weißt ja, wie sie war?«

Marion nickte.

»Jedenfalls ist während ihrer Abwesenheit nur ein Brief in den Empfangsbehältern gelandet, und als ich gerade die Details ins Register eintragen wollte, habe ich etwas auf ihrem Schreibtisch gefunden. Eigentlich wollte ich es gar nicht behalten, wirklich nicht. Ich wollte es mir nur anschauen, weil es so komisch ausgesehen hat. Aber dann ist sie genau in dem Moment zurückgekommen, als ich das Ding in der Hand hatte, und ich habe es nicht fertiggebracht, es ihr einfach zurückzugeben, also habe ich es stattdessen schnell in die Tasche gesteckt.«

»Was war es?«, fragte Marion, obwohl sie es zu wissen glaubte. Die Pergamentrolle.

Er hob seine Tasche vom Boden hoch und holte das Pergament heraus, das leer zu sein schien. Marion entrollte es und registrierte die ausgefransten Ränder, die fleckige und vergilbte Oberfläche. Sie hielt es ins Licht, drehte und wendete es, betrachtete es aus verschiedenen Winkeln. Es schien tatsächlich leer zu sein, doch feine, fast unsichtbare silbrige Linien zogen sich kreuz und quer darüber. Einige der Striche waren etwas dicker als andere, ein paar schienen sich mit denen daneben zu verbinden, andere Kreise zu beschreiben. Je nachdem, wie das Licht darauf fiel, wechselten die Linien ihre Position. Einige verschwanden ganz.

Sie legte sich die Karte auf den Schoß. Obwohl sie durchaus ungewöhnlich war, hatte Marion etwas Ähnliches schon einmal gesehen. Genau wie Bill. Genau wie alle anderen bei Miss Brickett's. »Grautinte?«

»Geheimtinte. Ja. Ganz ähnlich wie das Zeug, in dem unsere Anwerbungsschreiben verfasst wurden.«

Marion erinnerte sich an den skurrilen und scheinbar leeren Brief, den Frank ihr an dem Tag ihrer Anwerbung überreicht hatte. Genau wie sie es damals getan hatte, hielt sie das Pergament nun unter die Tischlampe, ganz dicht unter die Glühbirne, bis es sengend heiß wurde. Im Gegensatz zu damals geschah nun jedoch nichts.

»Das funktioniert nicht«, sagte Bill. »Es ist eindeutig Grautinte, aber eine andere Sorte.« Ein weiteres Mal öffnete er seine Tasche, dieses Mal zog er jedoch ein ziemlich seltsames Gerät heraus: ein kupfernes Monokel, ausgestattet mit vier unterschiedlich dicken Linsen. »Das hier ist ein Grautintenmonokel. Diese Geheimtinte da lässt sich nur damit lesen.« Er reichte Marion das Monokel und nickte in Richtung des Pergaments. »Versuch es.«

Marion legte das Pergament auf Bills Schoß und hielt sich die erste der vier Linsen vor ein Auge. Es war, als würde sie durch schmutziges Wasser schauen. Sie probierte es mit der nächsten Linse. Sofort verwandelte sich das Pergament. Hunderte von graublauen Konturen erhoben sich aus ihrem Papiergrab, einige lang und schmal, andere dick und rund, ein kompliziertes Muster verschlungener Pfade, endlich ans Licht gekommen.

»Mein Gott ...« Sie strich mit einem Finger über das Pergament hinab zur linken Ecke. Es war eine vollständige Karte der Detektei, jeder Gang, jeder Raum darauf verzeichnet. Und offenbar auch jene Tunnel jenseits der Grenze – viel zu komplex und detailliert, um sie mit einem Blick zu erfassen. Dann geschah etwas Merkwürdiges. Der Tunnel, den sie gerade anstarrte – ein Gang ganz unten auf der Karte hinter Miss Whites Büro und hinter der Grenze –, verschwand. Als er Sekunden später wieder auftauchte, war er nur noch halb so lang und bog in einen anderen Tunnel ein, der gerade eben noch nicht da gewesen war. »Sie bewegen sich!«, rief sie, etwas zu laut. »Da, schon wieder ...«

»Richtig. Und genau das ist auch mit David passiert. Die Wände da unten ... sie bewegen sich und verschließen die Gänge, zwingen einen dazu, eine andere Route zu nehmen. Ich glaube, sie laufen auf Schienen oder so. In einem Moment glaubt man noch, man wüsste, wo man ist, und dann wird einem einfach der Weg abgeschnitten.« Er holte tief Luft, als würde er den ganzen Albtraum noch einmal erleben. »David und ich, wir haben versucht, durch eine der Türen zu gehen, die gerade in der Wand vor uns aufgetaucht war. Er war schon fast durch, als sich die Wand einfach wieder geschlossen hat. Um sein Bein.«

Die Luft im Gemeinschaftsraum war stickig und heiß. Sie

legte Karte und Monokel auf den Kaffeetisch, und eine Weile schwiegen beide. Es war nicht so, als gäbe es nichts zu sagen, ganz im Gegenteil. Ihr Kopf schwirrte, er war übervoll und barst fast vor lauter Fragen. Sie wusste nur nicht, welche sie zuerst stellen sollte. »Aber das verstehe ich nicht. Was wolltet ihr beide überhaupt da unten?«

Wieder atmete er tief durch, als müsste er erst Mut sammeln, um fortfahren zu können. »Schon mal was von Ned Asbrey gehört?«

Marion runzelte die Stirn und dachte an die Gerüchte, die ihr schon zahllose Male zu Ohren gekommen waren. »Der Lehrling, der vor acht Jahren in den Tunneln verschwunden ist? Ich dachte, das ist nur irgendeine dumme Geschichte.«

»Tja, ist es nicht. Ned war ein Lehrling, und er hatte ein Alkoholproblem, genau wie es die Gerüchte sagen. Und eines Tages ist er in den Tunneln verschwunden. Allerdings hat er nach seiner Rückkehr nicht gekündigt, wie es alle glauben, weil er nämlich nie zurückgekommen ist. Asbrey war Davids Stiefbruder. Er war viel älter, zweiunddreißig, als er verschwunden ist. Damals haben David und er zusammengewohnt, ohne weitere Familie. Als Ned angeworben wurde, wusste David noch nichts von der Detektei. Er dachte einfach, sein Stiefbruder würde lächerlich viele Überstunden in einem Buchladen irgendwo in London machen. Vor acht Jahren dann aber ist Ned auch nach fünf Tagen nicht von der Arbeit zurück nach Hause gekommen. Also ist David zum Buchladen gegangen und hat Antworten verlangt. Ich glaube, er ist dort Nicholas begegnet, aber dabei ist nichts weiter herausgekommen. Am nächsten Tag ist David zurückgekommen und hat es noch einmal versucht. Dieses Mal hat er gedroht, zur Polizei zu gehen, wenn er keine Erklärung dafür bekommen würde, wo sein Stiefbruder war. Das Problem war, dass Nancy natürlich nicht zulassen konnte, dass die Polizei einbezogen wurde, wie du weißt. Sie ist zu dem Schluss gekommen, dass sie ihm irgendetwas sagen musste. Also hat sie behauptet, Ned wäre an dem Tag seines Verschwindens länger im Buchladen geblieben. Er hätte getrunken und wäre dann wahrscheinlich irgendwo draußen in den Gassen verschollen, und das wäre das Letzte, was sie von ihm gesehen hätten. Damit hat sich David aber nicht zufriedengegeben. Vielleicht hat er auch einfach eine Gelegenheit gewittert. Wie auch immer, letztendlich ist Nancy nichts anderes mehr übrig geblieben, als ihm Geld zu bieten.«

»Schweigegeld?«

»Das hat er mir jedenfalls erzählt. Und anscheinend hat es auch sieben Jahre lang funktioniert. Die Detektei hat Davids Miete bezahlt – viel war es nicht, aber er konnte so ein bequemeres Leben führen als vor Neds Verschwinden. Und das war alles. Eine Weile jedenfalls.«

»Nancy hat ihn *sieben Jahre* lang bezahlt?« Bei der Vorstellung fühlte sich Marion ganz krank. Sowohl weil David das Geld genommen als auch weil Nancy es ihm angeboten hatte.

»Nach einer Weile wurde David dann jedoch gierig. Was dich sicher nicht überrascht ...«

»Kein bisschen.« David war genau der Typ, der Kapital aus dem Unglück eines Familienmitglieds schlagen würde.

»Ja. War ich auch nicht, als er mir davon erzählt hat. Wie auch immer, er wollte mehr Geld, weitere Vergünstigungen, aber irgendwann hatte Nancy genug. Sie änderte ihre Strategie. Wahrscheinlich ist ihr klar geworden, dass sie etwas gegen ihn in der Hand haben musste. Etwas, mit dem sie verhindern konnte, dass er zur Polizei ging. Womit sie auch der Erpressung ein Ende machen könnte. Also hat sie ihm einen Job angeboten.«

Marion nickte. Endlich begriff sie, warum David angeworben worden war. Natürlich steckte kein verborgenes Talent dahinter, von dem nur Frank und Nancy wussten. Er war angeheuert worden, weil er Nancy in die Ecke gedrängt hatte. Ihr war nichts anderes übrig geblieben.

Bill fuhr fort: »Wahrscheinlich konnte sich Nancy denken, dass sie ihn ohne große Probleme dazu überreden könnte, der Detektei beizutreten. Immerhin wäre das eine viel interessantere Lebensperspektive als die in einer Metallfabrik. Außerdem glaube ich, dass ihm auch deutlich mehr Geld angeboten wurde als uns, auch wenn er mir das nicht erzählt hat.« Was Bill wütend zu machen schien. Marion ging es da nicht anders. »Tja, um das Angebot anzunehmen, musste er aber all diese Verschwiegenheits-, Verantwortlichkeits- und Einverständniserklärungen unterschreiben, die wir alle bei unserer Anwerbung unterzeichnet haben. Und damit hatte Nancy ihn in der Hand, nicht wahr? Danach konnte er kaum noch zur Polizei gehen oder noch mehr Geld verlangen. Nicht, nachdem er seinen Namen unter ein Dokument gesetzt hatte, in dem stand, dass er in vollem Wissen mit allem, was er in der Detektei tat, gegen mindestens fünfzig Gesetze zum Schutz von Persönlichkeitsrechten verstieß.«

Marion fühlte sich, als würde sich etwas um ihre Brust zusammenziehen. Ein Schraubstock, der mit jedem Atemzug noch enger wurde. Sie wusste, welche Dokumente Bill damit meinte. Die Papiere, die Nancy und Nicholas ihr bei ihrer Anwerbung überreicht hatten – Papiere, in denen ihr vollständiger Name und ihre Adresse standen und an die eine Kopie ihrer Geburtsurkunde sowie eine Verantwortlichkeits- und eine Einverständniserklärung angeheftet waren. Damals war sie so überwältigt vor Freude darüber gewesen, auserwählt worden zu sein, dass sie dem Kleingedruckten kaum Beachtung geschenkt hatte. Aber ja, sie wusste, wenn die Gesetzeshüter die Detektei ausfindig machen würden, dann waren es nicht nur Nancy und der Hohe Rat, die für Miss Brickett's verdeckte Ermittlungen die Verantwortung übernehmen müssten – für den illegalen Einsatz von Dietrichen,

Peilsendern, Spionagekameras. Jeder, der diese Dokumente unterzeichnet hatte, würde sich ebenfalls den Konsequenzen stellen müssen.

Draußen im Korridor wurde eine Tür geöffnet und wieder geschlossen. Sowohl Marion als auch Bill zuckten zusammen.

»Du hast mir immer noch nicht erklärt, was das alles damit zu tun hat.« Sie deutete auf die Karte. »Oder was ihr beide hinter der Grenze gemacht habt.«

Bill ließ sich mit der Antwort Zeit. »Als David dieses Jahr in der Detektei angefangen hat, muss er begriffen haben, dass man ihn manipuliert hatte, oder vielleicht hat er auch einfach beschlossen, dass er doch herausfinden wollte, was mit seinem Stiefbruder passiert ist. Er muss die Gerüchte gehört haben, dass Ned die Tunnel jenseits der Grenze betreten hat und einfach verschwunden ist. Dann ist er zu dem Schluss gekommen, dass mehr hinter der Geschichte stecken musste. Er hat angefangen zu ermitteln, Fragen zu stellen: Wann Ned zum letzten Mal gesehen worden sei. Ob er sich vor seinem Verschwinden irgendwie seltsam benommen habe. Immerhin klingt es komisch, dass jemand ohne irgendeinen Grund da hinuntergegangen sein soll. Auch wenn er betrunken war. Wonach hat er gesucht? Nicht viele Leute hatten irgendetwas dazu zu sagen, aber diejenigen, die etwas wussten, waren allesamt der Meinung, dass sein Verschwinden mit einer komischen Pergamentrolle in Verbindung stand, die wohl schon seit der Gründerzeit der Detektei hier herumschwirrt und im Laufe der Jahre durch mehrere Hände gegangen ist.«

»Die Karte?«

Bill nickte. »Die einzige Karte der Detektei, die *alles* zeigt. Erst soll sie jemandem aus dem Hohen Rat gehört haben. Dann ist sie an Ned gegangen und nach seinem Verschwinden offenbar irgendwie in Michelle Whites Besitz gelangt. Niemand wusste so recht, wie White an das Ding herangekommen ist, aber es wird allgemein angenommen, dass Ned irgendetwas darauf gesehen hat, das ihn dazu brachte, die Grenze zu überqueren. Woraufhin er verschwunden ist. Ein paar Tage später wurde Neds Rucksack in dem Korridor vor Whites Büro gefunden. White hat den Rucksack an Nancy weitergegeben, woraufhin sich die Gerüchte um sein Verschwinden allmählich verbreitet haben.«

»Also hat White die Karte und das Monokel aus Neds Rucksack gestohlen, bevor sie ihn an Nancy weitergegeben hat?«, vermutete Marion.

Bill zuckte mit den Schultern. »David scheint sich sehr sicher zu sein, dass White sich Neds Sachen erst mal gründlich angeschaut hat, bevor sie alles weitergegeben hat, und dass die Karte und das Monokel einfach zu interessant waren, um sie wieder wegzugeben. Als David allerdings herumgefragt hat, schien niemand so recht zu wissen, was das für ein Pergament war. Die meisten nehmen an, dass es ein Geheimdokument der Detektei ist – warum sonst sollten sich alle so sehr dafür interessieren? Also schätze ich, dass David beschlossen hat, das Ding zu finden und es sich selbst einmal anzusehen. Irgendwann im Februar hat er versucht, in Whites Büro einzubrechen, um danach zu suchen, aber ohne Erfolg, wie ich gehört habe. White hat ihn in ihrem Büro erwischt und es Nancy und Nicholas gemeldet. Und genau an dem Punkt hat das ganze Chaos angefangen. An dem Tag, an dem ich die Karte von Whites Schreibtisch genommen habe, war ich zwar allein in der Registratur, aber David war gleich nebenan in der Informationsabteilung. White hat erst nicht gemerkt, dass die Karte verschwunden war, aber als sie es am nächsten Morgen doch entdeckt hat, war ihr erster Gang natürlich der zu David, um ihn damit zu konfrontieren.«

Marion nickte. »Natürlich. Wegen des Vorfalls im Februar. Sie muss begriffen haben, dass er nach der Karte gesucht hat, weil Ned sein Stiefbruder und der vorherige Besitzer der Karte war. Was auch erklärt, was Professor Bal gestern über sein letztes Treffen mit White gesagt hat. ›Jemand sucht danach‹«, wiederholte sie, was Bal ihnen erzählt hatte. »Wahrscheinlich dachte sie, dass David die Karte schon hat, also muss sie damit das Monokel gemeint haben?«

»Ja, das glaube ich auch.« Bill knetete seine Hände. »Sie wusste, dass er mit der Karte ohne das Monokel, das sie immer getrennt davon aufbewahrt hat, nichts anfangen konnte, aber ich nehme an, dass sie sich Sorgen gemacht hat, er könnte auch versuchen, an das Monokel heranzukommen. David hat natürlich alles abgestritten. White wollte ihn zwar nicht vom Haken lassen, aber sie konnte damit auch nicht zu Nancy und Nicholas gehen, weil sie ihnen dann auch sagen müsste, dass sie die Karte und das Monokel selbst gestohlen hatte. Beides Dinge, die sie nie hätte haben sollen.«

»Weiß Nancy von der Karte?«, fragte Marion.

»Ich bin nicht sicher, aber ich denke schon. Nancy weiß alles. David konnte sich jedenfalls denken, dass ich es war, der die Karte genommen hat, weil er selbst es schließlich nicht war und weil als einziger möglicher Verdächtigter dann nur noch ich übrig geblieben bin. Er hat mich zur Rede gestellt. Ich hätte ihm das verdammte Ding einfach geben und die Sache abhaken sollen, aber … je länger ich die Karte hatte, desto mehr habe ich mich dafür interessiert. Ich wollte wissen, was das für ein Ding ist und wie man es lesen kann. Ich wollte es fast genauso sehr wie David. Dann hat er damit angefangen, mir zu drohen. Jedes Mal, wenn wir einander in den Korridoren begegnet sind oder irgendwo zu einer gemeinsamen Schicht eingeteilt waren, hat er gesagt, er würde mich verraten und allen sagen, dass ich das Ding von White gestohlen habe.«

Da begriff Marion, dass dies zumindest erklärte, worüber sie sich seit Wochen Gedanken gemacht hatte: die Ursache für die ständig wachsende Abneigung zwischen Bill und David. Sie war erleichtert, dass sie den Grund nun kannte, aber hauptsächlich ärgerte sie sich darüber, dass Bill diese überflüssige Spannung zwischen ihnen zugelassen hatte.

»Warum hast du mir bis jetzt nichts davon erzählt?«

»Ich habe darüber nachgedacht. Aber dann habe ich mich gefragt, ob es fair wäre, dich da mit reinzuziehen. Immerhin habe ich eine leitende Angestellte bestohlen. Wenn ich es dir gesagt hätte, wärst du zur Mittäterin geworden.« Er schwieg eine Weile und füllte sein Wasserglas auf. »Natürlich begreife ich jetzt, dass du es trotzdem lieber gewusst hättest«, fügte er hinzu, als Marion den Kopf schüttelte. Er seufzte, dann erzählte er weiter. »Am Montagmorgen, nachdem Nancy über Whites Tod gesprochen hat, ist alles zusammengekommen. Irgendwie hat David schon vor uns anderen davon erfahren, und er ist mir vor der Versammlung im Auditorium zu den Toiletten gefolgt. Er hat es geschafft, mir die Karte aus der Tasche zu stehlen, was ich aber erst bemerkt habe, als wir beide auf dem Weg in die Werkstatt waren. Ich wusste, dass David die Karte haben musste, das war die einzig logische Schlussfolgerung. Als ich ihn dann aber direkt danach gefragt habe, meinte er nur, er habe herausgefunden, dass man die Karte nur mit einem Grautintenmonokel lesen kann. Wenn White die Karte gehabt habe, dann bestimmt auch das Monokel. Er hat gesagt, jetzt, wo White tot und ihr Büro leer ist, hätten wir eine gute Chance, es zu finden. Natürlich habe ich ihm gesagt, dass ich damit nichts zu tun haben wolle, aber …«

»Aber letztendlich hast du zugestimmt, ihm zu helfen?«

»Zugestimmt ist nicht ganz das richtige Wort, er hat mich eher dazu gezwungen. Er hat gesagt, wenn ich ihm nicht dabei helfe, heute in Whites Büro zu kommen, dann würde er mich verraten. Und wenn man bedenkt, dass ich die Karte von einer Frau gestohlen habe, die kurz darauf ermordet wurde … Tja, sagen wir mal, es würde nicht gerade das beste Licht auf mich werfen.«

Das Zittern seiner Hände wurde heftiger, und der Ärger, den Marion gerade noch empfunden hatte, verwandelte sich in Mitgefühl. Sie spürte seine Unruhe, als wäre es ihre eigene. Sie spürte, wie schuldig er sich fühlte, wie sehr er sich über sich selbst ärgerte. David wusste, wie er bekam, was er wollte, und Bill mit seiner sanftmütigen Art hatte keine Chance gegen ihn.

»Da habe ich die Nachricht an dich geschrieben«, fügte er hinzu. »Ich wollte dich um Rat fragen. Ich hatte gehofft, dass du eine gute Idee hättest, wie ich aus dem ganzen Schlamassel wieder rauskommen und mich von David distanzieren kann … Als du dann aber nicht im Gemeinschaftsraum aufgetaucht bist, hatte ich keine andere Wahl.« Bebend holte er Luft. »Wir haben das Monokel sofort gefunden, es lag in Whites Schreibtischschublade. Aber als wir dann zurückgehen wollten, hat sich eine der Wände verschoben und uns den Weg versperrt. Wir mussten über die Grenze gehen und uns einen anderen Ausgang suchen. Ich habe versucht, die Karte zu benutzen, aber da unten war es so dunkel, und weil sich die Wände ständig bewegt haben, war die Karte sowieso nicht sonderlich hilfreich …« Er verstummte, den Blick zu Boden gerichtet.

Marion schwieg und versuchte zu begreifen, was Bill ihr gerade erzählt hatte. Sie sah zur Karte auf dem Kaffeetisch hinüber.

»Es tut mir leid, dass du jetzt doch in alles hineingezogen wurdest«, sagte Bill. »Aber wir müssen vorsichtig sein. Wenn Nancy herausfindet, dass David und ich in Whites Büro eingebrochen sind oder dass wir die Grenze überschritten haben, werden wir bestenfalls gefeuert. Deshalb habe ich dir auch gesagt, dass wir diese Lüge darüber erzählen sollen, David wäre die Treppe runtergefallen. Niemand darf von der Karte erfahren oder davon, was wir dort unten gemacht haben. Niemand.«

»David weiß es. Die Sache mit der Karte, meine ich. Glaubst du, er vergisst einfach, dass du sie jetzt hast?«

»Ich sage ihm, dass ich sie in den Tunneln verloren habe oder so. Um ihn müssen wir uns sowieso eine Weile keine Sorgen machen, jedenfalls nicht, solange er im Krankenhaus liegt.«

»Glaubst du, er hat es getan? Glaubst du, er hat White umgebracht?«

Bill spannte sich an. »Ich weiß es nicht. Er hatte ein Motiv, schätze ich. Er wollte White aus dem Weg haben, um an das Monokel heranzukommen. Oder vielleicht hat White beschlossen, doch zu Nancy zu gehen und ihr zu sagen, dass David hinter der Karte her ist.«

Eine lange Weile saßen sie beide einfach nur da. Keiner von beiden sagte ein Wort, keiner rührte sich. Schließlich stand Bill auf und trat noch näher zum Kamin. Er ging in die Hocke und wärmte sich die Hände am Feuer, das allmählich herunterbrannte. Marion war müde, erschöpft und überwältigt. Irgendwann würde sie sich aufraffen und in die Willow Street zurückkehren müssen, um wenigstens etwas Schlaf zu bekommen, auch wenn ihr diese Vorstellung im Augenblick vollkommen abwegig vorkam.

»Ich schätze, David weiß immer noch nicht, wonach sein Stiefbruder in diesen Tunneln gesucht hat?«, fragte sie, den Blick wieder auf die Karte gerichtet. Dann griff sie nach dem Monokel und hielt es sich vors Auge.

Bill zuckte mit den Schultern. »Vielleicht hat er einfach nur die sich verschiebenden Linien auf dem Pergament gesehen und wollte herausfinden, was das ist. Keine gute Idee, wie sich herausgestellt hat.«

Marion sprach es nicht aus, doch das hielt sie für unwahrscheinlich. Jeder, der diese Pergamentrolle in seinem Besitz gehabt hatte, schien geradezu besessen davon gewesen zu sein. Bereit, sein Leben und seine Karriere aufs Spiel zu setzen, nur um sie zu behalten. Warum? Welche Geheimnisse enthüllte diese Karte? Marion ließ den Blick ein weiteres Mal über die Karte schweifen, bemerkte Räume und Durchgänge, von denen sie bisher keine Ahnung gehabt hatte. Dann, inmitten des Liniengeflechts vor ihr, erkannte sie etwas, bei dem ihr ganz kalt wurde – eine Reihe beschrifteter Rechtecke in der Nähe des östlichen Rands der Detektei. Sie ließ das Monokel sinken und sah Bill an. »Was sind die Haftkammern?«

Bill schwieg. Er sah zur Tür des Gemeinschaftsraums, als wollte er sich vergewissern, dass nicht gerade jemand davor vorbeiging.

»Ich habe schon davon gehört«, sagte er schließlich mit gesenkter Stimme. »Nur gerüchteweise, aber …« Er zögerte, dann fuhr er fort. »Hast du dich nie gefragt, was die Detektei mit abtrünnigen Inquirern macht? Oder mit Belegschaftsmitgliedern, die ein Verbrechen begangen haben, das eine Gefängnisstrafe erfordert?«

Marion antwortete nicht, aber natürlich hatte sie sich das schon gefragt. Vor allem in letzter Zeit, seit Michelle Whites Tod, denn wer auch immer diesen Mord begangen hatte, konnte nicht einfach an die Polizei ausgeliefert werden. Genauso wenig konnte man ihn aber frei herumlaufen lassen. Es musste also eine dritte Möglichkeit geben.

»Jeder, der ein Verbrechen der Klasse drei oder schlimmer begangen hat, landet in den Haftkammern. So habe ich es jedenfalls gehört«, erklärte Bill. »Niemand soll darüber sprechen. Die meisten Lehrlinge und Angestellten wissen nicht einmal, dass es die Kammern gibt, weil sie anscheinend noch nie benutzt wurden.«

»Vielleicht ist es das, wonach Asbrey gesucht hat?«

Bill sah aus, als würde ihm dieser Gedanke ganz und gar nicht gefallen. »Leere Gefängniszellen? Glaube ich nicht.«

Wieder spürte Marion diese Enge in der Brust. Die Haftkammern mochten im Augenblick zwar leer sein, aber das würden sie sicher nicht bleiben, wenn Michelle Whites Mörder gefasst wurde.

Bill kam zum Sofa zurück und setzte sich neben sie. Er legte ihr einen Arm um die Schultern. »Hör mal, Mari. Das ist jetzt eine ganze Menge auf einmal, aber vielleicht sollten wir einfach versuchen, das Ganze zu vergessen. Dass wir jemals von dieser verdammten Karte gehört haben. Oder von Ned Asbrey. Oder den Haftkammern. Wir sind hier, um zu Privatdetektiven ausgebildet zu werden. Am besten konzentrieren wir uns einfach darauf.«

»Und David? Glaubst du nicht, wir sollten Nancy sagen …«

»Nein«, gab Bill ernst zurück. »Ich habe es dir doch erklärt. Wir dürfen ihr nichts über die Karte erzählen oder darüber, dass wir die Grenze überschritten haben. Bitte. Wenn David schuldig ist, dann wird Nancy das schon rausfinden.«

»Ja, wahrscheinlich schon. Aber können wir uns darauf einigen, dass wir keine Geheimnisse mehr voreinander haben? Du kannst mir alles erzählen, wirklich.«

Zum ersten Mal an diesem Abend lächelte er. »Ich weiß. Und ich habe es die ganze Zeit gewusst. Ich war einfach ein Idiot.«

Sie nahm seine Hand. Das Zittern hatte nachgelassen. Die Stimmung im Gemeinschaftsraum – und zwischen Marion und Bill – war leichter geworden. Das Feuer war zu glimmenden Kohlen heruntergebrannt, doch der Geruch von Holzrauch hing noch in der Luft. Marion musste an einen Abend im Januar denken, als Bill und sie die ganze Nacht im Gemeinschaftsraum wach geblieben waren. Sie hatten ein Schachbrett auf dem Kaminvorleger platziert und es sich mit einer Flasche Wein dort gemütlich gemacht. Damals hatten sie sich zum ersten Mal richtig miteinander unterhalten. Sie hatten über ihre Familien gesprochen, über ihr Leben außerhalb von Miss Brickett's. Als schließlich der Morgen angebrochen und jeder von ihnen vom Buchladen aus quer durch London nach

Hause gestolpert war, da hatte Marion trotz der eisigen Kälte die Wärme der Kameradschaft, der Freundschaft in sich gespürt.

»Da gibt es etwas, das ich dir erzählen möchte«, sagte sie zu Bill.

Er wirkte neugierig. »Ja?«

Sie atmete tief durch und erzählte ihm die Wahrheit über den Tod ihrer Mutter. Es war leichter, als sie erwartet hatte, und als sie fertig war, begriff sie, wie dumm es von ihr gewesen war, anzunehmen, Bill würde ihr bohrende Fragen stellen oder sie bemitleiden. Er wirkte überrascht, wenn auch nicht so sehr, wie sie erwartet hatte. Vielleicht hatte er die Wahrheit längst erahnt, wie es beste Freunde so oft konnten. Er legte ihr den Kopf an die Schulter. »Danke, dass du es mir erzählt hast.«

Zehn

DIE AUFNAHMEZEREMONIE

Die nächsten beiden Tage vergingen ohne Zwischenfälle. David war nicht aus dem Krankenhaus entlassen worden, auch wenn die Operation gut verlaufen war und er vermutlich am Ende der folgenden Woche auf die Krankenstation bei Miss Brickett's verlegt werden konnte – mehr als genug Zeit für Marion und Bill, um zu entscheiden, was sie mit der Karte anfangen sollten.

Die Ausbildung der Lehrlinge ging weiter wie immer, samt aller Pflichten, und es fiel Marion zunehmend schwer, ihr Arbeitspensum zu bewältigen. Bill und sie mussten einige Überstunden in der Werkstatt ableisten, um die Kiste voller verknoteter Schlingstricke fertig zu entwirren, die sie am Montagabend nicht mehr hatten abgeben können. Außerdem war auch der Distraktor immer noch nicht repariert. Das alles musste vor Ende der Woche geschehen, vor der sehnlich erwarteten Aufnahmezeremonie. Dazu kam, dass Marion nicht einmal ansatzweise mit den Profilen der Tuckers fertig geworden war und dass Amanda nun fest entschlossen zu sein schien, zu beweisen, dass sie ihre Stellung als Assistentin im Fallaktenmanagement noch immer verdiente, weshalb die Schichten mit ihr in der Informationsabteilung und der Registratur sogar noch unerträglicher wurden, als sie es ohnehin schon gewesen waren.

Die Stimmung bei Miss Brickett's wandelte sich von akuter Angst zu misstrauischer, permanenter Unruhe. Das Leben hatte sich für die Inquirer und Lehrlinge seit dem Mord an Michelle White eindeutig verändert – immer noch erfüllten Geschichten und Gerüchte die Gänge, trotzdem schienen sich die Zahnräder der Detektei weiterzudrehen, wenn auch nicht mehr ganz so gut geölt.

So war das eben mit dem Tod, wie Marion nur allzu gut wusste. Ganz gleich, wie sehr die Verstorbenen geliebt worden waren, das Leben wartete nicht auf die Trauernden. Im Innern mochte sich alles verändert haben, und was einmal wichtig gewesen war, gab es nicht mehr, dennoch blieben Routine und Alltag davon unberührt.

Sie konnte sich allzu genau an dieses Gefühl erinnern. Vor sieben Jahren hatte sie an einem Donnerstagmittag um zwölf Uhr einundzwanzig ihre Mutter an einem Dachbalken hängend gefunden. Doch das Leben hatte sich darum nicht geschert. Die Sonne war trotzdem untergegangen an jenem grauenvollen Tag, und genau wie am Abend zuvor hatte es zu regnen begonnen. Im Spülbecken hatte schmutziges Geschirr von Alice' letzter Mahlzeit gestanden, und der Wassereimer, der auf der Treppe punktgenau unter zwei Lecks im Dach positioniert gewesen war, musste ausgeleert werden. Und irgendwann hatte Marion, auch wenn sie sich noch sehr dagegen gewehrt hatte, wieder damit anfangen müssen, sich zu baden und die Haare zu waschen. Sie hatte wieder Marion sein müssen, wenigstens äußerlich.

Nun, während die Tage nach Michelle Whites Tod und dem Vorfall mit Bill und David jenseits der Grenze verstrichen, stellte Marion fest, dass sie allmählich wieder in einen gewissen Rhythmus verfiel.

Dann begann das Gewisper.

»Was soll das heißen, sie wissen, wer es war?«, fragte sie Maud, nachdem sie, Bill, Amanda, Jessica und Preston sich am

Freitagmittag zum Essen hingesetzt hatten. Marion kam ein Themenwechsel durchaus gelegen – sogar ein so düsterer –, da sie bis gerade eben noch über Davids Verletzung gesprochen hatten. Amanda hatte Bill und sie darüber ausgefragt, was genau geschehen war, und dabei ausgesehen, als würde sie ihnen kein Wort glauben. Die Unterhaltung hatte sich zunehmend unangenehm angefühlt, bis schließlich die ganze Gruppe begriffen haben musste, dass Marion und Bill etwas zu verheimlichen hatten. Mauds Enthüllung in diesem passenden Moment war eine Erleichterung gewesen, und sofort war das vorherige Thema vollständig aus allen Köpfen verschwunden.

Maud nickte ernst und pikte die Gabel in ihren Salat mit Schinken. »Sie haben es heute Morgen herausgefunden, ich habe gehört, wie sich Nicholas und Gillroth beim Frühstück darüber unterhalten haben.«

»Und, wer war's?«, fauchte Marion, die nicht fassen konnte, dass sie diese Frage überhaupt stellen musste. Sie sah Bill an, der eine Braue hob. *David?*

Preston grinste Amanda frech an. Es war erstaunlich, wie er es fertigbrachte, einfach durchs Leben zu treiben, vollkommen unberührt von fast allem. Irgendwann würde ihn Marion einmal fragen müssen, wie das ging. »Komm schon, Mands«, neckte er sie. »Du kannst ruhig gestehen.«

Dieses Mal lachte nicht einmal Maud, und Amanda funkelte Preston streng an. »Sie werden es niemandem sagen, nicht einmal dem Beschuldigten, bis der Rat darüber debattiert hat. So funktioniert das eben.« Darauf folgte Stille. »Was ihr alle wüsstet, wenn ihr euch die Mühe gemacht hättet, die Broschüre über Strategien und Vorschriften zu lesen, die im Januar an uns ausgeteilt wurde.«

Marion hatte sie gelesen. Jedes Wort. Mehrmals. Trotzdem beschloss sie, nicht darauf einzugehen.

»Die was?«, fragte Preston, eine Kaffeetasse vor den Lippen.

»Moment mal«, mischte sich Jessica ein, bevor Amanda wieder loslegen konnte. »Willst du damit sagen, dass der Rat weiß, wer Michelle ermordet hat, dass sie diese Person aber einfach frei herumlaufen lassen, bis sie sich beraten haben? Das kann doch nicht sein.«

»Ich habe nicht gesagt, dass sie wissen, wer es getan hat. Das war Maud«, korrigierte Amanda. »Aber ja, falls sie es wissen, dann können sie nichts unternehmen, bis der Rat offiziell getagt hat.«

»Und woher willst du wissen, dass das nicht längst passiert ist?«, fragte Maud, die von diesen Neuigkeiten vollkommen ungerührt zu sein schien.

»Weil du selbst gerade erzählt hast, dass sie den Verdächtigen erst heute Morgen ausfindig gemacht haben. Meine Güte, Maud, versuch doch wenigstens …«

»Und was passiert dann?«, fiel ihr Jessica ein weiteres Mal ins Wort. »Nach der Beratung. Was passiert dann mit dem Beschuldigten?«

Stille. Keiner in der Gruppe wollte darauf antworten.

Die Haftkammern.

Nach einer langen Pause stand Maud auf. »Tja, danke für die nette Unterhaltung. Wir sehen uns bei der Zeremonie.«

Als Nächstes erhoben sich Marion und Bill und gingen gemeinsam hinaus ins Foyer vor der Kantine.

»Glaubst du, dass das wahr ist?«, fragte sie, sobald sie allein waren. »Dass sie jetzt wissen, wer es war?«

Er seufzte. »Ich hoffe es. Es ist schon eine Woche her.«

Marion sah an ihm vorbei, und ihr Blick wanderte zum Eingang der Kantine. Dort stand der breitschultrige, bunt gekleidete Fremde, den sie vor ein paar Tagen schon in der Bibliotheksbar gesehen hatte. Mit verschränkten Armen lehnte er sich gegen den Türrahmen und starrte sie an.

Bill drehte sich um und runzelte die Stirn. »Der schon wieder.«

»Du hast ihn auch schon gesehen?«

»Überall«, gab Bill gereizt zurück. »Warum schaut er dich so an?« Er machte einen Schritt nach links und verdeckte dem Fremden die Sicht auf Marion und andersherum.

Sie wandte ihre Aufmerksamkeit Bill zu. »Gehst du heute Abend hin? Zur Aufnahmezeremonie, meine ich?«

»Ist die denn nicht verpflichtend?«

»Ja, schon, aber ich dachte, jetzt, wo ein Mörder frei herumläuft …«

»Oder noch im Krankenhaus liegt.« Wissend neigte er den Kopf. »Hör mal, Mari. Weißt du noch, was wir darüber gesagt haben, dass wir es hinter uns lassen und einfach vergessen müssen? Denk nicht darüber nach. Das ist nicht unser Problem.«

Sie nickte. Er hatte recht. *Nicht unser Problem,* wiederholte sie still für sich.

Marion stand in der Damentoilette vor dem Spiegel und heftete sich ihr Silberabzeichen mit dem eingravierten A auf die Brust. Wie an jedem Freitag hatte sie es auch an diesem Nachmittag poliert, und nun glänzte es ganz besonders. Sie dachte an ihren ersten Tag in der Detektei, daran, wie Frank ihr das Abzeichen zum ersten Mal an die Brust geheftet hatte. Wie stolz und beschwingt sie sich damals gefühlt hatte.

Hinter ihr im Spiegel tauchte Jessica auf und legte das Kinn auf Marions Schulter. »In zwei Jahren können wir uns ein Abzeichen mit einem *I* an die Brust heften statt mit einem A wie Auszubildende.« Sie stellte sich neben Marion, tippte auf ihr eigenes Abzeichen und lächelte. Ihre dunkelgrünen Augen reflektierten den Silberglanz.

»Hoffentlich«, sagte Marion und ließ es wie einen Scherz klingen, obwohl es genau das war, was sie empfand. Selbst wenn das Leben in der Detektei langsam wieder zur Normalität zurückkehrte, war es schwer, zu vergessen, dass sie vor gerade mal drei Tagen die Grenze überschritten, das Büro der ermordeten Michelle White ohne Erlaubnis betreten und Bill und David dabei geholfen hatte, noch eine ganze Reihe weiterer Regelverstöße zu vertuschen.

Da war »hoffentlich« genau das richtige Wort.

Sie schob sich eine Haarsträhne hinters Ohr und trug roten Lippenstift auf. Sie versuchte sich an einer Wimpernzange und zog sich sogar einen Lidstrich. Normalerweise machte sie sich nicht solche Mühe, aber irgendwie brauchte sie die Ablenkung.

»Du siehst sehr hübsch aus«, sagte Jessica und schob sich eine edelsteinbesetzte Haarklammer in ihr perfekt rundgeföhntes goldenes Haar. »Aber dieses Uhrband …« Sie betrachtete Marions altes, abgenutztes und verblichenes Lederband. »Ich kann dir ein Armband leihen, wenn du möchtest. Das passt vielleicht besser zu deinen Ohrringen …«

»Das geht schon so, danke«, gab Marion hastig zurück und zog sich den Ärmel über die Uhr. Das war leichter, als zu erklären, dass das alte Leder, das vertraute, raue Gefühl und die Stärke des Bands das Einzige war, was sie spüren ließ, dass ihre Mutter noch bei ihr war. Und in letzter Zeit brauchte sie diesen Trost mehr denn je.

Jessica lächelte. Zweifellos hatte sie bemerkt, dass hinter Marions Reaktion ein empfindliches Thema steckte, und sie wusste es besser, als eine Erklärung zu verlangen. Marion bereute schon, wie sie sich verhalten hatte. Jessica war wirklich eine Freundin, wie man sie nicht oft fand. »Natürlich, aber wenn du es dir anders überlegst …« Sie winkte mit einem schwarzen Seidenbeutel und steckte ihn dann in die Tasche.

Amanda und Maud tauchten aus den Kabinen hinter ihnen auf. Amanda musterte Mauds Outfit, das aus einer grauen Hose und einer weißen Bluse bestand, mit offensichtlichem Missfallen. »Das kannst du nicht tragen.«

»Das ist unsere Uniform«, antwortete Maud und bewunderte sich im Spiegel. Sie hatte immer schon gewusst, wie sie einen Nerv treffen konnte, und obwohl eigentlich Jessica ihr erklärtes Lieblingsziel war – hauptsächlich wegen der garantierten Reaktion –, hatte sie nichts dagegen, auch Amanda oder die anderen zu ärgern.

»Nein, das ist die Männeruniform. Wir tragen Röcke.« Amanda deutete auf Marion, Jessica und sich selbst. »Röcke, keine Hosen.«

»Wurdest du zur Assistentin der Kleiderordnungsabteilung ernannt oder so?«

»So was nennt man gesunden Menschenverstand«, fauchte Amanda.

»Du bist wirklich eine Zicke«, mischte sich Marion ein und wandte sich dann an Maud. »Und du siehst toll aus.«

»Finde ich auch«, bestätigte Jessica. »Hosen für Frauen sind gerade schwer in Mode. Das tragen jetzt alle so.«

Maud nahm vor dem Spiegel eine theatralische Pose ein: die Hände in die Hüften gestemmt und ein Bein seitlich angewinkelt. »Das stimmt, Ladys. Ich bin eine Vorreiterin.«

Marion und Jessica prusteten los. Dann hakten sie sich beide bei Maud ein und stolzierten aus der Damentoilette. Amanda – die nun doppelt so wütend war wie zuvor – ließen sie beim Frisieren und Schminken allein.

Der große runde Ballsaal war mit seiner Gewölbedecke und den kupferfarbenen korinthischen Säulen der mit Abstand opulenteste Raum der Detektei. An diesem Abend standen mit weißen Tischdecken geschmückte Tische darin, und ein langer lila Teppich verlief vom Eingang bis zu einer kleinen Bühne, die auf der anderen Seite des Saals errichtet worden war.

Über der Bühne hing ein lila-silbernes Banner, auf das in einem eleganten Bogen die Worte »Miss Brickett's Ermittlungen und Recherchen Aufnahmezeremonie 1958« eingestickt waren. Silberbänder hingen von der Decke herab, und Hunderte sanft weißer diamantförmiger Lampen tauchten den Raum in ein cremefarbenes Schimmern.

Während sich Maud und Jessica etwas zu trinken holten, und Amanda, die kurz nach ihnen eingetreten war, zu einer Gruppe von Lehrlingen im zweiten Jahr hinüberging, suchte sich Marion einen Tisch nahe der Bühne und setzte sich. Kurz darauf gesellte sich Bill zu ihr, dann wurde auch schon das Licht gedimmt, und Nancy betrat die Bühne.

Sie trug ihren feierlichsten Hosenanzug aus schwarzer Seide und dazu ihre Katzenaugenbrille. In der Hand hielt sie eine Pergamentrolle. Marion beobachtete Nancy, deren Blick über die Reihen von Tischen und Stühlen vor ihr schweifte. Dann sah sie rasch zum Eingang des Ballsaals, nickte und wandte den Blick wieder ab.

Dort, knapp außerhalb des Türrahmens, stand Mr Nicholas und drehte etwas zwischen den Fingern, das wie eine Art Taschenuhr aussah. Etwas Großes und Schuppiges glitt hinter ihm in die Schatten. Marion hoffte, dass es nicht das gewesen war, wofür sie es hielt.

Sie schauderte und drehte sich schnell wieder zur Bühne zurück.

»Guten Abend und willkommen zur Aufnahmezeremonie des Jahres 1958!«, rief Nancy und entrollte das Pergament. »Die fünf Lehrlinge, um die es heute Abend geht, haben im Laufe der vergangenen zweieinhalb Jahre unglaublich hart gearbeitet, um die besondere und komplizierte Kunst zu erlernen, die ich gerne als Schattenermittlungen bezeichne. Vor zehn Jahren habe ich Miss Brickett's mit der Absicht gegründet, eine Detektei ins Leben zu rufen, die der Öffentlichkeit auf eine Weise dient, die weder brutal noch politisch motiviert oder voreingenommen ist. Nie hätte ich mir träumen lassen, wie groß und tüchtig wir einmal werden würden. Ich habe versucht, Personen anzuwerben, von denen ich der

Meinung war, sie würden meine Vision am besten vertreten. Und ich möchte mich bei Ihnen allen bedanken, dafür, dass Sie meine Erwartungen nicht nur erfüllt, sondern sogar übertroffen haben.« Sie holte Luft. »Wie Sie alle wissen, markiert dieser Abend das Ende Ihrer zweieinhalbjährigen Ausbildung, dennoch werden die kommenden sechs Monate die vielleicht wichtigsten für Sie werden. Man wird von Ihnen erwarten, unermüdlich in den von Ihnen auserwählten Abteilungen zu arbeiten, um uns zu beweisen, dass Sie einer langen und erfüllten Karriere hier bei Miss Brickett's würdig sind. Ich hoffe, Sie alle werden dies nicht vergessen.« Sie sah auf ihre Notizen hinab. »Bevor wir beginnen, habe ich noch eine kurze Ankündigung zu machen.« Nun klang ihre Stimme eine Spur weniger selbstsicher als üblicherweise. »Neben den Lehrlingen im dritten Jahr, die heute Abend zu Inquirern ernannt werden sollen, möchte ich auch eine Ehrenmarke an jemanden verleihen, der aus New York zu uns gestoßen ist, um uns bei unseren komplexeren Ermittlungen zu helfen. Es ist mir eine Ehre, Mr Kenny Hugo, ehemals Privatdetektiv bei »Hilton and Associates«, bei Miss Brickett's willkommen zu heißen.« Sie wandte sich an jemanden, der in der ersten Reihe saß.

Um sie herum wurde gemurmelt, und Köpfe wurden gedreht. Marion suchte nach demjenigen, den alle anderen ansahen, jemanden, der an einem Tisch direkt neben der Bühne bei Frank und Professor Gillroth saß. Es war der Fremde, den sie schon mehrmals gesehen hatte. Jetzt erhob er sich. Er trug ein grellgelbes Hemd, eine graue Hose und elegante weiße Lederschuhe, und er rauschte auf die Bühne, als hätte er das schon tausendmal getan. Er lächelte der verblüfften Menge zu und zeigte eine Reihe perfekter, strahlend weißer Zähne.

Nancy schüttelte ihm die Hand und heftete ihm eine Inquirer-Marke an die Brust.

»Herzlichen Glückwunsch, Mr Hugo!«, sagte sie. »Und

willkommen bei Miss Brickett's Ermittlungen und Recherchen! Ich hoffe, Ihre Zeit bei uns wird lang, produktiv und erfreulich sein.«

Wieder lächelte Mr Hugo, dann verbeugte er sich knapp vor den schweigenden Zuschauern und kehrte an seinen Tisch zurück.

Marion wandte sich an Bill, der mit den Schultern zuckte.

»Gut, Professor Gillroth, würden Sie mir bei den anderen bitte zur Hand gehen?«, fuhr Nancy fort. »Lehrlinge, wenn ich Ihre Namen aufrufe, dann kommen Sie bitte zu mir auf die Bühne, um Ihre Mitarbeitermarke zu erhalten.« Nancy sah auf. »Allan, Marcel.«

Erst da erholte sich das Publikum allmählich von Nancys unerwarteter Ankündigung und brach in begeisterten Applaus aus, als Marcel auf die Bühne trat.

»Armstrong, Dora.«

Weiteres Klatschen.

»Baxter, Heather.«

»Castle, Patrick.«

Allmählich wurden der Beifall und der Jubel immer lauter, während die Menge Mr Hugo vergaß, und als schließlich der letzte Name ausgerufen wurde – Yon, Howard –, war der Applaus ohrenbetäubend. Marion sah zum Tisch der Lehrlinge im dritten Jahr hinüber, wo Howard gerade seine kleine lila Samt-Schmuckdose öffnete und das glänzende Inquirer-Abzeichen darin bewunderte, bevor er es sich an die Brust heftete. Ein silbernes Rechteck mit abgerundeten Ecken und vier fünfzackigen Sternen darauf, einer in jeder Ecke. In der Mitte schimmerte ein unvollendeter Kreis um ein elegant geschwungenes I. Ganz unten auf der Silbermarke prangten das Datum und der Name des Trägers.

Obwohl Marion das Gefühl hatte, schon seit einer Ewigkeit in der Detektei zu sein, wurde ihr nun überdeutlich bewusst, dass noch volle zwei Jahre vor ihr lagen, in denen sie sich beweisen musste. Würde sie auch eines Tages dort oben auf der Bühne stehen und ihre eigene Marke in Empfang nehmen? Sie wünschte es sich mehr als alles andere. Und Bill? Und David?

Nachdem Nancy verkündet hatte, dass bald das Abendessen serviert werden würde, verteilten sich die meisten der Lehrlinge im Saal, und auch Marion stand auf, um sich an der Bar ein Glas Wein zu holen. Sie ließ den Blick über die Menge schweifen.

Die meisten Leute standen in Grüppchen zusammen und unterhielten sich, einige tanzten und lachten. Sie entdeckte Maud und Jessica, die beim Buffet standen und mit Dora Armstrong sprachen, und mit einem bulligen jungen Mann mit rauen Gesichtszügen, den Marion als Roger aus der Instandhaltung wiedererkannte – Jessicas »Freund«. Auf der anderen Seite des Saals streifte Edgar Swindlehurst ziellos durch die Menge, als würde er nach irgendjemandem suchen. Bei der Bühne blieb er stehen. Aida Rakes tauchte aus einer Tür auf, die zu den Mitarbeitertoiletten führte, und ging auf Swindlehurst zu, woraufhin die beiden sofort eine offenbar hitzige Debatte begannen. Swindlehurst gestikulierte wild. Rakes schien drauf und dran zu sein, ihm eine zu verpassen. Marion war ziemlich sicher, dass es bei diesem Streit um Amandas Beschwerde ging und um die konsequente Fallpräsentation, die von Swindlehurst erwartet wurde.

Sie empfand einen Anflug von Mitgefühl für Swindlehurst und die Lage, in der er sich seit einem Jahr befand, seit Rakes seine Position als Leitung der Informationsabteilung übernommen hatte. Rakes war klug, effizient, selbstbewusst – eine geborene Anführerin. Doch soweit Marion gehört hatte, war Swindlehurst immer ein verlässlicher, unermüdlicher Mitarbeiter gewesen, der dank seiner früheren Position als Einsatzleiter der British Army über eine Menge Erfahrung verfügte. Weshalb es ihr merkwürdig vorkam, dass Nancy nach fünf

Jahren, in denen Swindlehurst die Abteilung geführt hatte, plötzlich zu dem Schluss gekommen war, dass Rakes für diese Aufgabe besser geeignet sei. Allerdings hatte Nancy schon einige scheinbar bizarre Entscheidungen für Miss Brickett's getroffen, die sich, wenn man die ganze Geschichte kannte, als wohlüberlegt herausgestellt hatten. Genau wie bei Davids Anwerbung.

Marion lehnte sich gegen die Wand, und ihr Blick wurde unscharf, während sie ihre Gedanken wandern ließ. Aus Gründen, die sie nicht erklären konnte, kam es ihr vor, als würde sie auf einer Eisscholle stehen. Alles war instabil, zerbrechlich. Sie dachte an David und Bill und all die Dinge, die seit dem Mord an White geschehen waren. Zum ersten Mal seit Beginn der Woche dachte sie auch wieder an Franks unangekündigten Besuch in der Willow Street 16. Während ihrer kurzen Unterhaltung in seinem Büro hatte sie ganz vergessen, ihn danach zu fragen.

Wieder ließ sie den Blick durch den Ballsaal schweifen, und dort, an einem der wenigen noch besetzten Tische, saßen Professor Bal und Frank. Ihre Blicke trafen sich. Frank nickte ihr zu, sagte etwas zu Professor Bal und kam dann auf sie zu.

»Amüsierst du dich?«, fragte er, als er schließlich neben ihr stand und sich ein Glas Whisky vom Getränketisch genommen hatte.

Marion betrachtete seine weichen Gesichtszüge. Seine blasse Haut, seine hellgrauen Augen und die Fältchen in den Augenwinkeln. »Ich versuche es. Aber es ist nicht so leicht. So eine Feier, nicht einmal eine Woche nach dem, was White zugestoßen ist.«

Er lächelte schwach. »Ja, da stimme ich dir zu. Tja. *The show must go on,* heißt es nicht so?«

Marion zupfte an dem Ärmelaufschlag ihrer Bluse herum. »Ich habe natürlich gehört, was über den Mörder erzählt wird.«

Franks Miene blieb ungerührt. »Nur ein Gerücht.«

»Dann wisst ihr also nicht, wer es getan hat?«

»*Ich* weiß gar nichts, Liebes. Aber ich glaube, dass Nancy ihre Theorien hat.«

Trotz des beunruhigenden Themas ihrer Unterhaltung fand Marion Trost in dem vertrauten Rhythmus von Franks Stimme und seiner Aussprache – langsam und betont. Er legte ihr eine Hand auf den Unterarm, und da bemerkte sie – seltsamerweise zum ersten Mal –, dass er am vierten Finger einen Goldring trug. Sie hatte nicht gewusst, dass er je verheiratet gewesen war. Allerdings sprach Frank kaum über sein Privatleben.

»Er hat meinem Vater gehört«, erklärte Frank, den Blick auf den Ring gerichtet. »Er ist letztes Jahr gestorben. Es ist dumm, ihn zu tragen, ich weiß, aber so habe ich das Gefühl, er ist mir immer noch nah.« Er sah auf Marions Uhr, die sie trug, seit Alice sie ihr geschenkt hatte. Wusste er, dass sie die Uhr aus genau demselben Grund trug wie er den Ring seines Vaters? »Es ist ein merkwürdiger Gedanke, sich vorzustellen, dass jeder hier unten noch ein ganz anderes Leben dort oben hat, andere Menschen, die ihm nahestehen.« Er deutete zur Decke. »Weit fort von der Dunkelheit und dem Unnatürlichen. Nicht wahr?«

»Ja, irgendwie schon.« Sie trank ihr Glas aus und dachte über Franks Worte nach. Sie dachte an die Menschen, die sie über der Erde kannte: ihre Großmutter, ein paar weitere entfernte Verwandte, Mr Smithers. Sie war nicht sicher, ob das für »ein anderes Leben« reichte. Jedenfalls nicht für eines, das sie sonderlich erstrebenswert fand. »Aber da gibt es nicht viel mehr. Jedenfalls nicht für mich.«

Frank nickte. »Als ich hier angefangen habe, da habe ich mich ganz genauso gefühlt.« Er zögerte, und sein Blick schweifte in die Ferne, zu einer alten Erinnerung oder einem verlorenen Teil seiner selbst. Dann kehrte er in die Gegenwart zurück. »Inzwischen verstehe ich allerdings, wie ungesund das sein kann.«

»Wie meinst du das?«

»Wir alle brauchen ab und zu ein bisschen Normalität. Sonnenlicht und jemanden, mit dem wir uns unterhalten können und der nichts von alldem hier unten weiß.«

»Jemanden wie Dolores?« Marion lachte, aber es lag keine Freude darin. Eher so etwas wie Mitleid. »Hast du denn noch jemanden da draußen? Oder hattest du jemanden, abgesehen von deinem Vater?« Wie immer versuchte sie, ihm mehr zu entlocken, in der Hoffnung, dass er über Alice sprechen würde, darüber, was sie einander bedeutet hatten. Dass er ihr verraten würde, ob er sie genauso sehr vermisste wie sie selbst, aber wie immer tat er es nicht.

»Nur meine Schwester Mae und ihre Familie. Sie leben in Amsterdam«, antwortete er stattdessen. »Ich besuche sie alle paar Monate, aber natürlich ist das längst nicht genug.«

Marion nickte. Sie rieb über das Uhrband, während sich eine vertraute Schwere auf ihre Brust legte. Sie musste das Thema wechseln, bevor dieses Gefühl sie überwältigte. »Ich wollte dich eigentlich etwas fragen, über den Tag, an dem du Dolores besucht hast …«

Etwas Kühles streifte über Marions Nacken, doch als sie sich umdrehte, sah sie nur Mr Nicholas, der ein gutes Stück von ihnen entfernt stand.

Frank folgte ihrem Blick. »Was ist damit?« Er stellte sein Glas auf der Bar ab. Nun starrte Mr Nicholas sie beide unverhohlen an.

»Na ja, was wolltest du dort?«

»Das habe ich dir doch schon gesagt, oder?«

»Schon, aber … ich …« Ihre Haut prickelte. Sie hatte sagen wollen, dass sie nicht glaubte, er sei den ganzen weiten Weg nur gekommen, damit Dolores irgendeinen Wisch für die nächsten Angehörigen unterschrieb, wie er behauptet hatte.

Irgendwie fühlte es sich jedoch falsch an, anzudeuten, Frank hätte gelogen.

»Hör zu, Marion.« Auf einmal sprach er schneller. »Darüber können wir ein anderes Mal sprechen. Da gibt es allerdings etwas, das ich dir sagen muss. Etwas Dringendes.«

»Was?«

»Nicht hier. Nicht jetzt.« Er umfasste ihr Handgelenk. Mr Nicholas kam auf sie zu. »Ich möchte, dass du heute Abend so schnell wie möglich heim zu Dolores gehst. Tust du das?«

Sie runzelte die Stirn.

»Falls du am Montag wiederkommst, triff mich um zehn vor acht am Abend in meinem Büro. Dann erkläre ich dir alles.«

Marion brauchte einen Moment, um zu verarbeiten, was sie gerade gehört hatte. »Was … was soll das heißen, ›falls‹?«, stotterte sie.

Frank achtete jedoch nicht mehr auf sie, er hatte den Blick stattdessen fest auf Mr Nicholas gerichtet, dem seine boshafte Metallschlange folgte.

»Frank«, drängte Marion. »Ich verstehe nicht …«

»Zehn vor acht. Keine Minute später.«

»Mr Stone«, sagte Mr Nicholas und blieb neben ihnen stehen. Er legte die rechte Hand auf Franks Schulter, dann drehte er an einem Rad seiner Taschenuhr. Marion wich zurück, als die Schlange an Franks Seite glitt. »Wollen wir?«

Elf

DOLORES' ULTIMATUM

Am Samstagmorgen erwachte Marion in ihrem Schlafzimmer in der Willow Street 16. Genau wie Frank gesagt hatte, war sie am vergangenen Abend so schnell wie möglich nach Hause gegangen. Sie hatte die Detektei und die Zeremonie fast ebenso still und unauffällig verlassen wie Frank und Nicholas.

Doch sie hatte schlecht geschlafen. Beunruhigende Träume von Schatten und verblassten Erinnerungen, die sogar nach dem Aufwachen nicht wieder ganz verschwinden wollten. Sie sehnte sich verzweifelt danach, das zu tun, was Bill vorgeschlagen hatte. Einfach alles zu vergessen. Doch ihr Ausflug in die Korridore jenseits der Grenze, ihre Begegnung mit Mr Nicholas' unheimlicher Schlange, die geheimnisvolle Dunkelheit, das verwirrende Labyrinth und alles, was sie seither erfahren hatte, schienen etwas in ihr ausgelöst zu haben, das sie nun nicht wieder abschütteln konnte. Sie hatte gehofft, die Fröhlichkeit und Feierlichkeit der Aufnahmezeremonie könnten dieses Gefühl endlich vertreiben, aber genau das Gegenteil war passiert.

Was auch immer Frank ihr am Montag sagen wollte, sie hoffte, dass es ihre Gedanken endlich zur Ruhe bringen würde, damit sie sich wieder auf ihre Arbeit konzentrieren konnte.

»Marion, Liebes«, rief Dolores aus der Küche. »Komm doch bitte runter und hilf mir, ja?«

Marion lief die Treppe hinunter, wobei ihr auffiel, dass die Spinnweben an der Decke im Flur verschwunden und die Spiegel blank geputzt worden waren. Sogar der fadenscheinige Teppich am Fuß der Treppe schien vom Staub und dem Heer aus Milben, die ihn bevölkert hatten, befreit worden zu sein.

In der Küche sah es jedoch ganz anders aus.

Dolores stand am Herd, den Kopf mit den Krauselocken über drei dampfende Töpfe gebeugt. Geschirr stapelte sich auf dem Küchentisch, wo es offenbar darauf wartete, abgewaschen zu werden. Im Spülbecken türmten sich schmutzige Pfannen und Töpfe, und es roch nach verbranntem Brot.

Dolores sah sich um, während sie gleichzeitig in zwei Töpfen rührte. »Steh nicht einfach da herum! Das Brot! Schnell, hol es aus dem Ofen!«

Einigermaßen benommen trat Marion zum Ofen. Trotz der sechs Stunden Schlaf, die sie gerade hinter sich hatte, war sie erschöpft. Ihr einziger Plan für das Wochenende bestand darin, an nichts von dem zu denken, was in der vergangenen Woche alles geschehen war.

Sie öffnete den Ofen, und eine Wolke aus Hitze und Qualm traf sie ins Gesicht. »Ich glaube, es ist ein bisschen dunkel geworden.«

Dolores kreischte auf, als sie den schwarzen Brotlaib sah. Mit einem Wink gab sie Marion zu verstehen, dass sie ihren Platz am Herd einnehmen sollte, während sie selbst zum Ofen eilte.

»Was ist das hier alles?«, fragte Marion, nachdem Dolores das Brot aus der Form gelöst hatte und die verkohlten Ränder abschnitt.

»Dein Cousin und seine Frau kommen zum Tee vorbei.«

»Reginald und Erin? Warum denn das?«

Dolores ging zum Spülbecken und beschäftigte sich damit, die verkrustete Brotform zu schrubben. Sie antwortete nicht, was Marion nervös machte. Schließlich kehrte Dolores zum Herd zurück. »Ich mache hier den Rest. Geh du nach oben und zieh dich um. Du siehst furchtbar aus.«

Marion sah auf das karierte Etuikleid hinab, das sie eilig übergestreift hatte. Es war zerknittert und passte ihr nicht sonderlich gut. Sie atmete tief durch, um sich zu beruhigen, und schleppte sich dann die Treppe wieder hinauf. In ihrem Zimmer herrschte das reinste Chaos. Kleider lagen auf dem Bett verteilt, Notizen und Akten aus der Detektei stapelten sich unordentlich auf dem Lehnstuhl beim Fenster. Sie zog ein gelbes Hemdblusenkleid aus Baumwolle aus dem Schrank, das sicher sogar Dolores gutheißen würde.

Unten wurde die Eingangstür geöffnet und wieder geschlossen. Dolores' nervöse Stimme drang herauf. Sie begrüßte offenbar die Gäste. Marion wollte nichts lieber, als unter ihre Decke zu kriechen, einzuschlafen und erst am Montagmorgen wieder aufzuwachen, erfrischt und munter, um anschließend in der Detektei festzustellen, dass alles wieder ganz beim Alten war. Sie hatte keine Ahnung, warum Dolores ausgerechnet Reginald und Erin zum Tee eingeladen hatte, denn soweit sie wusste, mochte Dolores die beiden nicht sonderlich. Sie fragte sich auch, warum das Haus für diese Gelegenheit so auf Hochglanz poliert worden war. Im Grunde wollte sie die Antwort auf diese Fragen lieber gar nicht erfahren, doch sie wusste, dass sie es trotzdem tun würde.

»Oh, viel besser.« Dolores strahlte sie an, als sie sich im Wohnzimmer ihrem dritten Cousin zweiten Grades gegenübersetzte. Reginald Grunstone war ein gut gepolsterter Mann mit aristokratischen Gesichtszügen. Seine Frau Erin Grunstone sah fast genauso aus wie ihr Mann, nur etwas kleiner und mit mehr Haar.

Ein Tablett mit Tee und Keksen wurde auf dem Tisch abgestellt. Erin und Reginald bedienten sich.

Dolores lächelte Marion an. »Etwas Tee, Liebes?«

»Ich mag keinen Tee, und das weißt du.«

Dolores ignorierte sie und reichte stattdessen den Teller mit Keksen herum. Dann griffen Dolores, Reginald und Erin alle gleichzeitig nach ihren Teetassen und tranken einen Schluck. Die Stille wurde nur von den leisen, höflichen Schlürfgeräuschen unterbrochen.

Marion lehnte sich auf ihrem Stuhl zurück und sah zu, während Reginald und Erin sich an Dolores wandten, als erwarteten sie von ihr, dass sie zur Sache und damit zum Grund kam, warum die beiden eingeladen worden waren.

Was Dolores endlich zu begreifen schien, denn sie setzte zu einer Erklärung an. »Ich habe heute deine Familie hierher eingeladen, weil ich glaube, dass es so leichter wird«, sagte sie an Marion gewandt. Dann hielt sie inne und sah erst Reginald, dann Erin und schließlich wieder Marion an. »Wenn wir es dir zusammen sagen, wir alle, die Menschen, die dich auf der Welt am meisten lieben.«

Marion musterte die drei Gesichter vor sich: eine Großmutter, die sie vor Alice' Tod so gut wie gar nicht gekannt hatte, einen dritten Cousin zweiten Grades, der einmal geglaubt hatte, Marions Name wäre Mary, und seine Frau, die in Marions Gegenwart noch nie ein Wort gesagt hatte. Wenn dies die Menschen waren, die sie auf der Welt am meisten liebten, dann konnte Marion sich selbst nur leidtun. »Mir was sagen?« Unter dem Kissen, das sie sich auf den Schoß gelegt hatte, knibbelte sie an ihren Nägeln herum.

Dolores und die anderen lächelten Marion vollkommen synchron an. Ein mitleidiges Lächeln. Eines, das man jemandem schenkte, der irgendwie erbärmlich wirkte. Dolores räusperte sich, faltete die von dicken Adern durchzogenen Hände und legte sie in ihren Schoß. »Ich ziehe nach Ohio«, sagte sie, immer noch lächelnd.

»Nach Amerika?«

»Ja, natürlich nach Amerika.« Das Lächeln war so unverrückbar auf ihrem Gesicht festgefroren, dass Marion allmählich nervös wurde. Waren das die ersten Anzeichen eines Schlaganfalls?

Ein Funke von Panik glomm in ihrer Brust auf »Meinst du damit, dass du das Haus verkauft hast?«

»Ja.«

»Wann?« Ihre Stimme klang jetzt höher. Das Haus stand schon so lange zum Verkauf – seit fast achtzehn Monaten –, dass Marion das beinahe schon wieder vergessen hatte.

»Vor Kurzem.«

»Ich verstehe das nicht …« Sie atmete tief durch und versuchte es noch einmal. »Du ziehst nach Amerika, weil du das Haus verkauft hast. Was soll dann aus mir werden?«

Dolores stellte etwas Seltsames mit ihren Lippen an, es sah aus, als wollte sie aus einem Strohhalm trinken. »Nun ja, ich hatte gehofft, dass du mich begleitest. Reginald und Erin sind letztes Jahr nach Ohio gezogen und haben sich dort wunderbar eingelebt.« Sie deutete auf Reginald. »Sie haben ein kleines Autogeschäft aufgemacht, und sie suchen nach einem Empfangsfräulein. Ganz ähnlich wie bei deiner Arbeit in Felix' Werkstatt. Büroarbeit und all das.«

Marion biss die Zähne zusammen und hielt sich zurück. Sie korrigierte ihre Großmutter nicht. Bei Felix hatte sie alles andere als Büroarbeit erledigt. »Tja, ich werde aber nicht einfach meine Sachen packen und umziehen, wenn es das ist, was du vorschlägst.«

»Es ist eigentlich ganz einfach«, fuhr Dolores fort. »Du kannst mit mir kommen, wir werden ein hübsches Häuschen in der Nähe von Reginalds Autogeschäft finden, und alles wird einfach perfekt sein.«

Marions Mund war trocken, und ihre Wangen brannten vor Schreck. »An wen hast du das Haus verkauft?«

Dolores stellte die Teetasse auf den Tisch neben sich. »Ist das wichtig?«

»Ja, ist es. Es ist auch mein Haus. Wer auch immer der Käufer ist, du wirst ihm eben sagen müssen, dass du einen Fehler gemacht hast.«

»Sei nicht albern, das ist unmöglich. Die Papiere sind bereits unterzeichnet.« Sie griff wieder nach ihrer Teetasse. Es klirrte leise, als Tasse und Untertasse gegeneinanderstießen. »Ich fürchte, die Tatsachen sind ganz schlicht und einfach. Du musst mit mir nach Amerika kommen oder dir hier in London eine andere Unterkunft suchen, was du, wie ich weiß, nicht kannst. Die Miete ist hier im Augenblick viel zu hoch, als dass du sie dir von deinem jämmerlichen Gehalt leisten könntest, das du in diesem Buchladen bekommst.«

Die nächste Frage hätte Marion am liebsten gar nicht erst gestellt. Sie wappnete sich. »Und das Geld aus dem Verkauf?«

Kurz flackerte Dolores' Blick zu Reginald hinüber. »Nein.«

»Was nein?«

»Es gibt keines. Das Haus hat nur sehr wenig eingebracht, und ich musste jeden Penny für den Umzug aufwenden. Aber wie ich dir schon erklärt habe, kannst du in Amerika bei mir leben. Völlig umsonst, bis du auf eigenen Füßen stehst.«

Marion gab sich alle Mühe, ihre Stimme fest klingen zu lassen und Dolores nicht an die Gurgel zu gehen. »Du kannst nicht im Ernst erwarten, dass ich einfach alles hier zurücklasse und mir nichts, dir nichts nach Amerika gehe.«

»Alles? Was genau ist denn dieses ›Alles‹, das du zurücklässt?« Dolores gab ein scheußliches Schnauben von sich. »Oh, mein Liebes …«

»Hör auf, mich Liebes zu nennen!«

Es zuckte in Dolores' Gesicht. »Die Umzugshelfer kommen am Montag. Bis dahin müssen wir packen. Mehr gibt es nicht zu sagen.«

»Wie bitte?«

»Du hast mich genau verstanden. Wir müssen packen und am Montag abreisebereit sein.«

»Das kann doch nicht …« Marion versuchte, sich zu beruhigen. »Wie konntest du das tun, ohne mich auch nur zu fragen? Mutter hat gesagt, dass das Haus an mich gehen soll.«

»Deine Mutter hatte keine Ahnung, was sie gesagt hat oder zu wem. Genau deshalb wurde mir ja auch die Verantwortung über ihren Besitz übertragen, wie du sehr genau weißt.«

Marion glaubte, sie müsse entweder explodieren oder etwas Unwiderrufliches mit Dolores' Gesicht anstellen. Glücklicherweise griff Reginald in diesem Moment nach ihrer Hand und tätschelte sie sanft, während er sagte: »Marion, deine Großmutter und ich wollen nur auf dich aufpassen. Bitte versuch, das zu verstehen. Auf lange Sicht ist das hier etwas Gutes. Du bekommst die Chance auf eine schöne Karriere und …«

»Und«, mischte sich Erin ein, von der Marion ganz vergessen hatte, dass sie auch noch da war, »warte nur, bis du die Männer im Autoladen siehst!« Ihr Gesicht war ganz rot vor Aufregung. Sie wandte sich an Reginald, vielleicht um zu sehen, ob sie damit zu weit gegangen war. Reginald schien es jedoch nichts auszumachen. »Meine Güte! Warte nur, du wirst schon sehen«, fuhr sie fort.

»Da hast du es«, sagte Dolores und unterstrich diese guten Nachrichten mit einer Handbewegung. »Das wird wunderbar. Also, was sagst du?«

Nachdem sich Marion einen Moment Zeit genommen hatte, um die vielen Dinge, die sie sagen wollte, zu filtern und sie auf das Wesentliche zu reduzieren, verkündete sie: »Ich sage Nein.«

Dolores versuchte, wieder zu lächeln, was aber dieses Mal nicht einmal ihr gelang. Ihr Gesicht wurde hart wie Stein. Ein furchterregender Anblick, so kalt und starr wie bei einer Leiche. »Du bist das undankbarste Mädchen, das ich je gekannt habe«, fauchte sie. »Wir versuchen nur, dir zu helfen, aber du wirfst das alles weg. Kein Wunder, dass deine Mutter …« Sie bremste sich, fast zu spät.

Marion starrte sie an, und sie war sicher, dass ihre Augen vor Wut tiefschwarz geworden waren.

»Und vergiss nicht, dass ich auch ein schweres Leben hatte …«, beharrte Dolores. »Es war nicht leicht, weißt du. Die ganzen Jahre über für dich zu sorgen. Ich hätte das nicht tun müssen. Aber ich habe es getan, aus reiner Herzensgüte, und nie habe ich etwas dafür verlangt, rein gar nichts.« Sie verstummte. Reginald und Erin schienen sich furchtbar unwohl zu fühlen. Dolores wirkte beschämt. »Du hältst dich für etwas Besonderes, nicht wahr?«, fuhr sie fort. »Du glaubst, dass du *mehr* verdient hast? Tja, lass dir eines gesagt sein: Du bist genau wie wir anderen, an dasselbe Schicksal gebunden – Plackerei und Mühsal.«

Die Wut tobte in Marion, doch sie hielt sich immer noch zurück. Höflich nickte sie Erin und Reginald zum Abschied zu und funkelte Dolores zehn Sekunden lang an, bevor sie einfach ging. Ohne sich selbst die Chance dazu zu geben, noch einmal darüber nachzudenken, zog sie einen Koffer unter ihrem Bett hervor und füllte ihn mit ihren wenigen Habseligkeiten. Dolores' Stimme drang von unten herauf, Reginalds auch. Sie redeten über sie. Darüber, wie undankbar sie war, wie unhöflich.

Sie schlug den Kofferdeckel zu, sah sich ein letztes Mal im Zimmer um und schleppte sich nach unten.

»Wohin, glaubst du …?«, kreischte Dolores aus der Küche, als sie Marion erblickte. »Wag es ja nicht, durch diese Tür zu gehen. Ich werde nicht mehr hier sein, wenn du zurückkommst.«

Marion fuhr herum. Heißer Zorn brodelte in ihr. »Gut. Ich hoffe, wir sehen uns nie wieder. Leb wohl!«

Nun schob sich Reginald an Dolores vorbei und lief Marion hinterher. »Bitte, Marion, warte einen Moment«, sagte er freundlich, als er sie eingeholt hatte. »Es ist schwer für deine Großmutter, sie möchte nur …«

»Nur was? Mir helfen? Bitte sag das nicht mehr.« Reginalds Gesicht hatte alle Farbe verloren. Dolores wirkte gequält. Marion war es egal. Zu lange schon hatte sie Grenzen respektiert. Den Mund gehalten. War Kompromisse eingegangen. Und wofür? Dolores hatte nichts für sie getan, genauso wenig wie für Alice.

Sie sah ihre Großmutter an, ein langer, harter Blick. Als sie sprach, klang ihre Stimme gefasst und ruhig. »Ich gehe jetzt. Und ich komme nicht zurück. Versuch nicht, jemals wieder Kontakt zu mir aufzunehmen.« Ihre Augen brannten, aber es fielen keine Tränen.

Dolores stand in der Tür und sah ihr mit verschränkten Armen nach. Direkt hinter ihr kauerte Erin in ihrem Schatten. Marion hatte nichts mehr zu sagen, zu keinem von ihnen. Sie hob ihren Koffer vom Boden. Er war leicht, viel hatte es nicht zu packen gegeben. Ohne ein Abschiedswort oder auch nur einen weiteren Blick zurück auf Dolores Hacksworth ging Marion fort. Dann kamen die Tränen.

Sie stand draußen vor Miss Brickett's. Der leichte Regen, der auf halbem Weg von der Willow Street 16 eingesetzt hatte, war zu einer wahren Sturzflut geworden. Ihre Hände zitterten. Tränen verschleierten ihre Sicht.

In ihrer Hast, Dolores und die anderen hinter sich zu lassen, hatte sie kaum Zeit gehabt, sich ihre nächsten Schritte richtig zu überlegen. Wohnräume wurden in der Detektei nur für Inquirer und leitende Mitarbeiter bereitgestellt. Möglicherweise wäre Nancy willens, eine Ausnahme zu machen, doch für Marion käme es einem Eingeständnis von Verletzlichkeit gleich, zuzugeben, dass sie heimatlos, vollkommen allein und verzweifelt auf Hilfe angewiesen war – besonders vor einer so selbstsicheren Person wie Nancy. Und ihre Verletzlichkeit war das, was sie ihr ganzes Leben lang mit allen Mitteln hatte verstecken wollen.

Als ihre Mutter gestorben war, hatte Marion nur allein geweint und geschrien und geflucht. Als sie ihre Arbeit bei Felix verloren hatte, da hatte sie allen erzählt, dass der Job sie sowieso gelangweilt hatte und sie eine Veränderung brauchte. Und seit Frank in ihr Leben getreten war, tat sie alles, um zu verschleiern, wie dringend sie ihn brauchte – seine Unterstützung, seine Anerkennung, seinen Schutz.

Doch dann fiel ihr ein, was Alice immer gesagt hatte. Darüber, dass Verletzlichkeit ein Zeichen von Mut war, nicht von Schwäche. Trotz ihrer aufgewühlten Gefühle, trotz der Angst und der Ungewissheit wusste Marion, dass sich in dem Moment, in dem sie Dolores und die Willow Street 16 hinter sich ließ, etwas in ihr verändert hatte. Sie war stolz auf sich, weil sie endlich gegangen war und ihrer Großmutter die Stirn geboten hatte. Vielleicht konnte dieser Funke des Muts jetzt zu einer Flamme wachsen.

Sie atmete tief durch, zog das neue Schlüsselbund hervor, das Nicholas ihr und auch allen anderen Mitarbeitern der Detektei am Vortag gegeben hatte, und öffnete die Tür zum Buchladen.

Nachdem sie die letzte Biegung im Korridor vor Nancys Büro hinter sich gelassen hatte, blieb sie stehen.

Kenny Hugo, der frisch eingestellte Privatdetektiv aus New York, trat gerade aus einem Zimmer rechts von ihr. Er nickte, fast als hätte er sie erwartet. Einen Moment lang starrten sie einander nur an, dann lächelte Kenny.

»Was machen Sie denn hier?«, platzte Marion heraus und schob die Hände in die Taschen.

Kenny wirkte brüskiert. Er kam näher. Seine Augen waren dunkelbraun und verführerisch. Marion achtete nachdrücklich darauf, ihm stattdessen auf die Stirn zu schauen. »Dumme Frage, Lane. Ich arbeite hier.«

Marion klappte der Mund auf. Woher wusste er ihren

Namen? Gerade wollte sie ihn genau das fragen, als sie feststellen musste, dass ihr die Worte in der Kehle feststeckten. Was hatte dieser eigenartige Mensch nur an sich, was sie gleichzeitig anzog und wütend machte?

Kenny blickte auf ihre Handtasche hinab, dann zu dem Koffer neben ihr. »Willst du irgendwohin?«

»Sie verfolgen mich«, rutschte es ihr heraus. Sie hatte nur laut gedacht. In der Bibliotheksbar, in der Kantine. Warum beobachtete er sie so genau?

Kennys Grinsen wurde breiter, und er strich sich durchs Haar. »Nicht nur dich im Besonderen.«

Marion hob die Brauen. »Dann also alle?«

Kenny zuckte mit den Schultern. »Du kommst mir aufgewühlt vor.« Er trat näher, und sein Aftershave hüllte sie ein: Zimt und Moschus und Sandelholz. »Mache ich dich nervös?«

Ja. Sie rückte den Tragegurt ihrer Tasche auf ihrer Schulter zurecht. »Sie halten mich auf.« Damit hob sie ihren Koffer wieder hoch. »Wenn Sie mich jetzt entschuldigen würden …«

»Es ist Wochenende. Du bist ein Lehrling. Solltest du nicht zu Hause sein?«

Marion biss die Zähne zusammen – Kenny Hugo könnte etwas Nachhilfe in Sachen Höflichkeit vertragen. Sie beschloss, nicht zu antworten. »Guten Tag, Mr Hugo! Ich nehme an, wir sehen uns noch.« Sie drängte sich an ihm vorbei und spürte, wie sich sein Blick in ihren Rücken bohrte, während sie auf Nancys Bürotür zumarschierte. Als sie davor stehen blieb, drehte sie sich noch einmal um. Der Tunnel lag dunkel und leer hinter ihr.

»Miss Lane?«, fragte Nancy, als Marion eintrat. »Was für eine Überraschung!« Ihr Blick fiel auf Marions Koffer. »Was kann ich für Sie tun?«

Marion zögerte, holte Luft, dann begann sie damit, ihre

Situation zu schildern – Dolores hatte ohne ihr Wissen ihr Haus verkauft und ihr den Erlös vorenthalten, sie hatte kein Dach mehr über dem Kopf und kein Geld, um sich die Miete in London leisten zu können. »Ich hatte gehofft, dass es vielleicht eine Möglichkeit gibt, fürs Erste in der Detektei unterzukommen?«

Nancys Miene wirkte weder sonderlich freundlich noch mitfühlend, aber immerhin schien sie sich Mühe zu geben, wenigstens nicht gereizt zu wirken. »Gibt es wirklich keine andere Lösung? Wir sind im Moment ziemlich beschäftigt mit … nun, anderen Dingen.«

Marions Wangen brannten. »Tja, nein, ich fürchte nicht.« In ihrer Kehle bildete sich ein Kloß. »Ich weiß wirklich nicht, was ich sonst tun soll.«

Nancy zog eine Akte aus einer der Schubladen hinter ihr und begann, sie schweigend durchzublättern. »Wir könnten Ihnen ein Zimmer im Mitarbeitertrakt zur Verfügung stellen, die Kosten dafür werden Ihnen allerdings vom Gehalt abgezogen. Das wären dreißig Prozent.«

»Gut, das wäre sehr gut«, sagte Marion, obwohl dreißig Prozent weniger Gehalt durchaus nicht gut war, aber sie würde nehmen, was sie kriegen konnte.

»Nun gut. Im Mitarbeitertrakt gibt es ein kleines Büro, das derzeit unbenutzt ist. Nummer sechsundzwanzig. Ich werde Harry bitten, Ihnen den Weg zu zeigen.« Sie schloss die Akte. »Wäre das alles?«

Marion stand auf. »Ich habe mich gefragt … dieser neue Inquirer, Mr Hugo?«

Nancy machte keinen Hehl aus ihrer Ungeduld. »Ja?«

Marion trat von einem Fuß auf den anderen. Sie wusste nicht, wie sie es am besten formulieren sollte: *Warum schleicht er überall herum? Beobachtet er mich? Oder alle?* »Was genau hat er hier für eine Aufgabe?«, war das Beste, was sie zustande brachte.

»Er ist ein Inquirer, Miss Lane. Er ist hier, um Fälle aufzuklären. Wie ich schon bei der Aufnahmezeremonie erklärt habe.« Ohne zu blinzeln, sah Nancy sie an. Ihre Miene gab nichts preis. Es war hoffnungslos.

Marion nickte. »Richtig. Natürlich.« Sie würde jemanden fragen müssen, der ein wenig aufgeschlossener war. »Ist Frank in seinem Büro?«

Nancys Augen blitzten auf. »Frank ist derzeit nicht zu sprechen. Er ist sehr beschäftigt. Und nein«, fügte sie noch hinzu, »er ist nicht in seinem Büro. Und jetzt bitte, wenn das dann alles ist?« Ihr Ton implizierte fraglos, dass die Unterhaltung vorbei war, und aus Erfahrung wusste Marion, dass es keinen Zweck hatte, weiter darauf zu beharren.

Marion folgte Harry zu einem kleinen Raum im Mitarbeitertrakt. Er war kalt und vollgestellt mit einem Bett, einem Nachttisch, zwei Sesseln und einem Waschbecken.

Sie wartete, bis Harry fort war, dann packte sie ihren Koffer aus und stellte zuletzt das gerahmte Foto von ihrer Mutter auf das Nachttischchen. Sie hätte Frank gern noch besucht. Nicht, um über Kenny Hugo zu sprechen, das würde sie nur als Vorwand benutzen. Sie wollte über Dolores reden, über das Haus und darüber, wie sie sich nach alldem fühlte. Frank wusste, wie ihre Großmutter war. Er würde wissen, was es dazu zu sagen gab.

Doch stattdessen war sie hier, allein in einem kalten Raum, der sich so fremd anfühlte. Allmählich ebbte das Adrenalin dieses Tages ab, und eine Welle der Erschöpfung folgte darauf. Geistesabwesend rieb sie das Uhrband und dachte über ihre Lage nach. Miss Brickett's war immer schon eine Zuflucht für sie gewesen. Der Ort, an den sie wirklich gehörte. Nun jedoch, nachdem die Willow Street 16 verkauft worden war, hatte sie wirklich und wahrhaftig nichts mehr außer der Detektei. Falls mit Michelle Whites Fall irgendetwas schiefging und Miss Brickett's geschlossen werden musste, dann würde ihr Leben einen ganz neuen Tiefpunkt erreichen.

Sie schloss die Augen, und zum ersten Mal in ihrem Leben betete sie.

Zwölf

DIE RAUCHENDE UHR

»Tja, so sparst du dir wenigstens jeden Morgen die U-Bahn-Fahrt«, kommentierte Bill, nachdem sie sich am folgenden Montag in der Technischen Abteilung nebeneinandergesetzt hatten und Marion ihm von Dolores' Ultimatum berichtet hatte.

Sie lächelte, aber es fühlte sich nicht echt an. Seit sie im Mitarbeitertrakt untergebracht war, musste sie gegen ein Gefühl von Klaustrophobie und Unsicherheit ankämpfen. Die Erinnerungen an die Willow Street 16 verfolgten sie immer noch – die letzte greifbare Verbindung zu ihrem alten Leben, die ihr nun entrissen worden war.

»Mari?« Bill sah sie an, eine Ausgabe der »Werkstattgrundlagen« lag aufgeschlagen vor ihm, der in Einzelteile zerlegte Distraktor daneben. »Alles in Ordnung?«

Marion amtete tief durch und griff nach dem Distraktor. Nichts war in Ordnung, gar nichts. »Hast du schon etwas Neues über den White-Fall gehört?«

Bill wirkte verwirrt. »Nein … du?«

Sie antwortete nicht, während sie das Uhrenpendel des Distraktors ausrichtete. Sie hatte nichts gehört, und genau das war das Problem. Was ging hier vor? Wen hatte die Detektei als Schuldigen entlarvt, und warum wurde nichts darüber bekannt gemacht?

»Mari?«

Sie seufzte. »Ich habe nur darüber nachgedacht, was passieren könnte, wenn die Polizei tatsächlich eingeschaltet werden muss. Was, wenn wir geschlossen werden?«

»Das wird schon nicht passieren, komm schon.«

»Das weißt du doch gar nicht. White hat Familie, oder? Ein Leben außerhalb der Detektei. Was, wenn jemand anfängt, Fragen zu stellen?«

»Dann tut die Detektei das, was sie auch bei Asbrey getan hat. Sie lügen. Sie behaupten, es war ein Unfall, und wenn das nicht funktioniert, dann zahlen sie Schweigegeld. Keine Sorge, ich bin sicher, dass für Nancy noch mehr auf dem Spiel steht als für dich. Sie kriegt das schon hin.«

Schweigend musterte Marion den Aufziehvogel. Dieses Mal war sie nicht sicher, ob Bill wirklich recht hatte. Kurz schloss sie die Augen und zwang ihre Gedanken zur Ruhe. Sie schob ihre Unruhe in die Schatten und konzentrierte sich stattdessen auf die vor ihr liegende Aufgabe.

Herauszufinden, welche Fehlfunktion hinter der Charge defekter Distraktoren steckte, war sogar noch schwieriger, als Marion sich vorgestellt hatte. Ganz egal, wie viele Teile sie ausbaute und ersetzte, der Vogel flog nie weiter als ein paar Meter, bevor er wieder ausging. Zahllose Male hatte sie das Ding nun schon auseinandergenommen und wieder zusammengesetzt, während Bill die Bibliothek durchforstete, auf der Suche nach weiteren Hinweisen. Nichts schien zu funktionieren, und wann immer sie Professor Bal oder seine Assistenten in den vergangenen Tagen um Hilfe gebeten hatte, war die Antwort dieselbe gewesen: »Tut mir leid, aber wir haben zu viel zu tun. Ihr seid dieses Mal auf euch allein gestellt.«

Womit genau alle so viel zu tun hatten, fand sie auch noch heraus. Offenbar handelte es sich dabei um einen »aufregenden, aber streng geheimen Auftrag«, der die Moral nach dem

Mord an Michelle White wieder heben sollte. Vielleicht hätte sich Marion trotzdem ein weiteres Mal an den Professor gewandt und ihn um Hilfe gebeten, aber sie begriff noch rechtzeitig, dass dieser Auftrag – was auch immer dahinterstecken mochte – das Einzige war, das Uday Bal nach dem tragischen Verlust seiner Freundin noch zusammenhielt. Weshalb der defekte metallene Nektarvogel ganz allein in Marions und Bills Verantwortung lag.

Nun jedoch, trotz ihrer Erschöpfung und Frustration, fiel ihr etwas auf, während sie das Innenleben des Vogels zum hundertsten Mal musterte, und sofort wusste sie, dass sie es herausgefunden hatte.

»Es liegt an der Größe«, platzte sie heraus, auf einmal ganz aufgeregt.

Bill blickte auf das Handbuch hinab. Verblüfft begann er es durchzublättern. »An welcher Größe? Von was?«

»An der Größe des Phonografen. Da, gib mir mal den da. Den kleinsten.« Sie deutete auf die Kiste mit den Ersatzteilen und tauschte den alten Phonografen gegen einen anderen, viel kleineren. Dann baute sie die Flügel wieder an und schraubte den Kopf auf. »Okay, drück die Daumen.« Sie drehte den Schlüssel unter einem der Flügel und ließ den Vogel los. Sofort flatterte er auf und ließ sich auf einer gläsernen Vitrine nieder.

Erwartungsvoll sah Bill sie an. Dann blickte er auf die Uhr. Wenn der neue Phonograf funktionierte, dann würden sie das in genau fünfzehn Sekunden wissen. »Fünf, vier, drei, zwei, eins …«

Ein gewaltiger Knall hallte durch die Werkstatt, als der Distraktor losging.

»Super, verdammt!« Bill schlug ihr auf den Rücken. »Glaubst du, es ist derselbe Fehler bei der gesamten Charge?«

Marion strahlte. »Ja. Ja, ganz sicher. Wir müssen uns nur an die Größenmaßstäbe halten.«

Bill lächelte, und sie begannen, ihre Werkzeuge zusammenzupacken. »Du hast wirklich ein Talent für solche Dinge, weißt du? Du solltest dich Ende des Jahres für eine Stellung hier bewerben. Hilfsmechanikerin oder so. Mach einen auf Amanda.«

Marion zuckte nur mit den Schultern. Bis zum Ende des Jahres schien es noch sehr lange hin zu sein. Erst einmal musste sie die kommende Woche durchstehen.

»Was will der denn hier?«, fragte Bill und deutete zum Eingang der Werkstatt. Dort stand Edgar Swindlehurst mit einer großen Schultertasche umgehängt. Er kam auf sie zu.

»Oh … *verflixt!«* Marions Herz pochte laut. Wie hatte sie das nur vergessen können? Nach allem, was in letzter Zeit passiert war – der Ausflug hinter die Grenze, Dolores und das Haus –, war die Sache mit den Personenprofilen der Tuckers (die an diesem Nachmittag fällig waren) einfach aus ihren Gedanken verschwunden.

»Was denn? Mari?«

»Kommt er her?«, zischte sie und wagte es nicht, den Blick zu heben.

»Ähm, ja.«

»Miss Lane, Mr Hobb.« Kurz darauf stand Swindlehurst vor ihrer Werkbank.

»Guten Tag, Sir!«, sagten Marion und Bill im Chor. Marion zwang sich dazu, Swindlehurst in die Augen zu sehen. Sie erwartete, jeden Augenblick die geballte Wucht seines Zorns über sich hereinbrechen zu fühlen. Sie holte tief Luft und bereitete im Kopf eine Entschuldigung vor – sie war so beschäftigt gewesen, so abgelenkt, es tat ihr leid, sie würde es Nancy selbst erklären.

Dann jedoch ergriff Swindlehurst das Wort: »Wo ist der Professor?«

Marion schluckte verwirrt. »Wie bitte?«

Swindlehurst warf einen Blick über ihre Schulter, zum hinteren Teil der Werkstatt, wo Professor Bals Büro lag. »Ist er im Büro? Es ist dringend. Ich muss mit ihm sprechen.«

Bill sah Marion an. Dann, als er begriff, dass sie nicht antworten würde, sagte er: »Bal hat sich den Nachmittag freigenommen. Morgen früh ist er wieder da.«

Swindlehurst biss die Zähne zusammen. Wieder einmal fiel Marion auf, wie gut aussehend er war. Fast verstörend schön. »Er hat sich freigenommen? Herrgott noch mal, ausgerechnet jetzt?« Er rieb sich über den Nacken und atmete tief durch. Dann richtete er den Blick wieder auf Marion. Etwas flackerte in seinen Augen, als würde er kurz versuchen, sich an irgendetwas zu erinnern. Sie erstarrte. War es möglich, dass auch er die Personenprofile vergessen hatte? »Na gut«, sagte er dann und wandte sich zum Gehen. »Falls er unerwartet zurückkommt, richten Sie ihm aus, dass er zu mir in mein Büro kommen soll.« Eine Antwort wartete er nicht ab.

Sobald Swindlehurst die Werkstatt verlassen hatte, wandte sich Bill an Marion. »Was war das denn?«

»Ich habe nur vergessen, etwas für ihn zu erledigen.« Sie warf die Werkzeuge in ihren Kasten und klappte schwungvoll den Deckel zu. »Allerdings hat er es offenbar auch vergessen, also habe ich vielleicht noch ein bisschen Zeit. Gott sei Dank!«

Bill runzelte die Stirn. »Okay. Aber eigentlich meinte ich, was könnte Swindlehurst wohl von Bal wollen? Irgendetwas scheint ihn furchtbar aufgeregt zu haben.«

Stimmt, dachte Marion. Swindlehurst schien nie gute Laune zu haben, und schon gar nicht, wenn es um Verzögerungen oder vermutete Unfähigkeiten ging. Ganz offensichtlich war er ein Perfektionist, was Marion angesichts der sehr imperfekten Personenprofile, die sie ihm an diesem Nachmittag würde überreichen müssen, erschaudern ließ. »Über irgendetwas regt er sich doch immer auf.«

»Warum hat sich der Professor überhaupt freigenommen? Ich dachte, er ertrinkt in Arbeit?«

»Tut er auch. Und er hat nicht frei. Er ist nach Berlin gereist, um irgendwelche Ersatzteile abzuholen.«

»Hm.« Bill schien fasziniert zu sein. Allerdings nicht genug, um dieses Thema weiterzuverfolgen. »Hast du heute Abend schon was vor? Ich dachte, wir könnten nach der Arbeit vielleicht irgendwo was trinken gehen? Ein bisschen hier rauskommen. Oder auch irgendwo Abend essen?«

»Tut mir leid, ich kann nicht. Ich bin mit Frank verabredet.«

»Heute Abend? Warum das?«

Marion fühlte, wie ihr ein Schauer über den Rücken lief, als sie an Franks sonderbares Verhalten bei der Aufnahmezeremonie dachte. An die Dringlichkeit, mit der er sie um dieses Treffen gebeten hatte, und die Art, wie er es formuliert hatte. Sie zuckte mit den Schultern und hoffte, dass man ihr nicht anmerkte, wie besorgt sie war. »Das hat er nicht gesagt.«

Um genau Viertel vor acht an diesem Abend verließ Marion ihr Zimmer, ging am Gemeinschaftsraum vorbei und weiter zu Franks Büro. Sie hatte die Personenprofile an diesem Nachmittag gerade noch fertig bekommen – allerdings war das Ergebnis eher planlos ausgefallen. Als sie die Profile jedoch bei Swindlehurst hatte abgeben wollen, war er glücklicherweise nicht in seinem Büro gewesen. Tatsächlich schien die gesamte Detektei seit fünf Uhr wie ausgestorben zu sein, und in den Gängen herrschte eine beunruhigende Stille.

Sie erreichte Franks Bürotür und klopfte dreimal. Niemand antwortete. Zehn vor acht war gerade verstrichen, was aber doch sicher keinen Unterschied machen konnte. Sie zog leicht an dem dreieckigen Türknauf, so wie sie es schon mehrere Male bei Frank gesehen hatte, doch nichts geschah. Wieder klopfte sie, dann begann sie, vor der Tür auf und ab zu laufen und vor sich hin zu murmeln. Weitere dreißig Sekunden verstrichen, dann hörte sie ein leises Klicken und Scharren, das von der Wand rechts von ihr zu kommen schien. Ein metallener Ablagekorb – ganz ähnlich wie bei den in der ganzen Stadt verteilten Briefkästen – tauchte aus der gerade noch vollkommen undurchlässig erschienenen Wand auf. Darauf lag eine handgeschriebene Nachricht: *Zweimal nach unten ziehen und dabei auf dem Hebel stehen.*

Zugegebenermaßen dauerte es einen Moment, bis sie begriff, was damit gemeint war, dann war es jedoch recht simpel. Sie stellte sich mit einem Fuß auf einen Trethebel links von der Tür und zog zweimal am Knauf.

Die Tür schwang auf.

Der Holzfußboden war vollgestellt mit offenen Kisten, in denen sich diverse Besitztümer stapelten. Der große Mahagonischreibtisch war mit zusammengefalteten Kleidern, in Papier gewickelten zerbrechlichen Dingen und Aktenstapeln übersät. Das Einzige, was offensichtlich unangetastet geblieben war, waren die Bücherregale, die zu beiden Seiten des Büros die Wände säumten und bis fast unter die Decke mit leder- und papiergebundenen Büchern vollgestellt waren. Zwischen den Büchern standen andere Dinge, die vielleicht genau das waren, was sie zu sein schienen – oder vielleicht auch mehr als das. Ein schwarz-goldener Kelch, ein Holzspeer, ein juwelenfarbener Globus.

Der Kelch sah aus, als stammte er aus einem Pharaonengrab. Er schien uralt zu sein und wurde von einem Netz aus Haarrissen umspannt, wodurch er den Eindruck machte, er könnte jeden Moment zu Staub zerfallen. Die Spitze des Speers war fleckig – dunkelrot oder schwarz. Blut oder Gift. Langsam schritt Marion die Reihe der Bücherregale ab, fasziniert und abgelenkt von der Aura der uralten und vergessenen Dinge.

Während sie noch über die naheliegenden Fragen nachdachte – Wo war Frank? Warum hatte er sie gebeten, sich hier mit ihm zu treffen, wenn er offensichtlich gar nicht vorhatte zu kommen? –, stieg ihr ein unangenehmer Geruch in die Nase. Zuerst versuchte sie, einfach nicht darauf zu achten, was aber bald unmöglich wurde. Der Gestank erfüllte die Luft und erinnerte sie an verbranntes Gummi oder angesengte Haare.

Sie drehte sich um die eigene Achse und versuchte, die Quelle des Geruchs auszumachen. Erschrocken sah sie eine schwarze Rauchwolke, die von der Ecke einer großen hölzernen Uhr aufstieg, die in einem der Regale ihr gegenüber stand. Bestürzt darüber, dass sie offensichtlich irgendwie versehentlich ein Feuer in Franks Büro entzündet hatte, machte sie einen Satz zur Uhr. Dann zögerte sie jedoch und hielt die Hand erst vorsichtig darüber, bis sie sicher war, dass sie sich an der Uhr nicht verbrennen würde. Sie wollte den hölzernen Uhrkasten hochheben, doch er war offenbar am Regal festgeschraubt. Verwirrt trat Marion einen Schritt zurück und musterte die teuer aussehende Antiquität. Sie schien nicht zu funktionieren (was angesichts des Rauchs nicht weiter verwunderlich war), und die Zeiger standen auf zwanzig nach zwei. Sie klappte die Glasabdeckung auf, erkannte dabei jedoch, dass es nicht nur eine Abdeckung, sondern das Ziffernblatt selbst war. Auf das Glas waren die Zeiger, die Nummern und der beigegrau schimmernde Hintergrund nur aufgemalt. Täuschend echt. Hinter dieser Tarnung, tief im Bauch des falschen Uhrkastens, entdeckte sie einen Monitor, der ein verschwommenes Bild zeigte.

Sie beugte sich näher zu dem Monitor und erkannte, dass das flackernde Bild offenbar eine Videoaufnahme von Nancys Büro war. Von oben gefilmt. Um einen großen runden Tisch herum saßen die sieben Mitglieder des Hohen Rats: Nancy, Edgar Swindlehurst, Rupert Nicholas, Delia Spragg, Professor Gillroth, Barbara Simpkins und Frank.

Marion drehte an einem Rädchen seitlich am Bildschirm, woraufhin noch mehr Rauch aufstieg. Es knisterte laut, dann hörte man Stimmen, verzerrt und undeutlich.

»Delia, würden Sie bitte das Protokoll führen?«, fragte Nancy an Mrs Spragg gewandt – eine ältere, mürrische Frau, die sowohl als Schneiderin der Detektei als auch als Schriftführerin des Rats fungierte. »Nun gut«, fuhr Nancy fort, »dann lassen Sie uns anfangen. Ratsversammlung, drei-zehn-zwei, Montag, einundzwanzigster April 1958. Fallbesprechung von Frank Stone in Bezug auf den Mord an Miss Michelle White.«

Marion zog sich der Magen zusammen, und ihr Herz setzte einen Schlag aus. Einen Moment lang stand sie vollkommen reglos da, wusste nicht mehr, wo sie war, während sie zu begreifen versuchte, was sie gerade gehört hatte. Für Hysterie blieb ihr jedoch keine Zeit. Sie zog sich vom Rand einer unkontrollierbaren Panikattacke zurück und drehte die Lautstärke noch etwas hoch.

Nancy sprach die Namen aller aus, die an der Versammlung teilnahmen, und machte eine Geste in Mr Nicholas' Richtung. »Rupert, Sie dürfen fortfahren.«

Mr Nicholas erhob sich. Er schien ganz besonders zufrieden mit sich zu sein. So als wäre dies der Moment, auf den er schon lange gewartet hatte. »Danke, Nancy. Ich werde wie gewünscht mit einer kurzen Zusammenfassung dessen beginnen, was wir bereits wissen. Mr Stone zufolge saß er am Freitagabend, dem elften April, allein in der Bibliotheksbar und trank etwas. Mr Stone behauptet, Schritte aus der Bibliothek vernommen zu haben, und als er durch die Tür von der Bar in die Bibliothek blickte, erkannte er Michelle White, die offensichtlich die Treppe heraufgeeilt kam, die von der Registratur aus nordwestlich in die Bibliothek führt.« Mr Nicholas wirkte alles andere als überzeugt von dieser Darstellung. »Mr Stone sagt aus, Miss Whites Gesicht sei ›aschfahl und verschwitzt‹ gewesen …« Er räusperte sich, und wieder klang es unverkennbar ungläubig.

Marion sah, wie sich Frank auf seinem Stuhl regte. Nancy

warf ihm einen kurzen Blick zu. »Bitte fahren Sie fort, Rupert.«

Mr Nicholas nickte. »Mr Stone gibt an, dass er von seinem Platz aus genau sehen konnte, wohin Miss White gelaufen ist. Wir wissen, dass es der Verschlussraum war.«

Marion brauchte einen Moment, bis ihr wieder einfiel, was der Verschlussraum war: ein mittelgroßer Lagerraum, der an die Bibliothek angrenzte und mehrere Reihen verschlossener Aktenschränke enthielt, in denen wertvolle oder gefährliche Dokumente, persönliche Informationen und dergleichen aufbewahrt wurden.

»Als Mr Stone sein Glas um fünf nach zwölf schließlich leerte«, berichtete Mr Nicholas weiter, »will ihm bewusst geworden sein, dass Miss White noch immer nicht aus dem Verschlussraum zurückgekehrt war, weshalb er beschloss, nach ihr zu sehen. Als er den Verschlussraum betrat, fand er Miss White seinen eigenen Worten zufolge jedoch bereits dem Tode nahe vor. Sie blutete stark aus einer tiefen Wunde an der Kehle, zugefügt mit dem abgebrochenen Ende eines Herold-Stethoskops, das noch immer in ihrem Hals steckte.«

Alle rutschten auf ihren Stühlen herum. Ein kalter Schauer überlief Marion, als sie sich die Szene vorstellte, die Mr Nicholas da beschrieb.

»Nachdem wir die … ähm, Waffe nach Fingerabdrücken untersucht, dabei aber keine gefunden haben, ging das Stethoskop an den Professor in der Werkstatt, um dort gründlich untersucht zu werden. Da die Tatwaffe äußerst bizarr ist, war ich der Meinung, dass wir unbedingt herausfinden müssten, ob das Verbrechen vorsätzlich begangen wurde.« Kurz wirkte er beunruhigt. »Ich bin sicher, die Symbolträchtigkeit der Todesursache ist Ihnen nicht entgangen. Ein Spitzel, erstochen mit einem Spitzel.« Mr Nicholas ließ die Worte in der Luft hängen, wirken, bevor er fortfuhr. Er zog ein Blatt Papier aus der Jackentasche. »Der Professor hat die Tatwaffe gereinigt und untersucht, woraufhin er uns versichern konnte, dass die Waffe tatsächlich Michelle gehört hat. Darüber hinaus hat er uns darüber informiert, dass das Stethoskop nicht angespitzt oder anderweitig vorsätzlich in eine Waffe verwandelt, sondern einfach durchgebrochen wurde, auch wenn dies, wie ich Ihnen in Erinnerung rufen darf, nur seine persönliche Meinung ist. Nancy, haben Sie es hier?«

Langsam, fast widerwillig zog Nancy das gereinigte stählerne Herold-Stethoskop aus einem Regalfach hinter ihrem Schreibtisch und legte es für alle sichtbar auf die runde Tafel.

»Ja, hier ist es ja«, fügte Mr Nicholas unnötigerweise hinzu und deutete darauf.

»Können wir davon ausgehen, dass Miss White das Objekt am Tatort abgenommen und zerbrochen wurde?«, fragte Mrs Spragg.

»Ich nehme es an, ja. Machen Sie daraus, was Sie wollen.« Der Wirkung wegen hielt er kurz inne. »Aber vielleicht sollten wir diesen Punkt noch einen Moment beiseitelassen. Ich fürchte, Sie alle begreifen, dass es in gewisser Weise inkonsequent wäre, wenn ich enthüllen würde …«

»Ja danke, Rupert«, fiel ihm Nancy ins Wort. »Zuerst möchte ich, dass Sie dem Rat mitteilen, welche Beweise Sie in der Nacht des Mordes bei Michelles Leiche finden konnten. Etwas von Interesse?«

»Natürlich.« Er räusperte sich und hob eine große schwarze Stofftasche auf den Tisch. »Viel ist es nicht, fürchte ich.« Damit leerte er den Inhalt der Tasche – einen Haufen zusammengeknüllter Papiere und persönlicher Gegenstände – auf dem Tisch aus. Der Reihe nach präsentierte er den Ratsmitgliedern jedes einzelne Objekt. »Ein Notizbuch, voller Namen von Angestellten der Detektei. Es scheint sich dabei um eine Art Kennzeichnungssystem zu handeln. Hinter jedem Namen steht eine Reihe von Zeichen. Ähm … hinter Nancys Namen sind es beispielsweise drei Zeichen, hinter

Delias zwei, hinter Franks, wie ich anmerken möchte, sind es zehn.«

»Fahren Sie fort«, wies Nancy ihn an.

»Hinter David Estons Namen sind es acht, hinter Edgars zwei …«

»Nicht mit dem Kennzeichnungssystem, Rupert«, fauchte Nancy. »Was hat das zu *bedeuten?«*

»Nun, ich sage Ihnen, das ist wirklich äußerst interessant …«

»Sie hat es benutzt, um uns auszuspionieren«, mischte sich Miss Simpkins mit kratziger, schriller Stimme ein. Alle wandten sich an sie. Miss Simpkins war schon zu ihren besten Zeiten eine absonderlich wirkende Erscheinung – groß und dünn, mit ausgemergelten Gesichtszügen und einer stets leicht verwirrten Miene (eine Folge ihrer ausgeprägten Zuneigung zum Wein, wie Marion gehört hatte). An diesem Abend schien sie jedoch besonders verwirrt zu sein, unsicher, wo sie überhaupt war und was sie hier tat. »Wie Sie sich sicher erinnern, habe ich meine Ausbildung zusammen mit Michelle absolviert. Ein solches Notizbuch hat sie schon, seit ich sie kenne. Das und noch ein paar andere Dinge.« Sie beugte sich über das Durcheinander aus Michelles persönlichen Besitztümern, als würde sie nach etwas suchen. Dann lehnte sie sich zurück, offenbar zufrieden damit, dass das, wonach sie gesucht hatte, nicht da war. Sie deutete auf das Notizbuch. »Jedes Mal, wenn sie herausgefunden hat, dass jemand etwas tat, das gegen die Regeln verstieß, hat sie ein solches Zeichen hinter den entsprechenden Namen gesetzt. Es war einfach eine Art Angewohnheit. Eine äußerst lästige Angewohnheit, wie ich hinzufügen möchte.«

»Na also«, kommentierte Mr Nicholas triumphierend. »Da haben wir es ja. Faszinierend, nicht wahr? Hinter Frank Stones Namen stehen die meisten Zeichen.«

Frank rieb sich den Nacken. »Michelle und ich sind dann

und wann aneinandergeraten, aber nie wegen irgendetwas von Bedeutung.« Gereizt deutete er auf das Notizbuch. »Wie steht es mit Eston? Wir alle hier wissen, was zwischen den beiden vorgefallen ist?«

»Ich nicht«, warf Miss Simpkins ein.

»Im Februar wurde Mr Eston dabei erwischt, wie er vermutlich in Michelle Whites Büro einbrechen wollte«, erklärte Mr Nicholas.

Miss Simpkins' Augen wurden groß. »Nun, interessant. Und?« Sie sah ihre Kollegen an. »Weiß irgendjemand von Ihnen, was das zu bedeuten hat?«

Professor Gillroth murmelte irgendetwas Unverständliches vor sich hin. Zumindest unverständlich für Marion.

»Wir sind nicht sicher, was Mr Eston an jenem Tag getan hat oder warum er es getan hat«, sagte Nancy. »Michelle hat ihn vor ihrem Büro erwischt. Er war zwar nicht gerade dabei, die Tür aufzubrechen, aber angesichts des Dietrichs, den wir bei ihm gefunden haben, sah es ganz danach aus, als hätte er genau dies vorgehabt.« Sie sah Gillroth an, der den Kopf schüttelte. »Täuschen Sie sich jedoch nicht, ich behalte Mr Eston genau im Auge. Sobald er sich wieder etwas erholt hat, werde ich mich ein weiteres Mal mit ihm über den Vorfall im Februar unterhalten.« Sie wandte sich an Mr Nicholas. »Gibt es sonst noch etwas von Interesse, das Sie bei Michelles Besitztümern gefunden haben?«

Mr Nicholas schüttelte den Kopf. »Lippenstift, Parfum, ein Paar Satinhandschuhe, ein paar Stifte und Papierschnipsel ...« Seine Stimme verklang, während er die aufgezählten Gegenstände der Reihe nach mit nur vagem Interesse musterte.

Nach einer Weile ergriff Nancy wieder das Wort. »Ich bin nicht sicher, was die Wichtigkeit dieser Information betrifft, aber mir wurde zugetragen, dass offenbar ein Brief in Empfangsbehälter fünfundfünfzig eingegangen ist. Kurz bevor

Michelle die Registratur in der Nacht ihres Todes verlassen hat.«

Hitze stieg Marion ins Gesicht, als sie sich an die Signatur erinnerte, die sie Aida Rakes im Register gezeigt hatte.

»Ich habe Perry in dieser Angelegenheit zur Befragung gebeten, doch ich fürchte, er war nicht sonderlich hilfreich und hat lediglich ausgesagt, er habe nirgends eine Spur von einem solchen Brief gesehen, und tatsächlich haben auch wir ihn nicht gefunden.« Sie seufzte. »Wie es scheint, enthält dieser Brief die Antwort auf die Frage, was Michelle im Verschlussraum wollte. Wie die Dinge stehen, sind wir jedoch auf Spekulationen angewiesen.«

Die Ratsmitglieder besprachen sich eine Weile. Marion konnte nicht alles verstehen, doch man schien sich einig darüber zu sein, dass der Absender des Briefs eine Rolle bei Michelles Tod gespielt haben musste – ob nun absichtlich oder nicht. Der Brief musste Michelle auf irgendeine Weise dazu veranlasst haben, die Registratur zu verlassen und den Verschlussraum zu betreten, wo sie von jemandem ermordet worden war, der sehr wahrscheinlich mit demjenigen in Verbindung stand, der den Brief geschickt hatte.

Das Problem war nur, dass Michelle den Brief zerstört zu haben schien, bevor sie die Registratur verließ. Und da der Empfangsbehälter fünfundfünfzig zu einem der meistgenutzten Briefkästen der Detektei führte – versteckt in der Passing Alley –, bestand praktisch keine Chance herauszufinden, wer den Brief geschickt hatte und was darin gestanden haben mochte.

»Ich denke, wir sollten vielleicht mit einer anderen, weitaus wichtigeren Information fortfahren?«, warf Mr Nicholas schließlich ein und sah Nancy an, die ihm mit einem Nicken die Erlaubnis erteilte.

»Nur zu.«

Nachdem Mr Nicholas eine Weile in seinem Aktenkoffer

gekramt hatte, legte er einen kleinen grauen Gegenstand, der einem großen Marienkäfer ähnelte, mitten auf den Tisch.

Mr Nicholas holte übertrieben dramatisch Luft. »Dies hier, Ladys und Gentlemen, ist eine Überwachungskamera. Sie wurde vor fünf Jahren von Nancy selbst über der Tür zum Verschlussraum angebracht, als Vorsichtsmaßnahme gegen Diebstahl, wie mir berichtet wurde. Die Kamera wurde hinter dem Wasserspeier in Gestalt einer Eule versteckt und schaltet sich ein, wenn sie registriert, dass sich jemand der Tür nähert. Jeder, der den Verschlussraum betritt, muss direkt unter dem Sensor hindurchgehen, woraufhin sich die Kamera einschaltet und alles aufzeichnet. Natürlich werden die Bildaufnahmen nach Ablauf eines Monats wieder überschrieben … doch glücklicherweise habe ich die Kamera entdeckt, bevor dies geschehen konnte.«

Die Ratsmitglieder rutschten nun noch unruhiger auf ihren Plätzen herum, und Mr Nicholas schien jeden Moment voll auszukosten.

»Ich war sehr überrascht von meiner Entdeckung, verstehen Sie«, fuhr er fort. »Ich hatte den Verschlussraum und die nähere Umgebung zu diesem Zeitpunkt bereits dreimal untersucht, und ich war erstaunt darüber, dass mich bis dahin niemand auf die Existenz der Kamera hingewiesen hatte, da die Aufnahmen darauf sicherlich von allergrößter Wichtigkeit für unsere Ermittlungen wären.« Er wagte es nicht, bei diesen Worten Nancy direkt anzusehen, und schien ihren Blick vielmehr bewusst zu meiden. Trotzdem klang seine Stimme unvermindert selbstbewusst, gebieterisch. »Leider scheint Nancy vergessen zu haben, dass es die Kamera überhaupt gab.«

»Nancy«, mischte sich Mr Swindlehurst ein. »Stimmt das?«

»Allerdings«, bestätigte Nancy.

»Dann geben Sie also zu, dass Sie die ganze Zeit von der Kamera wussten, dass Sie aber trotzdem nichts davon erwähnt haben?«, hakte Mr Swindlehurst nach, und es klang eine Spur unsicher.

»Natürlich habe ich gewusst, dass die Kamera da ist, Edgar. Immerhin habe ich sie selbst installiert. Was mir allerdings entfallen war, bis Rupert es mir wieder in Erinnerung rief.«

Marion hatte den Eindruck, dass Mr Nicholas nicht überzeugt wirkte. Es war selten, wenn nicht gar beispiellos, dass Nancy etwas vergaß. Schon gar nicht etwas so Wichtiges wie das Vorhandensein einer Überwachungskamera.

»Wusste sonst irgendjemand davon, dass Sie die Kamera installiert hatten?«, fragte Mrs Spragg.

»Nicht, dass mir bewusst wäre.«

»Und wurde irgendetwas aus dem Verschlussraum entfernt?«

Nancy schüttelte den Kopf. »Jede der Aktenschubladen ist mit einem Alarm ausgestattet, den nur ich ausschalten kann. Da in jener Nacht kein Alarm ausgelöst wurde, können wir davon ausgehen, dass auch keine der Schubladen geöffnet wurde.«

Mr Nicholas räusperte sich ungeduldig. Allmählich wirkte er richtig aufgeregt. »Darum geht es jetzt nicht. Sondern darum, dass ich die Aufnahmen vom Freitag, den elften April untersucht habe.« Er holte sechs Filmrollen aus seinem Aktenkoffer und reichte sie herum. »Natürlich können Sie sich das Bildmaterial sehr gern selbst ansehen. Oder ich sage Ihnen einfach, was drauf ist?«

Nancy seufzte und warf Frank einen raschen, mitfühlenden Blick zu. »Ich bitte darum, Rupert.«

Mr Nicholas lächelte breit und setzte sofort zu seinem Bericht an. »Na gut, die Aufnahmen zeigen deutlich, wie Miss White um elf Uhr fünfundfünfzig den Verschlussraum betritt, zehn Minuten später gefolgt von Frank Stone. Ich möchte hinzufügen, dass ich das gesamte Bildmaterial des ganzen verstrichenen Monats durchgegangen bin, nur um sicherzugehen, dass niemand sonst den Verschlussraum betreten und nicht wieder verlassen hat. Weshalb wir getrost davon ausgehen können, dass niemand sonst in jener Nacht im Verschlussraum gewesen ist. Michelle und Frank waren die einzigen beiden, die den Raum in den beiden Wochen vor dem Mord betreten haben, beide in der Nacht von Freitag, dem elften April, und nur Frank hat den Raum wieder verlassen. In panischer Eile, wie ich hinzufügen möchte.«

»Natürlich war ich in panischer Eile!«, mischte sich nun Frank ein und ließ den Kopf in die Hände sinken. »Michelle war tot! Herrgott noch mal, Rupert …« Er sah auf und musterte die Ratsmitglieder. So kurz, dass Marion nicht sicher war, es wirklich gesehen zu haben, flackerte sein Blick hinauf zur Kamera. Zu ihr.

Seine Miene wirkte verzerrt, verzweifelt. Zerbrechlich. Ein Ausdruck, der Marion alle Luft aus den Lungen zu rauben schien.

»Bitte … ihr kennt mich, ihr alle«, sagte Frank nun an den gesamten Rat gewandt. Seine Stimme klang gebrochen und hohl. Schrecklich. »Ich weiß, was die Aufnahmen zeigen. Ich habe sie mir angesehen. Ich weiß, dass ihr dasselbe tun werdet und dass es euch unmöglich sein wird, eine andere Erklärung dafür zu finden als die von Rupert vorgeschlagene. Aber bitte, beantwortet euch selbst eine Frage: Glaubt ihr wirklich, dass ich das getan habe? Hält es auch nur einer von euch tatsächlich für möglich, dass ich zu einem Mord fähig bin? Wofür?« Sein Atem ging nun so flach und rau, dass es den Eindruck machte, er müsste ersticken. »Gott verdammt … bitte.«

Marion war übel vor Verzweiflung. Sie drückte sich die Finger gegen die Schläfen, so fest, dass ihr Kopf schmerzte. Sie ließ sich von dem Schmerz durchfluten und von dem Ausdruck auf Franks Gesicht ablenken.

Mr Nicholas schnaubte. Seine Miene war vollkommen gleichgültig. Kein Hauch von Mitgefühl war darin zu lesen.

Die anderen Ratsmitglieder dagegen schwiegen. Nancy hielt den Blick auf ihre Notizen gesenkt – es war erst das zweite Mal, dass Marion Angst in ihren Zügen zu erkennen glaubte. »Ich fürchte, angesichts einer solchen Beweislage bleibt uns keine andere Wahl, als Frank bis auf Weiteres des Mordes zu verdächtigen«, sagte sie leise, aber so deutlich, dass es jeder der Anwesenden auch ganz sicher verstand. »Allerdings bin ich auch der Meinung, dass es als Schuldbeweis nicht ausreicht, von jemandem zu wissen, dass er an einem Tatort war.«

»Wenn sich sonst niemand am Tatort aufgehalten hat, ist das durchaus ein Schuldbeweis«, korrigierte sie Mr Swindlehurst. »Welche Erklärung könnte es sonst dafür geben? Wollen Sie andeuten, dass sich White selbst umgebracht hat? Es tut mir leid, Frank. Ich sehe nicht, wie Sie von uns erwarten können, Ihnen zu glauben.«

Eine weitere lange Stille entstand, dieses Mal gebrochen von Mrs Spragg.

»Können wir absolut sicher sein, dass sich niemand an der Kamera zu schaffen gemacht hat? Gibt es kein Gerät, mit dem wir überprüfen könnten …«

Ungehalten fiel ihr Mr Nicholas ins Wort. »Professor Bal hat mir versichert, dass er nie ein Gerät entwickelt hat, das die Aufnahmen einer Überwachungskamera verfälschen kann. Sollte es eine solche Apparatur also geben, dann wurde sie jedenfalls nicht hier entwickelt. Außerdem ist sich der Professor ziemlich sicher, dass weder an den Linsen noch an dem Aufnahmegerät etwas verändert wurde.«

»Dann ist es eine Frage der Logik«, schloss Mrs Spragg. »Ich muss Edgar zustimmen. Ich sehe einfach keine andere Erklärung dafür.«

Ein leises Murmeln der Ratsmitglieder folgte.

Frank regte sich auf seinem Platz. »Was für eine Art von Kamera ist es, Nicholas?«

Diese Frage schien Nicholas auf dem falschen Fuß zu erwischen, es war allerdings Nancy, die antwortete: »Ein passiver Infrarotsensor, der auf Körperwärme reagiert. Sobald er registriert, dass sich jemand nähert, wird die Kamera eingeschaltet.«

Wieder huschte Franks Blick kurz hinauf zu Marion, dieses Mal nachdrücklicher. Dann sagte er: »Und es besteht nicht die Möglichkeit, dass jemand eine solche Kamera ausschalten kann?«

Mr Nicholas drehte ein Blatt Papier zwischen den Händen – den Bericht von Professor Bal. Widerstrebend antwortete er: »Nicht, dass ich wüsste.«

Wieder mischte sich Nancy ein. »Diese Möglichkeit besteht.«

Verwirrt blickten die Ratsmitglieder sie an.

»Unmöglich ist es jedenfalls nicht«, erklärte sie. »Nur sehr unwahrscheinlich, da man dafür eine Möglichkeit finden müsste, zu verhindern, dass der eigene Körper irgendeine Form von Wärme abgibt.«

Mr Nicholas' Brauen wanderten so hoch seine Stirn hinauf, dass sie fast unter dem Haaransatz verschwanden.

»Ach ja«, meldete sich Miss Simpkins zu Wort. »Ich habe einmal etwas Ähnliches gehört. Ein Dieb hatte sich in Leichtschaumplatten gehüllt und konnte so …«

»O bitte, meine Güte!« Mr Nicholas stieß einen verächtlichen Laut aus. »Ich glaube, wenn jemand in Leichtschaumplatten gewickelt durch die Detektei marschiert wäre, dann hätten wir das bemerkt.«

Miss Simpkins wirkte verstimmt.

Rasch warf Nancy ein: »Ja danke, Barbara. Ich glaube, der Rat versteht, was Sie damit sagen wollen. Und, wie schon angemerkt, besteht durchaus die Möglichkeit, dass jemand einen Weg gefunden hat, die Sensoren der Kamera auszutricksen, und das sollten wir nicht vergessen.«

»Eine Möglichkeit, die aber vernachlässigt werden kann, da schließlich niemand wusste, dass die Kamera da ist«, drängte Mr Nicholas. »Und erst recht wusste niemand, was für eine Art von Kamera es ist. Oder irre ich mich?« Er sah Nancy an.

»Das kann ich nicht mit Sicherheit beantworten. Wie gesagt, ich habe die Kamera vor vielen Jahren angebracht und nie jemandem davon erzählt, aber wenn jemand genau genug gesucht hätte – so wie Sie selbst, Rupert –, dann hätte dieser Jemand die Kamera durchaus finden können.« Sie holte tief Luft. »Wie die Dinge stehen, fürchte ich, dass wir davon ausgehen müssen, dass sich außer Frank und Michelle White in dieser Nacht niemand im Verschlussraum aufgehalten hat. Nun liegt es an uns, dem Hohen Rat, zu entscheiden, ob das ausreicht, um ihn des Mordes für schuldig zu befinden.« Sie formulierte es fast als eine Frage, doch Marion war nicht sicher, ob es eher eine Aussage sein sollte.

»Bevor ihr darauf antwortet«, meldete sich Frank noch einmal zu Wort, und nun klang seine Stimme wieder deutlich kräftiger, »möchte ich noch etwas dazu sagen. Als ich in dieser Nacht den Verschlussraum betreten habe, war es dunkel. Ich konnte Michelle kaum sehen und habe sie erst erkannt, als ich genau über ihr stand. Es war jedoch nicht der Mangel an Licht, der meine Sicht so beeinflusst hat. Irgendetwas war in dieser Nacht nicht *so*, wie es sein sollte. Ich weiß nicht, was es war, aber … da war etwas in der Luft, etwas Kaltes.« Er hielt inne, um die Reaktion der Ratsmitglieder abzuschätzen. Sie wirkten äußerst skeptisch.

Schließlich war es Nicholas, der antwortete. »Ach, um Himmels willen, was für ein Blödsinn!« Er erhob sich.

»Bitte, Rupert«, sagte Nancy. »Jeder hier darf aussprechen, was er denkt, und ich glaube, als langjährige Mitarbeiter von Miss Brickett's haben wir alle schon Dinge hier unten erlebt, die Wirklichkeit und Logik infrage zu stellen scheinen.« Sie wandte sich an Frank. »Gibt es noch etwas, dass du uns über diese Nacht erzählen kannst, über die Umstände?«

»Ich habe mich desorientiert gefühlt. Ich konnte nichts klar erkennen.«

Mr Nicolas sah aus, als wollte er etwas einwerfen, ließ es dann jedoch.

Nancy wirkte geschlagen. »In diesem Fall, Frank, fürchte ich, es gibt nichts mehr, was ich noch tun könnte.« Sie sprach leise, als würde sie einzig und allein mit ihm reden. »Unseren Richtlinien zufolge obliegt es dem Hohen Rat, im Fall eines Verbrechens, das in den Räumlichkeiten der Detektei begangen wurde, den Schuldigen zu identifizieren und zu bestrafen. Diese Regel wurde aufgestellt, um nicht nur unsere Mitarbeiter, sondern auch unser Geheimnis zu schützen. Es ist zwingend notwendig, dass wir uns daran halten, an unser ureigenes Rechtssystem, wenn wir weiterhin verhindern wollen, dass sich der stets aufmerksame Blick der Außenwelt auf uns richtet.« Während sie sprach, gewann Nancys Stimme zunehmend an Schärfe und Kraft. »Dem offiziellen Entscheid Nummer dreizehn zufolge wird Mord als ein Verbrechen der Kategorie fünf eingestuft. Dem Paragrafen sind zwei Zusatzinformationen hinzugefügt. Die erste lautet, dass der Beschuldigte einen fairen Prozess vor dem Hohen Rat und die Chance bekommen muss, sich gegen die erhobenen Vorwürfe zu verteidigen. Was wir, wie ich glaube, soeben erfüllt haben. Die zweite Zusatzinformation lautet, dass der oder die Vorsitzende des Hohen Rats, in diesem Fall ich, eine Frist von zehn Tagen vor der endgültigen Urteilsverkündung beantragen kann, sollte er oder sie der Meinung sein, dass ernst zu nehmende Zweifel an der Schuld des Angeklagten bestehen. Diese Frist soll dem Hohen Rat die Möglichkeit geben, zu prüfen, ob weitere Verdächtige für die Tat infrage kommen.« Sie rückte ihre Brille zurecht. Ein winziger Hoffnungsschimmer ließ Marions Herz schneller schlagen. »Sollte dies geschehen und dem Rat ein weiterer Verdächtiger vorgeführt werden, dann wird ein neuer Prozess eingeleitet, dessen Ausgang über den endgültigen Urteilsspruch entscheiden wird. Sollte es allerdings keine weiteren Verdächtigen geben, dann wird der Angeklagte wie geplant verurteilt.«

Mr Nicholas sah aus, als müsste er vor Wut platzen. »Das ist unerhört! Zehn Tage? Dann können Sie ihn genauso gut gleich freilassen!«

Mr Swindlehurst und Mrs Spragg nickten nachdrücklich. Nancy klappte ihre Akte zu, und die sieben Ratsmitglieder saßen schweigend da. Es war so still im Raum, dass Marion nur ihren eigenen Atem hörte.

Endlich sprach Nancy. »Der Fortgang dieses Prozesses wird für die Dauer von zehn Tagen ausgesetzt oder bis ein neuer Verdächtiger ausfindig gemacht wird.«

Mr Nicholas schüttelte den Kopf. »Unerhört!«, wiederholte er genauso wütend wie zuvor.

»Meine Entscheidung ist endgültig, Rupert«, sagte Nancy. »Der Rat versammelt sich am ersten Mai wieder hier. Sollte Frank tatsächlich des Mordes für schuldig befunden werden …« Sie holte tief Luft. »… dann wird er zu lebenslänglichem Arrest in den Haftkammern verurteilt.«

Erst da merkte Marion, dass sie den Atem angehalten hatte. Kurz bevor ihr ernsthaft schwindlig wurde, schnappte sie nach Luft.

Mr Nicholas räusperte sich und stand auf. »Nancy, ich glaube, Sie übersehen da etwas«, sagte er und hielt ein Dokument hoch, das offenbar aus den Richtlinien der Detektei stammte und auf dem er einen Satz unterstrichen hatte. »Darin steht, dass der Beschuldigte während dieser zehntägigen Frist in vollkommener Isolation gehalten werden muss, um sicherzustellen, dass etwaige neu vorgebrachte Beweise nicht von ihm beeinflusst werden können.«

Ganz offensichtlich hatte Nancy gehofft, dass die anderen

Ratsmitglieder dieses kleine Detail übersehen würden. »So ist es«, räumte sie unsicher ein. »Ich bin nur nicht sicher, wo wir Frank unterbringen können.«

»Wie wäre es, wenn wir ihn in seinem Büro einschließen?«, schlug Miss Simpkins kalt vor.

Mr Swindlehurst lachte. »Wie praktisch und überaus bequem!« Er sprang auf. »Ich habe genug von diesem Unsinn. Es ist unglaublich, dass wir nach all den Jahren, in denen wir so hart gearbeitet haben, um Miss Brickett's zu einem Erfolg zu machen, nun miterleben müssen, wie einer von uns zu einem kaltblütigen Mörder wird. Schlimmer noch, offensichtlich hat auch niemand etwas dagegen, ihn weiterhin als freien Mann herumlaufen zu lassen!«

Professor Gillroth hob die Hand. »Ich habe eine Idee ... was ist mit Zimmer Nummer achtundvierzig? Weit weg von allen anderen, isoliert, ziemlich sicher.«

»Das wird gehen, vielen Dank, Professor«, stimmte Nancy rasch zu. »Die Sitzung ist vertagt.« Ohne jemandem noch eine weitere Möglichkeit zu geben, zu widersprechen, stand Nancy auf, wandte sich ab und trat zu einer Reihe Aktenschränke, wo sie laut und nachdrücklich damit begann, Schubladen aufzuziehen und wieder zuzuschlagen.

»Tja, dann«, sagte Mr Nicholas. »Ich schätze, wir sind hier fertig.« Er erhob sich ebenfalls, gefolgt von einem sehr verstimmt wirkenden Mr Swindlehurst.

Marion drehte die Lautstärke an der Uhr hinunter, ließ sich auf den Boden sinken und schlang die Arme um sich selbst. Sie konnte sich nicht rühren, nicht denken. Sie empfand nichts außer einer krank machenden Kälte. Als es ihr endlich gelang, wieder aufzustehen, warf sie einen weiteren Blick auf die Uhr.

Obwohl die Urteilsverkündung vertagt worden war, standen Nancy und Professor Gillroth noch immer zusammen, direkt unter dem Auge der Kamera. Gillroth wirkte verzagt, vielleicht sogar ängstlich. Nancy dagegen war eindeutig wütend. Sie schienen in eine heftige Diskussion vertieft zu sein.

Marion drehte die Lautstärke wieder etwas auf.

»… hätte es wissen sollen. So etwas Dummes!«, schimpfte Nancy.

»Der Posten war überflüssig«, sagte Gillroth. »Aber er hat ihr gefallen. Ich glaube, er hat ihr eine Art höhere Aufgabe gegeben.«

»Höhere Aufgabe?«, fauchte Nancy. »Nur deswegen ist sie tot.«

»Soll das heißen, Michelles Tod und ihre Position als Grenzwächterin stehen in einem Zusammenhang?«

»Sie hatte Angst, Henry. Vor ihrem Tod ist sie zu mir gekommen.«

Gillroth erstarrte, auf seinen Gehstock gestützt. »Hat sie gesagt, wovor sie Angst hatte?«

Nancy senkte die Stimme, bis es kaum mehr als ein Flüstern war. »Sie hatte Angst davor, dass es jemand finden könnte. Deshalb wollte sie zusätzlichen Schutz. Deshalb habe ich Ruperts Schlange in die Tunnel geschickt.«

»Michelle hat eine ganze Menge Dinge geglaubt, auch alberne und weit hergeholte Dinge, aber darum geht es nicht. Und sie hat doch bekommen, worum sie gebeten hat. Ruperts Schlange hat nichts gefunden.«

»Am Dienstag wurden Bewegungen in den Korridoren gemeldet.«

Gillroth winkte ab. »Wahrscheinlich nur ein Tier, eine Ratte oder so.«

Marion erstarrte bei der Erinnerung an Mr Nicholas' Spion. Dann *hatte* die Schlange sie also doch bemerkt.

»Herrgott noch mal!« Nancy senkte die Stimme noch weiter.

Marion drehte den Lautstärkeregler so weit hoch, wie es

ging, doch ein Teil von Nancys Bemerkung war ihr bereits entgangen.

»… immerhin war der Verschlussraum der Tatort. Vielleicht war der Brief, den Michelle in dieser Nacht erhalten hat, eine Warnung. Oder eine Falle.« Sie seufzte. »Irgendjemand sucht danach, Henry.«

So etwas wie Unglaube flackerte in Gillroths Augen auf. »Unsinn. Warum sollten sie? Niemand weiß, dass es überhaupt existiert.«

Nancy zögerte einen Moment. »Was ist mit der Karte?«

Gillroth wirkte überrascht. »Die Karte?«

»Sie haben mir einmal erzählt, dass es eine Karte gibt, die alles zeigt. Ein Plan des vollständigen Labyrinths. Vielleicht enthüllt diese Karte auch …«

»Das tut sie nicht«, fiel ihr Gillroth schneidend ins Wort. »Außerdem ist die Karte verschwunden. Seit Jahren habe ich sie nicht mehr gesehen.« Er nickte, als wäre diese Unterhaltung damit beendet. Dann wandte er sich zum Gehen, blieb jedoch noch einmal stehen und drehte sich wieder zu Nancy um. Er schien kurz zu überlegen, welche Formulierung er wählen sollte, dann sagte er mit tiefer, fast bedrohlicher Stimme: »Ich hoffe, Nancy, dass Sie es nicht zu weit treiben. Wir haben unseren Mörder. Für weitere Ermittlungen, die zu noch mehr Fragen führen könnten, gibt es keinen Grund. Fragen, die wir, wie ich Ihnen sicher nicht in Erinnerung rufen muss, nicht beantworten können.«

Nancys Miene war kalt und reglos. »Natürlich, Henry. Da bin ich ganz Ihrer Meinung.« Marion konnte nicht sagen, ob dies eine Lüge war oder nicht.

Dreizehn

PROFESSOR GILLROTHS WARNUNG

Benommen stolperte Marion zurück in ihr Zimmer, während das, was sie mit angehört hatte, nur langsam in ihren Verstand sickerte. Sie legte sich auf ihr Bett und starrte an die rissige Decke hinauf. Die Gaslampe neben ihr flackerte und zischte und warf bizarre Schatten durch den Raum, der auf einmal erdrückend voll und eng wirkte. Sie atmete tief durch und versuchte, ihre Gedanken zu sortieren, zusammenzusetzen, was sie verstanden hatte: Michelle White hatte in der Nacht ihres Todes einen Brief in Empfangsbehälter Nummer fünfundfünfzig vorgefunden. Niemand wusste, was in dem Brief gestanden oder wer ihn geschickt hatte, doch offenbar hatte er bewirkt, dass Michelle White die Registratur verließ und den Verschlussraum betrat, wo sie nur Minuten später ermordet worden war. Die Überwachungskamera zeigte, dass Frank in dieser Nacht die einzige andere Person gewesen war, die den Verschlussraum betreten hatte, auch wenn Michelle seiner Aussage zufolge schon im Sterben gelegen hatte, als er sie erreichte.

Marion glaubte ihm. Natürlich. Also musste der Mörder – und dabei konnte es sich wirklich um praktisch jeden handeln, denn White hatte ein ganzes Heer von Feinden gehabt – einen Weg gefunden haben, ungesehen an der Kamera vorbeizukommen. Aber wie? Oder, was vielleicht noch wichtiger war, warum?

Sie sah den Schatten zu, die über die Decke tanzten, und folgte der Spur ihrer Gedanken. Irgendwie ahnte sie, dass die Unterhaltung, die Nancy und Gillroth am Ende (unter vier Augen) geführt hatten, wichtiger sein musste als alles, was während der Ratssitzung gesagt worden war. Die beiden wussten irgendetwas über den Fall, das die anderen nicht wussten. Etwas, das sie zu vertuschen versuchten.

Marion setzte sich auf. In dieser Nacht würde sie unmöglich schlafen können. Also wartete sie auf den Morgen und zählte die Stunden, so voller Angst, dass ihr davon ganz schlecht wurde.

Nach einer gefühlten Ewigkeit klingelte endlich ihr Wecker. Halb acht. Am Waschbecken ihrem Bett gegenüber wusch sie sich das Gesicht mit eiskaltem Wasser. Das half ihr dabei, ihre Sinne wieder zum Leben zu erwecken, beruhigte die brüllenden Gedanken in ihrem Kopf jedoch kein bisschen. Sie brauchte ein Ventil. Sie brauchte jemanden, mit dem sie das alles entwirren konnte. Also eilte sie hinab in die Kantine.

»Gott sei Dank!« Sie zog Bill hinter sich her, bevor er sich auch nur ein Tablett hatte nehmen können.

»Verdammt, siehst du mies aus. Harte Nacht gehabt?«

Sie setzten sich an ihren üblichen Tisch vor dem Kamin. Darin brannte noch kein Feuer, nur ein paar letzte verglimmende Kohlen spendeten etwas Wärme.

»Was ist los?«, fragte Bill noch einmal, nervös jetzt, während Marion schwieg, bis sie sich umgesehen und davon überzeugt hatte, dass niemand sie belauschen konnte.

»Ich weiß, wen sie beschuldigen, Michelle White ermordet zu haben«, flüsterte sie. Selbst in ihren eigenen Ohren klang ihre Stimme fremd. Dünn und strapaziert, genau wie ihre Nerven.

Bills Miene zeigte erst Verwirrung, dann Entsetzen, während Marion ihm berichtete, was sie durch die Kamera in Franks Büro mit angehört hatte. Sie versuchte, kein Detail, keine Nuance der Ratsversammlung auszulassen.

»Zum Teufel …« Fassungslos starrte Bill zu Boden. »Und du glaubst wirklich, dass das Absicht war? Frank wollte, dass du das alles siehst?«

Marion antwortete nicht, aber sie hatte keinen Zweifel daran, dass Frank die ganze Sache geplant hatte: die genaue Uhrzeit ihrer Ankunft vor seinem Büro, die Nachricht mit den Anweisungen, wie man seine Tür aufbekam, die genau im richtigen Moment aus der Wand aufgetaucht war (zweifellos dank irgendeiner Zeitschaltung), der Rauch aus der Uhr, der sie zum Bildschirm geführt hatte.

Bills neuer Tick war wieder da. In einem hektischen, nervösen Rhythmus tippte er Daumen und Mittelfinger gegeneinander. »Weißt du, wenn alles wirklich so ist, wie es Nicholas dargestellt hat – die Überwachungskamera über der Tür zum Verschlussraum, der Zeitpunkt von Whites Tod –, dann klingt es wirklich so, als wäre Frank, nun ja, der wahrscheinlichste …«

»Frank ist unschuldig«, fiel Marion ihm ins Wort. Sie konnte nicht zulassen, dass Bill es aussprach. Es würde sie nur ablenken. »Ich kann nicht erklären, wieso oder was das alles bedeutet, aber das zumindest weiß ich.«

Er seufzte. »Ich weiß, dass du nicht glauben willst, dass er zu etwas so Schrecklichem fähig ist, Mari, aber vielleicht sind wir das alle. Menschen machen Fehler, sie verlieren die Kontrolle.« Er verstummte und sah zu Boden. »Dieser Ort.« Mit leerem Blick starrte er durch die Kantine. »Ich habe mich immer gefragt, ob vielleicht etwas in der Luft liegt oder ob es das fehlende Licht ist. Hier unten sind die Leute anders als über der Erde, ist dir das aufgefallen?«

Marion antwortete nicht, aber Bill hatte recht. Die drückende Atmosphäre, die düsteren, stillen Korridore – beides fühlte sich in diesem Moment noch unnatürlicher an als sonst. Am ausgeprägtesten hatte sie dies in den feuchten und gewundenen Tunneln jenseits der Grenze wahrgenommen. Dort lauerte eine fast körperlich spürbare, bedrohliche Dunkelheit. Kratzend, scharrend und sich ausbreitend.

Auf einmal wirkte Bill ängstlich. Er nahm Marions Hand und zog sie zu sich. »Es tut mir leid, Mari, ich weiß, dass es schwer ist, aber manchmal müssen wir die Tatsachen einfach akzeptieren …«

Marion befreite ihre Hand. »Du meinst, ich muss akzeptieren, dass Frank ein Mörder ist?« Sie brachte dieses Wort kaum heraus. Es fühlte sich wie Säure in ihrer Kehle an. Da begriff sie, dass ihr nur eine einzige Möglichkeit blieb. »Ich muss etwas tun.«

»Was denn?«

Allmählich war sie Bills mangelnde Unterstützung leid. »Das weiß ich auch noch nicht.« Sie stand auf.

»Warte, Mari.« Er zog sie wieder hinab. »Okay, okay.« Er seufzte. »Lass uns noch einmal durchgehen, was wir wissen.« Er wartete, während sich Aida Rakes eine Zeitung vom Tisch neben ihrem nahm und damit wieder auf die andere Seite der Kantine verschwand. »Okay, also, White wurde im Verschlussraum mit ihrem eigenen Herold-Stethoskop erstochen. Klingt für mich ganz nach Rache.«

»Ja, stimmt. Das Problem dabei ist nur, dass so ziemlich jeder in der Detektei etwas gegen White gehabt zu haben scheint.«

Bill wirkte nachdenklich. »Okay … und was ist mit dem Brief, den sie bekommen hat? Aus irgendeinem Grund hat er sie dazu veranlasst, die Registratur zu verlassen und zum Verschlussraum zu gehen. Warum?« Er hielt inne und schien zu überlegen. »Vielleicht stand in dem Brief, dass irgendetwas aus dem Verschlussraum gestohlen werden sollte, und White ist nur hingegangen, um nachzuforschen?«

Marion schüttelte den Kopf. »Nein, das glaube ich nicht. Nancy hat gesagt, dass keine der Schubladen dort geöffnet wurde.«

»Stimmt.« Wieder ließ Bill den Blick durch die Bibliothek schweifen. »White war so gut wie tot, als Frank sie gefunden hat. Was war das noch mal für eine Kamera …?«

»Ein passiver Infrarotsensor«, erklärte Marion. Sie war unerträglich unruhig. Jede Sekunde, die sie mit Reden verschwendeten – auch wenn es eine dringend notwendige Unterhaltung war –, brachte Frank näher an eine lebenslange Haft heran, obwohl er unschuldig war.

»Ein Bewegungsmelder?«

»Nein. Der Sensor reagiert auf Körperwärme.«

»Okay … aber niemand außer Nancy wusste, dass die Kamera dort war, und falls doch, würde derjenige dann nicht eher versuchen, die Kamera zu entfernen, als sich daran vorbeizuschleichen?«

Wieder schüttelte Marion den Kopf. »Wir schweifen ab, das ist der falsche Ansatz. Über das *Wie* können wir uns später Gedanken machen, erst müssen wir das *Warum* verstehen, das uns dann zum *Wer* führen wird. Warum sollte jemand White umbringen wollen?«

»Das hatten wir doch schon. Das führt in eine Sackgasse. Sie war ein Spitzel. Sie hätte gegen praktisch jeden etwas in der Hand haben können, das zu dem Mord geführt hat.«

»Ich weiß, aber …« Marion senkte die Stimme, denn falls sie doch belauscht wurden, war der Teil, der nun kam, der heikelste. »Weißt du noch, was ich dir über die Unterhaltung von Nancy und Gillroth am Schluss erzählt habe?«

Bill rieb sich die Stirn. »Dass White die Tunnel bewacht hat? Ja, ich habe das Schild vor ihrem Büro gesehen – Grenzwächterin. Ich dachte, das ist ein Scherz.«

»Nancy scheint zu glauben, dass der Mord etwas mit Whites Rolle als Grenzwächterin zu tun hat, was bedeuten könnte, dass sie von jemandem umgebracht wurde, den sie im Verdacht hatte, etwas ans Licht zu bringen, was in diesen verbotenen Tunneln verborgen ist, richtig?«

»Vielleicht.«

»Nein, nicht nur vielleicht. Nancy hat gesagt, dass White ein paar Tage vor dem Mord zu ihr gekommen ist. Sie war nervös, weil ›jemand danach gesucht‹ hat. Das hat uns auch Professor Bal erzählt.«

»Aber wir wissen doch schon, was das bedeutet. White hat befürchtet, dass David in ihr Büro einbrechen und das Monokel stehlen könnte.«

»Das haben wir vermutet, und vielleicht vermutet das auch Professor Bal, aber …« Sie verstummte, ordnete ihre Gedanken. Sie war so erschöpft wie noch nie in ihrem Leben, und ihr Verstand bewegte sich nur träge durch die Informationen, die sie in Franks Büro gewonnen hatte. »Ich glaube nicht, dass White das geglaubt hat. Nicht wirklich.«

»Das verstehe ich nicht.«

»White war Grenzwächterin, richtig? Was genau hat sie also bewacht?«

»Die verbotenen Tunnel natürlich.«

»Warum?«

»Weil sie gefährlich sind?«

»Nein. Weil da unten irgendetwas ist, Bill. Etwas, von dem nur White, Nancy und Gillroth wissen. Etwas, das die Karte offenbart. Ich glaube, das hat White damit gemeint, als sie Bal und Nancy gesagt hat, jemand würde ›danach suchen‹. Sie hat sich Sorgen gemacht, dass jemand erst die Karte und dann das Monokel stehlen könnte und damit herausfinden würde, was sie bewacht. Das ist auch der Grund, warum Nancy diese scheußliche Schlange zum Patrouillieren in die Tunnel hinuntergeschickt hat. Sie haben etwas zu verbergen. Und ich wette, Ned wusste vor all den Jahren auch davon.« Sie wartete. »Und? Irgendeine Ahnung, was es sein könnte?«

»Das fragst du *mich?«* Bill wirkte ungläubig. »Woher soll ich das wissen?«

»Du bist doch dauernd in der Bibliothek. Du hast alles über die Geschichte der Detektei nachgelesen, oder?«

»Komm schon, Mari. Wenn es wirklich so ein großes Geheimnis ist, was Nancy und Gillroth da zu verbergen versuchen, dann glaube ich nicht, dass wir es in einem Buch finden, das einfach so in der Bibliothek herumliegt.« Er seufzte. »Ich weiß nur, was man uns bei der Anwerbung erzählt hat. Dasselbe, was auch alle anderen wissen.« Womit er auch Marion meinte. »Die Tunnel wurden ursprünglich von jemandem entdeckt, der für die ›Underground Electric Railways Company‹ gearbeitet und U-Bahn-Schächte gebaut hat«, murmelte er. »Dann wurden sie im Krieg als Luftschutzbunker benutzt oder als Einsatzzentrale, und später hat Nancy sie übernommen und im Jahr 1948 die Detektei eröffnet. Mehr hat man uns nicht erzählt. Vielleicht aus gutem Grund.«

Marion nickte. Das alles wusste sie tatsächlich. Da war jedoch noch etwas anderes, ein Teil der Geschichte, der nicht von Nancy stammte, sondern aus der Gerüchteküche. Wie Marion allmählich begriff, stellten sich solche Gerüchte bei Miss Brickett's häufig als wahr heraus. »Was ist mit den Alchemisten?«

Bill sah sie zweifelnd und fast etwas skeptisch an. »Ach komm …«

»Ich meine es ernst. Was weißt du über sie?«

»Wahrscheinlich auch nicht mehr als du. Im vierzehnten Jahrhundert wurde eine Gruppe von Alchemisten von der Kirche verbannt, weil sie Geisterbeschwörungen oder Totenbefragungen oder so etwas betrieben haben. Woraufhin die Alchemisten offenbar ihre Arbeit unter der Erde fortgesetzt haben, nämlich hier.« Er runzelte die Stirn. »Das muss im Jahr dreizehnhundertirgendwas gewesen sein, Mari. Verdammt lang her, viel zu lang, um ein Geheimnis zu verbergen.« Er warf einen Blick auf seine Uhr. »Hör mal, ich würde dir gern weiterhelfen, aber es ist schon fast acht, und ich habe heute Morgen eine Schicht in der Werkstatt. Bal hat dreißig neue Bestellungen aus der Fabrik, die er bis nächsten Monat fertig haben muss, und wenn ich nicht auftauche …«

»Schon gut. Geh ruhig. Wir können später weiterreden.« Sie stand auf.

»Wo bist du denn heute Morgen eingeteilt?«

»Ich weiß es nicht, ich habe noch nicht am Brett nachgesehen.«

Bill klappte den Mund auf, aber Marion versetzte ihm einen strengen Blick. Sie wusste, wie untypisch es für sie war, dass sie ihren Arbeitsplan noch nicht geholt und keine Ahnung hatte, wo sie eingeteilt war und welche Aufgaben sie heute erwarteten. Aber die Dinge hatten sich geändert. Ihre Prioritäten waren nun andere.

»Das ist mir völlig egal, Bill. Ich nehme mir frei, Herrgott noch mal!« Sie zögerte, dann: »Ich kann nicht einfach so weitermachen, als wäre alles in bester Ordnung. Ich kann nicht bloß meine Schichten absitzen. Ich kann nicht einmal schlafen. Diese Frist ist Franks letzte Chance. Entweder ein weiterer Verdächtiger taucht auf, oder …«

»Ich versuche nur, vernünftig zu sein. Denk mal darüber nach. Glaubst du wirklich, Frank will, dass du in die Sache verwickelt wirst? Warum ausgerechnet du? Du bist ein Lehrling. Ein Lehrling im *ersten Jahr.* Meinst du nicht, er würde jemanden mit mehr Erfahrung um Hilfe bitten?« Voller Sorge sah er sie an. »Ich will nur, dass du die Sache vernünftig angehst. Ich weiß auch nicht, warum Frank wollte, dass du die Ratsversammlung mit ansiehst, das ist wirklich komisch, aber vielleicht hat er es gar nicht getan, weil er deine Hilfe will. Vielleicht wollte er einfach nur, dass du die Wahrheit erfährst. Vielleicht wollte er sich so von dir verabschieden.«

»Nein. Nein, das glaube ich einfach nicht«, gab Marion sofort zurück. Sie würde sich nicht gestatten, die Möglichkeit einzuräumen, dass Bill recht hatte. Einen weiteren Verlust könnte sie nicht ertragen – nicht, nachdem sie schon ihren Vater, ihre Mutter und ihr Haus verloren hatte. Frank und die Detektei waren alles, was sie noch hatte. Sie steckte mit drin, ob Frank das nun gewollt hatte oder nicht.

Bill seufzte resigniert. »Okay, also, wie lautet der Plan?«

»Ich muss sie mir anschauen.«

Bill wurde blass.

»Bitte, Bill. Ich muss sie sehen. Sofort.«

»Sofort?« Er sah sich um. Marion tat dasselbe. Die Kantine war inzwischen fast leer, auch wenn sich ganz vorn bei der Essensausgabe noch eine Gruppe Lehrlinge und Inquirer tummelten. Marion verrückte ihren Stuhl so, dass sie Bill vor fremden Blicken abschirmen konnte, als dieser seine Aktentasche öffnete und die Pergamentrolle mitsamt dem Monokel herausholte. Beides war in mehrere Stofflagen eingeschlagen. Er zögerte, dann reichte er ihr beides. »Allerdings haben wir sie uns ja schon einmal angesehen.«

»Schon, aber irgendetwas müssen wir übersehen haben.«

»Versprich mir nur, dass du nicht dort runtergehst, über die Grenze.«

»Natürlich nicht.«

»Versprich es mir, Mari.«

Sie seufzte. »Ich verspreche es. Ich möchte mir nur die Karte ansehen.«

Noch nie hatte Bill so wenig überzeugt gewirkt wie in diesem Augenblick. »Ich komme in dein Zimmer, sobald ich mich loseisen kann. Dann finden wir es zusammen heraus.«

Marion gab ihm einen Kuss auf die Wange. »Danke.« Sie schob die Pergamentrolle und das Monokel in ihre Tasche und wandte sich zum Gehen. Sie wusste, dass Bill sich durchaus zu Recht Sorgen machte – nicht nur, weil sie nun in eine interne Detekteiangelegenheit verwickelt war, sondern auch, weil sie deswegen ihre Pflichten als Lehrling vernachlässigte.

Ein eindeutiges Anzeichen dafür, dass ihre Welt kopfstand.

Marion breitete die alte Karte auf ihrem Nachttisch aus und hielt sich das Monokel vor das rechte Auge.

Ein Netz aus silbern glänzenden, sich bewegenden Linien wurde sichtbar. Hunderte von Strichen: lang und verschachtelt oder kurz und in knappe Abschnitte unterteilt. Das meiste von dem, was die Karte oberhalb des Levels der Technischen Abteilung und vor der Grenze zeigte, war ihr vertraut – der Ballsaal, die Küche, die Kantine, die Mitarbeiterunterkünfte, die Bibliothek –, obwohl sie auch einige Verbindungstunnel, geheime Durchgänge und Räume entdeckte, von denen sie bisher noch nichts gewusst hatte. Doch wie schon beim ersten Mal, als sie durch das Monokel geschaut hatte, war sie vor allem von dem Labyrinth unter der Technischen Abteilung fasziniert, jenseits von Michelle Whites Büro und auf der anderen Seite der Grenze. Oder vielleicht war »fasziniert« nicht das richtige Wort. »Beunruhigt« traf es besser.

Ab und zu erschien ein winziges Schildchen auf dem Pergament – »Kammer acht«, »Kammer neunzig«, »obere Halle« –, doch wann immer Marion versuchte, einen Weg dorthin zu finden, gelang es ihr nicht. Denn die Pfade jenseits der Grenze verzweigten und wanden sich so oft, dass Ursprung und Ende vollkommen zu verschwinden schienen. Sie suchte die Karte von oben bis unten ab, auch wenn sie nicht sicher war, wonach sie genau Ausschau hielt. Ob etwas, das irgendwie wichtig war, überhaupt beschriftet sein würde?

Sie ließ das Monokel sinken und warf es auf ihr Bett. Ihr Nacken schmerzte und ihre Augen brannten vor Müdigkeit. Zwei Stunden waren vergangen, aber das Einzige, was sie herausgefunden hatte, war etwas, das sie schon vorher gewusst hatte: Die Tunnel jenseits der Grenze waren die reinste Todesfalle. Wenn es irgendetwas dort unten gab, das Nancy und Gillroth geheim halten wollten, dann würde es dort unten auch niemand finden, nicht einmal, wenn man wusste, wonach man suchte.

Sie wandte ihre Aufmerksamkeit wieder der Karte zu und erkannte etwas, das sie zuvor nicht weiter beachtet hatte. Eine verblasste Zeichnung, nicht mit unsichtbarer Tinte, sondern mit einem normalen Stift gemalt. Eine lange wellige Linie, die vom unteren Rand der Karte in die Mitte hinaufführte. Diese Linie war ihr schon aufgefallen, als Bill ihr die Karte zum ersten Mal gezeigt hatte, aber sie hatte sie für irgendein sinnloses Gekritzel gehalten.

Sie hielt die Karte unter die Nachttischlampe. Es war keine Linie. Sondern ein Pfeil.

Sie setzte sich das Monokel wieder auf. Der Pfeil war so verblasst, dass er kaum noch zu erkennen war, und er schien zwei Punkte miteinander zu verbinden: Einer davon befand sich im Labyrinth jenseits der Grenze, der andere genau im Herzen der Detektei. Das Problem war, dass der Strich, der mit normaler Tinte gezeichnet worden war, unter der Monokellinse noch blasser und kaum sichtbar war. Marion konnte einfach nicht erkennen, wohin er führte. Ohne das Monokel wurde der Strich zwar wieder deutlicher, aber es war unmöglich zu sagen, was er miteinander verband. Sie untersuchte den Pfeil genauer und entdeckte, dass darunter in Grautinte etwas geschrieben stand, so klein, dass es fast unmöglich zu lesen war: »Zur Grenze. Zur Wahrheit.«

Es klopfte an ihrer Zimmertür. Sie ignorierte es und hoffte, wer auch immer es war, würde einfach wieder gehen.

Klopf, klopf, klopf! Lauter dieses Mal.

»Wer ist da?«

»Ah, Miss Lane. Sie sind doch da.« Die Stimme klang brüchig, alt. Professor Gillroth.

Marion warf Monokel und Karte unter das Bett und zog die Tür auf.

Der Professor lächelte sie an, und der Blick seiner wässrigen Augen huschte über ihre Schulter, wie um zu prüfen, ob sie allein war. Sein Gesicht war so faltig und verwittert, dass er sogar noch älter aussah als seine achtundachtzig Jahre. »Ich hatte auf ein Wort mit Ihnen gehofft. Wenn es Ihnen nichts ausmacht?«

»Eigentlich wollte ich gerade los zur …« Sie verstummte. Sie wusste nicht einmal, zu welcher Schicht sie spät dran war und welche sie schon verpasst hatte. Es war durchaus möglich, dass sie im Augenblick eigentlich bei Gillroth sein sollte. »Zur Krankenstation«, log sie. »Ich fühle mich nicht sonderlich gut heute.«

Gillroth schien sie gar nicht gehört zu haben. Auf seinen Gehstock gestützt machte er auf dem Absatz kehrt und ging los. »Folgen Sie mir, meine Liebe. Wir können uns in meinem Büro unterhalten.«

Marion wollte schon widersprechen und sich stattdessen in ihrem Zimmer einschließen. Wenn sie ihre Ermittlungen jedoch fortführen und Frank helfen wollte, dann war es von äußerster Wichtigkeit, den Schein zu wahren. Sie konnte sich nicht erlauben, dass der Professor ihr gegenüber Verdacht schöpfte, falls das nicht schon längst geschehen war.

Obwohl der Professor auf die neunzig zuging, fiel es Marion nicht leicht, mit ihm Schritt zu halten, während sie sich ihren Weg durch winzige Korridore bahnten, vorbei am Gemeinschaftsraum und den Mitarbeiterunterkünften, eine kurze Marmortreppe hinab und einen schmalen Gang entlang, der sich durch ganz besonders dicke Steinwände wand. Auf der anderen Seite kamen sie an einer weiteren, längeren Steintreppe heraus, an deren Kopfende sich eine breite Holztür befand.

Professor Gillroth streckte den rechten Arm aus, griff nach

einem winzigen Metallhebel neben dem Lichtschalter und drückte ihn hinab. Es klickte, als würde ein Riegel zurückfahren. Gillroth winkte Maron vor sich in den Raum. »Willkommen, fühlen Sie sich ganz wie zu Hause, meine Liebe. Es ist ein ziemlich weiter Weg bis hierher, aber ich mag mein kleines Büro hier drüben, abseits von dem ganzen Lärm.«

In dem runden Raum roch es nach Kerzenwachs und Seife. Die Wände waren rustikal gestrichen und behangen mit Porträts von alten Männern und Frauen, die Marion nicht kannte.

Überall standen Tische in verschiedenen Größen und Formen herum, die überquollen von Büchern, Papieren, Stiften und merkwürdigen Porzellanstücken.

Gillroth ließ sich in einen Sessel sinken, der unter dem größten der Porträts stand – das eines langbärtigen Mannes mit riesengroßer Brille und einem scharlachroten Blazer, der eine Zigarre rauchte –, und bot Marion den Stuhl ihm gegenüber an. Sie hatte beschlossen, einfach zu tun, was immer er von ihr wollte, auch wenn sie keine Ahnung hatte, wohin dies hier führen mochte.

Leise ächzend rückte er sich auf seinem Platz zurecht und wartete dann, bis auch Marion es sich bequem gemacht hatte. Dann fuhr er fort. »Wie ich höre, verlässt Ihre Großmutter das Land?«

Marion hatte den Professor immer für einen etwas schrulligen, aber klugen Mann gehalten. Gebrechlich und ungefährlich. Als sie ihm nun jedoch in seinem Büro gegenübersaß, veränderte sich etwas. Der alte Mann kam ihr plötzlich kalt und leer vor, und auf einmal begriff sie, dass sie im Grunde wie bei jedem in der Detektei keine Ahnung hatte, wer er eigentlich war. Unter der Bluse brach ihr der Schweiß aus, und sie fühlte, wie ihr ein Tropfen über den Rücken rann. Sie roch Kerzenrauch in der Luft. Sie wollte hier weg. »Sie haben gesagt, Sie wollten mit mir über etwas sprechen?«, wagte sie sich vor, da ihr wirklich nicht nach Geplauder zumute war.

Der Professor schüttelte den Kopf. »Ich bin schon seit der Gründung der Detektei hier, haben Sie das gewusst?«

Ja, dachte Marion, sagte jedoch nichts. Sie wusste, dass Gillroth – ein Bauingenieur mit einem zusätzlichen Abschluss in Soziologie – schon bei Miss Brickett's gewesen war, als die Detektei vor zehn Jahren ihre Pforten geöffnet hatte. Nancy und er hatten sich während des Krieges kennengelernt. Damals war Gillroth als Berater für ein Team von Ingenieuren und Mathematikern tätig gewesen, die, soweit Marion wusste, an einem streng geheimen Regierungseinsatz arbeiteten. Nach dem Krieg waren die beiden miteinander in Kontakt geblieben und hatten sich im Jahr 1948 bei der Detekteigründung wieder zusammengetan. Nancy hatte Gillroth zum Leiter der Personalabteilung gemacht, wo er den Hauptteil seiner Zeit verbrachte, obwohl er auch für die Wartung und Instandhaltung des endlosen Netzwerks an Tunneln und Korridoren verantwortlich war – ein weiterer Grund, weshalb Marion vermutete, dass der Professor mehr über die Geheimnisse des Labyrinths wusste.

»Ich habe schon so viele von euch gesehen«, fuhr der Professor fort. »Junge und ambitionierte Lehrlinge. Am Anfang seid ihr alle gleich. Neugierig und ängstlich. Ich …« Er hielt inne, um Atem zu holen, ein schrecklich trockenes Knistern wie von Sandpapier, das über Glas schleifte.

Marion nestelte am Ärmelaufschlag ihrer Bluse herum, während die Worte des Professors durch die rauchige Luft seines Büros drangen.

»Hier gibt es Geheimnisse«, fuhr er fort. »Wie Sie sicher wissen. Ich bin mir bewusst, dass Sie gern alles herausfinden würden, aber lassen Sie sich etwas gesagt sein, Miss Lane, etwas, das ich auch all jenen gesagt habe, die vor ihnen gekommen sind. Sie sind hier, um das Handwerk der Ermittlungen zu lernen. Sie sind hier, um London einen Dienst zu erweisen. Beschäftigen Sie sich mit dieser Aufgabe, und weichen

Sie nicht von Ihrem Weg ab.« Er richtete sich ein wenig auf seinem Platz auf. »In Ihrem eigenen Interesse.«

Um unbeeindruckt zu wirken, warf Marion einen Blick auf ihre Uhr. Sie versuchte, die Angst aus ihrer Stimme zu verbannen, als sie sagte: »Danke, Sir, aber genau das ist es, was ich hier tue und warum ich mich jetzt wirklich wieder auf den Weg machen sollte.«

»Mr Eston erholt sich übrigens gut«, fuhr der Professor ungerührt fort. »Obwohl sich das Krankenhauspersonal doch ein wenig über die Umstände wundert, die zu seinen Verletzungen geführt haben.« Er hielt inne, um Marions Reaktion zu beobachten, woraufhin sie ihre Wangen heiß werden spürte. Ein Pokerface hatte sie noch nie sonderlich gut beherrscht. »Sie glauben einfach nicht, dass man sich solche Verletzungen zuziehen kann, wenn man eine Treppe hinunterfällt. Wie mir gesagt wurde, sieht es eher nach einer schlimmen Quetschung aus, aber das wissen Sie ja vermutlich schon.« Langsam schloss er die Finger um seinen Gehstock.

Ihre Bluse klebte Marion am Rücken, die Haare lagen feucht an ihrer Stirn. Was immer sie jetzt antwortete, könnte ihr Schicksal besiegeln. Ihres und Bills und vielleicht sogar Davids. Sie beschloss, stattdessen einfach zu schweigen.

Der Professor nickte. Dann erhob er sich auf seinen Gehstock gestützt und schritt zu seinem Schreibtisch, wo er eine Schublade öffnete. Daraus holte er eine gelbe Akte hervor. Marion klopfte das Herz bis zum Hals, als sie erkannte, was es war – ihr vierteljährlicher Sachstandsbericht.

»Ich nehme an, an den hier haben Sie gar nicht mehr gedacht«, sagte er und hielt ihr die Akte hin.

Marion öffnete sie. Die erste Seite war eine Zusammenfassung ihrer Leistungen seit ihrer Anwerbung. Auch ohne ins Detail zu gehen, war eindeutig zu erkennen, dass sich ihre Arbeitsmoral seit dem vierzehnten April (dem Tag, an dem Michelle Whites Tod bekannt geworden war) drastisch verschlechtert hatte. Sie blätterte zu Seite zwei: »Sachstandsbericht, Informationsabteilung.« Sie spürte den Blick des Professors auf sich. Er wusste, was sie gerade las. Sie überflog Edgar Swindlehursts Bericht: »... versäumt, Charakterprofile des Ehepaars Tucker in angemessener Qualität anzuliefern, was zum Abzug vom Fall des Brandschatzers geführt hat.«

Sie schloss die Akte. Ihre Wangen brannten vor Scham, vor Frustration, vor Wut. Am liebsten hätte sie mit beiden Fäusten gegen die Wand gehämmert. Sie war wütend auf sich selbst. Ihre Unfähigkeit hatte dazu geführt, dass man sie vom wichtigsten Fall der Detektei abgezogen hatte, was bedeutete, dass sie dreimal so hart würde arbeiten müssen, um noch eine Chance darauf zu haben, ihre Ausbildung beenden zu können, ohne vorher entlassen zu werden. Vor allem ärgerte sie sich jedoch darüber, dass Gillroth ihren Bericht nicht dorthin gelegt hatte, wohin diese Berichte gehörten, nämlich in ein dafür vorgesehenes Fach am Ende des Großen Gangs. Stattdessen hatte er ihn ihr hier und jetzt gegeben, in seinem Büro, vor ihm, isoliert, in die Ecke gedrängt. Sie fühlte sich manipuliert, genötigt.

Nur, warum?

Konnte er wissen, dass sie Franks Verhandlung mit angehört und belauscht hatte, was Gillroth und Nancy am Ende zueinander gesagt hatten? Vielleicht hoffte er, dass sie es sich noch einmal überlegen und sich lieber doch nicht in den White-Fall einmischen würde, wenn er sie mit ihrem jämmerlichen Sachstandsbericht konfrontierte. Nun, da irrte er sich.

»Wie es das Protokoll vorsieht, werde ich den Bericht an den Leiter des Ausbildungsprogramms weitergeben«, fuhr Gillroth fort. »Leider kann Mr Stone seine Pflichten derzeit nicht wahrnehmen.« Wieder hielt er inne, um ihre Reaktion abzuschätzen. Irgendwie musste sie sich verraten und vielleicht ein Anzeichen von Angst oder Ablehnung gezeigt haben, denn was Gillroth als Nächstes sagte, wies darauf hin, dass er weit mehr über ihr Dilemma wusste, als er sich bisher hatte anmerken lassen: »Ich verstehe das, Miss Lane. Das tue ich wirklich, aber wie schon gesagt, bitte vergessen Sie nicht, warum Sie hier sind. Man hat Ihnen die Möglichkeit gegeben, ein Inquirer zu werden. Ihre Ausbildung zu Ende zu bringen. Mehr wird nicht von Ihnen erwartet.« Sein Blick war in die Ferne gerichtet, vielleicht auf eine Erinnerung, und ein Schatten huschte über sein Gesicht. »Es tut mir leid, dass die Dinge sind, wie sie sind«, fügte er so leise hinzu, dass sie es kaum verstand. »Trotzdem müssen Sie vorsichtig sein. Sie müssen alles vergessen, was Sie gehört haben.«

Vierzehn

DAS ZUVOR

Der Tag, an dem man Marion als Lehrling bei Miss Brickett's angeworben hatte, war ein Sonntag gewesen, vier Tage nach Weihnachten, vor vier Monaten. Es war ein ganz besonders kalter Morgen, der Himmel war grau und die Straße vor der Willow Street 16 nass vom Schneeregen.

Dolores war unten und schmückte das Wohnzimmer mit Luftschlangen und frisch abgestaubten Plastikblumen aus dem Vorratsschrank für diesen ganz besonderen Anlass. Ein Tablett mit Scones wurde aus dem Ofen geholt, und eine Schale voll frischer Sahne zu perfekter Fluffigkeit aufgeschlagen. Es würde ein Nachmittag wie kein anderer sein – Mr Smithers, Inhaber von Smithers Möbel und Zubehör, war auf dem Weg. Wie abgesprochen würde er Marion einen Antrag machen und ihr damit nicht nur einen Ausweg aus ihrem glanzlosen Dasein, sondern auch einen Lebenssinn geben. Sie würde Ehefrau und Mutter werden, endlich ein nutzbringender Mensch sein – oder jedenfalls versicherte ihr das Dolores unablässig. Kein noch so kleiner Teil ihrer selbst wollte das, was Mr Smithers ihr anbot, trotzdem war Marion relativ sicher, dass das Leben, das sie erwartete, auch nicht schlechter sein würde als das, das sie hinter sich ließ.

Doch von irgendwo tief unter den schmutzigen Straßen Londons, Meilen unterhalb der gewöhnlichen, alltäglichen

Welt, war noch eine andere Möglichkeit auf dem Weg zu ihr.

Marion sah aus dem Fenster, als ein Mann mit einem Bowler und in einem Chesterfield-Mantel die Willow Street herunterkam. In der Hand hielt er etwas, das wie eine Taschenuhr aussah. Sofort wusste sie, wer das war, und sein Anblick entzündete einen Hoffnungsfunken in ihr. Irgendwie schien Frank Stone immer genau dann aufzutauchen, wenn sie ihn am dringendsten brauchte.

»Du bist zu Hause, wie schön«, sagte er, als Marion ihm die Tür öffnete. Lächelnd tippte er sich an den Hut und sah sie aus seinen funkelnden grauen Augen an.

Schweigend starrte sie ihn an, während eine Reihe von Erinnerungen vor ihrem inneren Auge vorbeihuschte: das erste Mal, als sie einander begegnet waren, an einem kalten und versmogten Abend im Jahr 1948, nachdem er Alice von der Fabrik nach Hause begleitet hatte, in der sie vierzehn Stunden am Tag, sechs Tage die Woche gearbeitet hatte. Alice hatte ihn ihr als Freund vorgestellt, doch an dem Leuchten in den Augen ihrer Mutter hatte Marion erkannt, dass da einmal mehr als Freundschaft gewesen sein musste und vielleicht auch immer noch war. Sie hatte Frank an ihrem fünfzehnten und sechzehnten Geburtstag gesehen, und dann kurz danach bei Alice' Beerdigung. Damals hatte er ihr die Hand auf die Schulter gelegt und ihr versprochen, dass die Dinge wieder besser werden würden. Er hatte ihr versprochen, dass sie nicht allein war und dass er da sein würde, wann immer sie ihn brauchte.

Danach hatte sie oft an ihn gedacht und war jedes Mal von einer Art Sehnsucht überwältigt worden, die sie nicht ganz verstand. Sie fragte sich, ob es so war, weil er einem Vater in ihrem Leben immer noch am nächsten kam oder weil sein Anblick sie an glücklichere Tage erinnerte. An die Tage, an denen Alice so voller Leben gewesen zu sein schien. So voller Hoffnung.

Frank hatte zu seinem Wort gestanden und war im Laufe der folgenden sieben Jahre immer dann in der Willow Street 16 aufgetaucht, wenn die Lage besonders schwierig oder verzweifelt geworden war. Eine willkommene Unterbrechung ihrer Sorgen. Als er also an diesem Tag im Dezember plötzlich vor ihrer Tür stand, hatte sie unwillkürlich den Eindruck, dass sein Besuch etwas mit Mr Smithers und seinem drohenden Antrag zu tun hatte. Und mit dem dumpfen Grauen, das sie deswegen empfand.

»Bitte entschuldige diesen Überfall«, sagte er und warf einen Blick über ihre Schulter auf die Plastikblumen im Hausflur. »Aber ich habe etwas, das dich vielleicht interessiert.« Er reichte ihr einen blütenweißen Umschlag und erklärte, dass dieser Umschlag ein Stellenangebot eines lokalen Buchladens enthielt. Eine Position, für die Marion wärmstens empfohlen worden war. Von wem, sagte er allerdings nicht. Auch weitere Details verriet er nicht, versicherte ihr aber, dass in dem Brief alles erklärt werden würde – und bei einem Vorstellungsgespräch, das an diesem Nachmittag um genau halb zwei im Buchladen stattfinden sollte. »Ach, und, Marion«, fügte er noch hinzu, als er sich schon zum Gehen wenden wollte, »bring deine Werkzeugtasche mit, nur für alle Fälle.«

»Werkzeugtasche?« Marion runzelte die Stirn.

»Ja, meine Liebe. Die Ledermappe, die Felix dir gegeben hat.« Er lächelte, tippte sich an den Hut und war schon wieder verschwunden.

Obwohl die Begegnung so kurz und verwirrend gewesen war, konnte Marion an nichts anderes mehr denken, und sie wartete gerade so lange, bis sich der immer dichter werdende Nebel um Frank geschlossen hatte, bevor sie den Briefumschlag mit einem Buttermesser aufschlitzte. Das Papier darin war jedoch leer.

Fast eine Stunde lang untersuchte sie das leere Blatt, nervös und ganz durcheinander. Sie wusste, dass Frank eine Ader für das Geheimnisvolle hatte, aber es steckte immer etwas dahinter. Das Papier mochte leer erscheinen, konnte es jedoch nicht sein. Nicht ganz.

Sie untersuchte den Brief näher, genauer. Und dann sah sie es: eine winzige Schrift ganz unten rechts in der Ecke: »Ein bisschen Hitze, und schon funktioniert es.«

Marion las die Zeile mehrere Male und versuchte, sich einen Reim darauf zu machen. Dann begriff sie. Sie fegte ihren Nachttisch leer und schaltete die alte Leselampe darauf ein. Dann hielt sie den Brief direkt unter die Glühbirne und wartete.

Nichts geschah.

Die Hitze der Glühbirne drang durch das Papier und erwärmte das Blut, das durch ihre Fingerspitzen pochte. Eine Minute verging. Zwei. Das Papier war mittlerweile so heiß, dass Marion schon glaubte, es würde jeden Moment in Flammen aufgehen. Volle fünf Minuten verstrichen, bis sich an den Rändern eine fast unsichtbare Schicht abzulösen begann. Vorsichtig zupfte und kratzte Marion daran herum, bis sie eine Ecke zu fassen bekam, dann, wie tote Haut von einer Blase, zog sie den Film von dem Papier ab.

Sie warf das merkwürdige Material beiseite, und genau wie erhofft war darunter der echte Brief zum Vorschein gekommen:

Liebe Miss Lane,

herzlichen Glückwunsch zu Ihrer Auswahl!

Bitte folgen Sie den Richtungsanweisungen zu Ihrem Vorstellungsgespräch bei Miss Brickett's gebrauchte Bücher & Kuriositäten (siehe unten).

Wir erwarten Sie im Buchladen um Punkt 13.30 Uhr.

Bei Zuspätkommen wird kein neuer Termin angesetzt werden.

Ohne zu zögern, steckte Marion den Brief in ihre Handtasche, zusammen mit der Ledermappe, von der Frank ihr nahegelegt hatte, sie solle sie mitnehmen. Rasch kämmte sie sich das Haar, zog sich einen Mantel über und schlich die Treppe hinunter zur Eingangstür.

Dolores würde einen hysterischen Anfall bekommen, sobald sie bemerkte, dass sich Marion kurz vor Mr Smithers Ankunft davongeschlichen hatte, aber in ihrem Inneren wusste sie, dass dies die Chance war, auf die sie gewartet hatte. Eine Chance, die sie nicht verpassen durfte.

Viel zu früh kam sie beim Buchladen an. Es war ein komischer Bau – ziemlich heruntergekommen. Der schwarze Lack blätterte von den Fensterrahmen, trotzdem zog der Laden sie merkwürdig an. Sie versuchte, durch die Fenster hineinzuspähen, aber die Milchglasscheiben gaben nichts preis. Mehrmals klopfte sie an die schmiedeeiserne Tür. Niemand öffnete. Schließlich versuchte sie, den Türknauf zu drehen, und dabei fiel ihr das geradezu demonstrativ große (und völlig unpassende) Vorhängeschloss aus Messing auf. Dem Brief zufolge sollte sie den Buchladen um Punkt halb zwei betreten, sonst würde es kein Vorstellungsgespräch geben. Wieder musterte sie das Vorhängeschloss, dieses Mal näher. Genau genommen kam es ihr eher wie eine Art Rätsel vor, eine Reihe von Symbolen und Knöpfen, die man in unterschiedlichen Abfolgen anordnen konnte, von denen eine sehr wahrscheinlich den Zugang zum Buchladen freigeben würde.

Bebend holte sie Luft. Die Zeit glitt ihr durch die Finger. Ganz eindeutig entging ihr etwas. Es musste einen Weg geben, die richtige Abfolge herauszufinden, aber was Rätsel anging, war sie ein hoffnungsloser Fall. Was, wenn sie einen Fehler machte? Würde sie eine zweite Chance bekommen? Sie dachte über die einzige andere Möglichkeit nach – in gewisser Weise hatte Frank selbst ihr diesen Vorschlag gemacht.

Sie ließ ihre Handtasche auf den Bürgersteig fallen und drehte das Vorhängeschloss um, neigte es zur Seite und betrachtete es im schwachen Winterlicht. Und da war es. Eine Linie. Eine fast unsichtbare Naht an der Rückseite des Schlosses. Sie strich mit dem Finger an der Kante entlang, bis sie fand, worauf sie gehofft hatte. Ein Loch. Und sicher darin verborgen ein Pentagon-Verschlusskopf, je einer an beiden Enden der Naht. Diese Verschlussköpfe waren manipulationssicher und verdammt schwer zu entfernen. Es sei denn natürlich, man hatte das richtige Werkzeug dafür.

Sie kniete sich auf die Kopfsteinpflasterstraße und kramte inmitten des Durcheinanders aus Lippenstift, Haarnadeln, Taschentüchern und Münzen in ihrer Tasche nach der kleinen Lederrollmappe, die eine Sammlung kompakter kleiner Werkzeuge enthielt. Sie zog einen Spanner heraus, der zu dieser Aufgabe passte, und so schnell sie es trotz ihrer zitternden Finger konnte, löste sie den Verschlusskopf aus der Verankerung. Dasselbe wiederholte sie mit dem zweiten Verschlusskopf, woraufhin das Vorhängeschloss auf einmal nicht mehr war als die Summe seiner Einzelteile.

Etwas regte sich im Buchladen. Ohne auf das Prickeln in ihrem Nacken zu achten, hob sie rasch den Schlüssel auf, der aus dem Vorhängeschloss auf das Pflaster gefallen war, und öffnete endlich die Tür des Buchladens. Das leise Klingeln einer Glocke erklang, als sie eintrat.

»Was zum …?« Eine große, schlanke Gestalt tauchte aus der dunkelsten Ecke des Ladens auf. Der junge Mann konnte nicht älter sein als Marion selbst, allerdings war er gleich mehrere Köpfe größer als sie, wenn auch kaum breiter. »Wer bist du?«

»Ich bin … zum Vorstellungsgespräch hier«, stotterte sie und begriff im selben Moment, wie merkwürdig sich das anhören musste. »Frank Stone hat mich geschickt.« Ihr Herz schlug unruhig, und sie spürte das Pochen in der Kehle. War das ein Fehler gewesen? Würde man sie verhaften, weil sie hier eingebrochen war? Oh, was würde Dolores dazu sagen!

Der dünne Mann drehte sich um, und es hörte sich so an, als würde sich jemand von tief aus dem Laden nähern.

»Verdammter Mist«, sagte er, als er zu begreifen schien. »Du bist die neue Rekrutin, richtig?«

»Tja, ich denke schon«, antwortete Marion unsicher. »Rekrutin« war ein ziemlich ungewöhnlicher Begriff für eine Assistentin in einem Buchladen.

Der dünne Mann sah auf seine Uhr, dann auf die Tür, die nun offen im Wind schwang. Seine Hände begannen zu zittern. »Gott! Du hast es kaputt gemacht!«

Stirnrunzelnd sah Marion auf das zerlegte Schloss in ihrer Hand hinab. »Das Schloss? Nein, habe ich nicht. Ich habe es nur auseinandergebaut.«

Inzwischen konnte es keinen Zweifel mehr daran geben, dass sich noch jemand im Buchladen befand und dass dieser Jemand gar nicht mehr weit weg war. Irgendwo hinter dem Sekretär vielleicht.

»Hey«, sagte der dünne Mann eindringlich. »Sieh lieber zu, dass du das Schloss wieder zusammensetzt, bevor er hier hochkommt, sonst wirst du sicher nicht angeheuert, und wer weiß, wahrscheinlich werde ich dann gefeuert …«

»Wer? Wer kommt von wo hier hoch?«

»Mach schon!«, drängte er. »Du solltest den Code knacken, nicht das Schloss kaputt machen. Wenn sie sehen, dass es hinüber ist, stellen sie dich nicht ein.« Damit kehrte der dünne Mann in den hinteren Teil des Ladens zurück. »Verdammt, er ist gleich hier. Beeil dich!«

Daraufhin verschwand er in den Schatten hinter dem Sekretär. Eine gedämpfte, ärgerliche Stimme drang von irgendwoher heran. »Hobb? Sind Sie das? Was ist da los? Machen Sie auf!« Das Poltern von Holz, dann etwas, das zu Boden fiel. Endlich erwachte Marion aus ihrer Starre und machte sich an dem Vorhängeschloss zu schaffen. Mit zitternden Fingern versuchte sie verzweifelt, das Stück wieder zusammenzubauen.

Der letzte Bolzen war noch nicht ganz festgezogen, als ein lautes Krachen erscholl, gefolgt von gedämpftem Protest. Dann tauchte der dünne Mann wieder auf und hinter ihm ein weiterer, um einiges runderer und aufgebracht wirkender Mann im mittleren Alter. Er trug eine karierte Weste und eine Cordhose.

Er ließ den Blick über die Szene vor sich schweifen: die offene Buchladentür, Marion, die auf der Schwelle stand, das offene Messingschloss in ihrer Hand, und der draußen auf dem Kopfsteinpflaster verteilte Inhalt ihrer Handtasche. »Ich verstehe …«, sagte er nach einer Weile. »Miss Lane, richtig?« Er kam auf sie zu. »Genau pünktlich.«

»Tag, Sir«, murmelte Marion, brachte jedoch nicht mehr heraus.

»Dann haben Sie das Rätsel also gelöst?«

»Ja, war ganz einfach«, log Marion und reichte dem korpulenten Mann das Vorhängeschloss, wobei sie stumm betete, dass ihm der zweite, noch nicht ganz festgezogene Bolzen nicht auffallen würde.

Schweigend betrachtete er das Schloss und wandte sich dann an den dünnen Mann hinter ihm, der wenig überzeugend lächelte und bestätigte: »Sie war sehr schnell. Wirklich brillant.«

Woraufhin sich die forschende Miene des runden Mannes endlich entspannte. »Sehr gut. Nun dann«, sagte er in schon etwas fröhlicherem Tonfall. »Willkommen, Miss Lane!« Er streckte ihr die Hand entgegen. »Rupert Nicholas, Sicherheitschef. Und das hier«, er winkte den dünnen Mann zu sich, »ist William Hobb, Lehrling im ersten Jahr.« Er versetzte Hobb einen letzten argwöhnischen Blick. »Ich schätze, Sie beide werden sich bestens verstehen. Nun sammeln Sie bitte

Ihre Sachen zusammen, Miss Lane, Ihr Vorstellungsgespräch wird in meinem Büro stattfinden. Folgen Sie mir.« Woraufhin er wieder im dämmrigen hinteren Teil des Buchladens verschwand.

Marion strahlte. Wieder schlug ihr das Herz bis zum Hals, nun nicht mehr aus Angst oder Nervosität, sondern vor Aufregung. Während sie Rupert Nicholas und William Hobb um den Sekretär herum und durch die Falltür folgte, erkannte sie, dass ihr langweiliges, gewöhnliches Leben im Begriff war, sich zu verändern. Ihr ganzer Körper prickelte vor Vorfreude, als sie den Großen Gang betrat und ihre strahlende neue Umgebung in sich aufnahm – die riesigen Marmorsäulen, die gewaltige Bibliothek mit den vergoldeten Regalen, die Werkstatt mit ihren wundersamen Erfindungen. All das verbarg sich unter dem grauen, gewöhnlichen London. Sie konnte nicht glauben, dass sie, die sich nie einzigartig oder in irgendeiner Hinsicht besonders gefunden hatte, auserwählt worden war, um Teil dieser neuen Realität zu werden. Es war wie ein Traum, ein Traum, der hoffentlich nie enden würde.

Und natürlich wusste sie, dass es kein Zufall gewesen war, dass Frank ihr an genau dem Tag das Anwerbungsschreiben überbracht hatte, an dem Mr Smithers ihr einen Antrag hätte machen sollen. Frank hatte sein Versprechen, das er Marion bei der Beerdigung ihrer Mutter gegeben hatte, tatsächlich gehalten. Er war für Marion da gewesen, wann immer sie ihn gebraucht hatte. Nun war es an der Zeit, sich erkenntlich zu zeigen.

Fünfzehn

UNTER DEM PAUSENRAUM

Marion verließ Gillroths Büro und eilte zurück in ihr Zimmer im Mitarbeitertrakt. Immer noch pulsierte die Scham durch ihren ganzen Körper, wenn sie daran dachte, wie sehr ihre Leistungen in den wenigen vergangenen Wochen zu wünschen übrig ließen. Sosehr sie sich jedoch wünschte, eines Tages ein Inquirer zu sein – was hätte das alles für einen Sinn, wenn es bedeutete, dass Frank, der Mensch, der ihr die Augen geöffnet und ihr diese Geheimorganisation gezeigt hatte, nicht mehr bei ihr war? Ob Gillroth sie mit seiner Warnung nun hatte beschützen oder abschrecken wollen, wusste sie nicht, aber in beiden Fällen konnte dies alles nur eines zu bedeuten haben: Er wusste, dass sie nah dran war, ein Geheimnis aufzudecken.

Ihr war durchaus bewusst, dass sie mit jedem weiteren Schritt, den sie unternahm, um die Wahrheit hinter dem Mord an Michelle aufzudecken, eine Folge von Ereignissen in Gang setzen könnte, die sie nicht wieder stoppen konnte. Trotzdem stand sie zu tief in Franks Schuld, um auch nur in Betracht zu ziehen, es einfach sein zu lassen.

Als sie bei ihrem Zimmer ankam, fand sie dort Bill, der im Gang auf und ab lief.

»Mensch, wo warst du denn? Ich warte hier schon seit fast einer halben Stunde.«

Marion legte sich einen Finger an die Lippen. »Komm«, flüsterte sie, schloss ihre Tür auf und zog ihn hinein.

»Mari, ich muss dir was sagen«, setzte Bill an, doch Marion unterbrach ihn.

»Ich habe es gefunden.« Sie holte das Pergament und das Monokel unter ihrem Bett hervor und legte beides auf das Nachttischchen. »Setz das mal auf.« Sie deutete auf das Monokel. Bill wirkte unsicher, als gäbe es da wichtigere Dinge, die sie zu tun hatten. Trotzdem setzte er das Monokel schließlich auf und untersuchte die Karte. »Da ist ein Strich«, erklärte Marion und fuhr mit dem Finger den mit einem Stift gezeichneten Pfeil nach, den sie vorhin entdeckt hatte. »Aber er ist mit gewöhnlicher Tinte gezogen, weshalb man ihn durch das Monokel fast nicht sehen kann.«

Bill nickte. »Ja, ich meine … ich sehe, dass da irgendwas ist. Und was ist das? ›Zur Grenze. Zur Wahrheit‹«, wiederholte er das, was unter dem Pfeil stand.

»Folge meinem Finger«, sagte Marion und zeichnete die Linie von einem Ende zum anderen nach. »Wohin führt die Linie? Was verbindet sie?«

»Sieht aus wie ein Pfeil. Er setzt ein Stück hinter der Grenze an und … verläuft direkt darüber bis zum … ist das der Pausenraum?«

»Ja. Das denke ich auch.« Sicher war sich Marion nicht gewesen, aber sie hatte auch vermutet, dass der Pfeil auf den Pausenraum der Inquirer deutete, südöstlich vom Großen Gang.

»Warte mal.« Bill hob die Karte näher an die Monokellinse. »Nein, das ist nicht der Pausenraum. Es ist irgendwas darunter.« Er nahm das Monokel ab und sah Marion an. »Wissen wir, was da unten ist?«

»Eine Art Keller vielleicht?«

Bill schwieg. Die Gaslaterne zwischen ihnen zischte. Das Echo ferner Stimmen erfüllte die Stille: Inquirer und Lehrlinge, die ihren alltäglichen Pflichten nachgingen. Die sich mit ihren Schichten beschäftigten, mit defekten Distraktoren, gemein verknoteten Schlingstricken und Fällen in der Außenwelt. Wie weit weg das alles auf einmal zu sein schien.

»Ich glaube, der Pfeil stellt einen Korridor dar, der die beiden Endpunkte miteinander verbindet«, fuhr Marion fort. *»Zur Grenze. Zur Wahrheit.«*

»Glaubst du, White hat den Pfeil gezeichnet? Oder irgendjemand vor ihr?«

Diese Frage hatte sich Marion auch schon gestellt, aber natürlich wusste sie es nicht. Mit ziemlicher Sicherheit zeigte der Pfeil jedoch eine alternative Route, die von der Detektei zu dem führte, was in den Tunneln jenseits der Grenze lag, eine Route, die Whites Büro und die gefährlichen Korridore dahinter umging. »Ich glaube, das spielt keine Rolle. Wichtiger ist, dass dieser Pfeil wahrscheinlich genau das ist, worum sich White solche Sorgen gemacht hat. Sie hat angenommen, dass derjenige, der im Besitz der Karte ist, diesen Gang entdecken würde. Also nicht das Geheimnis selbst, sondern den Weg dorthin.«

Darüber schien Bill nachzudenken, er sagte jedoch nichts. Stattdessen schob er die Karte beiseite.

»Was ist los? Glaubst du das nicht?«

»Nein, darum geht es nicht.« Er holte tief Luft. »Wo warst du gerade eben?«

»In Gillroths Büro«, gab Marion ungeduldig zurück, weil das jetzt wirklich nichts zur Sache tat. »Warum?«

Bills Augen wurden groß. »Sag nicht, du bist da eingebrochen …«

»Natürlich nicht. Er wollte mit mir sprechen. Anscheinend glaubt er unsere Geschichte nicht, dass David die Treppe runtergefallen ist.«

»Verdammt! Bist du sicher?« Da war es wieder, das Fingertippen. Daumen gegen Mittelfinger, Mittelfinger gegen Daumen. »Was hat er sonst noch gesagt?«

»Dass mein Sachstandsbericht so richtig mies ist. Hast du deinen übrigens schon bekommen?«

Er nickte. »Der ist ganz in Ordnung. Wird mir allerdings keine Beförderung oder so eintragen.« Er musterte Marion, und sein Blick wirkte fast verblüfft.

»Was ist?«

»Du bist so … Diese Seite kenne ich gar nicht an dir. Eigentlich finde ich sie sogar gut, wenn wir nicht beide am Ende gefeuert werden. Oder Schlimmeres.«

»Wie meinst du das?«

Bill stand auf. »Als ich heute Morgen mit Jessica in der Technischen Abteilung gearbeitet habe, hat uns jemand einen Besuch abgestattet. Nicholas. Er hat eine ganze Menge Fragen über dich gestellt.«

»Was denn für Fragen?« Ihr Puls raste, fast zu schnell, um die einzelnen Herzschläge noch fühlen zu können.

»Wo du bist, warum du heute Morgen nicht zu deiner Schicht in der Informationsabteilung aufgetaucht bist. Weißt du überhaupt, dass du in der Informationsabteilung eingeteilt warst?«

»Ich habe heute nicht auf meinen Arbeitsplan geschaut.« Ihre Stimme bebte. Nicht nur Bill, auch sie selbst kannte diese Seite an sich nicht, was zugleich befreiend und verwirrend war.

»Okay, na ja«, nahm Bill den Faden wieder auf. »Er hat jedenfalls gesagt, dass er dich im Blick behält und dass ich dir das ausrichten soll. Ich soll dich daran erinnern, dass dein Ausbildungsplatz bei Miss Brickett's dir keine Stellung garantiert.« Bills Miene wirkte angespannt, fast verzweifelt. »Mari, ich glaube, Nicholas hat den Verdacht, dass wir uns in die Ermittlung einmischen.«

»Woher sollte er das wissen?«

»Er ist der Sicherheitschef hier, Mari. Es ist sein Job, so was zu wissen – Davids Verletzung, deine verpassten Schichten, deine Verbindung zu Frank. Er braucht nur noch einen Beweis, und wir sind gefeuert. Oder du zumindest.«

Marion schwieg.

»Das macht dir gar nichts aus?«

»Natürlich macht mir das etwas aus, Bill. Das hatten wir doch schon. Ich wünschte, es gäbe einen anderen Weg. Ich wünschte, ich müsste mich in das alles nicht einmischen. Aber ich kann nicht einfach herumsitzen und nichts tun. Ist dir klar, was mit Frank passiert, wenn er wegen Mordes schuldig gesprochen wird?« Sie wartete seine Antwort nicht ab, sie wollte nicht daran denken. »Ich muss diesen Gang unter dem Pausenraum finden und nachsehen, wohin er führt. Wenn ich herausbekommen kann, was Nancy und Gillroth da unten verstecken, dann verstehe ich vielleicht auch, was das alles mit dem Mord an White zu tun hat.«

Zur Wahrheit.

Bill fuhr sich durchs Haar. Er war hin- und hergerissen, das war deutlich. Weder Frank noch die Ermittlungen waren ihm gleichgültig, und natürlich war Marion ihm wichtig. Allerdings vermutete Marion, dass Nicholas' Drohung auch ihn um seine Zukunft bei der Detektei fürchten ließ und dass er sich Sorgen machte, was aus ihm werden sollte, wenn er sich noch tiefer in die Sache hineinziehen ließ.

Endlich schien er eine Entscheidung getroffen zu haben. Er sammelte sich, straffte die Schultern. »Wenn wir damit weitermachen wollen, dann dürfen wir nicht unvorsichtig sein. Du nützt Frank gar nichts, wenn du rausgeschmissen wirst. Außerdem, wenn man dich feuert, dann ganz sicher auch mich.«

Trotz des noch immer anhaltenden Entsetzens, trotz der Erschöpfung und der Schuldgefühle war Marion erleichtert. Natürlich hätte sie es verstanden, wenn Bill beschlossen hätte, dass er mit der Sache nichts mehr zu tun haben wollte, aber ohne ihn und seine kühle Logik würde sie bald einfach zusammenklappen. Sie brauchte ihn mehr, als ihr bewusst gewesen war. Sie umarmte ihn. »Okay, ja, du hast recht.«

Mit einem Anflug von Ungeduld öffnete Bill seine Aktentasche. »Gut. Weil du in einer halben Stunde nämlich in der Registratur sein musst.« Er reichte ihr einen Arbeitsplan, den sie als ihren eigenen identifizierte. »Ich war so frei, den heute Morgen aus dem Großen Gang mitzunehmen. Wenn wir in den Pausenraum wollen, dann ist jetzt jedenfalls nicht der richtige Zeitpunkt dafür.«

Darüber diskutierten sie eine Weile. Wenn sie in den Pausenraum – zu dem Lehrlinge keinen Zutritt hatten – hineinkommen wollten, ohne gesehen zu werden oder Verdacht zu erregen, dann würden sie es tun müssen, wenn keine Inquirer dort waren, so viel war ihnen klar.

Bill zog seinen eigenen Arbeitsplan hervor. »Du darfst heute nicht noch mehr Schichten verpassen, aber während der Mittagszeit hat es auch keinen Sinn, dann ist der Pausenraum immer völlig überfüllt.«

»Also heute Abend?«

Bill gab einen ablehnenden Laut von sich. »Nein. Der Pausenraum ist wie unser Gemeinschaftsraum. Alle Inquirer, die gerade nicht im Dienst sind, hängen dort rum.«

»Wann denn dann?« Marion rieb sich die Schläfen. Da brauten sich Kopfschmerzen zusammen, die ihr das Denken schwer machten. »Während dem wöchentlichen Briefing für alle Inquirer im Auditorium. Am Donnerstagmorgen.«

»Donnerstagmorgen? Aber da haben wir Einsatztraining im Außenbüro. Wir beide.«

An jedem zweiten Donnerstag um acht wurden die Lehrlinge zu einem dreistündigen Einsatztraining bei Frank erwartet – dieser Unterricht sollte ihre Fähigkeiten im Umgang mit ihrer Spezialausrüstung, ihre Listigkeit und Gewandtheit auf die Probe stellen. Marion wusste nicht, wer das Training nun an Franks Stelle abhalten sollte, doch abgesagt würde es sicher nicht werden.

»Stimmt«, räumte Bill nachdenklich ein. »Es sei denn, wir können an zwei Orten gleichzeitig sein.«

Nach einem schier endlosen und frustrierenden Mittwoch besprachen Marion und Bill ihren Plan noch einmal früh am Donnerstagmorgen in der Kantine.

»Dir bleibt höchstens eine Stunde«, sagte Bill und reichte Marion einen Kaffee. »Wer auch immer das Training leitet, irgendwann wird er oder sie sicher misstrauisch.«

»Ist gut. Und was ist mit Nicholas? Der wird nicht beim Briefing für die Inquirer dabei sein, und er sitzt mir immer noch im Nacken …«

»Nein, da hast du recht.« Bill dachte kurz nach. »Aber da habe ich eine Idee. Lass mich mal machen«, fügte er rasch hinzu, als Marion den Mund öffnete, um zu protestieren. »Nicholas auszutricksen ist meine Spezialität, weißt du noch?«

Marion lächelte und drückte ihm die Hand. »Wie könnte ich das vergessen.«

Das »Außenbüro« war trotz seines eher banalen Namens ein ausgefeiltes Warenlager voller Trickserelen. Eine zwei Stockwerke umfassende Konstruktion, die einem großen Haus nachempfunden war. Jenseits des Foyers des »Hauses« befand sich eine Reihe von zehn Türen, hinter denen mehrere Räume, Korridore und Flure lagen. Und überall lauerten Fallen – lose Dielenbretter, unsichtbare Stolperdrähte, Kameras, Mikrofone –, die verhindern sollten, dass die Lehrlinge unbeschadet durch das Gebäude kamen.

Für Marion war das Einsatztraining immer eher spaßig als herausfordernd gewesen. Sie war leichtfüßig und aufmerksam, und sie hatte ein Talent dafür, Fallstricke und versteckte Kameras aufzuspüren. An diesem Tag war alles jedoch etwas komplizierter. Ihre Nerven waren jetzt schon zum Zerreißen gespannt.

Bill sah auf die Uhr, während Marion und er vor dem Foyer warteten. »Wir sind zehn Minuten zu spät, das sollte reichen.«

Marion nickte. Wahrscheinlich wirkte sie selbstsicherer, als sie sich fühlte. »Viel Glück!«

Bill lächelte. »Das klappt schon. Glaub mir.«

Sie durchquerten das Foyer und gingen auf die Türreihe zu, wo sich Aida Rakes und die anderen Lehrlinge im ersten Jahr (außer David, der immer noch nicht aus dem Krankenhaus zurückgekehrt war) bereits versammelt hatten.

Bill stöhnte leise. »Ausgerechnet Rakes, hätte nicht schlimmer kommen können …«

Marion wurde noch nervöser. Rakes war während ihrer eigenen Ausbildung einfach brillant gewesen, und sie war nicht nur ihres starken Willens und ihrer scharfen Zunge wegen verehrt worden, sondern auch weil sie eine ausgezeichnete Beobachterin war – eine Fähigkeit, die sich mit zunehmendem Alter und zunehmender Erfahrung nur noch verbessert hatte, schätzte Marion. Es sprach nicht viel dafür, dass sie Rakes würden entwischen können, doch das war nicht das Einzige, was Marion zu schaffen machte. »Heißt das, dass sie nicht beim Briefing sein wird oder dass das Briefing verschoben wurde?« Da Rakes die Leiterin der Informationsabteilung war, kam es Marion seltsam vor, dass sie statt des Briefings das Einsatztraining leiten sollte.

Bill blieb keine Zeit zu antworten.

»Lane, Hobb«, rief Rakes ihnen zu und musterte sie von oben herab. »Wie schön, dass Sie sich auch endlich zu uns gesellen.« Sie warf einen Blick auf die Uhr und sah dann auf ihr Klemmbrett. »Ich schätze, Sie beide werden ein Paar bilden müssen, da ich alle anderen bereits zu Teams zusammengestellt habe.«

Marion und Bill tauschten einen raschen Blick. Es war

einer der grundlegendsten Bausteine ihres Plans, dass genau dies geschah – nur deswegen waren sie zu spät gekommen.

Rakes wandte sich an die gesamte Gruppe. »Gut. Lassen Sie uns anfangen. Jeder von Ihnen wird durch eine andere Tür geschickt.« Sie deutete auf die Türreihe hinter sich. »Wie Sie wissen, geht es darum, sich bis zur anderen Seite durchzuschlagen, ohne dabei einen Alarm auszulösen. Oder zumindest so wenige Alarme wie möglich. Und ohne einen Besuch auf der Krankenstation nötig zu machen.«

Bei diesen Worten wurde Jessicas Atem hörbar lauter – das Einsatztraining war nicht ihr Ding. »Gibt es dieses Mal wieder Giftpfeile?«, fragte sie, und Marion musste an einen Zwischenfall vor vier Wochen denken, als Jessica und sie beim Einsatztraining ein Paar gebildet hatten und Jessica eine ganze Reihe Pfeile ins Bein abbekommen hatte, nachdem sie über einen Stolperdraht gefallen war.

Rakes grinste, blieb die Antwort jedoch schuldig.

»Also ja«, schloss Jessica und sah Preston an, mit dem sie heute ein Team bildete. »Gott steh mir bei.«

Rakes öffnete einen schwarzen Kasten, der auf einer Bank neben ihr stand. »Ihnen ist es erlaubt, sich aus diesem Kasten einen Ausrüstungsgegenstand Ihrer Wahl für das Training zu nehmen. Wählen Sie klug.« Sie ließ die Lehrlinge vortreten.

Marion wählte einen Dietrich, Bill eine Leuchtkugel, dann nahmen die Lehrlinge ihre Plätze vor den ihnen zugewiesenen Türen ein, während Rakes hinter dem Lager verschwand.

»Hast du die Karte?«, fragte Bill leise. »Die wirst du vielleicht brauchen.«

Marion klopfte sich auf die Brusttasche.

»Okay, und vergiss nicht, dass das wahrscheinlich nicht so leicht wird, wie irgendeine Tür aufzubrechen«, ermahnte Bill sie mit Blick auf den Dietrich in ihrer Hand. »Wenn da wirklich etwas unter dem Pausenraum ist und du den Eingang findest, dann gibt es dort sicher Fallen.«

Fallen. Natürlich würde es die geben. Sie musste an Gillroths Büro denken und an den Hebel, an dem man hatte ziehen müssen, bevor man eintreten konnte. Und an Franks Büro und den Trethebel, auf den sie sich gestellt hatte, um die Tür zu öffnen.

»Stolperdrähte, Falltüren, keine Ahnung«, fuhr Bill fort. »Hier ist es nicht weiter schwer, an einen Dietrich heranzukommen, aber ich bezweifle, dass ein Türschloss das einzige Hindernis sein wird. Bist du bereit?«

Ein lauter Signalton erklang von der Decke. Die Lichter im Foyer wurden dunkler, und drei der Türen schwangen knarrend einen Spalt auf. Die Teams traten über die ihnen zugewiesene Schwelle. Bill und Marion ließen sich zurückfallen. »Okay«, sagte Bill. »Denk dran, höchstens eine Stunde.«

Marion nickte. Ihre Beine waren schwer und wollten sich nicht bewegen. »Ich räume dir alles so gut ich kann aus dem Weg«, fuhr er fort, »dann warte ich vor dem Ausgang auf dich.«

Marion zögerte. Auf einmal kam ihr diese Idee gar nicht mehr so toll vor.

»Mari! Los!«, rief Bill, der schon dabei war, einen Stolperdraht kurz hinter der Tür zu entschärfen.

Sie rannte aus dem Außenbüro und den Korridor entlang, der zum Westflügel der Detektei führte.

Gerade noch rechtzeitig sprang sie seitlich in einen Vorratsraum, als sie aufgeregte Stimmen durch den Gang auf sich zukommen hörte.

»… seien Sie nicht albern, wie kann es brennen? Das ist unmöglich«, sagte Nancy atemlos, als sie an dem Vorratsraum vorbeilief.

»Ich fürchte, ich habe es mit eigenen Augen gesehen«, antwortete Nicholas, der ihr folgte.

Marion wartete, bis beide wieder außer Hörweite waren, wobei sie noch ein paar letzte Gesprächsfetzen aufschnappte.

Irgendetwas über einen Zeitanzünder, der im Gemeinschaftsraum losgegangen war.

Sie erreichte das Ende des Großen Gangs, dann bog sie nach rechts in einen der kleinen Nebengänge ab. Vor einer schlichten Holztür blieb sie stehen – der Eingang zum Pausenraum. Sie hielt inne, lauschte auf Bewegungen, auf irgendein Geräusch, das anzeigte, dass nicht alle Inquirer bei dem Briefing waren.

Da war nichts, also drehte sie den Knauf. Es war nicht abgeschlossen.

Der Pausenraum war größer als der Gemeinschaftsraum der Lehrlinge und großzügiger ausgestattet. Sessel und Sofas gruppierten sich vor einem Kamin und um drei große Eichenholztische. Es gab auch eine kleine Küchenzeile. Der Raum war leer, alles war still. Marion durchquerte den Raum, wobei sie sich jede Bodendiele, jeden Zoll der Wand genau ansah, aber nirgends war etwas, das auf eine verborgene Tür hindeuten konnte.

Sie sah auf die Uhr. Fünfzehn Minuten waren bereits verstrichen.

Ein weiteres Mal schritt sie den Raum ab und ließ die Hände dabei über die Wände gleiten, tastete nach Rissen, Unebenheiten und Löchern. Wenn es hier tatsächlich eine verborgene Tür gab, dann musste sie sehr schwer zu finden sein. Dies war der Ort, an dem die Inquirer den Großteil ihrer Freizeit verbrachten, und wenn keinem von ihnen – erfahrene Ermittler, die darauf trainiert waren, zu sehen, was anderen entging – irgendetwas aufgefallen war, dann musste die Tarnung wirklich perfekt sein.

Es sei denn, man wusste, wonach man suchte.

Sie zog die Karte aus der Manteltasche, breitete sie auf ihrem Knie aus und fuhr die undeutliche Linie des Pfeils nach. Dann legte sie den Finger auf den Ursprung des Pfeils, hielt sich das Monokel vor ein Auge und betrachtete den gezeichneten Pausenraum durch die Linse. Der Pfeil schien irgendwo an der südöstlichen Wand anzusetzen. Sie ließ das Monokel wieder sinken und den Blick ein weiteres Mal durch den Raum schweifen.

Einen Moment lang hielt sie inne und versuchte, sich zu orientieren.

Südost.

»Der Große Gang liegt im Nordwesten von hier, also ...«, murmelte sie vor sich hin und drehte sich nach rechts, zum Kamin. Und da war es, ein kaum wahrnehmbarer Riss. Vorsichtig drückte sie an dieser Stelle gegen die Wand, und obwohl es sich so anfühlte, als könnte sie tatsächlich nachgeben, rührte sich nichts.

Wieder versuchte Marion es. Immer noch nichts.

Sie eilte zur Küchenzeile, holte sich ein stabiles Buttermesser und kehrte zur Wand zurück. Dort schob sie die Messerklinge in den Riss, den sie für eine verborgene Fuge hielt. Es kratzte, dann, als sie die Klinge noch tiefer in die Wand schob, erklang eine Art Schaben.

Endlich fühlte sie es, einen Widerstand, der unter leichtem Druck der Klinge fast sofort nachgab.

Eine Abfolge von leisen Klicklauten, dann etwas, das klang, als würde sich ein Rad drehen. Marion wich zurück. Langsam teilte sich die Wand in zwei Hälften und gab eine Lücke frei, die gerade breit genug für einen Menschen war und hinter der eine Leiter in die Erde hinabführte. Sie kniete sich hin und spähte in die Schwärze. Ein modriger Geruch wehte aus der scheinbar bodenlosen Tiefe herauf.

Marion stand wieder auf und ließ den Blick durch den Raum schweifen, bis sie fand, wonach sie suchte – einen Stapel Bücher auf einem der Beistelltische. Sie schnappte sich die oberen drei Bände und rannte zurück zu der Lücke. Rasch stellte sie sich an die Seite und warf das schwerste der drei Bücher in den Schacht hinter der Geheimtür.

Mit einem dumpfen Aufprall landete es unten. Nichts. Sie wartete weitere zehn Sekunden ab, dann hörte sie es – einen Chor leiser Wisperlaute unter sich. Sie musste nicht erst in den Schacht spähen, um zu wissen, was das war: Pfeile, jede Menge Pfeile, die unter ihr durch die Luft zischten. Schließlich verstummte das Wispern, woraufhin Marion auch das zweite Buch in den Schacht warf. Wieder wartete sie, dieses Mal kam jedoch nichts.

Völlig beruhigt war sie zwar nicht, aber sie hatte keine Zeit mehr zu verlieren, also kletterte sie die Leiter hinab in den Geheimschacht.

Die Leiter war viel kürzer, als sie erwartet hatte. Marion landete auf den beiden Büchern direkt unter der letzten Sprosse, dann, vorsichtig darauf bedacht, sonst nirgendwohin zu treten, tastete sie die Wand hinter sich ab, bis sie einen Lichtschalter fand. Es wurde hell um sie herum. Sie stand in einem kleinen, vollgestellten Kellerraum. Er war kalt, feucht und voller Spinnweben und Staub.

Ein kühler Luftzug streifte sie.

Marion erschauderte und trat auf die dunkelste, am weitesten von ihr entfernte Ecke des Raums zu. Die Wände waren kahl und aus schmutzigem, rauem Stein gehauen. Wie Marion erwartet hatte, war ein Teil der Wand zur Seite geglitten, um einen gewundenen Gang zu enthüllen, ein klaffender schwarzer Schlund, der durch die Schatten in die Tiefe führte – eine Abkürzung über die Grenze.

Sie probierte mehrere Lichtschalter aus und fand schließlich den richtigen, woraufhin eine Reihe von sanft schimmernden Lampen entlang der Tunnelwand aufglomm. Kurz blieb sie am Eingang des Tunnels stehen und dachte an die vielen Meilen massiven Felsens, die vor ihr lagen. Dann trat sie einen Schritt nach vorn. Ein weiterer Lufthauch strich über ihr Gesicht, ein fauliger Geruch wie von etwas längst Totem und Vergessenem.

Ein Schauer lief ihr den Rücken herunter, trotzdem ging sie weiter.

Sie spürte, wie die Wände um sie näher rückten. Trotz der Lampen konnte sie kaum sehen, was vor ihr lag. Sie lief schneller. Wenn sie nicht bald etwas fand, würde sie umkehren und es zu einem anderen Zeitpunkt noch einmal versuchen müssen.

Doch nach ein paar weiteren Yards sah sie es schließlich. Der Tunnel lief in einer Gabelung aus. Ein Gang führte weiter in die Dunkelheit, der andere endete an einem rostigen Metalltor. Es stand offen, und dahinter befand sich ein großer rechteckiger Raum. Sie trat ein. An den Wänden reihten sich Regale voller Gläser und Fläschchen und Behälter in allen Formen und Größen. Einige waren leer, die meisten jedoch enthielten wirbelnde Gase, ungewöhnlich geformte Steine und etwas, das nach Glaskugeln aussah. In manchen der Behälter schienen kostbare Metalle zu lagern. In der Kellerecke stand eine Werkbank, auf der sich Bunsenbrenner reihten. Daneben Töpfe und Tabletts und eine Sammlung unbekannter Instrumente.

Auf der Kante einer weiteren Werkbank hockte etwas, das wie ein Adler mit glitzernden grauen Augen aussah. Er bewegte sich nicht, doch aus den haarfeinen Gelenkspalten an Beinen, Flügeln, Hals und Schnabel schloss Marion, dass er das durchaus konnte. Sie berührte die Flügel – kalt und fest. Dann den Schnabel – scharf und grazil. Zwar starrten die weißen, pupillenlosen Augen des Vogels starr geradeaus, dennoch hatte Marion das beunruhigende Gefühl, er würde sie beobachten.

Nach einem zweiten Blick auf die Werkbänke entdeckte sie eine Glaskiste gefüllt mit Hunderten von winzigen Kristallflakons. Neben der Kiste lag ein Stapel alter Papiere, einige davon so verblichen, dass man die Schrift darauf nicht mehr lesen konnte. Zwischen den entzifferbaren Dokumenten fand sie jedoch etwas, bei dessen Anblick ihr das Blut in den Adern gefror.

Es war ein handgezeichneter Plan verschiedener Bauteile, die nur zu einer Bombe gehört haben konnten. Die Skizze und das Dokument direkt darunter trugen ein Datum: Dezember 1943 – »Operation Grauadler«.

Marions Atem ging schneller, während sie versuchte, aus dem Plan schlau zu werden: ein Gehäuse, das wie eine große Patronenhülse aussah, ein Zeitmesser, eine Art Patronenlager, ein Zünder. Einiges auf der Skizze verstand sie, anderes war viel zu komplex. Unter der Zeichnung stand ein Text, den sie hastig überflog und aus dem sie einige Bruchstücke an Information herausfilterte: »Operation Grauadler … Produktion und Testphase in unterirdischen Bunkern aufgenommen, Ort unterliegt der Geheimhaltung … Zeitbombe … streng geheimes Projekt … chemische Waffen … privat finanziert … In Vorbereitung auf deutsche Invasion … Wirkung des Tarngases (trägt den Namen Grauadler) vergleichbar mit der von Senfgas mit einer zusätzlichen Komponente, die auf das neurologische System wirkt … Orientierungslosigkeit, Verwirrung, Lethargie, diffuse neuromuskuläre Symptome, Augenreizung … Explosivität fünfzehnmal stärker als bei Dynamit.«

Sie holte scharf Luft, dann las sie die letzte Zeile des Dokuments noch einmal: »Experiment fehlgeschlagen. Eingestellt nach zahlreichen Verlusten während der Testphase.«

Sie nahm sich ein weiteres Mal die Zeichnung der Zeitbombe vor. Ihre Gedanken rasten, während sie zu verstehen versuchte. Ihre Hände zitterten. Ein Schweißtropfen rann ihr über den Nacken. Sie griff nach einem der winzigen Kristallflakons und betrachtete ihn: Darin befand sich eine Art durchscheinende nebulöse Flüssigkeit. Silberne Reflexe tanzten hindurch. Auf dem Flakon stand das Wort »Grauadler«, und der Zeichnung zufolge sollte man die Flakons vor der Zündung in die Zeitbombe einsetzen.

Sie zog den winzigen Korken aus dem Flakon und kippte einen Tropfen der seltsamen Substanz auf die Werkbank. Es roch nach Schwefel, und ein weißlich durchsichtiger Nebel stieg auf und verbreitete eine Art Kälte. Bevor Marions Verstand verarbeiten konnte, was sie da sah, ließ der Nebel ihre Augen tränen und stechen. Alles drehte sich um sie. Je länger sie wie festgewachsen hier stand, desto mehr brannten ihre Augen, desto kälter wurde ihr, und desto orientierungsloser fühlte sie sich.

Ihr Kopf war wie vernebelt. Ihre Gedanken träge. Sie wusste, dass das, was sie da sah und erlebte, von größter Wichtigkeit war, aber sie kam einfach nicht darauf, warum. Sie verlor jedes Zeitgefühl, wusste nicht mehr, was sie hier wollte. Ihre Muskeln zuckten, doch sie konnte sich nicht rühren.

Sie schüttelte den Kopf, um ihre Sinne zu klären, und ließ den Flakon in ihre Tasche gleiten. Langsam, aber sicher ebbte die Wirkung des Nebels ab. Sie sah auf die Uhr. Zeit zu gehen.

Sie stolperte durch den Tunnel zurück in den Keller unter dem Pausenraum. Immer noch war sie benommen. Sie packte die Leiter und zog sich nach oben, dann schob sie sich durch die Lücke in der Wand und aktivierte den Mechanismus, mit dem sie die Wand geöffnet hatte. Langsam schloss sich die Lücke hinter ihr wieder.

Leider war es schon zu spät.

»Sieh mal einer an. Das ist doch wirklich interessant.«

Sechzehn

DER GRAUADLER

Marion fuhr herum und sah sich Kenny Hugo gegenüber, der wie üblich sehr farbenfroh gekleidet war und von einer Wolke seines Aftershaves eingehüllt wurde.

Er packte sie an den Schultern, sein Blick war fest auf die Wand gerichtet, durch die sie gerade aufgetaucht war.

»Lassen Sie mich los!« Sie entwand sich seinem Griff und wich zurück, wobei sie sich ihre Tasche an die Brust drückte.

Kennys Blick wanderte von der nun wieder vollkommen undurchlässig wirkenden Wand zu Marion und wieder zurück. Sie sah, wie sich seine Verwirrung in Begreifen verwandelte. Dann fixierte er die Tasche in Marions Griff. »Ich glaube, du kommst lieber mit.«

Marion wich ihm aus und eilte auf die Tür zu. »Eigentlich muss ich ganz dringend woandershin, wenn es Ihnen nichts ausmacht.«

»Zufälligerweise macht es mir etwas aus.« Wieder packte er sie an den Schultern und zwang sie dazu, stehen zu bleiben. »Du gehst nirgendwohin, bevor du mir nicht erklärt hast, was du hier machst und …« Wieder huschte sein Blick zu der Wand, aus der sie aufgetaucht war. »… woher du da gekommen bist.«

Wieder versuchte sie, sich loszureißen, doch dieses Mal packte er nur umso fester zu.

»Woher bist du gekommen?«, wiederholte er, nun durch zusammengebissene Zähne.

Draußen erklangen Schritte und Stimmen im Gang. Marion hätte schwören können, dass es Mr Nicholas war, der da sprach.

Sie begann sich zu winden und gegen seinen Griff zu wehren, blinde Panik wuchs in ihr. Es war schon schlimm genug, dass er sie hier gesehen hatte, aber wenn nun Nancy oder Nicholas durch diese Tür kämen, dann würde alles noch viel katastrophaler werden. »Verdammt noch mal, lassen Sie mich los!«

»Hör zu, Missy. Ich gebe dir noch eine letzte Chance. Entweder du sagst mir, was du hier treibst, oder ich liefere dich direkt bei Nancy ab.«

Am liebsten hätte sie Kenny Hugo vors Schienbein getreten und sich davongemacht, aber das ging nicht. Sie wusste nicht, ob sie diesem seltsamen Mann vertrauen konnte, tatsächlich war sie sicher, dass sie es nicht konnte. Leider hatte es keinen Sinn, einfach abzuhauen und so zu tun, als hätte er nicht gerade gesehen, wie sie durch ein Loch in der Wand geklettert war.

»Ich habe nach etwas gesucht«, sagte sie rasch, und um sich zu beruhigen, atmete sie einmal tief durch. Zum ersten Mal seit einer ganzen Weile. »Ich erzähle Ihnen, was, aber nicht jetzt. Ich muss zurück zu meinem Training, bevor irgendjemandem auffällt, dass ich nicht dort bin.«

Er lachte. Warum, verstand sie nicht recht. »Und wo findet dieses Training statt?«

»Im Außenbüro. Und jetzt bitte, ich muss wirklich los.«

»Also gut. Aber ich warte vor dem Außenbüro, und ich warne dich, wenn du versuchst abzuhauen, dann …«

»Ja, ja, ich hab's schon beim ersten Mal verstanden. Und jetzt gehen Sie mir verdammt noch mal aus dem Weg!« Sie drängte sich an ihm vorbei, und dieses Mal ließ er sie gehen.

Sie jagte den Nebenkorridor entlang bis zum Großen Gang, wobei sie glücklicherweise niemandem über den Weg lief, und stand keine fünfzehn Minuten später wieder im Außenbüro.

Sie sammelte sich ein bisschen, bevor sie das Foyer betrat und durch die Tür ging, die Bill und ihr zugewiesen worden war. Hoffentlich hatte Bill wie versprochen die Fallen entschärft, denn um es zu überprüfen, blieb ihr keine Zeit. Ohne anzuhalten, stürmte sie eine kurze Treppe hinauf, einen Korridor entlang und in ein Schlafzimmer.

»Na endlich!«, seufzte Bill erleichtert und trat hinter einem Schlafzimmerschrank hervor. »Ich musste die Stolperdrähte im Korridor schon fünfmal entschärfen!«

»Tut mir leid«, keuchte Marion. »Ich wurde aufgehalten. Der Zeitanzünder im Gemeinschaftsraum – warst du das?«

Bill grinste.

»Du bist genial, weißt du das?«

Sein Grinsen wurde noch breiter, während er am Zifferblatt einer kleinen Uhr über der Ausgangstür herumhantierte. »Hast du etwas gefunden?«

»Ja. Eine Menge.« Sie zeigte ihm den Kristallflakon und die seltsame Flüssigkeit mit den Silberpünktchen darin.

»Was zum Teufel ist das denn?«

Marion konnte jedoch nicht mehr antworten. Sie warteten, bis das Zifferblatt dreimal klickte. Sowohl Bill als auch sie kannten diese spezielle Falle nur zu genau, und beim dritten Klicken machten sie rasch einen Schritt nach links. Ein langer Metallstab schoss in der Mitte der Ausgangstür aus dem Boden heraus.

»Das erkläre ich dir später. Übrigens hat mich jemand gesehen.«

»Was?« Bill wirkte zutiefst erschrocken.

»Keine Sorge. Das kriege ich schon wieder hin.« Sie reichte ihm den Flakon. »Ich glaube, das hier ist die Antwort auf alles, also pass gut drauf auf. Behalte es, für den Fall, dass er mich durchsucht. Und … mach es nicht auf.«

»Er? Wer ist er?«

»Die Person, die mich gesehen hat!«

Bill wirkte, als wollte er widersprechen, ließ es dann jedoch auf sich beruhen. Marion und er öffneten die Ausgangstür und traten endlich hindurch.

»Einen schönen guten Abend«, begrüßte Rakes sie. »Warum hat das so lange gedauert?«

»Entschuldigung«, antwortete Marion. »Wir haben ein paar falsche Abzweigungen genommen.«

Sie folgten Rakes zurück zur Vorderseite des Hauses. »Für diese jämmerliche Leistung gibt es keine Punkte, Lane, Hobb«, sagte sie und machte eine Notiz auf ihrem Klemmbrett. »So schwer war es wirklich nicht. Und waren Sie beide nicht schon einmal hinter dieser Tür? Ich hätte wirklich mehr von ihnen erwartet.«

Marion und Bill entschuldigten sich und behaupteten, wohl einfach nervös gewesen zu sein. Rakes wirkte zwar alles andere als überzeugt, brachte das Training jedoch ohne weitere Befragungen zu Ende.

Als der Unterricht vorbei war und Marion und die anderen aus dem Foyer wieder in den Korridor hinaustraten, tauchte hinter einer Ecke Kenny auf.

Marion lehnte sich zu Bill. »Zeig niemandem den Flakon und komm heute nach dem Abendessen in mein Zimmer.«

»Also gut, Missy«, sagte Kenny, als er bei Marion angekommen war. »Ich glaube, wir beide sollten uns dringend unterhalten.«

Widerstrebend ging sie hinter Kenny her zum Mitarbeitertrakt. Vor Zimmer einunddreißig blieb er stehen, schloss die Tür auf und ließ Marion mit einer Geste vor sich eintreten. In dem Raum sah es aus, als wäre er von Einbrechern durchsucht worden. Bücher und Kleidungsstücke lagen über den ganzen Boden verteilt, Ausrüstungsgegenstände auf dem Bett und Zigarettenstummel auf dem Nachttisch. Dort entdeckte Marion außerdem ein noch halb volles Whiskyglas. Nur auf der Ablage über dem Waschbecken herrschte Ordnung. Dort reihten sich diverse Pflegeartikel – Öle und Wachse, Cremes und Aftershaves.

»Setz dich«, sagte er und deutete auf einen Sessel, während er sich das Hemd auszog, es zu Boden warf und sich über das Waschbecken beugte, um sich das Gesicht zu waschen.

Marion betrachtete seinen gebeugten Rücken, die festen Muskeln, die sich unter seiner Haut bewegten. Schließlich richtete er sich wieder auf, trocknete sich das Gesicht ab, strich sich etwas Wachs ins Haar und drehte sich zu ihr um. Sie sah weg, während er nach einem frischen Hemd griff und es sich überzog.

Dann setzte er sich auf die Bettkante, entzündete die Petroleumlampe auf seinem Nachttisch und machte sich dann eine Zigarette an. Seine Augen schienen vor Intensität zu glühen. »Okay, Lane. Ich fange an.« Er zog an seiner Zigarette. »Wie du sicher weißt, hat Nancy mich vor etwas mehr als zwei Wochen angeheuert. Sie hat gesagt, sie brauche jemanden von außerhalb, der sich mit einer Ermittlung befasst, mit der es in der Detektei Probleme gibt. Ich kenne übrigens auch Frank. Er und ich sind uns in New York begegnet, damals hat er unserer Detektei bei einem Fall geholfen, in den ein britischer Staatsbürger involviert war. Das Ganze ist schon ein paar Jahre her und in diesem Zusammenhang nicht weiter wichtig. Als ich hier angekommen bin, hat Nancy mir erklärt, dass sie mich zwar offiziell ›einstellen‹ würde, mir aber nicht alles über den Fall enthüllen könnte, was es zu wissen gibt. Nur die für mich wichtigen Details. Von ihr habe ich bloß erfahren, dass eine ihrer Mitarbeiterinnen ermordet wurde und dass die Umstände der Ermittlungen kompliziert sind. Sie hat mir eine kurze Zusammenfassung der Ereignisse gegeben und gesagt, dass man Frank den Mord in die Schuhe schieben will …«

»In die Schuhe schieben?« Marion spürte kalten Schweiß auf der Stirn.

Kenny lächelte. »Dann weißt du also Bescheid. Dachte ich es mir doch.«

Marion knirschte mit den Zähnen. Sie war so erschrocken über Kenny Hugos Wortwahl gewesen, dass sie vergessen hatte, so zu tun, als wüsste sie wie alle anderen in der Detektei nicht, dass Frank derjenige war, den der Hohe Rat des Mordes an Michelle White beschuldigt hatte.

»Ich habe Gerüchte gehört«, log sie. Was immerhin eine plausible Erklärung war.

»Und glaubst du, dass er es getan hat?«

»Natürlich nicht.«

Kenny nickte, offenbar zufrieden. »Gut. Nancy glaubt das auch nicht, weshalb sie mich angeheuert hat, um den wahren Schuldigen zu finden. Die Sache ist die, dass ich an Ermittlungen wie diese nicht gewöhnt bin. Ich habe keine freie Hand und weiß im Grunde nicht viel.« Er blies Rauch in die Luft. »Alles ist streng geheim. Ich glaube, Nancy befürchtet, es könnte die Ermittlungen behindern, wenn irgendjemand erfährt, warum ich wirklich hier bin.«

Marion sprach es nicht aus, aber sie hatte eine andere Theorie, warum Nancy nicht sonderlich freizügig mit den Details des Falls war. Sie wollte nicht direkt die sensiblen Ermittlungen schützen, sondern vielmehr die Detektei. Wenn Kenny Hugo auf seiner Suche nach dem wahren Schuldigen zu viele Steine umdrehte, würden Nancy und Miss Brickett's am Ende vielleicht in noch größeren Schwierigkeiten stecken als jetzt schon.

»Und was hat das alles mit mir zu tun?«

Kenny zog wieder an seiner Zigarette und leerte das Whiskyglas auf seinem Nachttisch in einem Zug. »Bitte, Lane. Es ist offensichtlich, dass du mehr weißt, als du solltest. Ich werde dich nicht fragen, wie das kommt. Ehrlich gesagt interessiert mich die Detekteipolitik nicht.« Er hielt kurz inne, vielleicht überlegte er, ob es klug wäre, noch mehr zu sagen.

Marion war angespannt. Es war offensichtlich, dass sie nicht an Kenny vorbeikommen würde, wenn sie mit ihren eigenen Ermittlungen weitermachen wollte. Sie würde ihn dazu bringen müssen, ihr zu vertrauen. Und bis zu einem gewissen Punkt würde auch sie ihm vertrauen müssen. Sie nickte, dann erzählte sie ihm von der Kamera in Franks Büro und davon, dass sie die Verhandlung des Hohen Rats beobachtet hatte.

Kenny wirkte angesichts dieser Enthüllung nicht so schockiert, wie sie erwartet hatte. Vielleicht überraschte ihn dies nach allem, was er seit seiner Ankunft in der Detektei gesehen und gehört hatte, nicht mehr sonderlich. Er spielte mit der Zigarette zwischen seinen Lippen, während er diese neuen Informationen abwog. Marion spürte ein Zucken im Gesicht, während sie darauf wartete, dass er etwas sagte.

Endlich schien er zu einer Entscheidung gelangt zu sein. »Okay«, sagte er, mehr zu sich selbst. Dann drückte er seine Zigarette aus. »Also, wo ist sie, Lane? Die Karte. Ich weiß, dass du sie hast.« Er stand auf und trat einen Schritt auf sie zu.

Vor Schreck krampfte sich ihr der Magen zusammen. Ihr Herz hämmerte. »Ich habe keine Ahnung …«

»Schwachsinn! Ich habe alle im Auge behalten. Ich weiß, dass du und dein kleiner Freund Hobb gemeinsam in dieser Sache drinsteckt, und ich weiß, dass ihr die Karte habt.«

Sie schwieg.

»Lass es mich einmal so ausdrücken: Entweder du gibst mir die Karte, und ich vergesse, was ich vorhin im Pausenraum gesehen habe, zusammen mit allem, was du mir gerade erzählt hast, oder du gibst mir die Karte nicht, und ich bringe dich jetzt sofort zu Nancy, während dein Zimmer durchsucht wird.«

»Sie haben keine Ahnung, in was Sie sich da einmischen«, fauchte Marion. »Das hier ist viel komplizierter, als Nancy Ihnen weisgemacht hat.«

Kenny seufzte und strich sich durch sein perfekt frisiertes Haar. »Wo genau liegt hier das Problem? Du traust mir nicht? Du traust Nancy nicht? Sei nicht albern, Lane. Nancy ist auf Franks Seite.«

»Woher wollen Sie das wissen?«

»Sie hat mich angeheuert, um ihn zu entlasten!«

»Für mich klingt es eher so, als hätte Nancy Sie als ihren Handlanger angeheuert. Sie haben selbst gesagt, dass Sie keine Ahnung haben, was Sie in dieser Ermittlung tun sollen. Oder warum.«

»Nancy wusste von der Kamera.«

»Wie bitte?«

Ungeduldig holte Kenny Luft. »Vor dem Verschlussraum. Sofort nach dem Mord an White war Nancy klar, dass sie sich nur die Aufnahmen der Kamera würde anschauen müssen, um herauszufinden, wer es getan hat. Sie hat sich die Aufnahmen nur wenige Stunden nach dem Mord geholt und angesehen. Allein. Natürlich hat sie nicht erwartet, was die Kamera da aufgezeichnet hat. Sie hat Frank unter vier Augen zur Rede gestellt. Sie waren beide zutiefst erschrocken. Nancy hat nie geglaubt, dass Frank schuldig ist, nicht eine Sekunde lang, aber auf den Aufnahmen war deutlich zu sehen, wie er den Verschlussraum nach White betreten hat und wie er nur Minuten später wieder herausgerannt kam. Buchstäblich mit Blut an den Händen. Da hat sie mich angerufen. Sie hat mir die Situation erklärt, und wir haben unsere Möglichkeiten besprochen. Ich habe sie gefragt, ob es möglich wäre, dass jemand die Kamera manipuliert oder sich unbemerkt daran vorbeigeschlichen hat. Sie meinte, Letzteres wäre theoretisch tatsächlich möglich, wenn auch eher unwahrscheinlich. In dieser Richtung sind wir allerdings nicht weitergekommen, also hat Nancy vorgeschlagen, dass wir unsere Aufmerksamkeit stattdessen auf das mögliche *Motiv* richten. Warum wollte jemand, dass White stirbt? White war ein Spitzel, das schon, aber das war sie schon seit fast neun Jahren, und trotzdem hat sie dafür niemand umgebracht. Was hat sich also verändert? Da ist Nancy auf die Idee mit der Karte gekommen. Ihrer Meinung nach gibt es eine Verbindung zwischen dem Verschwinden eines früheren Mitarbeiters der Detektei und der Karte, und irgendwie hängt beides mit dem Mord zusammen. Weißt du, Nancy glaubt, dass der Lehrling, der damals verschwunden ist, nach etwas gesucht hat, von dem er gar nichts hätte wissen dürfen. Details hat sie mir keine genannt, nur, dass sie seit Kurzem glaubt, dieser Lehrling hätte etwas über ein hochbrisantes Geheimnis der Detektei herausgefunden, und zwar dank einer alten Karte, die sie ursprünglich nur für einen Mythos gehalten hat.« Er hielt inne, als würde er auf eine Bestätigung warten.

Marion versuchte, nichts preiszugeben, auch nicht durch ihre Körpersprache.

Vielleicht gelang es ihr sogar, denn schließlich fuhr Kenny fort: »Wie gesagt, sie ist nicht ins Detail gegangen, aber sie schien sich ziemlich sicher zu sein, dass Whites Mörder die Karte zu irgendeinem Zeitpunkt einmal gehabt haben musste. Also habe ich natürlich den Auftrag bekommen, sie aufzuspüren. Allerdings ist uns die Zeit davongelaufen. Nancy wusste, dass Nicholas fest entschlossen war, den Fall zu lösen. Er hat den Verschlussraum nach Spuren abgesucht, jeden Tag, stundenlang. Sie konnte ihn nicht aufhalten, und genauso wenig konnte sie die Kamera entfernen, weil das doch sehr verdächtig gewesen wäre. Aber sie wusste, dass er es irgendwann herausfinden würde. Und wie du weißt«, fügte er fast resigniert hinzu, »ist es schließlich genau so gekommen. Nancys hatte keine andere Wahl, als ein Verfahren gegen Frank einzuleiten, in dem Wissen, dass die Beweise gegen ihn erdrückend sind.

Ihre letzte Chance bestand darin, das einzige Schlupfloch zu nutzen, das ihr noch blieb, und Frank damit immerhin etwas Zeit zu verschaffen. Wie gesagt, Nancy ist auf Franks Seite. Genau wie ich.«

Darüber dachte Marion nach. Sie glaubte zwar, dass Nancy wirklich der Meinung war, Frank sei unschuldig, aber bedeutete das zwangsläufig auch, dass sie alles unternehmen würde, um seinen Namen reinzuwaschen? Sie fragte sich, was Nancy wohl tun würde, wenn sie vor der Wahl stand, den wahren Mörder zu entlarven oder das Geheimnis zu schützen, dass da etwas Finsteres – etwas, das mit Kriegsführung unter Einsatz chemischer Waffen zu tun zu haben schien – direkt unter ihren Füßen lauerte.

»Na gut«, sagte Marion, als sie schließlich zu der Erkenntnis kam, dass sie – so gern sie es auch wollte – Franks Unschuld nicht allein beweisen konnte.

»Na gut, du gibst mir die Karte?«

»Ich habe doch gesagt, ich weiß nichts von irgendeiner Karte.« Was natürlich gelogen war. Die Karte steckte noch immer in ihrer Brusttasche. »Ich habe allerdings etwas noch viel Interessanteres. Und ich zeige Ihnen auch, was.« Es war ein Risiko. Wenn man Kenny nicht trauen konnte, dann würde sie damit Franks letzte Chance auf einen Freispruch verspielen.

»Gut, dann mal los«, sagte Kenny und strich sich eine eigensinnige Haarsträhne aus der Stirn.

Marion stand auf. »Ich habe es nicht bei mir.«

»Verdammt, Lane! Soll das ein Scherz sein?«

»Wir treffen uns heute Abend in meinem Zimmer, dann zeige ich es Ihnen. Und erzählen Sie noch niemandem davon.«

»Das kann doch nicht dein Ernst …«

»Wenn das, was ich Ihnen zeige, den falschen Leuten in die Hände fällt«, unterbrach sie ihn unbeirrt, »dann werden wir dafür entweder umgebracht oder gefeuert. Sie auch. Und dann gibt es niemanden mehr, der Franks Unschuld beweisen könnte.«

Kenny zündete sich eine zweite Zigarette an und begann auf und ab zu tigern. »Hör genau zu, Lane. Du hast hier gar nichts zu sagen. Ich habe gesehen, wie du durch dieses Loch in der Wand geklettert bist, und ich bin ziemlich sicher, dass ich einfach selbst da runtergehen und mir die Sache anschauen kann.«

»Ach ja? Das würde ich gern sehen. Der Durchgang ist gesichert. Kennen Sie sich damit aus, wie man Fallen entschärft? Wissen Sie, wie man mit unserer Ausrüstung hier umgeht? Sie brauchen mich.«

Darüber dachte Kenny offenbar nach, den Blick fest auf sie gerichtet. Marion war hier diejenige, die alles zu verlieren hatte. Brauchte er sie wirklich? Konnte sie diese Karte spielen? Zum ersten Mal sah sie sich richtig im Zimmer um und entdeckte, dass auf dem schmalen Bett eine ganze Sammlung von Professor Bals Apparaturen verstreut lag. Ein Schlingstrick hatte sich um ein Kissen gewickelt, und daneben entdeckte sie ein Häufchen Schrauben und Federn – offenbar das Innenleben einer Mikropunkt-Kamera. Auf dem Nachttisch lagen zwei offene Handbücher, mehrere Stifte und Notizblätter.

Marion setzte sich auf die Bettkante und begann schweigend, die Kamera zusammenzubauen.

»Was machst du da?«, fragte Kenny ziemlich genervt.

»Ich zeige Ihnen, was ich meine.« Sie legte eine Filmspule ein und schraubte das Rückteil der Kamera fest. Dann reichte sie die nun voll einsatzfähige Kamera an Kenny weiter. »Wie gesagt. Sie brauchen mich.«

Kenny lächelte. Er wirkte ehrlich beeindruckt, und nur für den Bruchteil eines Augenblicks und nur ganz leicht löste sich der Knoten in ihrer Brust ein wenig.

»Woher weißt du das alles? Du bist doch erst seit drei Monaten hier.«

»Seit vier Monaten«, korrigierte sie ihn. »Und die meiste Zeit habe ich bei Professor Bal in der Werkstatt verbracht.«

»Gut, hör zu, Lane. Dieses Mal spiele ich mit. Zum Glück für dich ist Nancy im Moment nämlich nicht hier …«

»Was?« Der Knoten in ihrer Brust zog sich wieder fest. »Was soll das heißen, sie ist nicht hier?«

»Nur ein paar Tage lang. Sie muss sich mit einem Kollegen beraten oder so. Ich will damit sagen, dass ich sie informieren muss, sobald sie zurückkommt …« Er redete weiter. Irgendetwas über seine Verantwortung als Ermittler. Marion hörte nicht mehr zu. Was konnte Nancy zu tun haben, das wichtiger war, als den wahren Mörder zu finden?

»Hey, Lane.« Kenny schnippte vor ihrer Nase herum. »Hast du gehört, was ich gesagt habe?«

Geistesabwesend sah sie ihn an.

»Sobald Nancy zurück ist, werde ich ihr sagen, was sie wissen muss. Hast du das verstanden?«

Marion antwortete nicht. Sie sah auf die Uhr. In fünf Minuten wurde sie in der Bibliothek erwartet, und wenn sie dort nicht auftauchte und so tat, als wäre alles ganz normal, würde sie damit alles vermasseln. »Ich muss los.«

Kenny öffnete den Mund, vermutlich um zu protestieren, aber Marion sprach weiter, bevor er eine Chance dazu hatte.

»In meinem Zimmer, Nummer sechsundzwanzig. Heute nach dem Abendessen. Kommen Sie allein, und erzählen Sie um Himmels willen niemandem, was Sie vorhaben.«

Kenny überlegte. An seinem Kiefer zuckte ein Muskel, vielleicht vor Unentschlossenheit, vielleicht vor Verärgerung. »Dann sehen wir uns dort.« Er begann, die Ausrüstungsstücke von seinem Bett zu räumen, woraufhin sich der Schlingstrick prompt um seine Taille wickelte und ihm den rechten Arm auf den Rücken fesselte.

»Man muss gleichzeitig an den beiden Enden ziehen«, kommentierte Marion und wandte sich zum Gehen. »Dann entmagnetisiert sich der Strick für einen Moment. Bis heute Abend!« Dann ging sie, ohne sich zu vergewissern, ob er sie verstanden oder ob ihn der Schlingstrick vollständig lahmgelegt hatte.

»Bill, das hier ist Kenny. Kenny, Bill«, stellte Marion die beiden Männer einander knapp vor, als sie an diesem Abend in ihrem Zimmer eintrafen. Irgendwie hatte sie gehofft, dass Kenny nicht auftauchen würde, weil er immer noch im Schlingstrick festhing. Sie wollte die Tatsache, dass Franks Schicksal nun zum Teil in Kennys Händen lag, nicht akzeptieren. Obwohl sie wusste, dass ihr keine andere Wahl blieb, als ihm zu vertrauen, gefiel es ihr nicht.

Bill wirkte nicht weniger irritiert angesichts dieser Wendung in ihren Ermittlungen.

Kenny war schlichtweg empört. »Das ist nicht dein Ernst?«, knurrte er, den Blick auf Bill gerichtet. »Du hast mir gesagt, dass ich niemandem von diesem Treffen erzählen soll.«

Marion schloss und verriegelte ihre Zimmertür. »Bill weiß alles, was ich weiß. Ich enthalte ihm nichts vor.«

Die beiden Männer taxierten einander. Bill war genauso groß wie Kenny, aber nur halb so breit. Er schüttelte den Kopf. Kenny rollte mit den Augen. Marion ignorierte sie beide.

»Also gut.« Sie streckte Bill die Hand hin. »Der Flakon?«

Bills finsterer Blick ruhte mit offensichtlichem Misstrauen auf Kenny.

»Uns bleibt nichts anderes übrig, Bill. Gib ihn mir einfach.«

Er reichte ihr den Flakon und trat dann beiseite, um sich auf die Bettkante zu setzen.

»Das hier habe ich unter dem Pausenraum gefunden«, erklärte Marion, zog den Korken aus dem Fläschchen und goss einen Tropfen auf den Tisch vor ihr. Sobald der Tropfen auf die Tischplatte fiel, begann er zu schimmern und zu vibrieren. Die nun erwachten Silberpartikel verwandelten sich in eine Wolke aus Gas, die sich in die Luft erhob. Marions Augen stachen und tränten.

»Was zum Teufel ist das?« Kenny beugte sich über den aufsteigenden Nebel.

Rasch stieß Marion ihn beiseite. »Vorsicht, nicht zu viel davon einatmen. Ich bin noch nicht sicher, wie genau es wirkt. Mehr als ein Tropfen, und man verliert vollkommen die Orientierung, wird fast blind.« Sie wartete, bis die Wirkung der Substanz wieder verflog, bevor sie weitersprach. »Da unten gibt es eine Art Labor, in den Tunneln jenseits der Grenze, und durch den Pausenraum kommt man direkt dorthin.« Sie sah Kenny an und hoffte, er würde nicht fragen, wie sie das herausgefunden hatte. Er schwieg, also fuhr sie fort: »Ich hatte nicht genug Zeit, um mir alles anzusehen, aber ich habe reichlich Beweise …« Sie hielt inne, zweifelte an sich selbst. Es war, als wären die vergangenen Stunden eine Art Traum gewesen, eine bizarre Halbrealität. Aber nein, was sie dort in diesem düsteren, feuchten Keller gesehen hatte, konnte man nicht missverstehen. Sie blickte erst Bill, dann Kenny an. »Es sah aus wie der Wiederaufbau eines fehlgeschlagenen Chemiewaffenexperiments aus dem Krieg. Eine Art Bombe, die mit einem Sprengstoff gebaut werden sollte, von dem ich noch nie gehört habe.«

»Herrgott!« Bill rieb sich über die Stirn. »Das da gehört auch dazu?« Er deutete auf den Flakon.

»Ja, eindeutig.« Sie riss ein Blatt Papier von einem Notizblock und begann, eine vereinfachte Version des Bauplans zu skizzieren, den sie in dem Labor gefunden hatte. »Ich habe das Design des Mechanismus' nur deshalb wiedererkannt, weil es fast dasselbe wie bei einem Zeitanzünder ist. Der ja im Grunde nichts anderes ist als eine weniger gefährliche Version einer

Zeitbombe.« Trotz der verwirrten Mienen der beiden Männer fuhr sie fort. »Zeitbomben haben schon eine sehr lange Geschichte. Man setzt sie für politische Attentate oder bei Terroranschlägen ein. Erst vor Kurzem wurde eine Zeitbombe auf dem United-Airlines-Flug 629 gezündet.« Sie sah Kenny an, damit er dies näher erläutern konnte.

Er zögerte, dann antwortete er. »Die Bombe war in einem Koffer versteckt und hat vierundvierzig Menschen getötet, als sie während des Flugs explodiert ist.«

»Genau«, sagte Marion. »Und das ist nur eines von vielen Beispielen. Zeitbomben wurden auch im Krieg eingesetzt, sowohl von den Briten als auch von den Deutschen. Sie sind einfach, aber verheerend. Sprengstoffe, die von einem schlichten Zeitmesser aktiviert werden. Schon eine Armbanduhr reicht.« Sie deutete auf ihre Skizze. »Aber das da … das ist etwas anderes.«

»Inwiefern anders?«, fragte Bill.

»Tja, in zweierlei Hinsicht. Erstens der verwendete Sprengstoff. In den meisten Zeitbomben wird Dynamit oder irgendeine Version davon verwendet. Diese Bombe da sollte mit etwas gefüllt werden, von dem ich noch nie etwas gehört habe.« Kurz schloss sie die Augen und versuchte, sich an den genauen Wortlaut zu erinnern. »Ein alchemischer Sprengstoff mit einer Explosivität fünfzehnmal stärker als bei Dynamit. Und mit etwas Säurehaltigem, Ätzendem versetzt.«

»Alchemisch«, murmelte Bill. Er starrte eine Weile in die Ferne. »Gott … du hattest recht. Die Gruppe von Alchemisten, die von der Kirche verbannt wurden?«

»Na ja, eigentlich nicht. Ich meine, vielleicht hat es mit denen angefangen, aber … ich habe heute Nachmittag zwischen meinen Schichten ein bisschen nachgeforscht. Offenbar gab es eine Gruppe von Chemikern, die in Porton Down in Salisbury gearbeitet haben …«

Bill runzelte die Stirn. »Die Regierungseinrichtung?«

Marion nickte. »Genau. Dort werden seit Jahrzehnten chemische und biologische Kampfstoffe getestet. In den späten Dreißigerjahren gab es jedoch eine Gruppe von Chemikern, die sich für ›Randexperimente‹ zu interessieren begann. Substanzen und Mischungen, die nach uralten und fast vergessenen Methoden der Alchemie hergestellt wurden. Natürlich konnte ich in unserem Archiv nicht sonderlich viel über die Mitglieder dieser Gruppe finden. Ich weiß nur, dass sie Porton Down verlassen haben, kurz nachdem der Krieg begonnen hat. Offenbar wurden sie gefeuert, weil sie ›gegen das Protokoll verstoßen‹ hatten. Was auch immer das heißt.«

»Und wohin sind sie gegangen?«, fragte Kenny.

»Das scheint niemand zu wissen. Die Gruppe ist einfach verschwunden, jedes einzelne Mitglied. Es gibt keine Angaben darüber, wohin sie gegangen oder ob sie überhaupt noch am Leben sind. Sie sind wie vom Erdboden verschluckt.«

»Sie sind hierhergekommen«, sagte Bill.

Kenny sah von ihm zu Marion und wieder zurück, und sein Blick verriet, dass er zwar verstand, was Marion berichtet hatte, dass er aber ganz und gar nicht sicher war, ob er es glauben sollte. »Und der andere Unterschied? Du hast gesagt, es gibt zwei Unterschiede zwischen dem Entwurf auf der Zeichnung und einer normalen Zeitbombe.«

Wieder hielt Marion den winzigen Kristallflakon hoch. »Tja, das hier. Anscheinend gehört das auch zum Mechanismus, zur Konstruktion der Bombe.« Sie deutete auf ihre Zeichnung. »Seht ihr, hier.« Sie zeigte ihnen eine kleine Einkerbung am hinteren Ende der Bombenhülse. »Da war ein Pfeil, der hierauf gedeutet hat. Da soll der Beschriftung zufolge etwas eingesetzt werden, das als Grauadler bezeichnet wurde. Dem Entwurf zufolge wird der Grauadler auch an den Zeitmesser angeschlossen. Allerdings wird er freigesetzt, kurz bevor der Zünder die Explosion auslöst.«

»Was zum Teufel ist denn ein Grauadler?«, fragte Kenny.

»*Das hier,* Kenny.« Sie hielt den Flakon hoch.

»Verdammt!« Bill sah auf. Einen Moment lang zögerte er, während er wahrscheinlich im Kopf zusammenfügte, was Marion ihnen gerade erzählt hatte. »Die perfekte Waffe, nicht wahr? Das Zeug in dem Flakon wird wenige Augenblicke vor der Explosion freigesetzt. Es macht jeden im Umkreis orientierungslos, vielleicht sogar blind. Und dann: Bumm! Bevor man begreift, was passiert, ist man auch schon ein Häufchen Asche.«

Es wurde still im Raum. Obwohl Marion längst begriffen hatte, worauf sie da gestoßen war, verstand sie erst jetzt allmählich, was es bedeutete.

Kenny war der Erste, der wieder das Wort ergriff. »Scheiße!« Er drückte seine Zigarette aus. »Glaubst du, dass dies hier irgendetwas mit dem Mord an White zu tun hat?«

»Ich weiß, dass es so ist.«

»Ach ja?«, hakte Kenny nach.

Marion wandte sich stattdessen an Bill. »Weißt du noch, was ich dir darüber erzählt habe, dass die Überwachungskamera über der Tür zum Verschlussraum mit einem Infrarotsensor ausgestattet ist?«

Bill nickte. »Sie schaltet sich ein, wenn sie Körperwärme erkennt.« Ihm schien zu dämmern, was sie meinte. »Um an der Kamera vorbeizukommen, müsste man seine eigene Körpertemperatur nur um ein paar Grad senken, und …« Wieder hob er den Kristallflakon hoch.

»Ganz genau«, sagte Marion. »Daran habe ich eine ganze Weile herumgerätselt. Wie könnte jemand anders als Frank der Mörder sein? Wie ist jemand an der Kamera vorbeigekommen, ohne dabei gefilmt worden zu sein? Aber so war es gar nicht. Es ist nicht so, dass die Kamera den Mörder nicht gesehen hat, sie hat sich bloß erst gar nicht eingeschaltet.«

Bill schloss die Hand um den Flakon. »Er ist kalt.« Er sah Marion an, dann sprach er hastig weiter. »Du glaubst, jemand hat das Zeug bei sich selbst benutzt?«

»Warum nicht? Man könnte einfach ein paar Tropfen davon auf seine eigenen Kleider geben und dabei dafür sorgen, dass Mund und Nase bedeckt sind, damit man das Gas nicht einatmet. So könnte man genug Infrarotstrahlung abblocken, um die Kamera auszutricksen. Und selbst wenn man unterwegs irgendjemandem begegnen würde, wäre derjenige sicher so orientierungslos, dass er nicht begreifen würde, was vor sich geht.« Sie zögerte. »Frank hat gesagt, als er in der Mordnacht im Verschlussraum war, hat er etwas Merkwürdiges in der Luft wahrgenommen. Seine Sicht war verschwommen, und er war verwirrt. Wer auch immer der Mörder ist, ich bin sicher, dass er den Grauadler als Tarnung benutzt hat.«

Bill wirkte nicht überzeugt. »Aber was wollte der Mörder überhaupt im Verschlussraum? Und wenn wir schon mal dabei sind, was wollte White dort? Du hast gesagt, dass nichts aus den Schubladen verschwunden ist. Und der Brief, den sie an dem Abend bekommen hat? Wir wissen immer noch nicht, was darin stand oder wer ihn geschickt hat.«

»Nein. Aber irgendwie muss das alles zusammenhängen.« Das war das letzte Stück im Puzzle, über das sich Marion bisher noch keine Gedanken hatte machen können. »Trotzdem können wir davon ausgehen, dass der Mörder nichts von der Kamera über der Verschlussraumtür gewusst hat. Wenn wir aber annehmen, dass er sich trotzdem getarnt hat, dann bedeutet das, er hatte irgendetwas vor, das niemand mitbekommen sollte.«

Wieder schwiegen sie alle drei, und Marion war sicher, dass Bill und Kenny darüber nachdachten, was dies für Auswirkungen haben könnte, genau wie Marion es den ganzen Tag lang getan hatte.

Es war Kenny, der schließlich das Schweigen brach. »Dann gehen wir also davon aus, dass derjenige, der diese Bomben herstellt, auch White ermordet hat?«

Marion nickte. »Nur so ergibt es einen Sinn.«

»Irgendeine Idee, wer das sein könnte?«

»Noch nicht.« Marion wandte sich an Bill, der ihr einen warnenden Blick zuwarf. »Ich weiß nicht, wem wir vertrauen und an wen wir uns wenden können, ohne die Ermittlungen zu gefährden.«

»Wir müssen es Nancy sagen«, fiel Bill ihr ins Wort. »Ich meine, sie steckt doch sicher nicht in der Sache drin?«

Marion sah Kenny an. »Gibt es eine Möglichkeit, wie wir Frank kontaktieren können? Um ihn um Rat zu fragen?«

»Natürlich nicht. Er ist eingesperrt und wird rund um die Uhr bewacht. Wenn wir ihm diese Informationen weiterzugeben versuchen, dann wissen auch Nicholas und der Hohe Rat Bescheid. Nein, Hobb hat recht.« Er machte eine Geste in Bills Richtung. »Wir müssen es Nancy sagen. Eine andere Wahl haben wir nicht.«

Marion wollte schon widersprechen, aber sie wusste nicht, was sie stattdessen vorschlagen sollte.

»Hör zu, Lane«, fuhr Kenny fort. »Du hast dich gut geschlagen. Nancy wird dir sicher dankbar sein, und sie wird wissen, wohin sie sich mit diesen Informationen wenden soll. Morgen früh ist sie wieder hier.«

»Und bis dahin sitzen wir einfach rum und warten ab? Und tun gar nichts?«

»Fürs Erste schon, ja.« Kenny bot ihr eine Zigarette an. Sie lehnte ab. »Wie klingt das: Ich spreche mit Nancy, sobald sie zurückkommt. Ich kann Hobb und dich auch ganz aus der Sache rauslassen. Dann würde ich noch besser dastehen.« Er grinste. Marion verbiss sich jeden Kommentar. »Morgen beim Mittagessen treffen wir uns, und ich bringe euch auf den neuesten Stand. Einverstanden?«

Sie gab einen Laut von sich, den man verstehen konnte, wie man wollte. Eigentlich war sie nicht einverstanden. Ganz egal, was Bill und Kenny sagten, im Grunde war sie nicht überzeugt davon, dass man Nancy und dem Hohen Rat wirklich trauen konnte. Wenn ihre Vermutungen darüber, was sie da gefunden hatte, wirklich zutrafen, dann bedeutete dies, dass die Tunnel als Labor für die Entwicklung chemischer Waffen genutzt worden waren, bevor Nancy nach dem Krieg eine Detektei daraus gemacht hatte. Nancy musste von den Waffenprojekten wissen, warum also war sie selbst noch nicht auf die Idee gekommen, dass man mithilfe der Substanz in den Kristallflakons wahrscheinlich ungesehen an der Überwachungskamera vorbeikommen konnte?

Ein Kratzen riss sie aus ihren Grübeleien. Sie drehte sich zur Wand neben der Eingangstür zu ihrem Zimmer. Ein Postfach, von dem sie nicht einmal etwas geahnt hatte, war aus der steinernen Mauer herausgeglitten, und darin lag eine strahlend weiße Karte, beschriftet mit silbergrüner Tinte.

Marion las die Karte vor.

Hiermit sind Sie herzlich eingeladen zum ersten jährlichen Miss Brickett's Zirkusball!

Freuen Sie sich mit uns auf einen Abend voller Extravaganz und Aufregung mit einer Spezialaufführung von Thomson & Thorpe (ehemalige Inquirer und ausgebildete Akrobaten) sowie die Vorstellung einer Auswahl von Professor Bals größten Meisterwerken!
Für Essen und Getränke ist gesorgt.

Datum: Freitag, 25. April
Zeit: 19.00 Uhr
Ort: Im Ballsaal
Kleiderordnung: Abendgarderobe
Wir freuen uns auf Sie!

»Was zum Teufel ist denn ein Zirkusball?«, fragte Kenny.

Marion antwortete nicht, obwohl sich die Zahnräder in ihrem müden Verstand schon wieder zu drehen begannen. Das musste Professor Bals »streng geheimer Auftrag« sein, mit dem er in letzter Zeit so beschäftigt gewesen war. War es jedoch ein Zufall, dass dies jetzt geschah, kurz nachdem Nancy geheimnisvollerweise verschwunden war? Ein weiteres Mal las sie die Einladung. Vielleicht lag es an der Erschöpfung oder an der noch immer anhaltenden Unruhe nach ihrem Ausflug in die Tunnel unter dem Pausenraum, aber irgendetwas an dieser Veranstaltung beunruhigte sie.

Siebzehn

DIE LÜGE UND DAS HOCHSEIL

Am Freitagmorgen, noch immer müde von den Ereignissen des Vortags, ging Marion zum Frühstücken in die Kantine hinab. Sofort wurde offensichtlich, dass die Neuigkeit von dem anstehenden Zirkusball in der Detektei für einen Wirbel aus Vorfreude und Verwirrung gesorgt hatte. Der Nachricht zufolge, die am Ende des Großen Gangs ausgehängt worden war, sollten an diesem Tag die Vorbereitungen für den Ball allen anderen Verpflichtungen übergeordnet sein – sämtliche Trainings, Arbeitssitzungen und generelle Aufgaben waren abgesagt worden, und jeder, der vorhatte, den Ball zu besuchen, wurde ermutigt, bis sieben Uhr abends in seinem oder ihrem Büro, in der Kantine oder im Gemeinschaftsraum zu bleiben.

Mitarbeiter und Abteilungsleiter hasteten in hektischer Eile durch die Gänge zwischen dem Ballsaal und der Küche, um alles rechtzeitig erledigen zu können. Auf dem Weg vom Gemeinschaftsraum zurück in ihr Zimmer war Marion mindestens zehn Belegschaftsmitgliedern begegnet, die allesamt den gleichen aufgelösten Gesichtsausdruck gehabt hatten und sich Kisten voller Lichterketten, Seidenbanner, Geschirr, Besteck, Tischdecken oder diverser kurioser Dekorationsgegenstände an die Brust drückten. Harry und das Küchenpersonal waren genauso schwer beschäftigt, und den ganzen Tag über wehte eine Sinfonie aus Aromen – gebratenes Fleisch, Gewürzmischungen, frisches Brot – durch die Korridore und Zimmer.

Trotzdem verschlimmerte die aufgeladene, fast schwindlig machende Stimmung Marions Nervosität nur noch. Sie tigerte in ihrem Zimmer auf und ab und zählte die Stunden bis zum Mittagessen, wenn sie Kenny treffen würde. Jedenfalls wenn sich dieser an sein Wort hielt.

Doch die Mittagszeit kam und ging, ohne dass Kenny auftauchte, und Marion blieb allein und frustriert zurück. Ein weiteres Mal steuerte sie den Gemeinschaftsraum an. Dort brannte ein Feuer im Kamin, und auf dem Eichenholztisch in der Mitte – der wahrscheinlich für Besprechungen bestimmt war, aber hauptsächlich für Karten- oder Brettspiele benutzt wurde – stand eine halb leere Flasche Schnaps, umgeben von ausgedrückten Zigarettenstummeln. Die Überreste eines faulen, freien Nachmittags. Aber wo waren jetzt alle?

Marion setzte sich vor den Kamin. Ihre Gedanken waren festgefahren und schienen sich nicht von der finsteren Entdeckung, die sie in den Tunneln jenseits der Grenze gemacht hatte, losreißen zu können. Davon, was all das zu bedeuten hatte. Warum war in der Detektei ein Chemiewaffenexperiment wieder zum Leben erweckt worden?

Ein Geräusch durchdrang die Stille. Ein gedehntes, rasselndes Zischen.

Ein flackernder Schatten, lang und gewunden, wurde an die Wand geworfen. Da wusste sie es.

Klink – schlick, schlick – klink.

Der Kronleuchter, ein tränenförmiger Kristall, der von der Decke hing, flackerte, als etwas silbern Geschupptes über die Türschwelle glitt. Die Schlange, die sie in den Gängen jenseits der Grenze gesehen hatte und die nun sogar noch schlechter zu erkennen war, schimmerte erst auf, als sie sich direkt unter dem Deckenlicht befand – genau am Fuß des Sofas.

Klink – schlick, schlick – klink.

»Er heißt Toby«, sagte Mr Nicholas in drohendem Tonfall, als er in den Raum trat. Er ging ein paar Schritte, die Schlange zu seinen Füßen.

Kalte Schweißperlen bildeten sich auf Marions Oberlippe.

»Ist er nicht fantastisch? Professor Bal ist ein Genie, aber manchmal braucht er einen kleinen Schubs.« Er setzte sich an den Tisch. »Seine Entwürfe waren in letzter Zeit etwas einfallslos, aber dann habe ich mich einmal mit ihm unterhalten, verstehen Sie.« Er grinste und blickte auf die nun anscheinend schlafende Schlange hinab, dann wieder hinauf zu Marion.

Marion blieb ganz still und versuchte, das Donnern in ihrer Brust zu besänftigen, ihren hektischen Atem zu beruhigen.

»Nancy hat mir in ihrer Abwesenheit die Verantwortung übertragen. Ich soll nach verdächtigem Verhalten Ausschau halten.«

Endlich gelang es Marion, sich aus den Klauen des eisigen Entsetzens zu befreien, das sie überfallen hatte. »Dann schlage ich vor, dass Sie woanders danach suchen.«

Das Grinsen auf Nicholas' Gesicht wirkte nun fast verzerrt. Er klappte seine Taschenuhr auf.

Toby regte sich.

»Toby ist eine ganze Weile lang durch die Tunnel jenseits der Grenze patrouilliert, nur als zusätzliche Vorsichtsmaßnahme. Seine Zunge ist dafür geschaffen, menschliche Bewegungen aufzuspüren. Sobald das geschieht, schalten sich die Kameras in seinen Augen ein, und ich werde alarmiert.« Er wartete. »Aber vielleicht wussten Sie das ja auch schon?«

»Woher sollte ich das wissen?«

Nicholas schüttelte den Kopf. »Aber, aber, Miss Lane. Bitte lassen Sie die Lügerei.« Er straffte die Schultern. »Am Dienstag in der vergangenen Woche war jemand dort unten in den Tunneln, kurz vor Mr Estons angeblichem Treppensturz. Toby hat es gespürt, aber es war zu dunkel, als dass die Kameras hätten aufzeichnen können, wer es war.«

Eine Welle der Übelkeit schlug über Marion zusammen. Der Gemeinschaftsraum war tagsüber kaum einmal länger als fünf Minuten leer. Wo blieben die anderen?

»Ich weiß, dass es entweder einer von Ihnen dreien oder auch Sie alle zusammen waren, Miss Lane. Sie, Mr Eston und Mr Hobb.« Er drehte an dem Rädchen seiner Taschenuhr.

Toby erbebte – ein blitzschnelles Kräuseln, das von seiner Schwanzspitze bis hinauf zu seinem Kopf verlief. Er bäumte sich auf. Doch Marion ließ sich nicht beeindrucken. Aus der Unterhaltung von Nancy und Gillroth nach Franks Verhandlung wusste sie, dass Nicholas bluffte. Seine Schlange hatte zwar Bewegungen registriert, aber kein menschliches Wesen identifizieren können. Nicholas hatte vielleicht seine Vermutungen, doch keine Beweise.

»Nur noch ein Fehler, von irgendeinem von Ihnen. Nur einer, und Sie sind raus. Ich hoffe, wir« – er deutete von Toby auf sich selbst – »haben uns klar ausgedrückt.« Er lächelte, nickte und wandte sich zum Gehen. Toby glitt hinter ihm hinaus.

Mit leerem Blick starrte Marion aus dem Fenster des Buchladens, während die letzten blassen, schwachen Sonnenstrahlen vom milchigen Himmel verschwanden. Nach ihrer Begegnung mit Toby und Mr Nicholas hatte sie unbedingt der drückenden, erstickenden Atmosphäre von Miss Brickett's entkommen wollen und war in den Buchladen hinaufgestiegen, wo sie bis zum Beginn des Zirkusballs bleiben wollte.

Nun, während sie durch den vollgestopften Laden schlenderte, wurde ihr bewusst, wie sehr sie den Trost der unordentlichen Bücherregale, die schwache Beleuchtung und den vertrauten Geruch von altem Papier in der Luft vermisst hatte. Dieser Ort hatte etwas so Normales und Gewöhnliches, etwas, das eine Sehnsucht in ihr stillte. Die kreuz und quer stehenden Bücher, die unaufgeräumten Papierstapel, die im scharfen Kontrast zu der Welt standen, zu der dieser Laden ein Schlüsselloch, eine Brücke darstellte.

Als sie den Buchladen zum ersten Mal betreten hatte, an jenem Abend im späten Dezember, da war sie angesichts der glanzlosen Erscheinung fast enttäuscht gewesen. Nun begriff sie jedoch, wie wichtig diese unprätentiöse Fassade war. Nicht nur als Schutz vor öffentlicher Neugier, sondern auch als Erinnerung daran, dass sich das Außergewöhnliche manchmal direkt unter der Oberfläche des Alltäglichen verbarg. Der Buchladen war eine Verbindung zur Außenwelt, zur Stabilität und Normalität. Und gleichzeitig war er ein Portal in die geheimnisvolle und berauschende Welt der Ermittlungen.

Sie nahm sich ein Buch von einem der Regale – »Little Women« von Louisa May Alcott, Marions Lieblingsbuch. Sie ließ sich damit zu Boden sinken und lehnte den Kopf gegen den Sekretär, überwältigt von diesem vertrauten tiefen und leeren Schmerz der Einsamkeit. Die vergangenen beiden Wochen waren ein Wirbel aus Ereignissen gewesen, aus Entsetzen und Angst. Trotzdem hatte gerade das diesen Tagen einen Sinn und Zweck gegeben. Marion war so beschäftigt damit gewesen, erst herauszufinden, was hinter dem Streit zwischen Bill und David steckte, und dann zu versuchen, die Wahrheit hinter Michelle Whites Tod zu enthüllen. Nun jedoch war sie gezwungen, die Ermittlungen vorübergehend ruhen zu lassen, und die Einsamkeit war prompt zurückgekehrt. Vielleicht schlimmer denn je.

Sie drückte sich die Fingerknöchel gegen die Schläfen und atmete einfach. Lange, tiefe Atemzüge. Langsam und bewusst.

Hinter ihr öffnete sich knarrend die Falltür.

»Dachte ich's mir doch, dass ich dich hier finde.« Jessica kletterte durch die Luke, unbeholfen und außer Atem. »Die Mädels und ich machen uns hübsch. In Rakes Büro. Für den Ball«, fügte sie noch hinzu, als Marion nicht antwortete. »Sie hat alles für uns vorbereitet: Wein, Musik. Passt gar nicht zu ihr, aber ich schätze, sie versucht einfach, die Stimmung zu heben, wie das alle nennen. Möchtest du mitkommen?«

»Ach, ich weiß nicht.« Sie zögerte.

Jessica sah auf das Buch in Marions Hand hinab. Sie würde diese Wahl analysieren und sehr wahrscheinlich richtig einordnen. »Das gehört auch zu meinen Lieblingsbüchern.«

»Mum und ich haben es uns immer gegenseitig vorgelesen. An Weihnachten.« Sie hielt das Brennen in ihrer Brust zurück. Sie wollte nicht weinen.

»Ich habe es auch oft gelesen, nur nicht mit meiner Mutter. Vermutlich hat sie geglaubt, dass es ganz falsche Ansprüche in mir wecken könnte.« Sie seufzte, als würde sie sich an etwas erinnern. »Man könnte natürlich argumentieren, dass sie damit recht hatte.« Ein schuldbewusster Stich durchfuhr Marion. Jessica beobachtete genau, sie hörte zu. Und sie war immer da, um Trost zu spenden oder einem manchmal auch einen Rat zu geben. Im Gegenzug erwartete sie nicht viel, doch das war keine Entschuldigung. Sogar Zuhörer wollten manchmal gehört werden. In letzter Zeit war Marion jedoch so sehr mit ihren eigenen Sorgen beschäftigt gewesen, dass sie sich fragte, wie viel von Jessicas Leben sie verpasst hatte. Sie würde gleich aufs Ganze gehen müssen. »Wie geht's Roger? Gibt es da was Neues?«

Jessica biss sich auf die Lippe. »Oh … er ist – wir haben uns wieder getroffen.«

»Und? Wie ist er so?«

»Ein *Leckerbissen*.« Sie lachte. »Aber das ist auch alles. Eine große Leuchte ist er leider nicht. Ich muss das beenden.«

»Das wäre wahrscheinlich besser. Liebe und Arbeit vertragen sich selten.« Sie würde es niemals zugeben, aber während sie dies sagte, dachte sie an Kenny Hugo.

Nachdenklich sah sich Jessica im Buchladen um. »Weißt du, ich denke schon lange, dass wir hier oben eine Art Buchclub gründen sollten. Nur für Mitarbeiter natürlich. Wir könnten uns einmal im Monat treffen oder so. Was hältst du davon?«

»Das fände ich toll. Aber wahrscheinlich würden wir uns raus auf die Straße setzen müssen. Hier drin ist es ein bisschen eng.«

Sie lachten.

Jessica streckte ihr die Hand hin und zog Marion auf die Füße. »Ich habe bemerkt, wie abgelenkt du in letzter Zeit warst.« Sie sah Marion an, direkt in sie hinein. »Ich weiß nicht, was los ist, Mari, und du musst es mir auch nicht sagen. Denk einfach dran, dass ich … dass *wir* – sogar Amanda, ob du's glaubst oder nicht – es bemerkt haben. Und dass wir für dich da sind.« Sie drückte Marions Hand. »Und jetzt komm, ich glaube, der Abend heute ist genau das, was alle brauchen.«

Tränen stiegen Marion in die Augen. Nicht aus Trauer, sondern aus Dankbarkeit. Sie sah Jessica an, deren Blick zu ergründen versuchte, was hinter Marions Schweigen lag, und einen Moment lang wünschte sie, dass sie ihrer Freundin einfach alles sagen könnte. Dass sie den Grund für ihre Zurückhaltung erklären könnte, damit Jessica verstand, warum sie so verschlossen und abgelenkt war.

»Wie gesagt«, wiederholte Jessica. »Du musst nichts erklären.«

Sie umarmten einander, und die Spannung in Marions Brust lockerte sich ein wenig. »Danke, Jess. Wirklich. Und du hast recht. Ich glaube, das wird lustig heute Abend.«

Sie standen vor Aida Rakes' Büro im Mitarbeitertrakt, und aufgeregtes Geschnatter drang heraus, während sich Amanda und mehrere Lehrlinge im zweiten und dritten Jahr vor dem einzigen Spiegel drängelten und ihre Seidenkleider und Perlenketten bewunderten. Sämtliche Möbel waren an den Rand gerückt worden, und in der Mitte stand ein Frisiertisch, auf dem sich Petticoats, Schminkutensilien, Bürsten und Haarspraybehälter häuften.

Nachdem Marion alles, was sie brauchte, aus ihrem Zimmer geholt hatte, zog sie das einzige Abendkleid an, das sie besaß und von dem sie hoffte, es würde sich niemand daran erinnern, dass sie es schon einmal getragen hatte: ein hellgraues Chiffonkleid, bestickt mit abgenutzten und gesprungenen Glasperlen. Mit Jessicas Hilfe verwandelte sie ihren Lockenkopf in eine Kaskade aus eng gewundenen Kringeln und trug eine großzügige Portion Make-up, Rouge und knallroten Lippenstift auf.

»Also gut, Mädels«, rief Maude, die (sehr zu Amandas Missfallen) einen strahlend blauen Hosenanzug aus Kunstseide und eine große schwarze Umhängetasche trug. »Dann lasst uns mal in Fahrt kommen.« Sie öffnete ihre Tasche und förderte eine Reihe von Flaschen zutage – Wein, Whisky, Sherry und Cider. »Mit besten Grüßen von Harry und der Bibliotheksbar. Rakes muss davon ja nichts erfahren …« Sie ließ den Blick durch den Raum schweifen. »Wo ist sie überhaupt?«

»Das hat er dir alles gegeben?«, fragte Jessica skeptisch, ohne auf die Frage einzugehen.

»Genau genommen nicht, aber was er nicht weiß …« Sie strahlte geradezu vor Freude, ob nun wegen Jessicas entsetzter Miene oder angesichts der Schätze, die sie aus der Bar geklaut hatte. »Entspann dich, Jess. Wir sind zum Feiern hier.« Sie legte einen Arm um Marion. »Stimmt's, Mari?«

»Stimmt genau.« Marion grinste. Sie goss jedem von ihnen ein Glas Wein ein, drehte das Grammofon auf und entspannte sich. Nur für einen Moment erlaubte sie sich, die Schrecken der letzten Tage zu vergessen – Franks Schicksal, die Gefahr, die über der Detektei schwebte. Und über ihr.

Umgezogen, geschminkt und ein wenig beschwipst durchquerten die Frauen schließlich den Korridor und betraten den Gemeinschaftsraum, in dem sich schon die anderen Lehrlinge versammelt hatten. Ihre Kleider waren mehr oder weniger elegant, und Duftwolken aus Parfum, Aftershave und Haarspray umgaben sie genauso wie die allseits herrschende Aufregung.

Bill – der einen schlecht sitzenden Smoking und eine himmelblaue Fliege trug – ließ sich ein wenig verlegen auf einen Stuhl neben Marion am großen Tisch in der Raummitte sinken. Fast ein wenig verwirrt betrachtete er ihr Kleid. »Du siehst … hübsch aus.«

Marion lächelte und strich sich den Stoff über den Oberschenkeln glatt. »Danke. Du auch.« Er sah wirklich gut aus, trotz des zu großen Smokings. Sein schwarzes Haar war sogar an diesem Abend ziemlich strubbelig und müsste dringend mal geschnitten werden, aber es glänzte und bildete einen schönen Kontrast zu seiner milchweißen Haut. Alles in allem strahlte er einen zerzausten, ungewollten Charme aus.

»Irgendwelche Neuigkeiten über die Bombenfabrik?«

»Bill! Nicht so laut!« Rasch sah sie sich nach möglichen Lauschern um, aber dank des Grammofons, aus dessen Trichter Johnny Cash dröhnte, schien niemand etwas bemerkt zu haben. »Und nein«, beantwortete sie seine Frage. »Kenny ist heute Mittag nicht aufgetaucht.«

Bill schenkte ihnen beiden ein Glas Wein ein. »Wo wir gerade beim Thema sind, ich habe nachgedacht. Du bist sicher, dass Whites Mörder auch derjenige ist, der«, er senkte die Stimme, »die *Bombe* nachbauen will?«

»Ja. Eindeutig.«

»Okay, aber bedeutet das nicht, dass der Mörder auch irgendwann einmal im Besitz der Karte gewesen sein muss? Ich meine, das ist es doch, warum sich White überhaupt solche Sorgen gemacht hat, richtig?«

»Ja. Und ich weiß, was du jetzt sagen willst. Den Gerüchten zufolge waren bisher nur du, David, Ned und ein Mitglied des Hohen Rats im Besitz der Karte. Also muss einer davon der Mörder sein. Du bist es natürlich nicht, und David hatte nie die Karte und das Monokel gleichzeitig, also kann er es wahrscheinlich auch nicht sein. Ned ist vor langer Zeit verschwunden. Bleibt also noch …«

Bill trank einen Schluck Wein. »Das Mitglied des Hohen Rats? Gillroth?«

»Nur ist diese Theorie alles andere als wasserdicht, oder? Erstens wissen wir nicht, ob die Gerüchte darüber, wer die Karte hatte und wer nicht, überhaupt verlässlich sind. Und zweitens könnten auch zwei oder mehr Leute zusammenarbeiten. So wie wir. Ich meine, wenn ich dir zeige, wo im Pausenraum der Durchgang ist, dann hättest du die Karte und das Monokel gar nicht gebraucht.«

»Dann hilft uns das also auch nicht weiter.« Eine Weile schien er darüber nachzudenken. »Ach, übrigens. Ich habe schlechte Nachrichten.« Er deutete mit dem Kinn zur Tür.

»Kann das nicht warten? Ich brauche einfach mal ein paar Stunden …« Sie verstummte, als sie Bills Blick zur Tür folgte, durch die gerade David Eston in einem Rollstuhl hereingefahren kam.

»Er wurde gestern Abend entlassen«, murmelte Bill ihr zu. »Wir haben uns vorhin ein bisschen unterhalten. Keine Sorge. Ich habe ihm gesagt, die Karte sei in den Tunneln verloren gegangen und er könne gern allein losziehen und danach suchen.«

»Und? Hat er es geglaubt?«

Bill zuckte mit den Schultern. »Wahrscheinlich nicht, aber ehrlich gesagt kommt er mir ziemlich eingeschüchtert vor. Ich glaube, was ihm da unten passiert ist, war ein ganz schöner Schock für ihn. Ich glaube nicht, dass er mit der Karte oder den Tunneln noch irgendwas zu tun haben will. Jedenfalls fürs Erste.«

Marion sah zu David, der mit kalter, distanzierter Miene auf den Tisch zugerollt kam. Im Gegensatz zu Bill war sie sich nicht sicher, dass David jemand war, der eine Angelegenheit einfach auf sich beruhen ließ. Vor allem, wenn es etwas so Persönliches war, das er so fieberhaft hatte aufklären wollen. Trotzdem verdrängte sie diesen Gedanken. An diesem Abend würde sie sich amüsieren, da war sie fest entschlossen.

»Gehen heute Abend alle zum Ball?«, fragte Jessica an die Gruppe als Ganzes gerichtet, während sie ein Brettspiel auf den Tisch legte: »Miss Brickett's Cluedo« – eine von Professor Bals frivoleren Erfindungen. Eine Art Insiderwitz der Mitarbeiter der Detektei, mitsamt angepassten Waffen (Ausrüstungsgegenstände der Inquirer) und Mordverdächtigen (die offenbar diversen Mitgliedern der ausgedehnten Verwandtschaft und Bekanntschaft des Professors nachempfunden waren).

Preston drückte seine Zigarette aus. »Ich gehe hin. Das wird sicher ein Drama, das man nicht verpassen will.«

»Ich finde, es ist eine gute Idee. Hebt die Moral ein bisschen«, hielt Jessica dagegen, wobei ihr Lächeln jedoch eine Spur gezwungen wirkte.

»Eine Gehaltserhöhung würde meine Moral deutlich mehr heben als eine blöde Zirkusvorstellung«, fauchte Amanda.

»Ach, kommt schon.« Mauds Aussprache klang schon ein wenig verwaschen (Marions Zählung nach war sie bei ihrem vierten Drink angekommen). »Entspannen wir uns einfach. Genau wie Jess sagt.« Sie trank ihr Glas aus. »Wir brauchen alle ein bisschen Spaß. Kann nicht schaden, mal kurz zu vergessen, was in letzter Zeit alles passiert ist, und … uns ein bisschen einen hinter die Binde zu kippen.«

»Das habe ich nicht …« setzte Jessica an, wurde jedoch von David unterbrochen, der grinsend sein Glas hob.

»Da bin ich dabei. Ist zwar eine reine Geldverschwendung, aber, hey, auf das Heben der Moral.« Sein Blick wanderte zu Bill und Marion. »Und auf das *Vergessen.*«

Alle hoben ihre Gläser.

»Auf die Moral!«, rief Maud.

»*Auf die Moral!*«, antwortete die Gruppe.

Jessica verteilte die Utensilien des Cluedo-Spiels. »Amanda, du bist Archibald Horrib. Bill, du bist Master Spike. Preston, du bist Porter Lynn. David, du bist Madame Mey. Maud, du bist Doctor Evans, und Marion und ich sind Professor Govender.«

In der Mitte des Bretts, das kunstvoll mit einer Karte der Detektei bemalt war, prangte ein schwarzes Viereck, in dem in silberner Schrift folgende Worte standen: »Wer ist Lady Mills Mörder?«

Preston beugte sich über das Board und legte ein winziges Holzfigürchen in den Ballsaal. »Horrib im Ballsaal mit einem ...« Er sah Jessica an. »Wo sind die Waffen?«

»Oh, 'tschuldigung.« Jessica legte ein Häufchen winziger aufziehbarer Mordwaffen in die Mitte des Bretts. Ein Zeitanzünder, der Miniwölkchen aus heißem Dampf puffte, ein fies aussehender Wasserspeier, der dem vor dem Eingang zur Werkstatt täuschend ähnelte, ein mit Giftpfeilen gefülltes Zigarrenetui, ein sich windender Schlingstrick, eine Halothankugel und ein Silberdolch.

»Horrib im Ballsaal«, wiederholte Preston. »Mit dem Schlingstrick.« Er legte den winzigen Strick auf das Brett, wo er sich sofort zu einem festen Knoten zusammenballte. »Was für eine miese Art, abzutreten.«

»Nicht so mies wie das hier«, sagte Maud und hielt sich den Wasserspeier vor die Augen.

Preston schüttelte den Kopf. »Ich habe noch nie kapiert, wie das Ding jemanden umbringen soll.«

»Er könnte auf dich drauffallen – Schädelbruch?«, schlug Maud vor.

»Nee«, widersprach Preston. »Eher Herzanfall. Vielleicht erschreckt er einen einfach zu Tode ...«

Daraus entspann sich eine hitzige Debatte darüber, wie der Tod durch Wasserspeier aussehen könnte. Bill nutzte die

Ablenkung aus, beugte sich zu Marion vor und flüsterte: »Mari, ich glaube, wir sollten mal über diesen Kenny Hugo reden.«

Marion drehte ihre Karten zwischen den Fingern. »Was gibt's denn da zu reden?« Sie war gereizt. Kennys fortdauernde Abwesenheit machte ihr auch so schon zu schaffen, und jetzt hatte Bill auch noch etwas dazu zu sagen.

»Ich bin nicht sicher, ob wir ihm trauen sollten.«

»Das hatten wir doch schon, Bill. Wir haben keine andere Wahl.«

»Er verheimlicht uns irgendwas. Ich meine, wo ist er denn den ganzen Tag?«

Marion zuckte mit den Schultern, sagte jedoch nichts.

»Ich meine ja nur«, fuhr er vorsichtiger fort. »Ich glaube ihm jedenfalls nicht gleich alles, nur weil er tolle Haare hat.«

Marion funkelte ihn an. »Was soll das denn jetzt heißen?«

Zum Glück für Bill musste er darauf nicht antworten, da er als Nächstes an der Reihe war. Er würfelte. »Madame Mey in der Werkstatt mit einem Giftpfeil.«

Das Spiel entwickelte sich weiter, bis Maud schließlich die richtige Kartenkombination ausrief, nämlich die von Master Pike in der Bibliothek mit einem Zeitanzünder, weshalb sich Marion und Bill nicht weiter über Kenny Hugo unterhalten konnten. Um zehn vor sieben packten sie das Spiel wieder zusammen, tranken aus und verließen alle zusammen den Gemeinschaftsraum.

Jeder Zoll der hellen Marmorwände und der Decke des Ballsaals war mit schwarzen Seidenbannern geschmückt und mit Tausenden von weißen Kristallknöpfen übersät, sodass man den Eindruck bekam, man stünde unter einem klaren Sternenhimmel. Die Luft war feucht, und es roch nach Räucherkerzen, Butter und Karamell. Das einzige Licht spendeten fünf große Laternen, die einen sanften grauen Schimmer verströmten. In der Mitte des Saals war eine runde Bühne mit einem Ring darum aufgebaut worden, die wie eine Manege aussah. Eine Sammlung schwarzer und silberner Kisten lag innerhalb des Rings, und zwei gewaltige Pfosten ragten am Rand der Bühne empor, zwischen denen sich zwei Meter über dem Boden ein Draht spannte.

Als Marion genauer hinsah, erkannte sie Professor Bal und seine Assistenten, die hinter der Bühne kauerten und offensichtlich mit etwas Langem, Silbernem rangen. Ein Schlingstrick, vermutete sie, auch wenn sie keine Ahnung hatte, was das Ding bei einer Zirkusvorstellung verloren hatte. Aufmerksam umrundete sie den Ballsaal und musterte dabei die Mienen der anderen Gäste, die den prunkvoll geschmückten Saal verblüfft musterten.

Sie kam zu einer Stuhlreihe, die in der Nähe des Buffets aufgebaut worden war. Die Tische bogen sich unter Silberplatten voll Rinder- und Schweinebraten, gegrilltem Gemüse, Brotlaiben und Krügen voller Bratensaft.

»Meine Güte«, kommentierte Bill, der zu ihr trat. »Da hat sich Harry heute aber wirklich selbst übertroffen. Meinst du, wir dürfen uns einfach bedienen?«

Sie ignorierte ihn.

Bill seufzte. »Okay, hör zu, es tut mir leid, was ich vorhin über Hugo gesagt habe. Das war nicht nett, ich weiß. Ich wollte nur …« Er holte tief Luft. »Ich finde, wir sollten vorsichtig sein.« Er hob die Hand, als Marion den Mund öffnete, um zu protestieren. »Aber bitte, lass es uns fürs Erste einfach vergessen. Okay? Wie wär's, wenn wir einfach einen schönen Abend haben?« Er schenkte ihr ein bittendes Lächeln und hob den Bratensoßenkrug wie zum Toast. »Auf die Moral?«

Bills Bemerkung hatte wehgetan. Sie vertraute Kenny nicht, weil sie es nicht wollte, und ganz sicher nicht wegen seiner schönen Haare, Herrgott noch mal! Zum Streiten fehlte ihr jedoch die Energie, und sie hatte auch nicht die Kraft (noch einmal) zu erklären, warum ihnen keine andere Wahl blieb, als daran zu glauben, dass er auf ihrer Seite war. Jetzt sollten sie lieber feiern. Vergessen. Sie lächelte. *»Auf die Moral!«*

Zufrieden mit ihrer Versöhnung füllte sich Bill einen Teller mit Braten, Gemüse und ein paar Scheiben Brot, dann ertränkte er alles in Soße. »Heute Nachmittag habe ich gehört, wie ein paar der hochrangigen Inquirer miteinander gesprochen haben«, sagte er und steckte sich eine Kartoffel in den Mund. »Anscheinend hat der Hohe Rat diesen Ball als Überraschung für die Mitarbeiter geplant, aber einige der Inquirer denken, dass irgendwas an der Sache komisch ist.«

»An dem Zirkus?«

Bill nickte, da sein Mund so voll war, dass er nicht antworten konnte. Er schluckte, dann fuhr er fort. »Warum genau, habe ich nicht verstanden, aber sie finden es merkwürdig.«

»Tja, ich auch. Nancy ist nicht da, und plötzlich findet das extravaganteste Ereignis des Jahres statt? Weißt du, wer auf diese Idee gekommen ist?«

»Hab ich doch gerade gesagt, der Hohe Rat.«

»Aber wer leitet das Ganze? Wer organisiert es?«

Bill zuckte mit den Schultern, es schien ihn nicht sonderlich zu interessieren.

Und obwohl die Sache Marion noch immer keine Ruhe ließ, füllte sich der Ballsaal allmählich mit Gästen, das Licht wurde sogar noch weiter gedimmt, und die Luft war dick, warm, voller Düfte. Unwillkürlich fühlte Marion, wie sie sich langsam entspannte. Die Spannung floss aus ihren Muskeln wie Wasser, die Sorgen glitten wie Seide aus ihren Gedanken, und kurz darauf lehnte sie sich auf ihrem Stuhl zurück und ließ sich in die allgemein herrschende fiebrige Vorfreude sinken. Genau wie alle anderen konnte sie es kaum noch erwarten, dass die Vorstellung begann.

»Die hier haben sie am Eingang ausgeteilt. Ich habe für jeden von uns eins mitgenommen«, sagte Bill, nachdem er aufgegessen hatte. Er hielt zwei Messingwürfel hoch, die Marion sofort als Trickschlösser erkannte, genau wie das Vorhängeschloss, das am Tag ihrer Anwerbung an der Tür des Buchladens gehangen hatte. »Dieses Mal schummelst du aber nicht, ja?«, neckte er sie und reichte ihr eines der Schlösser.

»Gott, ich bin bei diesen Dingern nicht zu gebrauchen.« Sie untersuchte das Schloss. In die Oberfläche waren vier Symbole eingeritzt: ein Schlüssel, eine Feder, ein Pfeil, der nach oben zeigte, und zwei horizontale Linien, die so dicht beieinanderlagen, dass sie sich fast berührten.

Bill hielt ihr einen Zettel hin. »Das war auch dabei. Ein Rätsel, nehme ich an. Amanda hat ihr Schloss übrigens schon aufgekriegt. Überrascht?«

Marion lachte. »Wahrscheinlich hofft sie, dass sie so noch einen Job an Land ziehen kann.« Sie las das Rätsel auf dem Zettel vor: »Wenn sich die Dunkelheit schwer herabsenkt, wird sich öffnen, was verschlossen ist.« Sie runzelte die Stirn. »Kapierst du das?«

»Na ja, es ist eine Art Zahlenschloss. Ich nehme an, wir müssen die Symbole in der richtigen Reihenfolge drücken, damit das Schloss aufgeht. ›Wenn sich die Dunkelheit schwer herabsenkt, wird sich öffnen, was verschlossen ist.‹ Ein Schlüssel, eine Feder, ein Pfeil, zwei Linien …« Er verstummte, und Marions Aufmerksamkeit wandte sich wieder der Bühne zu, wo Professor Bal gerade mit Gillroth und mehreren anderen hochrangigen Mitarbeitern sprach. Immer wieder ließ der Professor den Blick über die Menge schweifen, und obwohl Marion es nicht mit Sicherheit sagen konnte, kam ihr seine Miene eher angespannt als freudig vor.

»Gegensätze!«, rief Bill.

»Was?«

»Die Antwort auf das Rätsel«, antwortete er. »Es sind Gegensätze, in der richtigen Reihenfolge. ›Schwere Dunkelheit‹ – was ist das Gegenteil von schwer?«

»Leicht?« Nun starrte Marion die Symbole an. Was könnte ... »Die Feder! Leicht wie eine Feder – das Gegenteil von schwer.«

Bill nickte und drückte auf das entsprechende Symbol. »Okay ... und das Gegenteil von herabsenken?«

»Moment, ich hab's«, sagte Marion, die in Gedanken schon ein paar Schritte weiter war. Sie drückte die Symbole in der Reihenfolge, die sie gerade ausgearbeitet hatte: die Feder, der nach oben gerichtete Pfeil (aufsteigen als Gegenteil von herabsenken), die beiden Linien (fast geschlossen als Gegenteil von sich öffnen) und den Schlüssel (der etwas aufschloss, das dann also nicht mehr verschlossen war).

Sie hatte recht.

Das Trickschloss klickte, öffnete sich und gab drei Pfandmarken frei, die sie an Bill weiterreichte. »Was soll das sein?«

»Ach nee«, sagte Bill und öffnete auch sein eigenes Schloss. »Pfandmarken für Bier. Da wäre es aber vielleicht leichter gewesen, einfach meinen Geldbeutel zu zücken.« Mitsamt allen sechs Pfandmarken ging er zur Bar hinüber und kehrte kurz darauf mit einem Tablett und sechs Pints zurück.

»Die trinke ich aber nicht alle«, kommentierte Marion.

Bill runzelte die Stirn. »Ist umsonst. Und was anderes haben sie nicht.« Er drückte ihr ein Glas in die Hand und trank einen Schluck von seinem eigenen Bier. »Hm ... komisch.«

»Was?«

Er hielt sein Bier hoch und musterte es. »Es schmeckt komisch.«

Marion nippte an ihrem eigenen Glas. Sie hatte keine Ahnung, wie komisches Bier schmeckte. Das Zeug in ihrem Mund war jedenfalls bitter und fade. »Kann sein.«

Bill öffnete den Mund, vielleicht um noch weiter über dieses Thema zu diskutieren, als die Lichter im Saal flackernd verloschen und alles um sie herum schwarz wurde.

Die Sterne an der Decke und an den Wänden schimmerten. Ein leises Murmeln erhob sich aus der Menge, dann herrschte auf einmal Stille. Die Luft sirrte, wirbelte, zischte, und endlich setzte ein langsamer Trommelwirbel ein. Der Zirkus begann. Eine rötliche Rauchwolke erhob sich von der Mitte der Bühne, und als sich der Rauch auflöste, stand dort Professor Bal, ganz in Weiß gekleidet.

»Willkommen zum ersten jährlichen Zirkusball«, verkündete er den Zuschauern mit wankender Stimme. Darauf folgte langsam anrollender Applaus, und von irgendwo hinter ihm tauchte Edgar Swindlehurst aus den Schatten auf. Langsam trat er ins Licht, und Marion erkannte, dass auf seinem Arm ein glitzernder grauer Adler saß. Der Professor und er sahen einander an und wechselten ein paar Worte, woraufhin sich der Adler in die Luft schwang, quer durch den Saal segelte und einen Regen silberner Funken aus seinen Flügeln versprühte, die langsam durch die Luft herabschwebten und verglühten, bevor sie die Köpfe der nun ganz und gar gebannten Menge berührten.

»Dieses Ding«, murmelte Marion und beugte sich zu Bill, wobei sie einen weiteren Schluck Bier trank. »Das …«

»Was?«

Marion rieb sich über die Lippen, die zu prickeln begonnen hatten. »Dieser Adler. Er ist grau.«

Bill wirkte verwirrt. Er sah nach oben zu dem Ding hinauf, das über ihnen durch den Saal segelte. »Ja … ja, ist er.«

Marion öffnete den Mund, doch was immer sie hatte sagen wollen, verschwand so schnell aus ihren Gedanken, wie es aufgetaucht war. Sie blickte zur Bühne, zu dem dunklen Alkoven dahinter, aus dem der Adler aufgetaucht war. Swindlehurst verschwand wieder in den Schatten, sein Umriss war kaum noch zu sehen. In Marions Bauch zog und ziepte es, um sie drehte sich alles, und ihr Atem wurde träge und heiß.

Professor Bal hielt sich ein Mikrofon vor den Mund. »Lasst die Show beginnen!«, rief er, woraufhin die Zuschauer in donnernden Beifall ausbrachen.

Marions Sicht verschwamm, nicht so sehr, dass sie nichts mehr erkennen konnte, aber so, als würde sie ein feiner Nebel umgeben. Auch Bill sah aus, als wäre er in einen angenehmen Tagtraum versunken. Sein Mund stand leicht offen, und er hatte den Blick starr auf das Spektakel vor ihnen gerichtet.

Zwei blonde Männer traten nun in die Manege und zogen ein weißes Seidentuch von der großen Holzkarre, die sie vor sich herschoben. Jeder der Männer trat einen Schritt zurück, sodass sie zu beiden Seiten der Karre standen. Vollkommen synchron griffen sie in die Karre und zogen ein rotes Seidentuch heraus. Sie ließen das Tuch um sich herumwirbeln und tauchten wenige Augenblicke später wieder dahinter auf, aber viel größer als zuvor. Beide Männer standen auf Stelzen und begannen zu jonglieren. Marion griff nach Bills Hand, als sie erkannte, dass die beiden nicht mit Bällen, sondern mit je fünf Leuchtkugeln jonglierten. Dieses Mal fiel der Applaus der Menge etwas weniger enthusiastisch aus, doch Marion war zu müde, um zu ergründen, warum.

Bill war auf seinem Stuhl zusammengesunken und schien gegen den Schlaf anzukämpfen. Die beiden Männer (immer noch auf Stelzen) klatschten in die Hände. Daraufhin erklang ein Zischen aus der Holzkarre, gefolgt von einem schrillen Pfeifen. Aus der Karre sprühten rot-grüne Funken in die Luft, trafen die Decke und schwebten dann auf die Zuschauermenge herab. Marion fing einen der Funken zwischen den Fingern auf. Kurz brannte er auf ihrer Haut, dann zerfiel er zu rot-grünem Staub.

Marion begriff nicht, dass das Spektakel vor ihr genau die Wirkung hatte, die es haben sollte. Die Lichter und Geräusche – der glänzende Adler, die Akrobaten, das Feuerwerk –, das alles hatte sie vollkommen eingelullt. Weder sie noch irgendein anderer im Raum konnte den Blick von diesem extravaganten, atemberaubenden Schauspiel abwenden. Außer natürlich, wie sich herausstellte, ein Mann, der an grelle Farben und Flitter gewöhnt war.

Achtzehn

DER BRENNENDE RAUM

»Lane! Steh auf!« Kenny zog Marion aus dem Stuhl hoch, als aus der Mitte der Bühne ein gewaltiger hellblauer Funkenschauer hoch in die Luft sprühte. Stolpernd kam sie auf die Füße. Das Feuerwerk verwandelte sich in eine Art Regenwolke, die dicht unter der Decke schwebte. Kenny schleifte Marion hinter sich her aus dem Ballsaal, kurz bevor die illusorische Regenwolke einen feurigen Schauer aus glänzenden Funken auf die Zuschauer herabregnen ließ.

Als sie anhielten, musste sich Marion alle Mühe geben, aufrecht stehen zu bleiben. Nun bemerkte sie, dass sich nicht nur ihre Lippen taub anfühlten, sondern ihr ganzer Körper. Immer wieder durchlief sie ein heißes Prickeln. Sie hielt sich an Kennys Schulter fest. »Was ist hier los?«

Kenny hob sie hoch. Am liebsten hätte sie ihm dafür den Ellbogen in den Bauch gerammt, aber sie konnte nicht genug Kraft aufbringen. Er trug sie zu den Damentoiletten und legte sie auf dem Stuhl bei den Spiegeln ab. »Im Bier war irgendwas. Und ich glaube, im Feuerwerk auch. Ein Halluzinogen vielleicht. Hier, nimm das.« Er hielt ihr zwei weiße Tabletten und ein Glas Wasser hin.

»Was … ist das?«

»Nimm sie einfach. Du musst wirklich aufmerksamer sein, wenn du einmal eine gute Ermittlerin werden willst.«

Wieder brachte Marion einfach nicht die Energie auf, um zu kontern.

»Jetzt zeig mir, wie man dieses verdammte Ding benutzt«, sagte er und hielt ihr etwas Rundes und Glänzendes hin.

Marion starrte ihn an, sie konnte sich nicht rühren. Sie konnte nicht denken, und sie begriff nichts.

»Herrgott noch mal, Lane! Swindlehurst hat sich auf den Weg gemacht, und er darf nicht außerhalb der Reichweite kommen.«

Sie versuchte zuzuhören, sie versuchte es wirklich, aber in ihrem Kopf drehte sich alles. Kennys blendende Gestalt verschwamm immer wieder vor ihrem Blick, und sie war nicht in der Lage, etwas zu sagen oder über etwas anderes nachzudenken als darüber, ob der Zirkusball tatsächlich stattgefunden oder ob sie sich das nur eingebildet hatte. Sie nahm die Tabletten, schluckte sie und rollte sich auf dem Stuhl zusammen, bis sich ihre Gedanken allmählich klärten.

Schließlich kämpfte sie sich wieder auf die Füße. Ein pulsierender Schmerz hatte in ihrem Kopf eingesetzt, aber immerhin kehrte ihre Fähigkeit zu logischem, rationalem Denken langsam zurück. Kenny stand neben der Tür und starrte immer noch auf das glänzende Ding in seiner Hand hinab. »Wo warst du den ganzen Tag?«, wollte sie wissen.

»Beschäftigt.«

»Womit?«

»Es hat sich so einiges entwickelt. Ich erkläre es dir später.« Er reichte ihr das glänzende runde Ding, das sie endlich als Vagor-Kompass erkannte. »Ich habe ihm gegen Mittag einen Peilsender verpasst, aber dieses verdammte Ding ist praktisch nicht lesbar, weshalb ich dem Mistkerl stattdessen den ganzen Tag über nachschleichen musste. Wundert mich, dass er es noch nicht bemerkt hat.« Er wischte sich den Schweiß von der Stirn. »Wie geht es dir?«

»Wovon sprichst du da? Wem schleichst du nach?«

»O Mann, Lane. Swindlehurst! Er hat die Bierfässer mit was weiß ich was versetzt. Die ganze Detektei hat sich in einen Haufen halb schlafender Idioten verwandelt. Er hat heute Nacht irgendetwas vor. Etwas Großes.«

In Marions Bauch bildete sich ein stechender Schmerz, der nichts mit irgendwelchen Drogen zu tun hatte, die durch ihre Adern strömten. »Der Adler …« stotterte sie. »Der Adler … ich habe ihn gesehen.«

»Was? Welchen Adler?«

Sie trank einen Schluck Wasser und atmete mehrmals tief ein und aus. »Bei der Vorstellung gab es einen mechanischen Adler. Ich habe ihn erkannt, aber vorhin nicht begriffen, warum. Jetzt weiß ich es. Das Ding war in dem Labor. Ein grauer Adler. Mein Gott, es ist Swindlehurst, nicht wahr? Er ist der Mörder.«

Kenny löste den obersten Knopf seines Hemds und lockerte den Kragen. »Bingo. Heute Morgen kurz nach dem Aufwachen habe ich eine Nachricht von Professor Bal erhalten. Er sagte, sowohl Nancy als auch der Hohe Rat hätten den Ball zwar vor ein paar Tagen genehmigt, es sei aber in erster Linie Swindlehursts Initiative gewesen. Was an sich schon irgendwie eigenartig ist, weil Swindlehurst nicht der Typ für solche Frivolitäten zu sein scheint. Wirklich nervös ist der Professor jedoch erst geworden, als Nancy zu ihrer Reise aufgebrochen ist. Er hat gesagt, Swindlehurst hätte ihn in der Technischen Abteilung geradezu belagert, weil er sichergehen wollte, dass alles perfekt ist und dass der Ball genau nach Plan abläuft. Besonders das Feuerwerk hat ihn offenbar sehr interessiert, was jetzt natürlich logisch ist. Wie auch immer, der Professor hat vorgeschlagen, dass ich Swindlehurst im Auge behalte, bis Nancy zurück ist. Nur für alle Fälle.« Er deutete auf den Vagor-Kompass. »Deshalb der Peilsender.« Er musterte sie einen Moment. »Wie geht es dir jetzt?«

»Genauso wie vor zwei Minuten.«

»Tja, das muss reichen.« Er drückte ihr den Kompass in die Hand. »Du musst das hier für mich lesen.« Er lächelte. »Genau wie du gesagt hast, Lane. Ich brauche deine Hilfe.«

Marion drehte das Gerät in der Hand. »Dann los.« Sie folgte Kenny aus der Damentoilette und in das Foyer vor dem Ballsaal. Licht drang heraus. Scharfes Knistern und ohrenbetäubendes Zischen hallte durch die Gänge und durch den Rauch und den funkelnden Nebel des noch immer andauernden Feuerwerks. Marion konnte gerade noch die letzten Stuhlreihen erkennen. Die Zuschauer saßen zusammengesunken auf ihren Plätzen, den Blick starr geradeaus gerichtet.

Sie klappte den Deckel des Kompasses auf. Unter der Glasabdeckung befand sich eine dünne an einem Drehgelenk befestigte Nadel. Wo bei einem normalen Kompass Norden gewesen wäre, glühte hier ein strahlend smaragdgrünes Licht (der Indikator), der immer heller leuchtete, je näher man den Kompass an den dazugehörigen Vagor-Stein brachte. Knapp unterhalb des Drehgelenks befand sich ein Orientierungsfeld: eine rechteckige Metallplatte mit einer vereinfachten Karte darauf. Solange die Kompassnadel auf den smaragdgrünen Indikator zeigte, ging man in die richtige Richtung.

Marion sah, dass der Indikator nur noch kaum wahrnehmbar glühte. Der Vagor-Stein musste sich gerade noch in Reichweite des Kompasses befinden – also etwa eine halbe Meile von hier entfernt. Sie drehte sich, bis die Nadel auf den Indikator deutete, dann sah sie auf. Leicht rechts von ihr befand sich der Eingang zu dem Korridor, der an der Bibliothek vorbeiführte. Der Gang links führte hinauf in Richtung von Nancys Büro.

»Ich war sicher, dass er irgendwann in den Pausenraum kommen würde, wegen deiner kleinen Entdeckung dort«, erklärte Kenny. »Aber ich habe den ganzen Tag dort auf ihn gewartet, und er ist nicht aufgetaucht. Letztendlich habe ich ihn im Ballsaal gefunden, wo er eine Weile herumgelaufen ist, vermutlich nur zu Demonstrationszwecken. Als die Show dann aber so richtig losgegangen ist, habe ich ihn verloren. Ich wollte es mit dem Kompass versuchen, doch der hat sich einfach nur ausgeschaltet. Vielleicht war er außer Reichweite, aber …«

»Bitte, Kenny. Ich versuche, mich zu konzentrieren.« Sie machte einen Schritt nach vorn. »Man braucht bloß ein bisschen Übung. Und Geduld.« Flackernd schaltete sich die Karte ein, etwas, das nur geschah, wenn der Kompass spürte, dass sein Träger die Orientierung verloren hatte. Eine dünne Linie aus glühendem grünem Licht erschien. Sie verband zwei Punkte miteinander. Einer davon war schwarz und gehörte zu Marion, der andere war grün: der Vagor-Stein. »Er ist nicht im Pausenraum und auch nicht irgendwo in der Nähe davon – genau genommen … sieht es so aus, als wäre er in der Informationsabteilung. Er bewegt sich nach Nordwesten. Komm! Hier lang.«

Es war eine durchaus rationale Annahme, und der Kompass führte sie tatsächlich durch die Tunnel und Gänge in Richtung der Informationsabteilung. Sogar dieser sonst so hell erleuchtete und geschäftige Teil der Detektei schien nun vollkommen verlassen zu sein. Sie gingen weiter, an der Kantine und der Küche vorbei, und bogen nach den Anweisungen der Kompassnadel nach links oder rechts ab.

Wie Marion vermutet hatte, führte sie die Kompassnadel auf die kurze Treppe zu, die vom untersten Stock der Bibliothek zur Registratur und zur Informationsabteilung führte. Das Licht strahlte nun grellgrün, und Marion klappte den Kompass zusammen. Sie nickte. »Er ist eindeutig da unten …« Ein lautes Krachen unterbrach sie, als die Tür am Fuß der Treppe aufflog. »Er kommt!«

»Hier lang.« Kenny zog sie hinter eines der Bücherregale links von der Treppe.

Sie warteten. Plötzlich brannten ihre Augen. Die Luft um sie herum begann zu gären, dicker zu werden.

Marion riss zwei Stoffstreifen von ihrem Chiffonrock und reichte Kenny einen davon. »Binde dir das um Nase und Mund.«

»Was?«

»Tu es einfach. Los!«

Die Wirkung des Nebels verschwand nicht vollständig, die Luft um sie herum wirkte noch immer verschleiert und zähflüssig, aber als Marion um die Ecke des Bücherregals spähte, konnte sie einen Umriss erkennen, der tatsächlich vage an Swindlehursts große, breitschultrige Gestalt erinnerte. Er kam die Treppe herauf. Auch er hatte sich vor dem Nebel geschützt und trug eine Gasmaske.

»Schau auf den Kompass«, flüsterte Kenny.

Sie klappte ihn auf, und zitternd richtete sich die Nadel neu aus. Das grüne Licht des Indikators wurde schwächer. Swindlehurst war an ihnen vorbeigegangen.

In sicherer Entfernung folgten Marion und Kenny ihm durch die Bibliothek. Dabei hielten sie genug Abstand, um den Effekt des Nebels gering zu halten, blieben aber immer so nah bei Swindlehurst, dass der Kompass ihn nicht verlor.

Nun, da die Wirkung der Drogen vollständig aus Marions Körper gewichen war und Adrenalin durch ihre Adern rauschte, wurde ihr allmählich fast übel vor Nervosität. Was auch immer als Nächstes geschehen würde, was auch immer Swindlehurst plante, was nach einer so gewaltigen Ablenkungsaktion wie einem Zirkusball verlangte, Marion spürte, wie die über ihnen hängende Bedrohung an ihren Nerven zerrte.

Immer wieder verschwand Swindlehurst aus ihrer Sicht. Manchmal, wenn er einen besonders dunklen Bereich durchquerte, war er eine Weile gar nicht mehr zu sehen.

»Wo ist er?«, fragte Kenny, als Swindlehursts Silhouette hinter einem Bücherregal verschwand.

Da sah Marion ihn wieder. »Er geht in Richtung Verschlussraum.«

Sicher sein konnte sie sich jedoch nicht. Die Wandleuchten der Bibliothek, kleine glockenförmige Lichtkugeln, waren ausgeschaltet und das Deckenlicht fast ganz heruntergedreht worden.

Marion und Kenny huschten von einem Bücherregal zum nächsten, als Swindlehurst auf einmal tatsächlich in Richtung Verschlussraum abbog.

»Er kommt auf uns zu.« Marion versetzte Kenny einen Ellbogenstoß in die Rippen und deutete auf eine dunkle Ecke nur ein paar Meter von ihnen entfernt, wo sie Swindlehurst auszumachen geglaubt hatte. Keiner von ihnen regte sich, denn nun konnte man tatsächlich unmöglich sagen, wo er war.

Marion stockte der Atem.

»Nicht bewegen …«, flüsterte Kenny.

Das Klacken von Schritten auf dem Marmorboden. Ein aufflackerndes Licht, anschließend wieder nur dunkles Grau. Das Geräusch der Schritte kam näher, dann verstummte es. Die Tür zum Verschlussraum wurde geöffnet, und nach kurzem Zögern schlichen Marion und Kenny über die Schwelle.

In dem langen rechteckigen Raum war es allerdings noch dunkler als in der Bibliothek, und sie hatten keine Chance, Swindlehurst ausfindig zu machen. An den beiden langen Seiten des Raums reihten sich stählerne Aktenschränke, nummeriert von eins bis einhundertvierzehn, und endlich begriff Marion, warum dem Hohen Rat praktisch nichts anderes übrig geblieben war, als Frank für schuldig zu befinden, denn abgesehen von der kamerabewachten Tür gab es in diesem Raum keinen weiteren Ein- oder Ausgang.

Kenny umfasste ihren Arm.

Schritte auf dem Steinboden. Ein Schatten auf der anderen Seite des Raums. Das Geräusch eines Reißverschlusses, der aufgezogen wurde, dann ein Scharren, als würde jemand etwas aus der Wand ziehen – eine Art großer, dunkler Kasten, wie es schien.

»Ich glaube, der Nebel lässt nach«, flüsterte Marion, als die Luft um sie herum klarer zu werden begann.

Swindlehurst schien es eilig zu haben. Es sah aus, als würde er eine Wählscheibe auf dem Kasten drehen und dann den Deckel öffnen. In diesem Moment begann irgendetwas in dem Kasten zu ticken. Swindlehurst sah auf seine Uhr, dann zog er einen einzelnen Glasflakon aus dem Kasten.

Im Gegensatz zu den Kristallflakons, die Marion im Labor gefunden hatte, war dieser nicht mit einem silbrigen Nebel, sondern mit etwas ganz anderem gefüllt: einer tiefschwarzen Substanz, die zu knistern und zu brodeln schien.

Swindlehurst steckte den Flakon in die Tasche.

Ein neues Geräusch erklang, wie Dampf, der durch ein schmales Rohr zischte.

Jemand eilte durch den Raum auf die Tür zu. Sie wurde geöffnet und wieder geschlossen.

»Kenny«, sagte Marion mit wild klopfendem Herzen. Ein merkwürdiger Gestank von Verwesung und brennendem Gummi breitete sich in dem Raum aus. Schwarze Rauchschwaden stiegen von dem schwarzen Kasten auf, und das Atmen wurde schwer.

Er nickte und zog sie zurück in Richtung Ausgang. »Zeit zu gehen!«

Schon waren sie bei der Tür und Marion zog am Griff. »Sie ist verschlossen! O Gott!«

Sie fuhr herum. Ein hellgrauer Schleier hüllte den Raum nun ein. Das Zischen und Ticken verstummte, dann erhob sich eine gewaltige dunkle Rauchwolke aus dem Kasten. Die Luft war sengend heiß, aller Sauerstoff schien einfach verschwunden zu sein.

Marion hörte Schritte aus der Bibliothek jenseits der Tür,

war aber schon zu panisch, um noch zu begreifen, was das bedeuten oder wer dies sein konnte. Sie sank zu Boden, ihr Sichtfeld zog sich zusammen, Schwäche breitete sich in ihrem Körper aus.

Ein scharfer Knall zerriss die Luft, dann wurde alles schwarz.

Neunzehn

DER SIEBEN-JAHRES-SAFE

Samstag Morgen. Marions Pupillen passten sich an das grelle Licht der Krankenstation an. An der Innenseite ihres Ellbogens spürte sie ein Stechen. Eine Nadel, die sie mit einem Tropf verband, steckte dort. Ihr Kopf hämmerte, als hätte jemand ihren Schädel in einen Schraubstock geklemmt und würde nun einfach zum Spaß daran herumdrehen. Vorsichtig wandte sie sich nach links. Im nächsten Bett lag Kenny, anscheinend schlafend. Mehrere Betten weiter (die von einigen übellaunigen Lehrlingen und anderen Detekteiangehörigen belegt waren) entdeckte sie Bill.

Sie entwirrte den Schlauch um ihren Arm und wollte aufstehen.

»Miss Lane, was machen Sie denn da?« Dr. Fitzpatrick, die Leiterin der Medizinischen Abteilung, kam auf sie zugeeilt.

»Mir geht es gut.« Mit Fitzpatricks Hilfe gelang es ihr, nicht einfach wieder umzukippen.

»Nein, es geht Ihnen nicht gut. Hinsetzen.« Sie drückte Marion wieder auf das Bett.

»Bill …«, stammelte sie. Die Worte brannten in ihrer Kehle. »Was ist mit ihm passiert?«

»Es ist alles in Ordnung, aber wir mussten ihn vorübergehend sedieren.«

»Sedieren?«

»Er wurde bei der Explosion verletzt, Miss Lane.«

»Explosion?« Sie starrte Fitzpatrick an und versuchte, sich daran zu erinnern, was geschehen war. Kurz bevor sie das Bewusstsein verloren hatte, war jemand vor der Tür zum Verschlussraum gewesen, und vielleicht hatte derjenige sogar versucht, sie zu öffnen, da war sie sich fast sicher. Was danach geschehen war, wusste sie jedoch nicht.

Fitzpatrick bot ihr keine weiteren Erklärungen an.

»Ist es schlimm?«, beharrte Marion und reckte den Hals, um einen besseren Blick auf Bill zu erhaschen. Er schien an eine ganze Reihe von Schläuchen und Apparaturen angeschlossen zu sein, auch wenn sie auf den ersten Blick keine Verletzungen erkennen konnte.

»Er ist bald wieder völlig hergestellt.«

»Wie lange muss er sediert bleiben?«

»Noch ein paar Stunden. Bitte beruhigen Sie sich, Miss Lane. Er muss sich nur etwas erholen.«

»Und Hugo?« Sie sah Kenny an. Seine Augenlider zuckten.

»Eine leichte Vergiftung, genau wie bei Ihnen. Es geht allen gut.« Sie drehte an einem Rädchen am Schlauch des Tropfs und ging dann zur Apotheke der Krankenstation im Nebenraum weiter.

Kenny regte sich und öffnete die Augen. Er wandte den Kopf zu Marion und streckte den linken Arm nach dem kleinen Messingkompass auf seinem Nachttisch aus. Ihr Herz hämmerte. Während der ersten paar kostbaren, glücklichen wachen Momente hatte sie den Grund ihres nächtlichen Einsatzes vollkommen vergessen – Swindlehurst im Auge zu behalten und dafür zu sorgen, dass er nicht einfach verschwand. Selbst wenn er den Peilsender noch bei sich trug, würde ihn der Kompass nur ausfindig machen können, solange sich der Vagor-Stein noch innerhalb eines Radius' von einer halben Meile darum herum befand.

Kenny klappte den Kompass auf.

»Und?«, fragte Marion rasch.

Kenny seufzte und zeigte ihr die Anzeige auf dem Kompass, auf der kein noch so schwacher grüner Lichtschimmer mehr zu sehen war.

Marion ließ sich nach hinten in die Kissen sinken. Kenny wirkte geschlagen. Sein sonst so perfekt gewachstes blondes Haar war zerzaust und stumpf, und Enttäuschung und Sorge standen ihm ins Gesicht geschrieben. Merkwürdigerweise kam es Marion jedoch so vor, als würde sie in diesem Moment, in dem sie ihn so offen vor sich sah, zum ersten Mal einen Blick auf den wahren Kenny Hugo erhaschen – also doch nicht nur Haarwachs, Aftershave und Selbstbewusstsein. »Wie geht es dir überhaupt?«

Er rieb sich über die Stirn. »Ging schon mal besser.« Sein Blick huschte über ihr Gesicht und über ihre Arme. Als er den großen Bluterguss an ihrem Ellbogen bemerkte, verzog er das Gesicht und berührte ihre Hand. »Es tut mir leid. Ich hätte dich einfach im Ballsaal lassen und Swindlehurst allein verfolgen sollen.«

»Nein. Ich will helfen. Das solltest du inzwischen eigentlich wissen.«

Kenny nickte und setzte sich auf. »Ehrlich gesagt überrascht es mich, dass wir beide überhaupt noch am Leben sind. Immerhin wissen wir jetzt, warum Swindlehurst ein Ablenkungsmanöver gebraucht hat.«

Die Tür zur Krankenstation schwang ein weiteres Mal auf, und dieses Mal war es Professor Gillroth, der eintrat. Bei seinem Anblick schreckte Marion zurück. Es war eine instinktive, ungewollte Reaktion. Gillroths Warnung, dass sie sich aus den Ermittlungen heraushalten und ihre Einmischungen sein lassen sollte, schien nun durchaus begründet gewesen zu sein. Allerdings wusste sie immer noch nicht, ob er sie damit hatte beschützen wollen oder sich selbst.

Der Professor ließ sich auf einen Stuhl zwischen den Betten von Marion und Kenny sinken und stellte seinen Gehstock neben sich ab. Er wirkte erschöpft und blass, älter als bei ihrer letzten Begegnung.

»Miss Lane, Mr Hugo. Wie geht es Ihnen?« Der Blick seiner alterstrüben Augen glitt besorgt über sie hinweg.

Marion öffnete den Mund, ihre Kehle war wie ausgetrocknet. »Uns geht es gut, glaube ich.«

Gillroth nickte. Einen Moment lang schien er unschlüssig, an wen er sich wenden sollte. »Fitzpatrick hat mich darüber informiert, dass sie bei einer Art Gasleck eine Vergiftung davongetragen haben. In der Nähe des Verschlussraums, wie ich gehört habe?«

Marion und Kenny sahen einander an. Ihnen war noch keine Zeit geblieben, ihre Geschichten aufeinander abzustimmen oder darüber zu sprechen, was wirklich im Verschlussraum geschehen war. Fitzpatrick hatte eine Explosion erwähnt, und nun sprach Gillroth von einem Gasleck. Beides hörte sich irgendwie nicht richtig an.

Kennys Miene wirkte vorsichtig, genauso wie Marion sich fühlte. Je weniger sie sagten, desto besser. Darauf schienen sie sich auch ohne Worte einigen zu können.

»Ja«, antwortete Marion endlich. »Wir waren in der Bibliothek. Ich bin nicht sicher, was passiert ist. Da war eine Menge Rauch.«

»Ich verstehe.« Der Professor zog ein Taschentuch aus der Brusttasche und tupfte sich damit über die Augen. Altersträhnen, mit Traurigkeit hatten sie nichts zu tun. »Und was wollten Sie in der Bibliothek? Hat die Zirkusvorstellung Sie gelangweilt?« Er versuchte zu lächeln, doch es wurde eher eine Art Grimasse daraus.

»Wir würden gern mit Nancy sprechen«, warf Kenny ein, nachdem einen Moment lang peinliches Schweigen geherrscht hatte. »Könnten Sie ihr ausrichten, dass sie bitte mit uns Kontakt aufnehmen soll?«

Gillroths Atem war rau, angestrengt, flach. »Das würde ich sehr gern, Mr Hugo, aber leider muss ich Ihnen sagen, dass seit gestern niemand mehr von ihr gehört hat.« Er wandte sich an Marion. »Die Bierfässer waren mit einer absonderlichen Substanz versehen, irgendetwas Alchemisches, wie mir gesagt wurde. Darüber hinaus wurde ich darüber informiert, dass Professor Bal derzeit einen recht interessanten schwarzen Kasten untersucht, der am Ort des, ähm, Gaslecks gefunden wurde. Und eines noch. Edgar ist ebenfalls verschwunden. Sein Büro wurde geräumt.« Er wartete. Beobachtete. Die alten, atrophierten Muskeln in seinem Gesicht zuckten vor Anspannung.

Marion und Kenny schwiegen, bis der Professor schließlich nachgab.

»Na gut, Miss Lane, Mr Hugo.« Mit einiger Mühe kam er auf die Beine und stützte sich schwer auf seinen Gehstock, der unter der Last knackte. »Es tut mir sehr leid, was geschehen ist, sowohl mit Ihnen beiden als auch mit Mr Hobb. Ich hoffe, Sie werden sich rasch wieder erholen.« Er nickte, als wollte er das unterstreichen. »Bitte seien Sie versichert, dass ich wie immer nur Ihr Wohl im Sinn habe.« Er hielt inne, senkte die Stimme und fügte noch hinzu: »Was auch immer Edgar Swindlehurst getan hat, was auch immer er vorhat, ich habe damit nichts zu tun. Seien Sie sich dessen sicher.«

»Ich glaube, wir müssen es ihm sagen«, kommentierte Kenny, sobald Gillroth fort war. »Was du in den Tunneln gefunden hast, meine ich. Es ist die einzige Verbindung zwischen Swindlehurst und dem Mord, und da Nancy nicht aufzufinden ist …«

Marion zog sich die Nadel aus dem Arm. »Tu das, wenn du willst, aber Gillroth weiß mehr, als er sagt, da bin ich mir sicher. Ich bezweifle, dass ihn das, was wir erzählen können, überraschen wird.«

»Okay, was dann?«

»Behalte den Kompass im Auge und hinterlasse mir eine Nachricht in meinem Zimmer, falls er wieder aufleuchtet.« Sie nahm ihre Handtasche vom Nachttisch neben dem Bett und stöhnte, als ihr ein messerscharfer Schmerz in den Rücken fuhr.

»Wohin willst du?« Sanft umfasste Kenny ihren Arm. Ihr stockte der Atem. »Wir stecken da jetzt zusammen drin.«

»Swindlehurst ist verschwunden, Kenny. Und ganz sicher hat er sämtliche Beweise für Operation Grauadler mit sich genommen. Niemand wird uns glauben, was ich da unten gefunden habe, es sei denn, wir schnappen Swindlehurst.« Ihre Stimme klang scharf, angestrengt.

»Ja, das glaube ich auch. Aber wie sollen wir das anstellen? Der Peilsender ist schon zu weit weg.«

»Wir müssen verstehen, was letzte Nacht passiert ist. Wenn wir wissen, was Swindlehurst aus dem Verschlussraum geholt hat, vielleicht bekommen wir dann auch heraus, wohin er gegangen ist. Wir müssen zu Professor Bal.«

Mit Kenny im Schlepptau lief Marion eilig zur Technischen Abteilung.

Auf dem ganzen Weg begegnete ihnen niemand, und Marion fragte sich, was wohl jene Mitarbeiter bei Miss Brickett's, die in der Nacht zuvor unter Drogen gesetzt worden waren, glauben mussten. Waren sie irgendwann nach Mitternacht aufgewacht, unbequem auf ihren Stühlen im Ballsaal zusammengesunken und ohne Erinnerung daran, wie sie dorthin gekommen waren? Waren sie in ihre Zimmer oder zurück nach Hause getaumelt und am nächsten Tag nach einem scheinbar sehr farbenfrohen, seltsamen Traum wieder erwacht?

Für Marion wurde dies alles allmählich zu einem Albtraum. Das Urteil über Frank würde in fünf Tagen gefällt werden, und obwohl sie nun wusste, wie Swindlehurst in der Mordnacht an der Kamera vorbeigekommen und in den Verschlussraum gelangt war, konnte sie nicht sicher sein, dass der eine Kristallflakon mit dem Silbernebel darin, den sie im Labor gefunden hatte, ausreichen würde, um Frank zu entlasten. Sie musste Swindlehursts Motiv herausfinden.

Sie zog am Arm des Wasserspeiers und betrat die Werkstatt. Professor Bal kam gerade aus seinem Büro.

»Es geht euch gut!« Er eilte auf Marion zu, wobei er Kenny nur einen kurzen Blick schenkte. Dann führte er sie zu einer Werkbank, auf der ein Haufen verbogene Stahlteile lagen. »Es tut mir so leid«, sagte er kopfschüttelnd. »Der Zirkus ... Wir wollten, dass es eine Überraschung wird, aber ... Zum Schluss habe ich begriffen, dass irgendetwas daran merkwürdig ist. Es tut mir so leid.«

»Das ist wirklich nicht Ihre Schuld, Professor«, versicherte Marion und legte ihm eine Hand auf die Schulter. Dann kam sie auf den Grund ihres Besuchs zu sprechen. »Wir hatten gehofft, Sie könnten uns erklären, was da im Verschlussraum passiert ist?«

Der Professor wirkte verunsichert. »Rupert hat gesagt, dass ich noch nicht darüber sprechen soll.« Nachdenklich blickte er auf das Stahlgewirr aus Federn, Schrauben und Bolzen vor sich. Plötzlich erkannte Marion in dem Haufen die Überreste des schwarzen Kastens wieder, den Swindlehurst im Verschlussraum aus der Wand gezogen hatte. Eigentlich war kaum mehr als der Rahmen und ein Teil der Verschlusskappe übrig geblieben – ein Stück schwarzer Stahl, in dessen Mitte sich eine kleine, aber noch vollkommen intakte Drehscheibe befand.

»Ja, das weiß ich.« Marion bemühte sich, die Ungeduld aus ihrer Stimme herauszuhalten. »Aber Kenny wurde von Nancy angeworben, um den Mord an White aufzuklären. Sie würde es also befürworten, dass Sie Informationen an ihn weitergeben. Und damit auch an mich«, fügte sie rasch noch hinzu. »Bitte, Professor. Die Zeit drängt. Und wir müssen es wissen.«

Bal nickte leicht und zog sich seine Baskenmütze vom Kopf. Wieder richtete er den Blick auf den Haufen aus Stahl auf der Werkbank. »Das da nennt man einen Zeitsafe«, begann er. »Ich habe sämtliche Schubladen im Verschlussraum selbst gebaut. Es sind einhundertundvierzehn Stück da unten, und allesamt sind in Wahrheit Safes, die man mit einem Schlüssel oder einer Zahlenkombination öffnen kann. Sie sind recht schlicht und verfügen nur über minimale Sicherheitsvorkehrungen. Wer sich ein bisschen mit so etwas auskennt, der bekommt sie relativ leicht auf. Diesen Safe hier habe ich allerdings nicht gebaut.« Er deutete auf die Überreste vor sich. »Es ist eine sehr seltene Version eines Safes. Sehr schwer zu bauen. Ich fürchte, wenn ich gewusst hätte, dass es so etwas im Verschlussraum gibt …«

»Sie haben es also nicht gewusst?«, hakte Marion nach und warf Kenny einen raschen Blick zu.

»Ich glaube, niemand außer Edgar wusste davon. Er muss ihn ohne unser Wissen eingebaut haben.«

»Was ist denn daran so besonders?«, wollte Kenny wissen.

»Tja … seht ihr«, sagte der Professor und zog etwas aus dem Haufen, das wie eine reichlich ramponierte, aber ganz gewöhnliche Uhr aussah. »Zeitsafes sind etwas Besonderes, dafür gebaut, die geheimsten aller Geheimnisse zu hüten. Dinge, von denen es einem lieber ist, sie würden zerstört, als dass sie jemals ans Licht kommen. In den frühen Dreißiger- und Vierzigerjahren waren sie sehr beliebt – vermutlich gab es damals eine Menge gefährlicher Geheimnisse.« Seine Stimme verklang, als würde er sich an etwas erinnern, vielleicht an eines seiner eigenen Geheimnisse. »Der MI5 hat die Safes äußerst nützlich gefunden, wie ihr euch sicher vorstellen könnt. Hauptsächlich für Geheimdokumente und Papiere, die lieber niemals an die Öffentlichkeit dringen sollten.«

»Haben Sie solche Safes in der Fabrik verkauft?«, fragte Marion.

»O nein, Marion. Ich nicht. In ganz Großbritannien gibt es nur eine Person, die weiß, wie man solche Safes baut.«

»Ja, und? Wer ist das?«, fragte Kenny ungeduldig.

Nervös sah sich der Professor in der Werkstatt um. *»Sie …«*, raunte er, leise und vorsichtig. »Keine sehr freundliche Lady.« Wie um dies noch zu betonen, schüttelte er den Kopf. »Nein, nein, aber sehr klug, sehr talentiert.«

Marions Herz pochte wild, und ihr ganzer Körper tat weh, weshalb sie wirklich nicht in Stimmung für Rätsel war. Sie fühlte sich, als hätte sie seit Tagen nicht richtig geschlafen. »Okay, dann ist Swindlehurst also losgezogen und hat einen Zeitsafe von dieser … unfreundlichen Frau gekauft?«

»Genau, Marion, er muss ein sehr gefährliches Geheimnis gehabt haben.« Wieder beugte er sich über die Stahlteile auf der Werkbank und fischte etwas heraus, das wie ein Schlüssel aussah. »Seht ihr, das hier wird benutzt, um den Zeitmesser am Safe einzustellen. Der Zeitmesser ist an den Verschlussmechanismus des Safes angeschlossen, und man stellt darauf das Datum und die Uhrzeit des Zeitpunkts ein, an dem man den Safe wieder öffnen kann. Mit jeder Umdrehung des Schlüssels wird der Zeitmesser um weitere vierundzwanzig Stunden aufgezogen.« Er demonstrierte dies, indem er den Schlüssel in die Luft hielt: »Ein Tag«, eine Drehung. »Zwei Tage«, eine zweite Drehung. »Drei Tage …«

»Ja, ja, schon gut, wir haben's verstanden«, unterbrach Kenny ungeduldig.

Marion warf ihm einen finsteren Blick zu. »Bitte weiter, Professor.«

Bal lächelte verzagt, dann fuhr er fort. »Man geht davon aus, dass der Zeitmesser auf eine umso längere Zeit eingestellt wird, je furchtbarer das zu hütende Geheimnis ist. Ich habe einmal gehört, dass ein Mitglied des britischen Geheimdiensts im Jahr 1946 einen solchen Safe gekauft hat, um darin streng geheime Kriegsdokumente unterzubringen. Den Gerüchten zufolge hat er verlangt, dass der Zeitmesser auf eine unbegrenzte Zeitspanne eingestellt wird, woraufhin achthundertsechsundsiebzigtausend Stunden, also hundert Jahre eingegeben wurden.«

»Das ist ja alles sehr interessant, aber ...«, setzte Kenny an, doch Marion fiel ihm ins Wort.

»Können Sie uns sagen, auf wie lange dieser hier eingestellt wurde, Professor?«

Bal hielt sich sein Monokel vor das rechte Auge, nahm die kleine Uhr in die Hand und drehte sie um, damit er das winzige Zahnrad in der Mitte untersuchen konnte. »Zweitausendfünfhundertundfünfundfünfzig Tage. Oder genau sieben Jahre.«

Marion runzelte die Stirn. »Sieben Jahre.«

»Aber warum ist das ganze Ding dann in die Luft gegangen?«, fragte Kenny. »Soll so etwas passieren?«

»Nein. Und ja. Ihr habt nicht richtig zugehört. Ich habe euch doch gesagt, dass Zeitsafes sehr sicher sind, weil man sie erst dann öffnen kann, wenn die eingestellte Zeit abgelaufen ist. Und wann genau das ist, weiß nur die Person, die den Zeitmesser eingestellt hat.« Er holte tief Luft. »Versteht ihr, wenn man einen solchen Zeitmesser heute einstellen würde« – er sah auf die Uhr –, »am Samstag, dem sechsundzwanzigsten April, der den Safe in einem Jahr wieder freigeben sollte, dann müsste man den Safe am sechsundzwanzigsten April 1959 um genau zehn Minuten und eine Sekunde nach zehn Uhr vormittags öffnen. Falls irgendjemand versuchen sollte, den Safe vor Ablauf der Frist zu öffnen, dann wird damit ein Auslöser eingeschaltet, der den Inhalt des Safes in Flammen setzt. Alles darin würde binnen weniger Sekunden zerstört werden.«

»Der Inhalt des Safes wird also zerstört, falls man versucht, den Safe *vor* Ablauf der eingestellten Frist zu öffnen. Aber was passiert, wenn man es danach versucht?«, fragte Marion.

»Dann geschieht genau das, was wir im Verschlussraum

erlebt haben. Eine Reihe von Abwehrmechanismen wird in Gang gesetzt. Welche, das entscheidet der Eigentümer des Safes.« Er ließ das Monokel sinken und legte es neben sich auf die Werkbank. »Sehr ihr, es könnte durchaus passieren, dass der Eigentümer vergisst, den Safe an genau dem richtigen Datum zu genau der richtigen Zeit zu öffnen, oder dass er es aus irgendeinem Grund nicht tun kann. Deshalb muss es auch einen sicheren Weg geben, den Safe nach Ablauf der Frist noch zu öffnen. Und daher werden die Abwehrmechanismen eingebaut, die sich von Safe zu Safe unterscheiden und die sich vermeiden oder entschärfen lassen, wenn man weiß, worum es sich dabei handelt.«

»Swindlehurst wusste, welche Abwehrmechanismen es bei diesem Safe gab«, schloss Marion und beugte sich über den kaputten Safe. »Er wusste, dass es eine Explosion geben würde, und wahrscheinlich wusste er auch ganz genau, wie viel Zeit ihm bleiben würde, um den Inhalt des Safes herauszuholen, bevor das ganze Ding in die Luft geflogen ist. Ich weiß noch, dass er auf eine Uhr geschaut hat, während er aus dem Verschlussraum gelaufen ist. Kurz vor der Detonation.«

Der Professor wirkte verwirrt. »Detonation? Explosion? Es gab keine Explosion, Marion. Sonst wärt ihr beide jetzt tot. Es war nur ein Abwehrmechanismus, der so aussehen und so klingen sollte wie eine Explosion. Eine Art Alarm, dem eine Freisetzung von Gas vorausgegangen ist. Ein Betäubungsmittel.«

»Klingt logisch«, sagte Kenny. »Immerhin haben wir das Bewusstsein verloren, oder?«

Marion überlegte. »Stimmt. Was aber eigentlich auch keine Rolle spielt. Es geht doch darum, dass Swindlehurst wusste, welche Abwehrmechanismen eingebaut sind, und er war darauf vorbereitet. Im Gegensatz zu uns anderen. Deshalb hat er den Zirkusball geplant. Die Lichter, das Feuerwerk. Es war ein Ablenkungsmanöver. Nur kann das nicht sein ursprünglicher Plan gewesen sein. Es muss einen Grund dafür geben, dass er den Safe nicht zum richtigen Zeitpunkt geöffnet hat. Professor«, ging sie einem plötzlichen Einfall nach, »können Sie uns sagen, wann genau der Safe geöffnet werden sollte? Den Zeitpunkt und das Datum?«

»Ich kann es versuchen.« Er hielt die winzige Uhr hoch und machte sich mit einem Schraubenzieher an der Rückseite zu schaffen. »Wie schon gesagt habe ich einen solchen Safe noch nie selbst gebaut, aber … vielleicht …« Eine gefühlte Ewigkeit hantierte er mit den kleinen Uhrteilen herum. »Ah, da haben wir es ja.«

Marions Herz begann zu rasen. Sie war ziemlich sicher, wie die Antwort lauten würde, und allein bei der Vorstellung gefror ihr das Blut in den Adern.

Der Professor runzelte die Stirn und murmelte etwas vor sich hin, dann drehte und pikte er noch einmal an der Uhr herum, bis endlich: »Der Safe wurde vor sieben Jahren eingestellt, wie ich gesagt habe … am zwölften April 1951 um zwölf Uhr nachts.«

»Also in der Nacht des elften April.« Sie wandte sich an Kenny, dessen Gesicht ebenso blass war, wie es ihr eigenes sein musste. »Neunzehnhunderteinundfünfzig plus sieben.«

»Die Nacht, in der White ermordet wurde …«

Eine vage, ungenaue Erinnerung tauchte irgendwo in Marions Unterbewusstsein auf, irgendetwas, das noch an diesem Datum geschehen war – am 11. April 1958. Sie kam einfach nicht darauf.

»Wusste White, was passieren würde?«, fragte Kenny und unterbrach ihren Gedankengang.

»Ja, ich glaube schon«, antwortete Marion. Obwohl sich die Puzzleteile allmählich ineinanderfügten, fühlte sie sich kein bisschen besser. Wenn überhaupt, dann wuchs ihr Entsetzen nur noch. »Swindlehurst wollte den Safe in der Nacht des elften April öffnen, und irgendwie hat White davon gewusst«, erklärte sie ihre Theorie. »Vielleicht wollte White ihn aufhalten, damit er das, was auch immer in dem Safe war, nicht holen konnte, oder vielleicht wollte sie auch nur selbst sehen, was es war. Woher auch immer, sie muss den genauen Zeitpunkt gekannt haben, wann Swindlehurst im Verschlussraum sein würde.« Sie sah Professor Bal an, dessen Gesicht nun aschfahl war. Rasch machte er sich an irgendetwas auf der Werkbank zu schaffen, woraufhin sich Marion wieder an Kenny wandte und in gedämpftem Tonfall fortfuhr: »Jetzt ergibt alles einen Sinn. Swindlehurst kommt gegen dreiundzwanzig Uhr fünfzig in den Verschlussraum. Unter der Tarnung des Grauadlers hat er sicher nicht mehr Vorbereitungszeit gebraucht. Die Kamera hat ihn nicht aufgezeichnet, obwohl er wahrscheinlich nicht einmal von ihr gewusst hat. Er holt den Kasten aus der Wand, muss aber bis Punkt Mitternacht warten, bis er ihn öffnen kann, da der Inhalt sonst zerstört wird. Zur selben Zeit betritt White den Verschlussraum. Frank sieht sie an der Bibliotheksbar vorbeilaufen. Die Kamera über dem Eingang nimmt auf, wie White den Verschlussraum um dreiundzwanzig Uhr fünfundfünfzig betritt. Swindlehurst ist schon dort, wahrscheinlich hat er auch den Safe schon vor sich, kann ihn aber noch nicht öffnen. White sieht alles und ist fasziniert oder verängstigt. Sie weiß, dass Swindlehurst da sein muss, aber sie kann ihn unter der Tarnung des Grauadlers nicht erkennen. Vielleicht versucht White auch, den Safe zu öffnen, und Swindlehurst muss sie aufhalten, damit der Inhalt nicht vernichtet wird. Oder vielleicht wusste White, dass es Swindlehurst war, der sich mit ihr im Verschlussraum befunden hat, obwohl sie ihn nicht sehen konnte. Sie konfrontiert ihn. Und das ist das Letzte, was sie je tut. Die Auseinandersetzung dauert bis nach Mitternacht an, und Swindlehurst kann den Safe nun nicht mehr öffnen, ohne dabei jede Menge Lärm zu verursachen, also schiebt er ihn zurück in die Wand. Allmählich lässt die Wirkung des Grauadlers nach, und Swindlehurst weiß, dass er sich schleunigst davonmachen muss. Er muss möglichst weit weg vom Verschlussraum sein, wenn er wieder zu erkennen ist. Es gelingt ihm zu fliehen, kurz bevor Frank den Verschlussraum betritt. Swindlehurst hat White bereits in die Kehle gestochen, und sie verblutet. Anscheinend ist niemand sonst in der Nähe.«

Professor Bal drehte sich wieder zu ihnen beiden um, und nun war er sogar noch blasser. Vielleicht hatte er gehört, was sie gesagt hatte.

»Ich schätze, die noch offene Frage lautet: Was war in dem Safe, das Swindlehurst so dringend geheim halten wollte«, sagte Kenny. »Etwas, für das er gemordet hat. Und woher wusste White davon?«

Das war es, was bei Marion einen Erinnerungsblitz auslöste.

11. April 1958 – das Datum, das im Register gestanden hatte. Michelle Whites letzter Eintrag.

»Was ist los?«, fragte Kenny, und beide Männer sahen sie gespannt an.

»Der Brief, den White in der Nacht des Mordes erhalten hat. Ich habe ihre Signatur im Register gesehen. An die genaue Zeitangabe kann ich mich nicht mehr erinnern, aber es muss irgendwann gegen dreiundzwanzig Uhr gewesen sein.«

»Du glaubst, sie hat einen Tipp bekommen?«, fragte Kenny unsicher.

»Woher sollte White sonst die genaue Zeit kennen, zu der sich der Safe öffnen ließ?«

Professor Bal schwieg. Mit ernster Miene stand er auf und verließ die Werkstatt mit unsicheren Schritten durch eine Hintertür. Kurz darauf kehrte er zurück.

»Es gibt nur eine Person auf der ganzen Welt, die den genauen Zeitpunkt außer Swindlehurst noch gekannt haben kann«, erklärte er und drehte ein Stück Papier in der Hand.

»Wenn man einen Zeitsafe kauft, dann kann man den Zeitmesser nicht selbst einstellen, das ist einfach zu kompliziert. Man braucht jemanden, der wenigstens eine gewisse Erfahrung mit Uhren hat, aber auch dann … Diesen Safe muss seine Erbauerin eingestellt haben, da bin ich fast sicher. Sie muss gesehen haben, was hineingelegt wurde.« Er reichte Marion den Zettel, auf dem ein Name und eine Adresse standen:

Helena Jansen
12 Holly Grove
Peckham

»Wie gesagt, sie ist die einzige Person in ganz Großbritannien, die einen Zeitsafe bauen kann. Sie gehört zu den Verwahrern, wie sie sich nennen. Wenn jemand Michelle von dem Safe erzählt hat, dann muss es Helena gewesen sein. Wenn sie es aber wirklich getan hat, dann hat sie damit den Schwur der Verwahrer gebrochen. Ich kann mir nur vorstellen, dass sie dafür einen sehr guten Grund gehabt haben muss.«

Die Worte des Professors hingen in der Luft wie eine Gewitterwolke. Marion schob sich den Zettel, den Professor Bal ihr gegeben hatte, in ihre Tasche. Es wäre riskant, Helena Jansen ausfindig zu machen, solange Swindlehurst auf freiem Fuß war. Wenn er bereit gewesen war, eine Kollegin umzubringen, um sein Geheimnis zu schützen, dann würde er sicher keine Skrupel haben, eine Frau zu töten, die ihn verraten hatte. Wenn er es nicht längst getan hatte.

Kenny klappte den Deckel des Kompasses auf. »Nichts«, sagte er, bevor Marion fragen konnte. »Ich behalte das Ding im Auge und versuche, irgendwie an Nancy heranzukommen.«

Marion nickte, sagte aber nichts. Sobald Kenny fort und der Professor wieder mit anderen Dingen beschäftigt war, lief sie zum Vorratsschrank der Werkstatt und holte zwei kleine schwarze Knöpfe und die dazugehörigen Kabel und Batterien heraus und steckte sie in ihre Handtasche.

Von der Werkstatt aus eilte Marion zurück zur Krankenstation, wo sie sich an Bills Bett setzte. Er schlief oder war noch immer sediert, doch seine Augen bewegten sich unter den geschlossenen Lidern. Er wusste, dass sie da war. Fitzpatrick hatte zwar gesagt, er würde wieder ganz gesund werden, aber sein Anblick – so zerbrechlich – machte ihr trotzdem zu schaffen, und sie spürte eine nagende Schuld, weil ihre gemeinsamen Ermittlungen, *Marions* Ermittlungen, dazu geführt hatten.

Sie blieb bei Bill, bis er wieder zu Bewusstsein kam. Er wirkte schwach und schien sich seiner Umgebung nur vage bewusst zu sein. Sein Gesicht war aschgrau, aber sein Gedächtnis schien intakt zu sein. Mit einer Reihe unzusammenhängender Sätze beschrieb er ihr die Ereignisse der vergangenen Nacht: Wie er sich aus dem Ballsaal geschleppt hatte, nachdem ihm klar geworden war, dass sie nicht mehr neben ihm saß. Wie er auf dem Weg zwischen Ballsaal und Badezimmer (wo er den Kopf unter kaltes Wasser hatte halten wollen) plötzlich gesehen hatte, wie Marion und Kenny in dem Korridor verschwanden, der zur Bibliothek führte.

»Ich wusste, dass da irgendwas nicht stimmt«, erinnerte er sich. »Ich schätze, nach der Szene im Ballsaal war das relativ offensichtlich. Wie du weißt, war ich nicht überzeugt davon, dass Kenny zu trauen ist. Ich wollte sehen, wohin er dich bringt. Also bin ich euch in die Bibliothek gefolgt und habe in einer der Lesenischen gewartet. Danach ist alles ein bisschen verschwommen. Eine Weile lang wusste ich nicht, wo ihr seid, dann habe ich Kenny um Hilfe rufen gehört und bin seiner Stimme zum Verschlussraum gefolgt.« Erschöpf hielt er inne und wartete, bis er wieder genug Luft zum Sprechen hatte. »Ich habe ihn gesehen, Mari. Swindlehurst. Er war sichtbar, aber nur gerade so. Ich habe versucht, ihm auszuweichen, doch er hat mich erwischt. Ein Schlag in die Rippen. Eine ist offenbar gebrochen, sonst ist es nichts Ernstes. Ich habe Fitzpatrick erzählt, dass das bei der Explosion im Verschlussraum passiert ist, ich weiß allerdings nicht, ob sie mir glaubt.«

»Gott, das tut mir so leid.«

Bill hob die Hand. »Bei mir ist alles klar, wirklich.« Er lächelte. »Ich bin nur froh, dass ich es bis zur Tür des Verschlussraums geschafft habe und euch beide rausholen konnte, bevor Nicholas euch da drin gesehen hat.«

»Wie hast du die Tür überhaupt aufbekommen?«

Er grinste stolz. »Bei unserer kleinen Begegnung habe ich Swindlehurst die Schlüssel aus der Tasche geklaut.«

»Ist Taschendiebstahl nicht eher Mauds Stil?«

Bill versuchte zu lachen, verzog dann jedoch nur das Gesicht. »Was ist da drin überhaupt passiert?«

Marion sah ihn an, seine Augenlider zuckten vor Müdigkeit, und sein Kopf rollte langsam zur Seite. »Das erzähle ich dir später«, sagte sie und drückte seine Finger. Dann küsste sie ihn auf beide Wangen.

Sobald sie wieder in ihrem Zimmer im Mitarbeitertrakt war, legte sie den Zettel von Professor Bal auf ihren Nachttisch und ließ sich voll angezogen auf ihr Bett fallen. Sie verschloss die Augen vor dem bizarren Schattentanz, den die Flamme der Petroleumlampe an die Wände warf. Nancy hätte nicht gewollt, dass Bal ihnen diese Informationen gab, so viel war Marion klar. Genauso wenig würde Nancy gefallen, was Marion damit vorhatte. Aber das war ihr egal. Nancy war einfach verschwunden, als Frank und die Detektei sie am dringendsten gebraucht hatten.

Zwanzig

DIE GESCHICHTE DER VERWAHRERIN

Marion schlief tief und fest bis zum Nachmittag, obwohl sie das nicht vorgehabt hatte. Tatsächlich hätte sie vielleicht auch noch die Nacht durchgeschlafen, wenn nicht jemand eine Salve Feuerwerkskörper (vermutlich von der Bühne des Zirkusballs gestohlen) im Großen Gang abgebrannt hätte. Der Knall war durch alle Gänge gehallt, und die Türen im Mitarbeitertrakt hatten vibriert.

Nun saß Marion auf der Bettkante und untersuchte all die frisch erblühten Blutergüsse auf ihren Gliedmaßen. Ihr Kopf pochte mit ausgesuchter Heftigkeit, genau wie ihr ganzer Körper. Sie taumelte zum Waschbecken und spritzte sich eiskaltes Wasser auf Gesicht und Hals. Das Spiegelbild, das ihr entgegenstarrte, wirkte ausgezehrt. Ihre Augen waren glanzlos, und dunkle Schatten lagen wie Aschebögen darunter. Ihre Lippen waren trocken und aufgesprungen und brannten vor Feuchtigkeitsmangel. Mascaraschlieren überzogen ihre Wangen. Oder vielleicht waren das auch blaue Flecken? So desolat und schwach hatte sie noch nie ausgesehen, gleichzeitig war sie furchtbar aufgewühlt. Sie fürchtete, zu lange geschlafen zu haben. Sie musste sich beeilen.

Sie zog sich frische Kleider an und holte die beiden kleinen schwarzen Knöpfe hervor, die sie aus der Technischen Abteilung hatte mitgehen lassen. Sie überprüfte die Drähte und Verbindungen, dann platzierte sie einen davon so offensichtlich wie nur möglich unter dem Kragen ihrer Bluse. Sie führte den Draht vorne durch die Bluse und verband ihn mit einer winzigen Batterie im Rockgürtel. Bei der zweiten Wanze war sie etwas einfallsreicher. Sie befestigte das Knopfmikrofon auf der Innenseite ihres BHs und verband es mit einem kurzen Kabel mit einer anderen Batterie unter ihrem Arm. Im Spiegel überprüfte sie den Sitz beider Wanzen, und sobald sie damit zufrieden war, zog sie sich einen Mantel an und ging in die Kantine hinunter.

Obwohl sie keinen Hunger hatte, würgte sie ein Eiersandwich hinunter und spülte mit einer Tasse Kaffee nach. Keines von beidem linderte die Übelkeit und das lauernde Entsetzen, das in ihrem Magen rumorte. Als eine Gruppe von Inquirern schließlich zum Abendessen auftauchte, verließ sie die Kantine rasch. Zum Grüßen hatte sie keine Zeit. Sie huschte in den Korridor hinaus und folgte ihm zum Großen Gang, dann eilte sie zum Aufzug, durch den Buchladen und hinaus auf die Straße.

Es war ein warmer Abend, obwohl die Sonne bereits hinter einem Schleier aus Smog und Wolken verschwunden war. Marion wusste ungefähr, wo Holly Grove lag, da sie dank Dolores' nie enden wollender Strickprojekte mehrere Male in Peckham gewesen war, auf der Suche nach einem bestimmten Farbton für Baumwollgarn. Diese Erinnerung legte sich ihr schwer auf die Brust, ein altvertrauter Druck, weder unangenehm noch sonderlich schön, und einen flüchtigen Moment lang dachte sie an Dolores und die Willow Street 16. War ihre Großmutter mittlerweile in Amerika angekommen? Dachte sie jemals daran, was sie hier zurückgelassen hatte? An das Haus oder an Marion?

Mit raschen Schritten marschierte sie durch die schmalen,

ruhigen Gassen um den Buchladen herum, bis sie schließlich ein Taxi entdeckte. Sie sprang hinein und reichte dem Fahrer den Zettel mit der Adresse.

Nach einer halbstündigen Fahrt fand sie sich in einer ziemlich heruntergekommenen Gegend wieder. Während die meisten der Gebäude die üblichen nichtssagenden und halb verfallenen Backsteinbauten waren, schien Holly Grove 12 nicht richtig ins Bild zu passen. Es war ein kleiner, rechteckiger Laden, ein Uhrengeschäft, mit einer niedrigen Holztür und zwei Buntglasfenstern links und rechts des Eingangs, durch die das Licht fiel und die Fenster in bunte Kaleidoskope verwandelte, die in dieser so trostlosen Umgebung wie Juwelen funkelten.

Marion klopfte an die auf Hochglanz polierte Tür, die sofort aufschwang, obwohl niemand da zu sein schien, der ihr geöffnet hatte.

»Wir haben geschlossen«, erklang eine Frauenstimme aus den Schatten.

Marion trat zum Tresen. Überall um sie herum hingen antike Uhren an den Wänden, lagen in ihre Einzelteile zerlegt auf Arbeitsplatten oder wurden stolz in Glasvitrinen zur Schau gestellt. Die Luft war erfüllt von dem asynchronen Ticken, und von irgendwo weit hinten aus dem Geschäft war das beharrliche Pfeifen eines Wasserkessels zu hören.

Der Deckel des Kessels begann zu rasseln, und gleichzeitig kam eine Frau mit schlurfendem Gang in Sicht. Sie war klein, ihr Gesicht erinnerte an ein Fossil, schmutzig und viel älter, als Marion erwartet hatte. Ihre Augen waren so dunkelgrau wie ihr Haar, das ihr in fettigen Strähnen auf die Schultern fiel.

»Guten Tag, Ma'am«, rief ihr Marion über das Pfeifen des Kessels hinweg zu. »Ich bin nicht hier, weil ich etwas kaufen will«, erklärte sie rasch. »Ich suche nach Helena.«

Die Frau, die auch viel dicker war, als Marion sie sich vorgestellt hatte, stemmte die Hände in die Hüften. Unter ihrer schmutzigen Schürze wölbte sich ein voluminöser Bauch. »Das bin ich. Was wollen Sie?«

Marion streckte ihr zur Begrüßung die Hand entgegen, zog sie jedoch wieder zurück, als die Frau nicht reagierte. »Ich habe mich nur gefragt, ob Sie mir bei etwas helfen könnten.«

Das linke Auge der Frau zuckte. »Wer sind Sie?«

Marion hielt es für das Beste, nicht zu lügen, das wäre sinnlos, wenn sie darauf hoffen wollte, von Helena die Informationen zu bekommen, die sie brauchte. »Marion Lane. Ich bin Lehrling bei Miss Brickett's und eine Freundin von Professor Uday Bal.«

Die Miene der Frau wandelte sich von statischer Unzufriedenheit zu loderndem Zorn. Ihre Augen wurden schmal, ihre Lippen bebten, tiefe Furchen zogen sich über ihre Stirn.

Unwillkürlich wich Marion einen Schritt zurück.

»Dieser Mann!«, fauchte sie. »Jeder seiner Freunde ist mein Feind! Raus hier! *Raus!*«

Abwehrend hob Marion beide Hände. »Tut mir leid, ich wollte bloß …« Sie stolperte rückwärts und stieß gegen eine der Glasvitrinen.

Die alte Frau riss einen Lappen aus ihrer Schürzentasche und wedelte damit durch die Luft, als wollte sie eine lästige Fliege vertreiben. *»Raus!«*, wiederholte sie und scheuchte Marion in Richtung Tür.

Marion legte die Hand auf den Türknauf, zögerte dann jedoch. »Vor sieben Jahren ist jemand hergekommen, um einen Zeitsafe zu kaufen«, sagte sie hastig. »Edgar Swindlehurst. Ich weiß, dass Sie ihm den Safe verkauft haben.«

Die Frau hielt inne, der Lappen verharrte reglos in der Luft. Dann ließ sie die Hand langsam sinken. Obwohl ihre Miene noch immer an geschmolzenen Stahl erinnerte, hatte Marion den Eindruck, dass sie trotz ihrer offensichtlichen

Wut auf Professor Bal (ein Mensch, von dem sich Marion nicht einmal vorstellen konnte, wie ihn jemand wirklich hassen sollte) bereit war, diese Animosität zugunsten eines wichtigeren Themas beiseitezuschieben. »Vor sieben Jahren, sagen Sie?«

»Am 11. April 1951. Sie haben den Safe so eingestellt, dass er sich dieses Jahr am elften April um Mitternacht öffnen lässt.«

Die Frau steckte den Lappen unter ihre Schürze. »Und was, wenn?«

»Tja, jemand anders als Mr Swindlehurst hat herausgefunden, wann der Safe geöffnet werden sollte, und ich kann nur vermuten, dass Sie es dieser Person verraten haben.«

Helena schob die Hände in die Schürzentaschen. Wieder veränderte sich ihre Miene. Nun wirkte sie mit einem Mal kummervoll.

»Ich würde wirklich gern wissen, warum Sie das getan haben«, fuhr Marion fort, als Helena nichts sagte. »Und ich muss wissen, was sich im Safe befunden hat.«

Helenas Brust hob und senkte sich schwer, und auf ihrer Stirn pulsierte eine dicke Ader. Einen Moment lang schien sie hin- und hergerissen zu sein und sich nicht entscheiden zu können, ob sie Marion mit ihrem Lappen eins überziehen oder ein vollständiges Geständnis ablegen sollte.

Glücklicherweise entschied sie sich für Letzteres.

»Wissen Sie, wie der Professor und ich uns kennengelernt haben?«, fragte sie vollkommen zusammenhangslos. »Hat er es Ihnen erzählt?« Der Professor hatte Marion zwar deutlich zu verstehen gegeben, dass sich Helena und er nicht sonderlich gut verstanden, was das Warum betraf, war er allerdings recht vage geblieben. Zu jedem anderen Zeitpunkt hätte Marion die Geschichte dahinter sehr interessiert, doch im Moment hatte sie das Gefühl, dass sie dadurch nur aufgehalten wurde.

»Nein«, antwortete sie ungeduldig. »Aber ich fürchte, dafür habe ich jetzt keine …«

»Wollen Sie nun von Edgar erfahren oder nicht?«

Marion seufzte. »Bitte erzählen Sie weiter.«

Helena nickte. »Wie gesagt, Bal und ich haben früher zusammengearbeitet. Sicher haben Sie von der Fabrik gehört. Und bestimmt auch von all den cleveren kleinen Gerätschaften, die der Professor dort entwickelt hat? Aber hat er Ihnen auch erzählt, dass sie meine Ideen waren? Sie alle?« Sie feixte. »Vermutlich nicht. Der Professor und ich haben während des Kriegs zusammengearbeitet, verstehen Sie. Wir haben alle möglichen brillanten Dinge entwickelt. Wanzen, Drahtfallen, Spionagekameras. Sie können sich nicht vorstellen, wie viele Aufträge wir hatten. Und nicht nur von den Briten.« Sie hob eine Braue. »Ich überlasse es Ihrer Vorstellungskraft, wer solche Gerätschaften in jenen Tagen sonst noch gebraucht haben könnte. Wie auch immer, Bal war gut darin, Apparate zu bauen und zu reparieren, das muss ich ihm lassen, aber ich war besser, was die Entwürfe betraf, die *Ideen*. Und die Zeitsafes? Natürlich auch meine Idee.« Sie spuckte ihr die Worte förmlich entgegen, eine eindrucksvolle Darstellung von Abscheu und Misstrauen.

»Die Fabrik wurde nach dem Krieg geschlossen. Nicht, dass es keine Aufträge mehr gegeben hätte, Spione gab es wie Sand am Meer, vielleicht sogar noch mehr als während des Kriegs. Es lag nur daran, dass London am Boden war. Niemand hatte Geld, die Mieten waren teurer als jemals zuvor, und Bal und ich konnten es uns einfach nicht mehr leisten, die Fabrik am Laufen zu halten.« Sie seufzte. Ihre harten Züge veränderten sich bei der Erinnerung. »Also mussten wir schließen, und genau das war der Grund, warum wir ohne Arbeit dastanden, als diese Nancy aufgetaucht ist und herumgeschnüffelt hat. Sie hat gesagt, sie wolle die Fabrik wieder öffnen, sie wolle die Miete zahlen und uns unsere Jobs zurückgeben. Dafür sollte es nur eine kleine Änderung geben. Eine Änderung. Was für ein Witz …« Sie verlor sich in unverständlichem Gemurmel.

Wieder musste Marion ihre Ungeduld niederringen. Sie beschloss, sich dies jedoch nicht anmerken zu lassen, da ihr Helena nicht wie jemand vorkam, der Unterbrechungen wohlwollend hinnahm.

»Jedenfalls«, fuhr die alte Frau schließlich fort. »Als ich gehört habe, welche Änderung genau das sein sollte, war ich davon nicht sonderlich begeistert. Sie wollte die gesamte Produktion unter die Erde verlegen, wo es keine Restriktionen gibt und sich niemand einmischen kann. Wo man auch vor dem Gesetz sicher ist. Der Professor hat sich natürlich sofort auf diese Gelegenheit gestürzt.« Sie grinste höhnisch. »Aber ich nicht. Mir hat das gar nicht gefallen. Da unten in einem dunklen Loch hausen und nie das Tageslicht zu sehen kriegen, vor allen verborgen. Ich habe gerochen, dass da etwas faul war, jawohl.« Sie hielt inne und ging zu einem Morris-Stuhl hinüber. Daneben stand eine Holzuhr, die ein ziemlich aggressives Frauengesicht zierte. Die Uhr hatte nur einen Sekundenzeiger, der entgegen dem Uhrzeigersinn und mindestens dreimal so schnell wie üblich über das Zifferblatt kreiste.

»Irgendwann habe ich allerdings begriffen, dass ich es mir nicht leisten konnte, diese Gelegenheit zurückzuweisen, und ich habe beschlossen, auf Auftragsbasis für die Detektei zu arbeiten. Wenn ich jetzt so darüber nachdenke, war es eine ziemlich bizarre Situation. Ich saß hier oben, als einzige Person außerhalb der Detektei, die so viel darüber wusste, was die da unten so anstellten und wie sie es anstellten.« Sie sah Marion an, und der Abscheu war ihr deutlich anzusehen.

»Am Anfang habe ich mich von allem ferngehalten. Ich habe getan, was von mir verlangt wurde, und ansonsten einfach so weitergemacht wie vorher. Eigentlich war das sogar ziemlich leicht. Ich habe Teile für die Ausrüstung entwickelt. Nicht bloß das Zeug, das wir auch schon in der Fabrik verkauft haben, sondern auch merkwürdigere Sachen. Gerätschaften, die nur da unten eingesetzt wurden.« Mit einem Fuß stampfte sie auf den Boden. »Vagor-Kompasse, Distraktoren und so weiter. Als Nancy dann aber die ersten Lehrlinge angeworben hat, ist alles anders geworden. Sie hat sie zu mir heraufgeschickt, damit sie die Nachmittage bei mir verbrachten. Ich habe ihnen gezeigt, wie man die Apparaturen repariert und sauber macht. Ich … Na ja, ich schätze mal, das hat mir gefallen.« Sie sah zu Marion auf, und auf einmal wirkte ihr Blick weicher. »Ich hatte nie eigene Kinder, wissen Sie. Und genau das war das Problem, weil mir die Lehrlinge nämlich ans Herz gewachsen sind. Sie waren mir *wichtig*. Ich glaube, für sie war ich die einzige Person in der Außenwelt, mit der sie über ihre Probleme sprechen konnten.«

Auf einmal empfand Marion einen Anflug von Wärme für diese Frau. Sie stellte sich vor, wie es wohl gewesen war, jemanden zu haben, an den man sich wenden konnte. Jemanden, der über die Geheimnisse der Detektei Bescheid wusste, der selbst jedoch unangetastet von dieser Last blieb. Es musste für die Lehrlinge eine Erleichterung gewesen sein, jemanden wie Helena an ihrer Seite zu wissen.

»Sie waren alle sehr verschieden, die Mitglieder dieser ersten Gruppe«, fuhr Helena fort. »Da war der junge Edgar – der Rudelführer, könnte man wohl sagen. Er war brillant. Das war er wirklich. Aber auch …« Sie überlegte. »Höherstehend ist vielleicht die richtige Bezeichnung. Er hat sich für klüger gehalten als die anderen. Womit er wahrscheinlich recht hatte, aber er sorgte gern dafür, dass man es auch wusste. Dann war da Barbara Simpkins.« Sie lächelte. »Ich hab sie gemocht. Ja, ich hab sie sogar sehr gemocht. Fast so sehr, wie sie den Wein mochte.« Sie lachte in sich hinein. »Dann war da noch …« Sie schien sich zurückzuhalten.

Marion wartete, als Helena jedoch nicht fortfuhr, hakte sie vorsichtig nach. »Wer noch?«

»Tja, sein Name war Ned Asbrey, ein sehr guter Freund von Edgar. Die beiden waren richtig dicke miteinander. Hat ein schlimmes Ende gefunden, der arme Junge.« Sie sah auf. »Haben Sie von ihm gehört?«

Marion zog sich der Magen zusammen. »Nur Gerüchte.«

Helena nickte, sagte jedoch nichts mehr dazu. »Und natürlich war da noch Michelle – dumm wie Brot und verbittert. Die Außenseiterin, könnte man wohl sagen. Hat nie gute Sachstandsberichte bekommen, vielleicht, weil sie niemand mochte, oder vielleicht auch, weil sie einfach alles vermasselt hat. So oder so, jedenfalls hat Nancy ihr am Ende des ersten Jahrs gesagt, dass sie es nie zum Inquirer bringen würde. Sie hat Michelle vor die Wahl gestellt: Sie konnte entweder den Hut nehmen und gehen oder als Registraturassistentin für die Nachtschicht bleiben. Natürlich hat sich Michelle für Letzteres entschieden. Ihr ist auch nichts anderes übrig geblieben, wenn sie nicht arbeitslos sein wollte, und damals … tja, hat man genommen, was man kriegen konnte. Dann, ein paar Monate später, hat dieser Alte – Gillroth – vorgeschlagen, dass sie zusätzlich zu ihrer Arbeit in der Registratur noch eine weitere Aufgabe übernehmen könnte. Ich weiß nicht mehr genau, wie er es genannt hat …«

»Grenzwächterin?«, schlug Marion vor.

Helena hob eine Braue. »Ja, das war es. Grenzwächterin.« Sie verzog das Gesicht. »Trotzdem hat es ihr zugesetzt, dabei zuschauen zu müssen, wie ihre Freunde zu Inquirern ausgebildet wurden, während sie selbst Papiere abgeheftet hat. Ich glaube, das wollte sie irgendwie ausgleichen, wenn Sie verstehen, was ich meine. Sie hat es sich zur Lebensaufgabe gemacht, ihre Kollegen in Schwierigkeiten zu bringen und alle auf ihre Fehler hinzuweisen. Wenigstens darin war sie gut, das konnte niemand bestreiten. Irgendwie hat sie es immer fertiggebracht, zur richtigen Zeit am richtigen Ort zu sein. Oder vielleicht auch zur falschen Zeit am falschen Ort. Sie kannte sich in der Detektei besser aus als jeder andere. Sie …« Helena unterbrach sich, als ihr ein Gedanke kam. Die Ader auf ihrer Stirn pulsierte wieder. Geistesabwesend rieb sie darüber. Marion fragte sich, ob sie etwas über die Karte wusste, die einmal in Whites Besitz gewesen war.

»Wie auch immer. Sie haben gesagt, Sie wollen etwas über den Safe hören?«, fuhr Helena fort, und nun entspannten sich ihre Züge ein wenig. »Ja, ich habe vor sieben Jahren einen Safe an Edgar verkauft. Mehr kann ich darüber nicht sagen. Damit würde ich gegen …«

»Den Schwur der Verwahrer verstoßen? Ich weiß. Ich weiß auch, dass Sie diesen Schwur schon gebrochen haben.« Angespannt wartete sie auf eine Reaktion.

Helena musterte sie. »Bal hat Ihnen davon erzählt, was?« Sie wurde rot, schien aber zu einer Entscheidung gelangt zu sein. Sie nickte. »Zeitsafes sind etwas, das nur bestimmte Personen kaufen. Spione, Regierungsvertreter, Anwälte. Menschen mit Geheimnissen, die sie nicht allein hüten können. Ich mochte Edgar, wirklich. Trotzdem wusste ich immer, dass etwas an ihm nicht stimmte. Da war etwas Krankes, da drin.« Mit einem knubbeligen, arthritischen Finger tippte sie sich auf die linke Seite der Brust.

»An dem Tag, an dem er zu mir gekommen ist und nach dem Safe gefragt hat, schien er es ziemlich eilig zu haben.« Sie war offenbar in ihren Erinnerungen versunken. »Außerdem war er nervös. Über den Preis hat er sich keine Sorgen gemacht. Er hat gesagt, seine Eltern seien vor einer Weile gestorben und hätten ihm ein bisschen Geld hinterlassen. Nicht viel, aber gerade genug, um den Safe zu bezahlen. Ich habe ihm erklärt, wie der Safe funktioniert und dass er sicherstellen müsste, zu genau der richtigen Zeit zur Stelle zu sein, um ihn zu öffnen. Ich habe ihn auch gefragt, ob er einen Ort hätte, an dem er den Safe aufbewahren könnte. Einen Zeitsafe lässt man nicht einfach auf dem Esstisch liegen, wissen Sie. Natürlich, hat er geantwortet und mir erklärt, es gebe keinen sichereren Ort als den Verschlussraum in der Detektei.« Sie hob eine Braue. »Dann habe ich ihn gefragt, auf welche Zeitspanne der Safe eingestellt werden sollte.« Sie hielt inne und sah sich um. Marion fragte sich, ob sich wohl noch jemand anders im Uhrengeschäft befand. Der Gedanke machte sie nervös.

Dann wandte sich Helena wieder an sie und fuhr fort, offenbar zufrieden damit, dass sie allein waren. »Er wollte, dass ich sieben Jahre einstelle. Ich habe schon Safes auf eine längere Zeitspanne eingestellt, weshalb mich das nicht sonderlich schockiert hat. Aber ich habe mich schon gefragt, was es sein könnte, das er erst in sieben Jahren wieder brauchen würde. Also habe ich es ihm noch einmal erklärt, nur damit er es auch wirklich versteht: ›Wenn der Safe auf sieben Jahre eingestellt ist, dann kann man ihn auch erst in sieben Jahren öffnen, ansonsten wird das, was sich darin befindet, zerstört.‹ Er hat genickt und gesagt, das wüsste er, dann hat er es aus der Tasche gezogen: ein kleines Glasfläschchen mit einer schwarzen Flüssigkeit darin.«

Auf einmal begannen alle Uhren im Laden gleichzeitig zu schlagen – und es waren mindestens hundert. Der Lärm ließ das kleine Geschäft vibrieren wie bei einem Erdbeben. Helena schien davon vollkommen unbeeindruckt zu bleiben, doch Marion zog die Schultern hoch und hielt sich die Ohren zu. Die juwelenfarbenen Fenster klirrten, die Glasvitrinen schienen gleich in tausend Scherben zerbersten zu wollen, und Marions Trommelfelle drohten zu platzen. Endlich hörte es wieder auf. Helena sah sich im Raum um, als würde sie auf etwas warten. Dann kam es. Ein letzter Schlag von der ältesten und lautesten der Standuhren, gut eine Minute zu spät.

Marion schüttelte den Kopf, um ihre Sinne zu klären. Sie

straffte die Schultern, holte tief Luft und versuchte, sich daran zu erinnern, wo ihre Unterhaltung abgebrochen war.

»Die Sache ist die«, ergriff Helena wieder das Wort. »Ich dachte, das Fläschchen wäre aus Glas, doch das war es nicht.«

»Das verstehe ich nicht?«

»Als er es mir gereicht hat, damit ich es in den Safe legen kann, da habe ich gemerkt, dass ich so etwas noch nie gesehen habe. Es war weich wie Gummi und kalt wie Eis. Hab mir fast die Finger daran verbrannt.« Mühsam holte sie Luft. »Edgar hat gelacht, daran erinnere ich mich noch sehr genau. Er hat darüber gelacht, wie erschrocken ich war. Dann hat er gesagt, ich müsste mir keine Sorgen machen, und es könnte *noch* keinen Schaden anrichten.«

»Noch?«, überlegte Marion laut. »Hat er erklärt, wie das gemeint war?«

»Tja, nein. Nicht richtig, aber er hat angedeutet, dass es eine Art Chemikalie sei, die im Krieg entwickelt wurde. Etwas, das vor der Detektei geheim gehalten wurde. Ich habe das alles zwar nicht verstanden, aber mir ist eiskalt dabei geworden. Nicht nur wegen dem, was er gesagt hat, sondern wegen der Art, wie er es gesagt hat. Fast als wollte er mir Angst einjagen.« Damit ging sie zur anderen Seite des Ladens, öffnete eine der Glasvitrinen und holte eine besonders kaputt aussehende Armbanduhr heraus. Sie setzte sich an die Werkbank und begann damit, die Uhr zu reparieren, als wäre Marion gar nicht mehr da.

Marion selbst war tief in ihre eigenen Gedanken versunken. Sie wagte die Vermutung, dass es sich bei der scheußlichen Substanz, die Swindlehurst in der vergangenen Nacht aus dem Safe geholt hatte, um die fehlende Komponente der Zeitbombe handelte. Und um das eine Puzzleteil, das Marion noch nicht gefunden hatte – der alchemische Sprengstoff. Fünfzehnmal stärker als Dynamit, eine Säure, die brannte, versengte, zerstörte.

»Wie gesagt, ich weiß nicht, was es war«, sagte Helena. »Wenn es das ist, weshalb Sie hier sind, dann kann ich Ihnen nicht helfen.«

»Aber Sie müssen etwas gewusst haben. Sie haben einen Brief an Michelle White geschrieben in der Nacht, in der sich der Safe öffnen ließ, nicht wahr?«

Helena sah auf. »Wer behauptet das?«

»Michelle ist tot. Sie wurde in der Nacht ermordet, in der Sie ihr den Brief geschrieben haben.«

Helena wurde blass. Trotzdem schien sie diese Nachricht nicht zu überraschen. »Sie glauben, Edgar hat das getan?«

»Ich weiß, dass er es war. Dieses Zeug, das er im Safe eingesperrt hat, ich glaube, es ist Teil einer Bombe, ein geheimes Chemiewaffenprojekt aus dem Jahr 1943. Wissen Sie etwas darüber? Hat Swindlehurst irgendetwas erwähnt?«

Helena zögerte, aber nur für die Dauer eines Wimpernschlags. Dann schüttelte sie den Kopf. »Nein, natürlich nicht. Ich wusste nicht, was es war, aber genau aus dem Grund hat es mir Angst gemacht. So etwas hatte ich noch nie zuvor gesehen. Vielleicht habe ich deshalb geahnt, wie gefährlich das Zeug ist.« Sie seufzte. »Jetzt, im Rückblick, scheint es offensichtlich zu sein, doch damals habe ich es nicht begriffen.«

Marion wartete, während die alte Frau ihre Gedanken und ihre Erinnerungen sortierte.

»Es ist gerade mal ein paar Wochen her, da ist Michelle zu mir gekommen. Sie sagte, sie brauche einen Rat und dass ich die Einzige sei, die ihr zuhören und sie ernst nehmen würde.« Sie stieß ein finsteres kurzes Lachen aus. »Das habe ich nicht, aber wichtig war wohl nur, dass sie das glaubte. Wie auch immer, sie sagte, sie hätte etwas verloren. Genau genommen war sie der Meinung, dass ihr etwas gestohlen worden war. Eine ganz besondere Karte. Sie sagte, sie wüsste, wer das war, aber einen Namen hat sie nicht genannt.«

Marion erstarrte. Sie versuchte, ihre Gesichtszüge zu entspannen, um sich nicht zu verraten.

Helena brauchte jedoch keine Ermutigung, um fortzufahren. »Michelle war besorgt wegen dieser Person – wegen demjenigen, der die Karte gestohlen hatte. Wenn er auch noch das Monokel bekommen hätte, das sie in ihrem Büro aufbewahrte, um die Karte zu lesen, dann würde er *es finden* können. So hat sie sich ausgedrückt. Sie hat mir nicht gesagt, was diese Person denn finden könnte, nur, dass es gefährlich wäre. Ein Detekteigeheimnis, das geschützt werden müsste. Je mehr ich dann jedoch darüber nachgedacht habe, desto sicherer war ich mir, dass ich schon wusste, worum es dabei ging. Dass ich es vor sieben Jahren selbst gesehen hatte …«

»Das Zeug in Swindlehursts Fläschchen?« Dann war das Geheimnis, das Michelle hatte schützen sollen, also längst entdeckt worden, vor sieben Jahren. Natürlich fragte sich Marion, warum sich Swindlehurst die ganze Mühe gemacht hatte, das Labor ausfindig zu machen und den alchemischen Sprengstoff herzustellen, nur um eine Probe davon sieben Jahre lang in der Detektei zu verstecken.

Helena sprach weiter und riss sie damit aus ihren Grübeleien. »Jedenfalls, sobald Michelle wieder weg war, habe ich zwei und zwei zusammengezählt, und da wusste ich, was ich zu tun hatte. Ich musste ihr von Edgar und dem Zeitsafe erzählen. Ich habe eine Notiz in meinen Kalender gemacht und beschlossen, ihr einen Brief zu schreiben und darin alles zu erklären, kurz bevor der Safe geöffnet werden sollte.« Sie zog einen kleinen Hammer aus ihrer Werkzeugtasche und klopfte mit der Kante ein winziges Metallteil flach. »Als es dann so weit war, hatte ich natürlich Bedenken. Ich wusste, dass ich mit dem, was ich vorhatte, bestimmt für Ärger in der Detektei sorgen würde.« Sie ließ den Hammer auf den Tisch fallen und sank auf ihrem Stuhl nach hinten.

»Letztendlich habe ich mich trotzdem dazu entschieden, es zu tun«, fuhr sie fort. »Ich habe einen an Michelle adressierten Brief geschrieben. Er war kurz, aber ich wusste, dass sie ihn verstehen würde. Ich habe geschrieben, dass Edgar den Zeitsafe genau um Mitternacht im Verschlussraum öffnen würde. Ich habe ihr auch geschrieben, dass ich nicht wüsste, was in dem Safe ist, dass ich aber glaubte, es hätte etwas mit dem Geheimnis zu tun, von dem sie mir erzählt hat. Das Geheimnis, das sie schützen sollte. Dann habe ich ihr aufgetragen, den Brief zu zerstören, sobald sie ihn gelesen hat. Ich wollte nicht, dass jemand hinterher hier auftaucht und Fragen stellt.« Sie funkelte Marion an. »Hat offensichtlich nicht geklappt. Ich wusste, dass Michelle in der Registratur die Nachtschicht hat und dass sie den Brief bekommen würde. Damals ist es mir wie ein guter Plan vorgekommen.« Ihre Hand begann zu zittern. Sie steckte die Hände in die Schürzentasche und sah auf. »Ich habe zwar darüber nachgedacht, ob ich sie mit dem Brief in Gefahr bringe, aber … ich wusste nicht, was ich sonst tun soll.«

Es entstand ein kurzes, spannungsgeladenes Schweigen, unterbrochen nur von dem Ticken der Uhren.

»Edgar hat sich das Fläschchen geholt und ist damit verschwunden«, erklärte Marion. »Wir müssen ihn finden. Haben Sie irgendeine Ahnung, wohin er gegangen sein könnte?«

Wieder griff Helena nach dem Hammer. Es schien fast so, als wäre es eine Art Schutzmechanismus. Auf einmal wirkte sie verängstigt. Als hätte sie soeben begriffen, dass sie zu viel gesagt hatte. »Darüber weiß ich nichts.«

Es schien dunkler im Laden geworden zu sein, kühler. Beengend. Marion hörte etwas draußen auf der Straße, etwas wie Schritte. Auf einmal wünschte sie sich, sie wäre nicht allein hierhergekommen oder hätte wenigstens jemandem gesagt, wohin sie ging. Sie sah zu einer der Uhren an der

Wand hinauf. Es war bereits halb acht. »Bitte, Helena. Ich brauche Ihre Hilfe.«

Helena trat zur Eingangstür und schob drei große Riegel vor. »Es hat keinen Sinn, jetzt Angst zu bekommen«, sagte sie. »Dafür ist es zu spät.« Sie wandte der Tür den Rücken zu. Es klopfte einmal.

Marion sprang vor Schreck fast in die Luft, aber Helena rührte sich nicht. Wer auch immer dort vor der Tür stand, ging weiter, am Fenster vorbei. Eine dunkle Silhouette hinter dem Juwelenglas. Helena schaltete das Licht aus. »Es gibt einen Hinterausgang«, sagte sie. »Kommen Sie.«

Marion konnte Helenas plumpe Gestalt in der Dunkelheit kaum sehen. »Was soll das heißen?«, fragte sie ängstlich, als sie Helenas Schatten zur Rückseite des Geschäfts folgte. »Zu spät wofür?«

Sie kamen an eine zweite Tür. Diese war aus Stahl und mit fünf großen Vorhängeschlössern gesichert. Aus ihrer Schürzentasche zog Helena eine Taschenlampe und ein Schlüsselbund hervor. Quälend langsam begann sie, jedes der Vorhängeschlösser einzeln aufzuschließen. »Sie hätten sich nicht einmischen sollen. Sie hätten nicht herkommen sollen.« Das zweite Schloss klickte und öffnete sich, dann das dritte, das vierte, das fünfte. Helena drehte den Knauf und stieß die Tür zu der Straße auf, die hinter dem Geschäft verlief. Dann schubste sie Marion hinaus. »Kommen Sie nicht zurück. Niemals.«

»Warten Sie, bitte …«, stammelte Marion, doch da warf ihr Helena die Tür praktisch ins Gesicht.

Die kleine Gasse hinter dem Geschäft stand voller Mülltonnen, und es stank nach Urin. Die Nacht hatte eine eisige Brise mit sich gebracht, die nicht zur Jahreszeit zu passen schien. Marion drehte sich zu der Stelle um, an der die Gasse hinter der linken Mauer des Geschäfts verschwand. Sie war sicher, dass dort jemand stand, gerade außerhalb es Lichtkegels der Straßenlaterne. Das Knirschen von Kies, das Rascheln eines Mantels, dann …

»Lane!« Kenny trat ins Licht. »Gott sei Dank bist du das.«

»Verdammt noch mal! Warum schleichst du hier so rum?«

»Das könnte ich dich auch fragen.« Er warf einen Blick nach rechts und links über seine Schulter.

»Was machst du hier?«

Kenny steckte die Hand in die Manteltasche und zog den kleinen Messingkompass hervor. Er klappte ihn auf.

In der Dunkelheit der stillen Gasse glühte das grüne Licht des Kompasses heller denn je.

»Er ist hier«, flüsterte Kenny.

Einundzwanzig

HAUS DES SCHRECKENS

Das Leuchten in der sternenlosen Nacht ließ keinen Zweifel offen: Swindlehurst war hier.

Die Kompassnadel richtete sich nach Nordosten aus: in Richtung der Straße, von der Kenny gekommen war.

»Er muss direkt hinter der Ecke dort stehen«, sagte Kenny kaum hörbar.

Marion drehte sich zu der Straßenlaterne um, die sich an besagter Ecke befand. Eine nutzlose gelbliche Lichtpfütze sammelte sich um den Fuß des Lampenpfostens. Obwohl es eine stille Straße mit nur wenigen Fußgängern und Autos war, konnte man das leise Dröhnen der Stadt hören. Es war überall.

Marion und Kenny schlichen vorwärts.

»Hast du irgendwas dabei, um ihn festzusetzen?«, flüsterte sie, während sie sich der Laterne näherten.

»Mir ist keine Zeit geblieben, mir irgendwas zu holen. Ich war im Buchladen, als der Kompass das Signal plötzlich wieder aufgefangen hat, und ich wollte nicht riskieren, es bei einem Abstecher in die Technische Abteilung zu verlieren.«

Sie erreichten die Lampe, und Marion spähte vorsichtig um die Ecke in die Straße vor Helenas Uhrengeschäft. Hinter den funkelnden Juwelenfenstern war alles still. Sie überlegte, ob Swindlehurst sich wohl wieder unter einem Schleier aus Silbernebel versteckt hatte oder ob ihm dieses Mal die Nacht als Tarnung reichte.

Eine kühle Brise strich über ihre Haut. Sie spürte, wie sie lethargisch wurde, aus dem Gleichgewicht kam, den Fokus verlor. Oder bildete sie sich das nur ein?

»Mist!« Kenny zeigte ihr den Kompass. Sie blinzelte, konzentrierte sich auf das Gerät. Das grüne Licht flackerte und wurde dann dunkler. Nur ein Stück vor ihnen glitt ein Schatten die Straße entlang. Manchmal war die Silhouette eindeutig menschlich, manchmal wirkte sie eher wie eine Rauchwolke. Swindlehurst, der sich unter dem Grauadler verbarg. Und er war schnell.

Fast drei Meilen folgten sie ihm durch die Stadt, bis er endlich in Turnchapel Mews, Clapham, anhielt. Unterwegs versuchte Marion zu erklären, was Helena ihr erzählt hatte. Kenny reagierte mit wachsender Nervosität. Sie beide begriffen, dass dies hier nicht mehr nur eine Mordermittlung war, sondern viel mehr.

»Ich glaube, er will es verkaufen«, sagte Marion und sprach damit die Theorie aus, die sie sich zurechtgelegt hatte.

»Das Zeug in dem Fläschchen?«

»Ja.« Ihre Stimme klang scharf und bedeutungsschwer.

Kenny schien seinen eigenen Überlegungen nachzuhängen. »Bestimmt an die Russen. Ich würde drauf wetten, verdammt!«

»Was aber im Grunde keine Rolle spielt, oder?« Sie keuchte, ihre Lungen schienen mit Blei gefüllt zu sein. »Allein die Tatsache, dass es existiert und dass er geschafft hat, es zu reproduzieren, ist schlimm genug.« Sie hielt inne, als eine böse Vorahnung über sie hereinbrach. Nicht nur, was Frank und seine Zukunft betraf, sondern etwas, das tiefer ging, etwas Böses. Heimtückisches. »Swindlehurst hat den Sprengstoff und die Bombe direkt unter der Nase der Detektei rekonstruiert.« Sie dachte laut nach, sprach einfach aus, was ihr in den Sinn kam. Sie wog ihre Worte nicht ab, milderte sie nicht.

Kenny schien für einen Moment die Luft anzuhalten. Sein Blick ruhte auf ihr. Auch er hatte begriffen. Hier ging es nicht mehr nur darum, Franks Unschuld zu beweisen oder Michelle Whites Mörder seiner gerechten Strafe zuzuführen. Die Waffe war innerhalb der Detekteimauern erbaut worden. Jeder, der bei Miss Brickett's arbeitete, wäre mitverantwortlich – wenn schon nicht rechtlich, dann auf jeden Fall moralisch – für das, was Swindlehurst Schreckliches vorhatte.

»Entweder will er das Land verlassen oder jemandem das Fläschchen übergeben. Wir müssen ihm zuvorkommen«, schlussfolgerte Marion, als sie schließlich vor einem alten zweistöckigen Herrenhaus ankamen. Swindlehursts Tarnung war längst verflogen, und nun konnten sie ihn genau dabei beobachten, wie er durch das Eingangstor des vierten Hauses der Turnchapel Mews ging. Er hingegen hatte sie hoffentlich nicht bemerkt.

Das besagte Haus war noch älter als seine Nachbarn, das Dach war löchrig, die Mauern bröckelten. Mittlerweile war es bereits später Abend und vollkommen dunkel, da sich der Dreiviertelmond hinter einer dichten Wolkendecke verbarg. Die Luft war kalt, und hinter den vielen Fenstern des Herrenhauses flackerte eine einzelne Lampe.

Kenny zog einen Kordelzugbeutel unter dem Mantel hervor, öffnete ihn und spähte hinein. »Das hier ist abgesehen von dem Kompass alles, was ich habe.« Er förderte einen Dietrich zutage und reichte ihn Marion. Sie schob ihn in ihre Tasche. »Wie gesagt, ich hatte keine Chance, mich noch groß einzudecken. Wir sollten zur Detektei zurückkehren und …«

»Nein«, widersprach Marion sofort. »Wir haben keine Ahnung, wie lang er da drinbleibt. Das können wir nicht riskieren.«

»Wir wissen aber auch nicht, wer sonst noch da drin ist.«

Er deutete auf das Haus, und wie als Antwort darauf flammte hinter einem Fenster im ersten Stock ein weiteres Licht auf. »Wenn Swindlehurst allein ist, kann ich vielleicht mit ihm fertigwerden.«

»Dir ist schon klar, dass ich mitkomme, ja?«

Kenny schnaubte. »Bei allem Respekt, Lane, du bist ungefähr so groß wie Swindlehursts linkes Bein.«

»Es kommt nicht immer nur auf Größe und Stärke an. Ich habe meine Möglichkeiten.«

»Nein.« Kenny schüttelte den Kopf. »Das ist eine ganz miese Idee. Swindlehurst ist zu einem Mord fähig, und du hast mir gerade gesagt, dass er eine Säure mit sich herumträgt, die sich durch Fleisch brennen kann. Herrgott, Lane!« Frustriert fuhr er sich mit den Fingern durchs Haar.

»Okay, ich habe eine bessere Idee«, sagte sie und musste sich beherrschen, um nicht lauter zu werden. »Du gehst zurück zur Detektei und holst Hilfe, und ich warte hier mit dem Kompass. Falls Swindlehurst geht, bevor du zurück bist, dann folge ich ihm. Ich hinterlasse dir eine Nachricht mit der ungefähren Richtung und der genauen Zeitangabe, wann wir losgegangen sind.«

Ausdruckslos starrte Kenny sie an. »Das kann doch nicht dein Ernst sein? Es könnte Stunden dauern, bis ich zurück in der Detektei bin und irgendjemanden dazu überreden kann, uns zu helfen. Nancy ist sicher noch nicht zurück, und die meisten der Inquirer und Mitarbeiter erholen sich wahrscheinlich noch von letzter Nacht.«

»Tja, dann musst du dich eben anstrengen.«

Kenny schüttelte den Kopf. »Warum gehst du nicht zurück zur Detektei und holst Hilfe, und ich bleibe hier?«

»Weil ich den Kompass besser lesen kann und … weil es meine Idee war.« Die Wahrheit war, dass sie Kenny nicht so sehr vertraute wie sich selbst. Nicht weil sie ihn für eine Art Doppelagenten hielt, der sich gegen sie wenden könnte, wie

Bill zu befürchten schien, sondern weil ihm einfach nicht so viel an Swindlehursts Ergreifung lag wie ihr. Sie hatte mehr zu verlieren.

Sie starrten einander an. Ein stummer Kampf der Willenskraft. Je länger es andauerte, desto nervöser wurde Marion. Ein kaltes Zittern setzte tief in ihr ein und breitete sich rasch in ihre Brust, ihre Arme und Beine aus, ließ ihren Atem stocken. Mit jeder Sekunde, die sie draußen vor dem Haus warteten, mit jedem Moment, in dem sie Swindlehurst gestatteten, seinen Plan weiter voranzutreiben – was auch immer sein Plan sein mochte –, schwanden ihre Chancen, ihn noch aufhalten zu können.

»Also gut«, gab Kenny schließlich nach. »Aber du bleibst genau hier und tust nichts Unvernünftiges.«

»Ich bin die am wenigsten unvernünftige Person, die du dir vorstellen kannst.« Oder jedenfalls war sie das bis vor ein paar Tagen noch gewesen.

Misstrauisch musterte Kenny sie. Hätte er sie vor wenigen Wochen kennengelernt, dann hätte er dieser Behauptung sicher aus tiefstem Herzen zugestimmt. »Bist du sicher, dass du klarkommst?«

»Beeil dich einfach«, sagte sie, woraufhin Kenny davonging und am Ende der Straße außer Sicht verschwand.

Einen Moment lang starrte Marion das Haus einfach nur an. Ihre Glieder fühlten sich bleischwer an. Dann schob sie Kummer und Selbstzweifel beiseite, bevor sie davon verschluckt wurde, und trat zu dem großen stählernen Eingangstor – zwei vor ihr aufragende, dicke schwarze Mauern aus Metall. Durch den Schlitz in der Mitte konnte sie gerade noch einen schmalen, von Unkraut überwucherten Kiesweg und unförmige Hecken erkennen, die zu einer kurzen Eingangstreppe und zur Tür des Herrenhauses führten.

Das Anwesen schien verlassen zu sein. Schutzlos dem Zahn der Zeit und dem Wetter ausgeliefert. Sie zitterte. Allmählich sickerte grauer Mondschein durch die Wolken. Marion ging wieder zur Straße zurück und sah hinauf zu den beiden Fenstern des ersten Stocks, durch die immer noch ein warmer Lichtschimmer fiel. Hinter dem einen erkannte sie einen großen, breitschultrigen Umriss.

Swindlehurst, kein Zweifel.

Doch es war noch jemand bei ihm. Eine kleinere Gestalt mit schmalen, nach vorn gezogenen Schultern. Marions Augen brannten, während sie zu erkennen versuchte, wer die zweite Gestalt war. Plötzlich wurde das Fenster aufgestoßen, und die Gestalt beugte sich heraus. Mit einem Satz war Marion bei der Mauer vor dem Anwesen und drückte sich dagegen.

Sie hörte das Fenster zufallen, dann sah sie auf den Messingkompass hinab. Fünf Minuten lang leuchtete das grüne Licht unvermindert hell, dann erlosch es plötzlich komplett. Sie fluchte. Swindlehurst musste den Vagor-Stein gefunden und zerstört haben. Irgendwann hatte das wohl passieren müssen, sie konnten von Glück sagen, dass er überhaupt so lange gebraucht hatte, um zu begreifen, dass er verfolgt wurde.

Wieder sah sie zum ersten Stock hinauf. Die Lichter waren aus. Wenn sie wartete, bis Kenny zurück war, dann riskierte sie damit, dass Swindlehurst das Fläschchen loswurde oder durch die Hintertür verschwand. Wenn das geschah, würde alles, was sie bisher erreicht hatten, vielleicht umsonst gewesen sein.

Ihr blieb keine Wahl.

Sie zog den Dietrich aus ihrer Tasche, dann zögerte sie. Ihre Hände zitterten, ihr war eiskalt. Etwas Unsichtbares drückte auf ihre Schultern hinab, und jede ihrer Bewegungen war so träge, als müsste sie gegen ihren eigenen Widerstand ankämpfen.

Sie schob den Dietrich in das Vorhängeschloss am Tor und drehte ihn um die eigene Achse, bis das Schloss schließlich klickend aufsprang. Dann schob sie den Dietrich wieder in ihre Tasche, löste die Kette, die das Tor zusammenhielt, und zuckte zurück, als es knarrend aufschwang. Sie eilte den Pfad entlang, gerade als der Mond wieder zum Vorschein kam. Die Dunkelheit wich zurück, was gefährlich war.

Endlich erreichte Marion die Eingangstür des Hauses und zog den Gürtel ihres Mantels fest. Merkwürdigerweise stand die Tür einen Spaltbreit offen. Sie schob sie noch etwas weiter auf, trat in ein zugiges Foyer und blieb am Fuß einer wackeligen Holztreppe stehen. Mehrere der Stufen waren vermodert und eingebrochen. Von der Decke hingen silbrige Schleier aus Spinnweben, und das Glas eines großen Erkerfensters war fast vollständig herausgebrochen.

Sie musste sich vergewissern, dass Swindlehurst immer noch im Haus war. Nur deswegen war sie hier. Und doch … die Vorstellung, dass sie ihm begegnen könnte, besonders jetzt, nachdem sie wusste, wozu er fähig war, entsetzte sie. Sie spähte zum Treppenabsatz über ihr hinauf, von wo sie leises Stimmenraunen vernehmen konnte. Swindlehurst und der zweite Mann, wie sie annahm.

Im Flur, der von dem Treppenabsatz wegführte, wurde eine Tür geöffnet.

Rasch drückte sich Marion in die Nische unter der Treppe. Die hölzernen Tritte über ihr knarrten, als zwei Paar Füße die Treppe hinabstiegen.

»Wann kommt sie an?«, fragte eine Stimme, die mit absoluter Sicherheit Swindlehurst gehörte.

»In einer Stunde«, sagte die zweite Stimme, ein dünnes Krächzen. Darauf folgte eine kurze, aufgeladene Stille. »Sind Sie sicher, dass es so am besten ist? Es ist noch nicht zu spät, den Plan zu ändern.«

»Es *ist* zu spät. Alles ist schon in Bewegung gesetzt.«

Das Brummen eines Automotors drang von draußen herein.

»Ah«, sagte der Mann mit der krächzenden Stimme. »Endlich Gesellschaft.«

Schritte im Foyer. Schwere Stiefel. Dann ein dumpfer Protestlaut von jemandem, der geknebelt zu sein schien. Swindlehurst und der andere Mann waren die Treppe heruntergekommen, um die Neuankömmlinge in Empfang zu nehmen. Begrüßungen wurden ausgetauscht. Namen wurden jedoch nicht genannt.

»Irgendwelche Schwierigkeiten?«, fragte Swindlehurst.

»Keine.«

Das gedämpfte Protestieren der geknebelten Person wurde lauter.

»Bring sie zum Schweigen, verdammt noch mal!«, befahl Swindlehurst. »Das wird sicher ein leichter Austausch, falls die Dinge aber doch außer Kontrolle geraten sollten …« Er seufzte, als täte es ihm leid, was er als Nächstes sagen musste. »Keine Zeugen. Habe ich mich klar ausgedrückt?«

Eine Art Brummen als Antwort.

»Gut«, sagte Swindlehurst. »Bring sie in den Keller. Du nicht … du wartest draußen vor dem Tor.«

»Sir.«

Nun veränderte sich Swindlehursts Tonfall, seine Stimme wurde schwerer, schärfer. »Ich fürchte, ich könnte verfolgt worden sein. Wenn du da draußen irgendjemanden erwischst, dann kümmere dich darum.«

Marion zwang sich dazu weiterzuatmen. Ein – aus. Ein – aus. Weich, vorsichtig, leise. Eins. Zwei. Drei. Sie wartete, bis Swindlehurst und seine Männer aus dem Foyer verschwunden waren.

In ihrem panischen Zustand war sie nicht sicher, in welche Richtung die Männer gegangen waren. Sie zog die Knie an die Brust, als ein weiteres Zittern, noch heftiger als zuvor, ihren ganzen Körper schüttelte.

Bitte, Kenny. Bitte beeil dich. Bring Hilfe.

Während sie wartete, begann ein weicher Regen zu fallen. Er tropfte auf das Dach, gegen die Fenster. Das Haus ächzte im Wind. Der Geruch von Verfall hüllte sie ein. Oder vielleicht war das bloß ihre Einbildung.

Ihre Gedanken rasten in der Stille. Noch einmal ging sie alles durch, was sie seit Michelle Whites Tod herausgefunden hatte. All die Bruchstücke fügten sich zu einem bedrohlichen, unheilvollen Bild zusammen. Sie starrte auf ihre Uhr, während die Minuten verstrichen.

Bitte beeil dich, Kenny. Beeil dich!

Schließlich entschied sie, dass sie etwas tun musste. Swindlehurst war nicht wieder aufgetaucht. Auch von seinen Männern gab es kein Zeichen. Sie musste herausfinden, ob sie das Haus vielleicht unbemerkt verlassen hatten. Sie erhob sich. Ihre Beine waren schwach, kalt, taub. Einen Moment lang stand sie einfach da und lauschte. Regen und Wind, das leise Ächzen des alten Hauses, das ferne Dröhnen des Verkehrs.

Keine Stimmen. Keine Schritte.

Sie durchquerte das Foyer und betrat den angrenzenden Raum auf der linken Seite.

Er war groß und offen und hatte eine hohe Decke. Farbe blätterte von den Wänden, und Bilderrahmen hingen schief von dem Verputz darunter. Wieder blieb sie stehen und lauschte.

Irgendwo links von ihr erklang das Klicken einer sich schließenden Tür. Pause. Dann ein markerschütternder Schrei, der aus einem Keller unter ihren Füßen zu dringen schien. Es war ein animalischer Laut. Schrill, trommelfellzerreißend, unerträglich.

Einen Moment lang konnte sich Marion nicht rühren. Sie war gefangen in ihrem Körper, die schockstarre Beute, die darauf wartete, gerissen zu werden.

Ein weiterer Schrei, dieses Mal noch schlimmer.

Sie fuhr zu einer Stahltür herum, die links von ihr in die

Mauer eingelassen war. Der Schrei war von dahinter gekommen. Sie trat vor und drückte das Ohr an das kalte Metall.

»… räum diese Sauerei auf!«, sagte Swindlehurst.

Im Hintergrund war ein lang gezogenes Stöhnen zu hören, es war die Stimme einer Frau.

Ein Kratzen wie von Stuhlbeinen, dann ein unterdrücktes Aufkeuchen.

»Aufstehen!«

»Bitte … nein … lasst mich gehen … bitte«, flehte die Frau. »Schneidet es ab, bitte … schneidet es einfach ab.«

Ein lauter Aufprall. Sofort verstummte das Stöhnen. Stattdessen war etwas zu hören, das klang, als würde ein Köper über den Boden geschleift.

Schritte näherten sich der Tür. Marion sah sich um – hier gab es nichts, wohinter man sich verstecken konnte, und sie hatte keine Chance, noch rechtzeitig ins Foyer zu rennen und sich wieder unter der Treppe zu verkriechen. Sie drückte sich gegen die Wand. Die Tür schwang vor ihr auf.

Sie schloss die Augen und lauschte auf das leise, vorsichtige Scharren der Schritte nun direkt vor ihr. Stumm verfluchte sie ihre Neugier, ihre Dummheit und alles andere, was sie sonst noch in diese Situation gebracht hatte.

Die Tür schwang wieder zurück.

Der Mann vor ihr war nicht Swindlehurst, sondern ein großer, roh wirkender Kerl mit einem schmalen, eingesunkenen Gesicht, glanzlosen Augen und dünnen, blassen Lippen.

Für den Bruchteil eines Moments war der Mann erschrocken, überrumpelt von ihrem Anblick.

Marion ergriff ihre Chance. Sie machte einen Satz nach vorn und rammte dem Angreifer den rechten Ellbogen in den Magen, dicht gefolgt von ihrem linken Fuß, der gegen sein Knie krachte. Er klappte zusammen, drückte die Hände auf den Bauch und rang keuchend nach Luft.

Sie rannte an ihm vorbei auf das Foyer zu. Dann bremste sie

abrupt ab. Die Eingangstür war mit drei dicken Türriegeln und einem Vorhängeschloss gesichert. Selbst wenn es ihr gelang, die Tür rechtzeitig aufzukriegen, hatte Swindlehurst draußen einen weiteren Posten aufgestellt – den anderen Mann, der zuvor im Haus gewesen war.

Sie zögerte. Adrenalin flutete ihre Adern. Der Mann, den sie überrumpelt hatte, war wieder auf den Beinen und verfolgte sie. Sie rannte die Treppe hoch, immer drei Stufen gleichzeitig nehmend. Donnernde Schritte erklangen dicht hinter ihr. Vielleicht schrie der Kerl irgendetwas, befahl ihr, stehen zu bleiben. Sie war zu panisch, um es mit Sicherheit sagen zu können, wahnsinnig vor Angst.

Die modrigen Bretter knarrten laut, und einige gaben unter ihr nach, während sie immer weiter hinaufrannte. Sie rutschte aus. Ihr Stiefel krachte durch eines der verrotteten Stufenbretter. Splitter bohrten sich in ihr Bein. Sie fühlte nichts, riss sich los und rannte weiter, nach oben, nur weg.

Sie konnte den Atem des Mannes hinter sich spüren, das Poltern seiner Schritte hören.

Sie erreichte den Treppenabsatz, gerade als Swindlehurst aus der Tür rechts von ihr auftauchte. Wie er so plötzlich aus dem Keller dorthin gekommen war, wusste sie nicht. Sie stießen zusammen, und Marion wurde auf den Rücken geschleudert, ihr Kopf krachte auf den Hartholzboden. Wie ein Blitzschlag durchzuckte ein greller Schmerz ihren Schädel.

Swindlehursts Komplize trat mit voller Wucht auf ihren Ellbogen und nagelte sie so am Boden fest. Sie schrie, als er die Ferse noch fester in ihren Arm bohrte.

Ungeschickt versuchte sie, die rechte Hand zwischen den Boden und ihren pochenden Schädel zu schieben. Swindlehurst trat über sie hinweg.

»Dachte ich es mir doch«, seufzte er. Obwohl er genauso adrett gekleidet war wie auch bei Miss Brickett's immer – ordentlich, maßgeschneidert, korrekt –, waren seine sonst gefassten, beherrschten Gesichtszüge so verzerrt, dass er einen fast verwahrlosten Eindruck machte. Seine normalerweise ausdruckslosen Augen glänzten fiebrig.

Marion wehrte sich gegen seinen Komplizen, der neben ihr kniete und ihr den rechten Unterarm so brutal auf die Kehle drückte, dass sie glaubte, ihre Luftröhre würde jeden Moment nachgeben.

Keuchend versuchte sie zu atmen.

»Nicht so stark, du Idiot!«, knurrte Swindlehurst.

Der Komplize lockerte seinen Griff.

Marion schnappte nach Luft. Ihre Lungen dehnten sich so weit, dass es sich anfühlte, als müssten sie platzen.

Swindlehurst schob seinen Komplizen zur Seite, dann zog er Marion hoch, bis sie mit dem Rücken an der Korridorwand lehnte. Er knöpfte ihren Mantel auf und streifte ihn ihr von den Schultern. »Durchsuchen!«, befahl er.

Sein Komplize wühlte in den Taschen, tastete jeden Saum ab. Er förderte den Dietrich zutage und untersuchte ihn interessiert und verwirrt. »Sir?«

Swindlehurst warf nur einen beiläufigen Blick auf den Dietrich. »Sonst nichts?«

»Nichts, Sir.«

Swindlehurst wandte sich wieder an Marion. Er strich ihr mit beiden Händen über die Brust, den Bauch, die Beine – tastend, suchend, übergriffig. Er riss ihre Bluse auf und entblößte ihren BH. Sie versuchte zurückzuweichen. Sein warmer Atem streichelte ihren Hals, und ihr wollte sich der Magen umdrehen. Wieder strich er ihr über die Brust und hielt inne, als er zu dem Knopf kam, der ein wenig anders aussah als die anderen, nahe am Kragen ihrer Bluse. Er zog die Wanze ab und folgte dem fadendünnen Draht bis zu der winzigen Batterie unter ihrem Rockgürtel. Er riss die Batterie herunter und schleuderte sie mitsamt der Wanze gegen die Wand.

Danach untersuchte er Marion nicht weiter.

Als er endlich etwas sagte, war seine Stimme ein wütendes Flüstern, so durchdringend, dass es um sie herum widerzuhallen schien. »Dummes Mädchen. Dachtest du, ich würde die Wanze nicht finden?« Sein Gesicht war verzerrt, seine Miene überheblich. Er wandte sich an seinen Komplizen. »Bring sie in den Keller! Schnell.«

Trotz Marions Versuchen, sich zu wehren, gelang es dem Kerl praktisch mühelos, sie die Treppe hinunter in den Keller zu schleifen. Sie erreichten einen kalten, feuchten und nur schwach erleuchteten Raum – den Ort, von dem die Schreie gekommen waren. Mit dem Gesicht voran wurde sie auf den Betonboden geschleudert. Der Geschmack von warmem Kupfer füllte ihren Mund, und Blut tropfte ihr von den Lippen.

Marion richtete sich auf, als der Mann den Raum verließ und die Tür hinter sich verschloss. Sie sah sich um. Auf der anderen Seite gab es eine Treppe hinter einem Gittertor, die nach oben führte. Wahrscheinlich bis in den ersten Stock, wo Swindlehurst sie gefasst hatte. Vor dem Gittertor kauerte eine Gestalt am Boden. Ein Mensch.

»Wer ist da?«

Vorsichtig ging Marion näher heran, dann begriff sie, dass es die alte Frau aus dem Uhrengeschäft war, die da vor ihr auf dem Boden lag. Ihre Augen waren geschwollen und rot, ihre Lippen aufgesprungen und blutig, und ihr graues Haar klebte ihr am Gesicht, aber am schlimmsten war der Geruch: widerlich süß und verbrannt. Langsam, als würde es sie übermenschliche Anstrengungen kosten, deutete die Frau auf ihr Bein. Marion schob Helenas Rock nach oben. Der Anblick traf sie wie ein Schlag, und sie kippte nach hinten und musste sich mit den Händen abstützen.

Helenas rechter Knöchel war einfach weggeschmolzen. Fleisch und Fett und Muskeln verätzt zu einer tropfenden

Masse. Übrig geblieben waren nur Knochen und Sehnen. Marion presste sich die Hand auf den Mund, als eine Welle der Übelkeit über sie hinwegrollte. Helena packte ihren Arm, ihre Fingernägel bohrten sich in Marions Haut.

»Bitte … hilf …«, stöhnte sie.

Marion nahm ihre ganze Kraft zusammen. »Ist schon gut«, sagte sie zaghaft und umfasste Helenas Hand. »Hilfe ist unterwegs. Schon gut, atmen Sie einfach nur.« Immer und immer wieder murmelte sie Helena diese Worte zu.

Helena schloss die Augen und ließ den Kopf nach hinten auf den Betonboden sinken. Was von Helenas Fuß noch übrig war, schien vor Marions Augen zu verschwinden. Erst jetzt, als ihre Sinne allmählich wieder zu funktionieren begannen, hörte sie das leise Zischeln des Fleischs. Voller Entsetzen und Ekel begriff sie, dass es immer noch brannte, schmolz, sich auflöste.

»Helena, sehen Sie mich an«, flehte Marion, voller Angst, die Frau würde ihre einmal geschlossenen Augen nie wieder öffnen.

Helena stöhnte und wand sich. Tränen strömten ihr über das Gesicht.

»Was ist passiert? Hat das Zeug in dem Fläschchen das angerichtet?«, fragte Marion, obwohl sie fürchtete, die Antwort darauf bereits zu kennen.

Helena nickte. Sie murmelte halb geformte Worte vor sich hin. »Teufelsblut … Teufelsblut … er hat mich gefunden, er ist in den Laden gekommen … er hat mich gefunden …« Sie verstummte, ihr Atem ging schwerer.

Das Zischen und der Gestank des verätzten Fleischs. Helena war kreideweiß, alle Kraft schien sie verlassen zu haben. Das Stöhnen, das leise Flehen, dass es aufhören solle, brachen nicht ab. Marion versuchte alles, um Helenas Qualen zu lindern, aber ganz gleich, in welche Position sie die alte Frau legte oder was sie versuchte, um zu verhindern, dass sich der Fuß weiter auflöste, nichts schien zu helfen. Sie war nicht nur verzweifelt und voller Angst, sie fühlte sich auch zutiefst schuldig. War Swindlehurst schon bei Helenas Geschäft gewesen, bevor Marion dort eingetroffen war? Hatte er all die schlimmen Wahrheiten mit angehört, die Helena ihr über ihn anvertraut hatte? War das der Grund, warum er sie hierhergebracht hatte? Damit sie für ihre Indiskretion bezahlte?

Schließlich schwang die Tür zu ihrer Zelle auf. Der grob aussehende Komplize war zurück. In der rechten Hand hielt er eine Pistole.

Helena umfasste Marions Unterarm, als er sich näherte. Sie begann etwas zu murmeln, ein kaum verständliches Flehen.

Marion fuhr hoch, als der Mann die Pistole hob. Bevor sie jedoch irgendetwas tun konnte, um ihn aufzuhalten, drückte er ab und jagte Helena eine Kugel in den Kopf. Marion zuckte zurück und starrte Helenas erschlaffte Gestalt an. Unter ihrem Kopf bildete sich eine dunkelrote, dickflüssige Lache.

»Das war noch das Gnädigste«, sagte der Mann und schob sich die Pistole in den Gürtel. »Nicht mehr lange, und sie hätte darum gebettelt.« Er musterte Marion eine Weile, als wollte er noch mehr sagen, dann schien er es sich jedoch anders zu überlegen. Er kam einen Schritt auf sie zu. Sie war so starr vor Schreck, dass sie nicht einmal zurückwich. Dann schlug er ihr den Griff der Pistole gegen die linke Schläfe.

Zweiundzwanzig

TEUFELSBLUT

»Gut, sie ist wach. Also, machen wir weiter.«

Flatternd hoben sich Marions Lider, als ihr Bewusstsein allmählich zurückkehrte. Sie war aus dem Keller in einen anderen Raum gebracht worden und saß nun an die Wand gelehnt da. Ihre Handgelenke waren vor ihr gefesselt, und das raue Seil schnitt ihr ins Fleisch. Als ihre Sinne wieder vollständig funktionierten und ihr Verstand arbeitete, erkannte sie, dass sie in der Ecke in einer Art Sitzungssaal saß. Es stank nach Rauch und Urin, und nur ein einziger runder Tisch und mehrere Stühle standen in dem Raum.

Um den Tisch herum saßen Swindlehurst, sein grobschlächtiger Helfer und Nancy Brickett.

Marion keuchte hörbar auf.

Nancy sah sie durch den Raum hinweg an, obwohl sie mit keinem Zucken ihrer Gesichtsmuskeln verriet, was sie empfand. Sie nickte leicht, als wollte sie etwas damit sagen, das nur Marion verstehen sollte. Doch Marion verstand gar nichts. Was machte Nancy hier? Wo war Kenny? Warum war Marion gefesselt und Swindlehurst frei?

Nancy wandte ihre Aufmerksamkeit Swindlehurst zu. »Nun, Edgar?«

Swindlehurst richtete sich auf, als wollte er sich einer unausgesprochenen Herausforderung stellen. Er hob einen großen Aktenkoffer vom Boden auf den Tisch und öffnete ihn. Er zog ein Paar Arbeitshandschuhe heraus, streifte sie über und griff damit nach dem kleinen schwarzen Fläschchen. Wie eine Trophäe hielt er es hoch. »Das Teufelsblut«, verkündete er stolz. »Wie Sie sicher wissen, Nancy, ist das Teufelsblut eine Mischung aus Schwarzpulver und einer extrem wirkungsvollen alchemischen erosiven Substanz. Seine Explosivität übersteigt die von Dynamit um ein Vielfaches.« Er machte eine dramatische Pause, dann legte er das Fläschchen wieder in den Aktenkoffer und zog die Handschuhe aus.

Swindlehurst machte den Eindruck, als wollte er noch mehr sagen, aber Nancy schnitt ihm einfach das Wort ab: »Was machen wir hier, Edgar?«

Swindlehurst lächelte. »Ist das nicht offensichtlich? Ich erpresse Sie.«

Marion versuchte sich auf das zu konzentrieren, was sie hörte, zu verstehen, was vor sich ging, aber da war ein erbarmungsloses Hämmern in ihrem Kopf. Ihre Gedanken waren dumpf und nutzlos.

»Vielleicht sollte ich Ihnen zuerst etwas Kontext geben, damit Sie verstehen, dass ich mit meiner Forderung nur eine – wie soll ich mich ausdrücken? – *Kompensation* verlange.« Swindlehurst sprach ruhig und beherrscht. Noch nie hatte Marion etwas Bedrohlicheres gehört. »Keine Sorge, ich habe es genauso eilig wie Sie«, fügte er hinzu, als Nancy einen ungeduldigen Seufzer ausstieß. »Also mache ich es so kurz ich kann. Zuerst möchte ich Sie an einen Zwischenfall erinnern, der sich vor acht Jahren zugetragen hat. Sagen Sie, Nancy, erinnern Sie sich noch an einen Lehrling namens Ned Asbrey?«

»Natürlich erinnere ich mich an ihn.«

Swindlehurst nickte. »Ja, ja, das dachte ich mir.«

Marion nahm eine lähmende Spannung in der Luft war. Es kam ihr vor, als wäre ihre Anwesenheit vollkommen irrelevant, etwas, worauf man nicht weiter achten musste. Was auch immer da geschah, ging nur Nancy und Swindlehurst etwas an.

»An einem Winterabend damals hatten Asbrey und ich dasselbe vor, was wir fast jeden Abend taten – wir wollten in der Bibliotheksbar noch etwas zusammen trinken. Aber wie immer bei Asbrey wurden aus einem Drink viele, und irgendwann in den frühen Morgenstunden hatte ich schließlich genug. Ich habe mich von Asbrey verabschiedet und bin nach Hause gegangen. Erst viel später am nächsten Tag habe ich bemerkt, dass er zu keiner seiner Schichten aufgetaucht war. Niemand hatte ihn seit dem Vorabend gesehen, und die meisten glaubten, er habe sich einfach einen Tag freigenommen. Trotzdem wusste ich, dass irgendetwas nicht stimmte. Ein paar Monate vorher hatte Asbrey mir nämlich erzählt, dass er etwas in Professor Gillroths Büro entdeckt hatte. Etwas, das darauf hinwies, dass es in der Detektei ein Geheimnis gab, in den verbotenen Tunneln jenseits der Grenze. Ich habe ihn nie darum gebeten, mir das näher zu erklären, tatsächlich weiß ich immer noch nicht, was genau er gefunden hat.«

Marion versuchte, eine etwas bequemere Position zu finden.

»Um ehrlich zu sein, habe ich Asbreys Gefasel nie große Aufmerksamkeit geschenkt, und gefaselt hat er oft. An dem Abend in der Bibliotheksbar, bevor er verschwunden ist, hat er allerdings wieder von diesem ›Geheimnis‹ geredet. Er hat gesagt, er würde nachforschen, *danach suchen.* Und er hat mich gefragt, ob ich mitkommen wolle. Ich habe ihn abgewimmelt. An seinen wilden Verschwörungstheorien hatte ich kein Interesse. Als ich am nächsten Tag aber begriffen hatte, dass er verschwunden war, da wusste ich, dass das nur eines bedeuten konnte. Sie können sich sicher denken, was als Nächstes passiert ist, nicht wahr, Nancy? Asbrey hat gefunden, was Sie vor uns allen verstecken.« Er hielt inne, als wollte er die Bedeutung seiner Worte wirken lassen. »Dann hat er jedoch begriffen, in welchen Schwierigkeiten er steckte. Er hatte Angst und wusste nicht, wem er trauen sollte. Wenn er plötzlich wieder auftauchte, würde er erklären müssen, wo er gewesen war. Natürlich hätte er lügen und behaupten können, er sei einfach zu Hause geblieben. Er hätte seine Entdeckung verheimlichen können. Aber Asbrey war ein gerechtigkeitsverliebter Trottel. Er hat behauptet, es sei seine Pflicht, den Mund aufzumachen. Ich muss ehrlich sein. Als ich ihm am nächsten Tag plötzlich im Gemeinschaftsraum gegenüberstand, tja … da dachte ich, ich würde einen Geist sehen. Zuerst konnte er nicht einmal sprechen. Ich schätze, daran waren der Schock und die Entkräftung schuld. Letztendlich ist es mir aber gelungen, ihn zu beruhigen und ihm Wasser und etwas zu essen einzutrichtern. Schließlich hat er angefangen, mir alles zu erklären, alles auf einmal. Er hat mich sogar mit nach unten ins Labor genommen. Ich wollte meinen Augen nicht trauen. Nancy, unsere Gründerin und Leiterin, die unter unseren Füßen ein chemisches Waffenexperiment versteckte, genau dort, wo wir ausgebildet wurden, um zum übergeordneten Wohl Verbrechen aufzuklären? Tatsächlich war ich so schockiert, dass ich damit nichts zu tun haben wollte. Ich wollte nur ein Inquirer werden. Ich wollte nicht, dass mir irgendetwas dazwischenkam. Ich habe Asbrey gesagt, dass er auf sich allein gestellt sei, egal was er vorhabe.«

Auf einmal wirkte Swindlehurst weniger gefasst. Er schluckte nervös, dann fuhr er fort. »Aber Asbrey war hartnäckig. Er hat mir erklärt, er würde am nächsten Tag zum Hohen Rat gehen und eine Erklärung für das verlangen, was er gefunden hatte. Ich hatte Angst. Um ihn, um mich selbst. Ich wusste, dass wir gefeuert werden würden oder Schlimmeres. Wenn die Detektei ein solches Geheimnis hütete, dann musste es dafür einen guten Grund geben. Ich habe versucht, ihm die Sache auszureden, ich habe ihm gesagt, er solle vergessen, was er gesehen hatte. Doch es hatte keinen Sinn.« Er verschränkte die Finger ineinander, sein ganzer Körper wirkte gespannt wie eine Bogensehne.

Von Nancy kam ein scharfes Luftholen, als hätte sie auf einmal etwas begriffen. »Sie haben ihn umgebracht?«

»Nein, *nein!«* Röte stieg Swindlehursts Hals hinauf und flutete sein Gesicht. »Es war ein Unfall. Wir haben darüber gestritten, was wir tun sollten. Ich bin immer wütender geworden …« Als würde er diese Wut wieder spüren, schlug er mit der Faust auf den Tisch. »Ich habe ihn gegen die Wand geschubst, ich wollte ihn nur zur Vernunft bringen, aber …« Nun sprach er schneller, verhaspelte sich. »Die Wand war – da war ein scharfer Felsbrocken – ich wollte nicht … ich wusste es nicht. Er war so viel schwächer als ich. Er hat sich den Kopf angeschlagen.« Er verstummte. Ein langes Schweigen entstand, während er die Fassung zurückzugewinnen versuchte. Doch es war Nancy, die nun das Wort ergriff.

»Dann waren Sie es also, der das Gerücht in die Welt gesetzt hat. Sie haben Neds Rucksack vor Whites Büro platziert, damit es so aussah, als hätte er die Grenze überschritten und wäre einfach verschwunden?«

»Und sind Sie nicht dankbar dafür, dass ich es getan habe? Ich habe die Detektei gerettet, nicht wahr? Ich habe Asbrey davon abgehalten, Ihr kleines Geheimnis zu enthüllen, und Ihre Probleme verschwinden lassen.«

Nancy hob eine Braue. »Wenn es so wäre, dann würden wir jetzt nicht hier sitzen, Edgar.«

Swindlehursts Blick loderte vor Zorn. »Nein, Sie irren sich. Ich hatte nie vor, noch irgendetwas in dieser Hinsicht zu unternehmen. Ich habe Asbreys Leiche in den Tunneln versteckt, die Tür zum Labor geschlossen, und das war alles. Falls irgendjemand die Leiche je entdecken würde, dann würde es wie ein Unfall aussehen. Als hätte er sich dort unten verirrt und wäre einfach gestolpert oder so. Dann habe ich jedoch gesehen, wie Sie mit Neds Familie umgegangen sind. Die Bestechungen, die Lügen. Da habe ich zum ersten Mal darüber nachgedacht, wie sehr Sie uns alle in der Hand haben. All die Dokumente, die wir unterschreiben mussten, die uns für den Rest unseres Lebens an die Detektei binden. Ich habe mir keine Sorgen darum gemacht, dass Asbreys Tod mit mir in Verbindung gebracht werden könnte. Wie auch? Und ich habe mir auch keine Sorgen darum gemacht, dass Sie meine Familie bestechen oder nötigen könnten, weil ich keine Familie habe, aber ich wusste, dass ich meine eigene kleine Absicherung brauchte, nur für den Fall. Also bin ich in die Tunnel jenseits der Grenze zurückgekehrt. Alles war immer noch dort – Phiolen, Formeln, Diagramme. Ich habe ein paar Unterlagen mitgenommen, Dokumente, die bewiesen, dass dieses Experiment im Jahr 1943 durchgeführt worden war, aber dann war ich nicht mehr sicher, ob das als Druckmittel ausreichte. Bewies das wirklich, dass die Detektei etwas damit zu hat? Nein. Ich beschloss, dass ich etwas Greifbareres, Tragfähigeres brauchte. Etwas, das zeigen würde, dass die Detektei illegal chemische Waffen produzierte. Also bin ich ein drittes Mal in das Labor gegangen. Dieses Mal, um zu lernen. Um zu *verstehen.* Nach vielen Recherchen habe ich schließlich herausgefunden, dass es mit dem Ursprungsexperiment ein Zeitproblem gab. Sehen Sie, der Sprengstoff war im Jahr 1944 beinahe perfektioniert worden, abgesehen von ein paar Kleinigkeiten hier und da. Man hatte unterschätzt, wie viel Zeit der Sprengstoff brauchte, um zu reifen, bevor er fertig war. Was für die gesamte Operation natürlich eine Katastrophe bedeutete. Die Bombe sollte innerhalb weniger Monate fertiggestellt werden, doch in Wahrheit würde über ein Jahrzehnt vergehen, bis es so weit war. Bis dahin wäre der Krieg sicherlich längst vorbei. Also ist für mich nicht viel zu tun geblieben. Ein paar einfache Berechnungen, um zu sehen, wie lange der Reifungsprozess noch dauern würde – sieben

Jahre, wie sich herausstellte –, und das war schon alles. Was theoretisch natürlich bedeutete, dass ich auch noch weitere sieben Jahre benötigen würde, bis ich ein Druckmittel in der Hand hätte, aber das war in Ordnung. Es war eine langfristig angelegte Sicherheitspolitik, nichts, was ich jemals wirklich einsetzen wollte.«

Nancy starrte ihn an, ihr Blick war erbarmungslos, und einen Moment lang schien zwischen den beiden ein stummer Kampf der Willenskräfte zu toben.

Marion dagegen wurde von Minute zu Minute nervöser. Ihr Kopf pochte, ihr Rücken schmerzte, das Seil der Fesseln um ihre Handgelenke rieb brennend über ihre Haut. Sie schloss die Augen und atmete einfach. Einmal, zweimal, dreimal. Sie rief sich in Erinnerung, warum sie überhaupt in diese Sache verwickelt worden war. *Frank.* Sie sah sein Gesicht vor sich, seine sanften Augen. Sie fühlte seine Hand auf der Schulter, die ruhige Versicherung, dass er immer da sein würde, wenn sie ihn brauchte.

Unauffällig hob sie die gefesselten Hände an die Brust und schob die Finger unter ihren BH, tastete nach dem kalten Metall auf ihrer Haut. Da war es, immer noch an Ort und Stelle.

Sie sah Swindlehurst an. Nancy und er sprachen wieder miteinander, worüber, hatte Marion nicht verstanden. Sie würde die beiden unterbrechen müssen. »Warum haben Sie Michelle umgebracht?«

Swindlehurst verstummte mitten im Satz.

»Es liegt auf der Hand, dass Sie es waren«, fügte Marion hinzu. Es klang gekünstelt, unecht. Sie wählte ihre Worte vorsichtig, sagte nur, was unbedingt nötig war, denn sie wusste nun zwar, wie genau Swindlehurst an der Kamera über dem Eingang zum Verschlussraum vorbeigekommen war, aber sie war nicht sicher, ob sie dies vor Nancy enthüllen sollte. Immerhin hatte Marion bei ihren Ermittlungen, die sie zu

Operation Grauadler geführt hatten, selbst mehrere Detekteiregeln gebrochen.

Stirnrunzelnd drehte sich Swindlehurst zu ihr um. Er wirkte nicht eingeschüchtert, nicht einmal verärgert. Seine Miene war ausdruckslos, gleichgültig. »Sie ist mir in die Quere gekommen. Genau wie Sie, Miss Lane.«

Atme. Eins, zwei, drei.

»Sie haben sie mit ihrem eigenen Herold-Stethoskop erstochen. Warum?«, beharrte Marion, und ihre Stimme gewann an Kraft.

»Was hätte ich sonst tun sollen!«, knurrte er. »Ich wollte niemanden verletzen. Ich hatte nicht einmal eine Waffe bei mir!«

Marion überlegte fieberhaft. Bis jetzt war sie zu beschäftigt damit gewesen, herauszufinden, wer Michelle getötet hatte, um sich mit der Art und Weise auseinanderzusetzen, *wie* sie getötet worden war. Als sie jetzt allerdings darüber nachdachte, war sie ziemlich sicher, dass Swindlehurst das Herold-Stethoskop – *den Spitzel* – benutzt hatte, um eine falsche Fährte zu legen. »Aber Sie haben die Gelegenheit erkannt und ergriffen, nicht wahr? Die Gelegenheit, das Verbrechen zu begehen und den Hohen Rat damit abzulenken?« Sie wartete, um Swindlehurst Zeit für eine Reaktion zu geben. Er rutschte auf seinem Stuhl herum, nervös, zornig. Dann hatte sie also recht. »Ja, Sie hatten keine Waffe, und Sie mussten schnell sein. Michelle hatte Sie gesehen. Sie würde Sie nicht damit davonkommen lassen. Und natürlich hatte sie ihr Stethoskop bei sich, das hatte sie immer. Wenn Sie Michelle schon zum Schweigen bringen mussten, warum dann nicht mit dem Werkzeug, mit dessen Hilfe sie so viele ihrer Kollegen in Schwierigkeiten gebracht hatte? Sie wussten, dass Sie damit den Kreis der Verdächtigen so weit vergrößern würden, dass Sie selbst darin nicht weiter auffallen würden.«

Swindlehurst legte beide Hände auf den Tisch und knetete

fieberhaft seine Finger. Als er sprach, klang es angestrengt, leer. Allmählich verlor er die Nerven. »Ich hatte keine Wahl«, keuchte er. *»Keine Wahl!«* Er schloss die Augen. Die Stille dehnte sich. »Ich habe es Ihnen gesagt. Ich hatte nie vor, es zu benutzen, das Fläschchen. Das wollte ich nie.« Er sprach nun wieder mit Nancy. »Ich habe meine Ausbildung beendet und wurde zum Leiter der Informationsabteilung befördert. Alles lief bestens, und eigentlich hatte ich vor, das Fläschchen einfach für immer im Safe zu lassen. Es zu vergessen. Hinter mir zu lassen. Das war es, was ich wollte.« Er umfasste die Tischkante. »Aber dann ging es los. Eine langsame, subtile Degradierung. Sie haben begonnen, mich zu ignorieren, meine Meinung zu missachten, meine Position zu untergraben. Und dann letztes Jahr der endgültige Schlag …« Scharf holte er Luft, es klang wie ein Zischen. »Sie haben Rakes an meiner Stelle die Leitung der Informationsabteilung übertragen. Ich wurde ihr unterstellt, einer verdammten Immigrantin ohne jede Erfahrung? Herrgott, Nancy! Haben Sie wirklich geglaubt, ich würde das einfach so akzeptieren?« Wieder unterbrach er sich, dieses Mal, um sich zu beruhigen, bevor er fortfuhr. »Aber ich bin nicht hier, um die Vergangenheit wieder aufleben zu lassen. Ich will nur mein Leben weiterleben. Neu anfangen. Natürlich werde ich dafür Ihre Hilfe brauchen, nicht wahr?« Nancy schwieg, weshalb sich Swindlehurst an Marion wandte. »Eines Tages werden Sie das verstehen, Miss Lane. Sie werden begreifen, wie es wirklich ist, für Nancy zu arbeiten und nach ihren Regeln zu leben. Eines Tages werden Sie aufwachen und denken: *Ich will mich verändern.* Ich möchte ein Leben, das frei von Geheimnissen ist. Ich möchte nach der Arbeit nach Hause kommen und meiner Familie, meinen Freunden von meinem Tag erzählen. Irgendwann wird der Drang, diese gottverdammten sonnenlosen Korridore zu verlassen, so überwältigend werden, dass Sie es nicht mehr länger ignorieren können.«

Marion schreckte vor seinem bohrenden Blick zurück, aber vielleicht lag dies zum Teil auch daran, dass sie ihn, wenn auch nur zu einem sehr kleinen Teil, verstand.

»Dann wird es Ihnen natürlich wieder einfallen: Sie können nicht einfach gehen.« Er wandte sich wieder an Nancy. »Wie sollen wir einen anderen Arbeitsplatz finden, wenn wir keine Zeugnisse, keine Erfahrungsnachweise vorweisen können? Keine Referenzen? Keine Fähigkeiten, die wir belegen können. Und natürlich können wir auch nicht auf unsere Ersparnisse zurückgreifen, bei dem Hungerlohn, den Sie uns zahlen.«

»Das ist Unsinn, Edgar. Ich hätte Ihnen mit Freude dabei geholfen, eine andere Stelle zu finden, wenn Sie mich darum gebeten hätten.«

Swindlehurst lachte. »Ach, wirklich? Vielleicht hätten Sie das für jemand anderen tatsächlich getan. Für einen Lehrling oder eine Reinigungskraft, die die Küche putzt oder die Flure säubert. Aber ich war der Leiter der Informationsabteilung. Ich habe alles gesehen – die vielen Male, wenn wir die Polizei im Dunkeln gelassen und uns in ihre Ermittlungen eingemischt haben. Wissen Sie noch, Nancy? Letztes Jahr im August? Da bin ich zu Ihnen gekommen. Ich habe Ihnen gesagt, dass ich kündigen will, dass ich eine Stelle bei einer privaten Detektei in Glasgow gefunden habe. Und was ist dann passiert?«

»Um Himmels willen, Edgar! Wie oft habe ich Ihnen gesagt, dass ich damit nichts zu tun hatte?«

Swindlehurst wandte sich wieder an Marion. »Ob Sie es glauben oder nicht, Miss Lane, aber selbst nachdem mir der Posten des Leiters der Informationsabteilung entzogen wurde, wollte ich nichts anderes, als einfach zu kündigen. Ich wollte friedlich gehen. Ich hatte das Gefühl, mit meiner Karriere bei Miss Brickett's nicht mehr weiterzukommen, und ich wollte eine Veränderung. Das alles habe ich Nancy erklärt, und sie kam mir zwar enttäuscht vor, schien aber im Grunde nichts gegen meine Entscheidung zu haben. Dann habe ich jedoch ein Schreiben von meinen zukünftigen Arbeitgebern in Glasgow erhalten. Auf einmal waren sie zu dem Schluss gekommen, dass ich geistig nicht in der Verfassung sei, um als Privatermittler zu arbeiten. Irgendein obskurer Vorwand, der mit Berichten über meine Tätigkeit als Einsatzleiter im Krieg zusammenhing. Ich hätte ›Anzeichen mentaler Instabilität mit manischen Tendenzen‹ gezeigt.« Er drehte sich zurück zu Nancy. »Wie um alles in der Welt sind Sie an diese privaten Unterlagen gekommen?«

Marion sah, wie Nancy ihre gefasste, gelassene Miene für einen Moment verlor, und wusste nicht, was sie davon halten sollte. Sagte Swindlehurst die Wahrheit? War es wirklich möglich, dass Nancy zu solchen Mitteln gegriffen hatte, um zu verhindern, dass er Miss Brickett's verließ? Grauen ballte sich in ihrem Magen zusammen, als sie begriff, was das hieß.

»Da wusste ich, dass ich in der Falle saß«, fuhr Swindlehurst fort. »Ich würde nie eine andere Stelle finden, jedenfalls keine erstrebenswerte. Also blieb mir keine andere Wahl, als noch ein paar Monate abzuwarten und dann Gebrauch von meinen Sicherheitsvorkehrungen zu machen.« Er betrachtete das Fläschchen. »Wie wäre es, wenn wir es einfach eine Abfindung nennen?«

»Wie viel?«, fragte Nancy, ohne zu zögern.

»Siebenhunderttausend.«

»Machen Sie sich nicht lächerlich! Ich verfüge nicht einmal annähernd über solche Mittel.«

»Dann sehen Sie eben zu, wie ich dieses Fläschchen zusammen mit einigen ausgesuchten belastenden Dokumenten an den MI5 schicke. Ein Entwicklungsprojekt für Chemiewaffen direkt unter ihren Füßen interessiert die Leute dort sicher.« Seine Stimme wurde einige Oktaven höher.

»Seien Sie nicht dumm, Edgar. Wenn Sie das tun, dann werden Sie genauso in die Sache hineingezogen wie wir alle.«

Was Swindlehurst nicht zu beunruhigen schien. »Ja, vielleicht würde ich das tatsächlich. Nur vergessen Sie dabei eines: Ich habe nichts mehr zu verlieren. Ich kann nicht zu Miss Brickett's zurückkehren, nicht nach den unglücklichen Umständen von Michelles Tod. Irgendjemand würde die Wahrheit herausfinden.« Sein Blick flackerte zu Marion. Ein Schauder überlief sie. »Ich verschwinde, ändere meinen Namen und fange irgendwo neu an, mit oder ohne Ihre Hilfe. Wenn der MI5 an die Tür des Buchladens klopft, bin ich längst verschwunden. Wenn Sie mir jedoch mein Geld geben, dann lasse ich das Fläschchen hier bei Ihnen und gehe, ohne weitere Schwierigkeiten zu verursachen. Ich garantiere Ihnen, dass Sie nie wieder von mir hören. Ich werde Ihr Geheimnis mit ins Grab nehmen. Genau wie Sie meines.«

Einen Moment lang schwieg Nancy. Marion konnte kaum atmen, sie fühlte ihren Körper nicht. Ihr fiel einfach nichts ein, ihr Verstand war wie taub.

Ungeduld blitzte in Swindlehursts Gesicht auf. Er sah auf die Uhr. »Na, kommen Sie schon, haben wir eine Abmachung?«

»Natürlich nicht.« Der Blick, mit dem Nancy ihn musterte, war intensiver, fordernder, als Marion es bei ihr jemals gesehen hatte. »In den vergangenen neun Jahren haben Sie offenbar nichts über mich gelernt, wenn Sie glauben, dass Sie mich so leicht zu etwas zwingen können.«

»Oh, ich glaube, ich kenne Sie inzwischen sogar recht gut.« Swindlehurst winkte seinen Komplizen heran.

Der Mann ging zu Marion. Er band ihre Handgelenke los und zog sie hoch. Unsicher kam sie auf die Füße. Ihr Blick war verschwommen, ihr Kopf drehte sich. Swindlehursts Handlanger zog sie durch den Raum und drückte sie auf einen Stuhl am Tisch hinab.

Ein kaum wahrnehmbares Aufflackern von Sorge, vielleicht sogar Angst huschte über Nancys Gesicht. Doch dann wandte sie sich an Swindlehurst, und ihre Miene war wieder gefasst. »Was haben Sie vor?«

Durchdringende Angst traf Marion mitten in die Brust. Sie wand sich auf ihrem Stuhl, als Swindlehurst wieder seine Handschuhe anzog und das schwarze Fläschchen hochhielt. Er zog den Korken heraus und näherte sich Marion.

Plötzlich sah sie etwas vor dem Fenster.

Ein metallisches Aufblitzen. Etwas flatterte von der Straße herauf, schwebte ein paar Sekunden vor dem Fenster und ließ sich dann auf dem Fensterbrett nieder. Rasch sah Marion weg, wobei sie Nancys Blick auffing. Kurz sah sie wieder zum Fenster, dann auf ihre Uhr. Nancy folgte ihrem Blick. Sie hatte verstanden.

»Na gut«, sagte Nancy hastig und wandte sich, ohne mit der Wimper zu zucken, wieder an Swindlehurst, der nun neben Marion stand und das Fläschchen vorsichtig in der rechten Hand hielt. »Ich werde das Geld heute Abend noch auftreiben. Lassen Sie sie gehen, bitte.«

Adrenalin wurde durch Marions Körper gepumpt. Ihre Sinne erwachten zum Leben, ihre Gedanken rasten. Sie musste schnell sein. Ihnen würden nur wenige Augenblicke bleiben, um zu handeln.

Der Distraktor auf dem Fensterbrett ging los. Obwohl Swindlehurst die Pseudo-Explosionen von Professor Bals Distraktoren natürlich kannte, bedeutete das nicht, dass er gegen jeden Schrecken immun war. Er zuckte zusammen und wich einen Schritt zurück. Das Fläschchen glitt ihm aus der Hand. Marion wusste nicht, ob es durch die Wucht des Aufpralls explodieren würde oder nicht, aber sie wollte es auch nicht herausfinden müssen.

Sie fing das Fläschchen in der Luft auf.

Es kippte um, und wie in Zeitlupe fiel ein perfekter Tränentropfen der schwarzen Flüssigkeit auf Marions kleinen Finger. Der Schmerz kam sofort. Sie konnte das Fläschchen nicht festhalten. Es stürzte zu Boden, und die grässliche schwarze Flüssigkeit lief aus. Dankenswerterweise explodierte sie immerhin nicht. Doch der Tropfen, der auf ihrem Finger gelandet war, rief ein Gefühl hervor, als würden alle Nervenenden in ihrer Hand verbrannt, in Stücke gehackt und auseinandergerissen. Ihr Arm begann unkontrolliert zu zittern. Tränen strömten ihr über das Gesicht, und der Schmerz wurde immer schlimmer. Sie spürte, wie sich ihr Fleisch auflöste, wie ihre Sehnen rissen und ihre Knochen schmolzen. Sie konnte nicht atmen, keinen Laut von sich geben. Irgendwo unter ihnen brach ein Tumult los, aber Marion begriff nicht, wer oder was die Ursache dafür war.

Das Donnerkrachen des Distraktors verklang. Swindlehurst stand nicht mehr neben ihr, und Nancy saß nicht mehr am Tisch, genauso wenig wie Swindlehursts Handlanger.

Marion sah auf ihren Finger hinab. Ihr Fingernagel und etwa ein Viertel der Gliedmaße hatten sich bereits aufgelöst. Zischendes Fleisch mit etwas Weißem darin, das vielleicht einmal ein Knochen gewesen war, hingen von der Spitze herab. Schwärze schloss sich um sie, bis sie endlich zusammenbrach und die Augen schloss.

»Hey! Schau mich an!« Aus dem Nichts war Kenny aufgetaucht und stützte sie. Es konnten Sekunden oder auch Stunden vergangen sein. »Wir müssen hier raus. Nicholas hat unten Feuer gelegt.« Er zog Marion auf die Füße und in den Gang hinaus, der ans obere Ende der Treppe führte. Rauchschwaden drangen von unten herauf. Die Luft war sengend heiß.

Swindlehursts Handlanger tauchte aus dem Nebenraum auf und ging auf Kenny los. Es folgte eine brutale Schlägerei, in die sich Marion aber nicht einmischen konnte, da plötzlich

Swindlehurst am Kopf der Treppe stand. Er stolperte auf sie zu und holte zu einem Faustschlag aus. Sie duckte sich weg, umfasste das Gelenk ihrer verletzten Hand, um sie zu schützen, und rammte ihm den Ellbogen in den Magen. Keuchend krümmte er sich zusammen.

Marion sah kämpfende Menschen auf der Treppe, ein Gewirr aus Armen und Beinen. Wie in einem Adrenalinnebel wankte sie weiter. Sie begriff nicht einmal genau, was sie da tat, doch sie wusste, dass sie in Bewegung bleiben musste.

Leider hatte sich Swindlehurst mittlerweile wieder erholt. Er packte Marion und riss sie von den Füßen.

Sie trat um sich. Einmal, zweimal, dreimal verfehlte sie ihn, beim vierten Mal aber traf sie ihn am Oberschenkel – und sie traf gut. Swindlehurst ächzte und ließ sie los, woraufhin sie davonzukriechen versuchte.

Swindlehursts Knie traf sie in die Rippen. Ein messerscharfer Schmerz durchschnitt ihren Oberkörper. Er hatte ihr zweifellos eine Rippe gebrochen. Sie keuchte, aber als sich ihre Lungen ausdehnten und den Bruch noch weiter aufrissen, wurde der Schmerz nur noch schlimmer.

Sie hob den Blick, sah zu ihm auf. Seine Augen waren weit aufgerissen. Der Wahnsinn in seinen Zügen war entsetzlich. Sie konnte nicht fassen, wie anders er noch vor wenigen Augenblicken gewesen war, wie ruhig und gefasst. Er stürzte sich auf sie, so schnell, dass Marion keine Zeit zum Reagieren blieb. Sie fiel rückwärts die Treppe hinunter, überschlug sich mehrmals und blieb etwa auf halbem Weg nach unten liegen. Hier war die Luft noch heißer und der Rauch noch dichter.

Schon war Swindlehurst über ihr und schloss die Hände um ihren Hals. Sein schaler Atem strich über ihre Lippen. Sie bekam keine Luft. Da war nichts mehr. Swindlehursts Finger bohrten sich in ihre Kehle. Allmählich verdunkelte sich der Raum um sie, und dann …

Wie von einer unsichtbaren Kraft wurde Swindlehurst von

ihr fortgerissen. Marion umklammerte ihre Kehle, während sie panisch versuchte, durch die eingedrückte Luftröhre zu atmen.

»Aufstehen, *los!*« Marion wurde hochgerissen, erkannte jedoch nicht, von wem, bis sie den Fuß der Treppe erreicht hatten. »Raus hier, na los!«, rief Nancy.

Marion versuchte, nach Kenny zu fragen, brachte aber kein Wort heraus. Durch die schweren Rauchschwaden und die sengende Hitze stolperte sie vorwärts. Sie wusste nicht, wo das Feuer war, doch es musste nah sein. Sie taumelte ins Freie, die Auffahrt entlang und durch das große schwarze Tor auf die Straße hinaus. Es regnete wieder, und der Asphalt war voller nassem Kies und Schutt.

Sobald sie wieder einigermaßen normal atmen konnte und ihre Augen aufgehört hatten zu tränen, erkannte sie, was sie da vor sich hatte: Mr Nicholas und Preston standen vor ihr, Swindlehursts Männer zwischen sich, beide fest mit drei Lagen Schlingstricken umwickelt.

Sekunden später tauchten Kenny und Nancy aus dem Haus auf und zogen Swindlehurst hinter sich her.

»Rupert«, rief Nancy. »Sie kommen mit mir. Dinn, Sie folgen uns.« Dann wandte sie sich an Marion. »Die Polizei wird gleich hier sein, wir müssen weg, bevor sie eintrifft.«

»Warten Sie«, sagte Marion. Mit ihrer unverletzten Hand tastete sie nach dem schwarzen Knopf unter ihrem BH und löste ihn. Dann zog sie auch die Verkabelung und die zweite, unter ihrem Arm versteckte Batterie hervor und drückte alles Nancy in die Hand. »Zum Beweis, für den Hohen Rat.«

Erstaunt ließ sich Nancy das Kabel durch die Finger gleiten. Dann sah sie auf. »Edgar hat gesagt, er hätte Ihnen die Wanze abgenommen.« Sie neigte den Kopf, als sie begriff. »Ich verstehe … zwei Wanzen. Sehr gut.«

Marion nickte zögerlich und wusste nicht, wie sie auf das Kompliment reagieren sollte. »Ich habe es für Frank getan.«

Dreiundzwanzig

SIR GEORGE CAVENDISHS ERBE

Es duftete nach Möbelpolitur und frisch gebrühtem Kaffee, als Marion Franks Büro betrat. Es war Donnerstagnachmittag, vier Tage nach ihrer Einlieferung auf die Krankenstation und eine halbe Stunde nach ihrer Entlassung.

Sie erholte sich nur langsam. Kaum jemand hatte sie besuchen dürfen, und die Zeit hatte sich endlos dahingezogen. Wegen der Art ihrer Verletzungen – immerhin war ihr Finger von einer alchemischen Substanz zerfressen worden – hatte Nancy entschieden, dass sie nicht in ein Krankenhaus eingewiesen werden konnte. Dort wären Fragen aufgeworfen worden, die Miss Brickett's nicht beantworten wollte.

Während Marions Aufenthalt auf der Krankenstation waren ihre Vitalwerte ständig überprüft worden. Man hatte ihren Finger gereinigt und verbunden, ihr Schmerzmittel gegeben und ihre Hand und das Handgelenk nach Anzeichen von sich auflösendem Fleisch abgesucht. Glücklicherweise hatte sich die Säure nicht weiter ausbreiten können – nicht wie bei Helena.

Marion rieb sich den verbundenen Stumpf, der wieder zu pochen begonnen hatte, als sie sich an Franks Schreibtisch setzte, um auf ihn zu warten. Wie schon bei ihren letzten beiden Besuchen war das Büro unaufgeräumt. Überall auf dem Boden standen Kartons, und Bücher stapelten sich in losen

Haufen auf den Regalen. Im Gegensatz zu vorher kam es ihr nun aber so vor, als würde alles wieder aus- und nicht eingepackt.

»Marion«, rief Frank lächelnd, als er plötzlich in der Tür erschien. Marion stand auf. Eine kurze Pause entstand, als sie einander durch den Raum hinweg ansahen. Frank wirkte zerzaust, sein Haar war ungekämmt und ungewaschen, und ein Bart wucherte auf Wangen, Kinn und Oberlippe. Sein hellblaues Hemd war zwar sauber, aber zerknittert, und der oberste Knopf hing von einem losen Faden herab. Mit wenigen Schritten war Frank bei ihr und zog sie in eine Umarmung. »Danke, *danke!«,* sagte er, als sie sich wieder voneinander lösten und sich einander am Schreibtisch gegenübersetzten.

Tränen brannten in Marions Augen. Die Erleichterung, die sie empfand, war überwältigend – hier bei ihm sitzen und sein vertrautes Gesicht sehen zu können. »Ich bin so froh, dass du hier bist. Frei.«

Er lachte leise. »Ich auch. Wie erholst du dich?«

»Es geht mir besser.« Was immerhin halb stimmte. Ihre körperliche Verfassung verbesserte sich zwar mit jedem verstreichenden Tag, aber da war etwas Tiefergehendes, weniger deutlich Wahrnehmbares, das ihr unterbewusst zusetzte. Als hätte sich ein haarfeiner Riss durch ihr Leben gezogen, nicht genug, um es auseinanderzubrechen, aber trotzdem da. Wie auf den endgültigen, vernichtenden Schlag wartend.

Sie fragte sich, ob für Frank vielleicht dasselbe galt. Nach allem, was passiert war, konnte sie sich kaum vorstellen, dass er sich jetzt schon ruhig und entspannt fühlte. Sie suchte nach dem vertrauten Funkeln in seinen Augen. Es war noch da, wenn auch etwas verblasst.

»Nancy wird auch gleich hier sein. Sie hat ein paar Dinge mit dir zu besprechen.« Er verstummte und rollte seine Hemdsärmel hoch. »Aber bevor sie kommt ...« Er sah zu der alten Uhr auf dem Buchregal links von sich – die Uhr, die

Marion seine Verhandlung gezeigt hatte. »Du weißt natürlich, dass ich dir meine Anhörung vor dem Hohen Rat absichtlich gezeigt habe.«

»Ich hatte es angenommen, ja.«

Frank nickte. »Ich bin immer noch nicht sicher, ob das fair von mir war, aber … ich wollte, dass du es vor allen anderen weißt. Und ich wollte, dass du es verstehst, dass du die ganze Geschichte kennst. Nicholas war fest entschlossen, meine Schuld zu beweisen, doch ich wollte, dass du selbst entscheiden konntest, bevor die Nachricht in der Detektei öffentlich wurde.«

»Warum war er so gegen dich?«, fragte Marion und erkannte plötzlich, dass sie diesem Punkt bisher kaum Aufmerksamkeit geschenkt hatte. Frank zuckte mit den Schultern. »Ich glaube, es ging nicht einmal um mich im Besonderen. White und er haben einander nahegestanden, glaube ich, und er dachte wirklich, dass ich der Schuldige bin. Angesichts der Tatsachen kann man ihm deswegen wohl auch kaum einen Vorwurf machen.« Wieder blickte er zur Uhr auf dem Bücherregal, dann sprach er rasch weiter. »Der Punkt ist, dass Nancy nicht weiß, dass du irgendetwas davon gesehen hast, und ich denke, wir sollten es dabei belassen.«

Marion runzelte die Stirn. Was wusste Nancy sonst noch nicht? War ihr bewusst, dass Marion und Bill die Karte gefunden hatten? Dass Marion in den Pausenraum eingedrungen war? Dass sie den Keller darunter gesehen hatte? Das Labor?

»Soweit sie weiß, hast du durch Gerüchte von meiner Verhaftung erfahren. Du hast dich erst nach dem Zirkusball in die Ermittlungen eingemischt, nachdem du zufällig mit angesehen hattest, wie Swindlehurst etwas aus dem Verschlussraum holte. Ich glaube, Professor Bal hat erwähnt, dass du bei ihm warst, was zu deinem Besuch bei Helena geführt hat. Und natürlich weiß sie, was zwischen dir und Helena besprochen wurde.« Mit einem angedeuteten Lächeln tippte er sich auf die Brust, als ein Klopfen von der Tür kam. »Am besten belassen wir es einfach dabei. Je weniger du offiziell weißt, desto besser. Hast du verstanden?«

»Was ist mit Gillroth?«, fragte Marion.

»Was soll mit ihm sein?«

Marion zögerte. Seit ihrer Rückkehr in die Detektei verfolgte sie die Erinnerung an Gillroths Warnung in seinem Büro an dem Tag, nachdem sie Franks Verhandlung beobachtet hatte. Rückblickend wirkte seine Aufforderung, dass sie sich zu ihrem eigenen Wohl aus der Ermittlung heraushalten solle, fast wie eine Prophezeiung.

Fragend sah Frank sie an, doch Marion blieb keine Zeit, um das weiter auszuführen.

Die Bürotür schwang auf, und Nancy trat ein. Ihre normalerweise so tadellose Erscheinung hatte ein wenig gelitten. Das Haar fiel ihr in unordentlichen Wellen über die Schultern, und ihre sonst makellos gebügelte, geschmackvoll zusammengestellte Kleidung war einem tristen braunen Bleistiftrock und einem formlosen weißen Cardigan gewichen.

»Tag, Miss Lane!« Sie setzte sich neben Frank. Sie musterte Marions Gesicht, und beim Anblick der Blutergüsse und der halb verheilten Schnitte wurde ihre Miene etwas weicher. »Wie ich höre, erholen Sie sich gut?«

Marion nahm sich für die Antwort einen Moment Zeit. Ihr Finger pochte, ihre Rippen schmerzten. »Ich denke schon. Es geht mir jeden Tag besser.«

»Es freut mich sehr, das zu hören. Und konnten Sie Ihre Freunde schon sehen? Hobb und die anderen?« Es klang eher nach einer gezielten als nach einer beiläufigen Frage, und Marion wusste, dass Nancy davon ausging, sie würde Bill alles erzählen, was sie in Turnchapel Mews erlebt hatte, sobald sich ihr die Gelegenheit dafür bot. Was wahrscheinlich stimmte.

»Bill hat mich besucht. Allerdings nur sehr kurz.« Womit sie andeutete, dass sie noch keine wichtigen Gespräche hatten führen können.

Nancy wirkte zumindest ein wenig erleichtert. »Aha … gut.« Sie zögerte, dann: »Ich bin Ihnen sehr dankbar für alles, was Sie getan haben. Ich glaube nicht, dass wir hier sitzen würden« – sie deutete auf sich selbst und Frank –, »wenn Sie nicht gewesen wären.«

Marion nickte knapp.

»Ehrlich gesagt stehe ich immer noch etwas unter Schock. Edgar und ich hatten unsere Differenzen, aber ich hätte nie gedacht, dass er zu den Dingen in der Lage ist, von denen ich jetzt weiß, dass er sie getan hat.«

Marion richtete sich auf. Da gab es etwas, das sie wissen musste. »Stimmt es, was Swindlehurst gesagt hat? Darüber, dass er versucht hat zu kündigen?«

Diese Frage schien Nancy nervös zu machen. »Mit Edgars Karriere hier gab es Komplikationen. Als Leiter der Informationsabteilung war er brillant, jedenfalls am Anfang. Er wusste, wie man Leute führte, wie man das Beste aus jedem herausholte. Je länger er seine Spitzenposition jedoch innehatte, desto tyrannischer wurde er. Er weigerte sich, zu akzeptieren, dass jemand eine andere Meinung als die seine vertreten könnte. Ich war besorgt, die Informationsabteilung könnte zusammenbrechen, und da sie das Herzstück der Detektei darstellt, wusste ich, dass die Auswirkungen eines solchen Kollapses schwerwiegend und weitreichend sein würden. Natürlich wusste ich nicht, dass seine Versetzung auf einen anderen Posten sein Selbstwertgefühl derart verletzen würde.«

Was nicht die Antwort auf die Frage war, die Marion gestellt hatte. Sie versuchte es noch einmal: »Aber er hat gesagt, dass Sie sich bei seiner Bewerbung bei dieser Detektei in Glasgow eingemischt haben. Ist das wahr?«

»Natürlich nicht. Ich wusste nicht einmal, dass es eine Akte gibt, in der von seiner Instabilität und seinen, was weiß ich, manischen Tendenzen die Rede ist. Wenn ich es gewusst hätte, dann hätte ich ihn gar nicht erst eingestellt.«

Marion war nicht sicher, ob sie das glaubte; bevor sie jedoch nachhaken konnte, sprach Nancy weiter: »Nun, ich bin durchaus der Meinung, dass Sie in bestimmten Punkten eine weitreichende Erklärung verdienen, aber angesichts der Natur dieses Falls muss ich Sie darauf aufmerksam machen, dass alles, was in diesem Büro gesagt wird, strengster Geheimhaltung unterliegt.«

»Natürlich«, willigte Marion ein.

»Das gilt auch für Mr Hobb.«

»Ja. Ich verstehe.«

»Gut. Zunächst möchte ich mich entschuldigen. Mir ist bewusst, dass meine Abwesenheit während der vergangenen Tage, inmitten einer so schwierigen Zeit für die Detektei, unsensibel gewirkt haben mag.«

»Unsensibel« war nicht das Wort, das Marion gewählt hätte. »Unverantwortlich« oder »rücksichtslos« hätte besser gepasst.

»Allerdings werden Sie hoffentlich gleich verstehen, dass ich kaum eine Wahl hatte.« Sie lockerte ihren Kragen.

Marion wusste nicht, was sie mit ihren Händen tun sollte. Ihr Finger pochte so sehr, dass schon die leiseste Berührung entsetzlich schmerzte. Letztendlich beschloss sie, die Handflächen auf die kühle Mahagonitischplatte zu legen.

»Sobald ich begriffen hatte, in welchen Schwierigkeiten Frank steckte und dass ihn der Hohe Rat schuldig sprechen würde, habe ich Mr Hugo engagiert. Ich wusste, dass ich einen Außenseiter brauchen würde, der sich tiefgreifender mit den Ermittlungen beschäftigen konnte, als es mir zu diesem Zeitpunkt möglich war. Natürlich war es riskant, so abrupt jemanden einzustellen, auch wenn ich ihm vertraute. Weshalb ich Mr Hugo nur sehr wenig Hintergrundinformationen zu diesem Fall gegeben und ihn Schritt für Schritt angeleitet habe, anstatt ihm bei der Ermittlung freie Hand zu lassen. Er musste eine Aufgabe nach der nächsten bearbeiten, ohne wirklich zu verstehen, was dahintersteckte. Nach Franks

Verhandlung habe ich ihn gebeten …« Wieder zögerte sie. Marion wusste, worum sie Kenny nach der Verhandlung gebeten hatte: Er hatte die Karte finden sollen. Da Swindlehurst dieses seltsame Dokument jedoch nie in Marions Gegenwart erwähnt hatte, hoffte Nancy vielleicht, dass sie dieses Thema einfach übergehen konnte. Was Marion nur recht war. »Nun ja, das spielt jetzt keine Rolle, der Punkt ist, dass Hugo etwas entdeckt hat, von dem nicht einmal ich etwas wusste: den Keller unter dem Pausenraum. Edgar hat erwähnt, dass er die Tunnel jenseits der Grenze mit dem Labor verbindet. Mr Hugo hat dort unten einige sehr interessante Beweisstücke entdeckt. Ich werde jetzt nicht ins Detail gehen, aber diese Funde erklären, wie Edgar unbemerkt an der Überwachungskamera vorbeikommen konnte. Und noch ein paar andere Dinge.«

Marion fragte sich, wie Kenny den Keller Nancys Meinung nach ohne die Karte hätte finden sollen. Was praktisch unmöglich war, wenn man nicht wusste, wo und wonach man suchen musste.

»Es wäre mir lieber, wenn Sie nicht mit angehört hätten, was Edgar darüber erzählt hat, was sich in diesem Labor befindet. Aber dafür ist es jetzt wohl zu spät.« Sie lehnte sich auf ihrem Stuhl zurück, was nicht entspannt, sondern eher erschöpft und geschlagen wirkte. »Ich schätze, es überrascht Sie nicht, wenn ich Ihnen sage, dass Miss Brickett's eine Geschichte hat, die weit über die Gründung der Detektei im Jahr 1948 zurückreicht. Allerdings könnte es Ihnen neu sein, dass Henry Gillroth die Tunnel hier unten noch vor mir gekannt hat.«

Marions Herz schlug schneller.

»Henry und ich haben während des Kriegs zusammengearbeitet. Danach sind wir zwar getrennte Wege gegangen, haben den Kontakt zueinander aber nie verloren. Eines Tages habe ich einen Brief von Henry erhalten – er hatte gehört, dass ich darüber nachdachte, meine eigene Detektei zu gründen, dass ich aber Schwierigkeiten hatte, ein geeignetes Geschäftsgebäude zu finden. Was natürlich stimmte. Nach dem Krieg sah es auf dem Immobilienmarkt sehr düster aus. Wie immer hatte Henry eine Lösung parat. Er sagte, wenn ich bereit wäre, meinen Horizont etwas zu erweitern, dann wüsste er vielleicht genau das Richtige für mich. Etwas, das ihm durch eine Reihe eher unglücklicher Ereignisse in die Hände gefallen war.« Kurz schwieg sie und starrte in den Abgrund der Erinnerungen. »Er hat mich durch die Falltür im Buchladen geführt, in die Tunnel hinab und auf einen endlos langen Rundgang. Von ihm weiß ich, dass die Tunnel selbst uralt sind. Früher waren sie einmal der Zufluchtsort für eine Gruppe von Alchemisten, die von der Kirche verbannt wurden, nachdem sie mit allen möglichen Substanzen experimentiert hatten, was man damals für Zauberei hielt. Teufelswerk. Was, wie ich annehme, tatsächlich eine recht treffende Beschreibung ist.«

Womit sie wohl den alchemischen Sprengstoff meinte. Marion sah auf ihre Hand hinab und spürte tief darin das Teufelsblut pulsieren.

»Die oberen Stockwerke – alles oberhalb der steinernen Treppe – waren schon bei meiner ersten Besichtigung gut ausgebaut und sehr geräumig. Henry zufolge waren sie ursprünglich zu Kriegszeiten als Bunker für die oberen Klassen bestimmt gewesen. Ein Ort, an den sich Befehlshaber und Würdenträger flüchten konnten und der es ihnen sogar erlaubte, in einem gewissen Komfort zu leben.«

»Bestimmt gewesen? Bedeutet das, die Tunnel wurden dafür nie benutzt?«

»Nein, es war nur eine Fassade, eine Vertuschungsgeschichte für den Fall, dass irgendjemand einmal zufällig die Falltür im Buchladen entdeckte. Wer auch immer hier herunterkäme, würde im Großen Gang landen und nichts als polierte Böden und hübsch möblierte Räumlichkeiten sehen.

Kein Würdenträger hat jedoch jemals einen Fuß in diese Tunnel gesetzt.« Sie holte tief Luft. »Ich muss zugeben, dass es ignorant und dumm von mir war, Miss Brickett's einfach so ohne weitere Nachforschungen zu erwerben. Ich war überwältigt von der sich bietenden Möglichkeit – von der Chance, eine Detektei zu gründen, ohne die Hürden der Gesetzgebung, auf die man zwangsläufig stößt, wenn man ein solches Unternehmen über der Erde eröffnen möchte. Weshalb ich auch beschlossen habe, den Haken an der Angelegenheit zu übersehen, den wahren Grund dafür, warum es diesen Ort überhaupt gibt. Nachdem mich Henry durch die oberen Stockwerke geführt hat, sind wir schließlich die lange Steintreppe hinuntergestiegen, und obwohl er mir den Eingang zu den Korridoren jenseits der Grenze gezeigt hat, haben wir sie nicht betreten. Ich habe durchaus erkannt, dass er mir nicht gern enthüllt hat, was dahinter liegt, die Geschichte, warum er von diesem Labyrinth wusste. Letztendlich war die Bürde, eine solche Wahrheit allein zu hüten, jedoch zu viel. Um ehrlich zu sein, wünsche ich mir manchmal, er hätte es mir nicht erzählt. Unwissenheit ist ein Segen, wie man so schön sagt.«

Da musste Marion ihr recht geben. Wenn es nicht um Frank gegangen wäre, hätte sie selbst sich mit Sicherheit dafür entschieden, lieber im Dunkeln gelassen zu werden, was die Operation Grauadler betraf.

»Kurz nachdem der Krieg begonnen hatte«, fuhr Nancy fort, »fiel das Labyrinth in die Hände eines Mannes namens Sir George Cavendish, ein Feldmarschall der British Army mit einer besonderen und recht obskuren Faszination für die äußeren Grenzen der Chemie und, wie sich herausgestellt hat, der Alchemie. Niemand weiß genau, wie Cavendish von der Existenz des Labyrinths erfahren hat. Vielleicht hat er bei seinen extensiven Recherchen auf dem Gebiet der Alchemie einen Hinweis auf die Gruppe von Alchemisten entdeckt, die vor Jahrhunderten verstoßen wurden. Tatsächlich glaube ich, dass es ebenjene Alchemisten waren, die als Erste auf die Rezeptur für das Teufelsblut gestoßen sind, zumindest zum Teil.

Sicher ist allerdings, dass Cavendish ein ehrgeiziger Mann war und brillant dazu. Seine vorherige Karriere hatte er größtenteils in Porton Down verbracht, wo er diverse Projekte beaufsichtigte, besonders jene, die mit der Testung und Produktion von Chemiewaffen in Zusammenhang standen. Ich bin nicht sicher, was genau er dort getan hat, vielleicht war er eine Art Berater oder auch etwas Belangloseres. Schon bald wurde er jedoch abgelenkt, er war völlig eingenommen von den Gerüchten, dass die Nazis in ihren Konzentrationslagern Chemiewaffen testen und ihre Entwicklungen bald auch an der Front einsetzen würden. Er glaubte, die Briten würden gefährlich hinterherhinken und dass uns die Deutschen binnen weniger Tage besiegen könnten, wenn ein Chemiewaffen-Krieg ausbrechen würde. Er hat angefangen, zahllose Petitionen an Churchill und das Kriegskabinett zu schicken und sie zu drängen, vermehrt in die Forschung zu investieren und seinen Projekten in Porton Down mehr Mittel zur Verfügung zu stellen. Die Regierung war jedoch gegen diesen Vorschlag. Vielleicht nicht einmal Churchill persönlich, aber der Einsatz von chemischen und biologischen Waffen war vom Genfer Protokoll verboten worden. Es hatte wenig Sinn, in die Erforschung von Waffen zu investieren, die Großbritannien im Krieg nicht einsetzen durfte. Cavendish war jedoch kein Mann, der sich von Gesetzen und Verträgen abschrecken ließ. Er hat seinen Kreuzzug aus dem Abseits weitergeführt, im Privaten. Ohne das Wissen des Premierministers oder des Kriegskabinetts stellte Cavendish ein kleines Team aus Ingenieuren, Militärpersonal, Experten, Beratern und Arbeitern zusammen, die ihm bei einem Geheimprojekt mit dem Namen Grauadler helfen sollten. Alles in allem müssen es etwa dreißig Leute gewesen sein – einer von ihnen war Henry Gillroth, den man hauptsächlich wegen seiner Erfahrung mit der Beaufsichtigung der Ingenieure eingestellt hatte, aber auch wegen seines Wissens über unterirdische Konstruktionen. Sämtlichen Mitgliedern des Projekts wurde versichert, dass alles, was sie taten, zwar streng geheim, aber vollkommen legal sei. Was jedoch nicht einmal annähernd der Fall war. Wie uns Edgar mitgeteilt hat, war Cavendishs Projekt am Ende ein Desaster. Er war beschämt wegen seines Versagens, und ich glaube, dass er verzweifelt versucht hat, die ganze Geschichte zu vertuschen. Er hatte nicht nur unter Vortäuschung falscher Tatsachen ein Team zusammengestellt, das Leben seiner Mitarbeiter in Gefahr gebracht und mit Dingen hantiert, von denen er nichts verstand, nun hatte er auch noch rein gar nichts vorzuweisen. Glücklicherweise für ihn waren die Einzigen, die von dem Projekt wussten, die Leute, die er dafür eingestellt hatte. Ich bin nicht ganz sicher, wie sich das, was als Nächstes geschah, zugetragen hat, aber nach und nach starben die Mitglieder des Teams. Sich durch die Tunnel jenseits der Grenze zu bewegen, war auch vorher schon anstrengend und nervenaufreibend gewesen, aber nie gefährlich. Auf einmal jedoch begannen sich die Mauern zu verschieben, und Falltüren öffneten sich plötzlich im Boden. Türen tauchten auf, wo zuvor keine gewesen waren. Ganze Tunnelabschnitte wurden ohne Vorwarnung geflutet. Schon bald waren sämtliche Mitglieder des Teams entweder tot oder verschwunden. Ich persönlich glaube, dass es Cavendish selbst war, der diese Fallen aufgestellt hat, obwohl ich mir natürlich nicht sicher sein kann und auch nicht weiß, wie er es getan hat. Kurz nach Kriegsende ist er nach Südamerika geflohen und wurde seither nicht mehr gesehen. Der Einzige, der dieses Projekt bekanntermaßen überlebt hat, ist …«

»Gillroth?«, riet Marion.

Nancy schien es nicht gern zugeben zu wollen. »Henry

und ich haben eine Entscheidung getroffen, vor all diesen Jahren. Wir hätten Operation Grauadler entweder dem MI5 enthüllen und damit die Möglichkeit aufgeben können, hier eine private Detektei zu eröffnen, oder wir hätten die Tunnel endlich einem guten Zweck zuführen und hoffen können, damit die Vergangenheit auszugleichen. Natürlich konnte es kein Zurück mehr geben, nachdem wir uns einmal für Letzteres entschieden hatten. Indem wir beschlossen, die Vergangenheit zu verheimlichen, haben wir die Verantwortung dafür übernommen, dass Operation Grauadler für immer vergessen und verborgen bleibt. Vielleicht glauben Sie es nicht, Miss Lane, aber ich habe nie über die Details dieses Projekts Bescheid gewusst. Nur, dass es ein Experiment im Bereich der Chemiewaffen mit alchemischen Einflüssen war.«

Marion sah Frank an und versuchte, seine Miene zu deuten. Sie fragte sich, ob er Nancys Erklärung glaubte und wie viel davon er bereits gewusst hatte. Sein Gesicht gab jedoch nichts preis. Sie wandte sich ab und dachte darüber nach, wie es Gillroth gelungen war, den Tunneln zu entfliehen, während ihnen alle seine Kollegen zum Opfer gefallen waren. Dann jedoch fiel ihr wieder ein, was Swindlehurst in Turnchapel Mews praktisch bestätigt hatte: Gillroth war der ursprüngliche Besitzer der Karte gewesen.

Nancy regte sich. Vielleicht erkannte sie, dass Marion begriffen hatte.

Kurz herrschte Stille. Marion überlegte, ob sie Nancy danach fragen sollte, welche Rolle genau Professor Gillroth bei Operation Grauadler gespielt hatte, doch stattdessen stellte sie eine dringendere Frage. »Wo waren Sie die ganze Zeit?«

Nancy seufzte, als wäre die Antwort darauf schwierig. »Mr Hugo hat den Keller unter dem Pausenraum entdeckt und sofort versucht, Kontakt zu mir aufzunehmen. Leider war ich zu dieser Zeit verhindert. Drei Tage nachdem ich gezwungen worden war, Frank dem Hohem Rat vorzuführen, habe ich einen anonymen Brief erhalten. Ich wusste sofort, dass ein Detekteimitarbeiter ihn geschickt hatte, weil darin gedroht wurde, die Umstände von Michelle Whites Tod der Polizei zu melden, sollte ich nicht einer Reihe von Forderungen zustimmen, die bald folgen würden.«

»Sie hatten keine Ahnung, von wem der Brief stammte?«

»Damals nicht. Sobald ich jedoch zur vorgegebenen Zeit am arrangierten Treffpunkt war – in Dublin, wie ich hinzufügen möchte –, habe ich dort niemanden angetroffen. Nun weiß ich natürlich, dass dies nur ein Ablenkungsmanöver gewesen ist, da Edgar mich aus dem Weg haben wollte, um seinen Plan in Gang zu setzen.«

»Was ja auch geklappt hat«, kommentierte Marion, und es klang verärgert.

»Ja, eine Zeit lang …«

Marion fiel ihr ins Wort. »Warum haben Sie nicht wenigstens jemandem gesagt, wo Sie waren?«

Nancy schürzte die Lippen, Marions unverhohlene Befragung gefiel ihr ganz offensichtlich nicht. »Weil ich nicht wusste, wem ich trauen konnte, Miss Lane. Allerdings habe ich die Detektei aus der Ferne im Auge behalten, da ich überzeugt war, dass sich der Absender des Briefs bald zu erkennen geben würde, wenn auch unabsichtlich. Und genau das ist schließlich passiert. Edgar hat dem Hohen Rat den Vorschlag gemacht, einen Zirkusball zu veranstalten, um die Moral zu heben. Ich habe dieser Sache wenig Beachtung geschenkt, aber grundsätzlich hielt ich es für eine gute Idee, wenn auch für eine etwas extravagante. Während ich in Dublin war, am Donnerstagabend vor dem Ball, habe ich mich schließlich gefragt, ob vielleicht der Ball der Grund dafür war, dass man mich auf diese sinnlose Unternehmung geschickt hatte. Versuchte jemand, mich davon abzulenken, was bei diesem Anlass geschehen sollte? Glücklicherweise hatte Professor Bal da bereits begriffen, dass etwas an der ganzen Sache merkwürdig war, und Mr Hugo damit beauftragt, Edgar bis zu meiner Rückkehr im Auge zu behalten.«

»Trotzdem sind Sie auch nach dem Ball und allem, was passiert ist, nicht zurückgekommen?« Marions Stimme klang müde.

»Was nicht meine Entscheidung war. Am Morgen nach dem Ball habe ich einen weiteren Brief erhalten. Dieses Mal hatte Edgar ihn unterschrieben. Offensichtlich war er der Meinung, dass er nicht länger anonym bleiben müsste. Er hat mir die Adresse des Hauses in Turnchapel Mews mitgeteilt und mich dazu aufgefordert, ihn am selben Abend noch dort zu treffen. Allein.« Sie seufzte. »Vielleicht hätte ich trotzdem jemanden mitnehmen oder mich besser vorbereiten sollen, aber ich war überzeugt davon, es allein mit Edgar aufnehmen zu können. Wie gesagt, ich habe das Ausmaß seiner Boshaftigkeit unterschätzt. Wenn Sie nicht dort gewesen wären, Miss Lane, dann wäre die ganze Sache wohl anders ausgegangen.«

»Konnten Sie die Aufnahmen der Wanze verwenden? Bei Swindlehursts Prozess, meine ich?« Obwohl man ihr nicht gesagt hatte, was genau Swindlehurst und seine Komplizen erwartete, wusste sie doch, dass er vor dem Hohen Rat des Mordes an Michelle White für schuldig befunden worden war. Ein Ende, von dem sie gehofft hatte, es würde ihr Genugtuung verschaffen, und in gewisser Weise hatte es das auch. Der Fall war abgeschlossen, Frank war frei. Trotzdem blieb eine Unruhe zurück, deren Ursache sie nicht richtig ergründen konnte.

»Vieles davon«, antwortete Nancy. »Die Aufnahmen haben für einige Unruhe gesorgt, wie Sie sich vorstellen können, da bis zu diesem Zeitpunkt niemand von Operation Grauadler gewusst hat. Wie alle anderen außerhalb dieses Raums, abgesehen von Henry und Edgar – und bis zu einem gewissen Maß auch Miss White –, haben auch die Ratsmitglieder geglaubt, dass die Tunnel jenseits der Grenze nur ihrer Gefährlichkeit wegen gesperrt wurden. Mir wäre es lieber gewesen, es wäre auch dabei geblieben, aber nun ist es eben so.«

Marion fragte sich, wie sich die Mitglieder des Hohen Rats bei der Erkenntnis gefühlt hatten, dass Nancy und Gillroth ihnen dieses Geheimnis vorenthalten hatten. Sie fragte sich auch, welche Auswirkungen seine Enthüllung auf die Führung der Detektei haben würde. Denn nun gab es nach Marions Rechnung (sie selbst, Bill und Kenny ausgenommen) schon vier weitere Mitarbeiter bei Miss Brickett's, die über die Wahrheit Bescheid wussten: Spragg, Simkins, Nicholas und Frank. Vier weitere Herzen, die das Gewicht von Sir Cavendishs Vermächtnis tragen mussten.

Dieser Gedanke führte sie zu einer weiteren Frage, an die sie bisher nicht einmal gedacht hatte. »Warum haben Sie das Labor nicht einfach ausgeräumt, als Sie die Detektei eröffnet haben?« Es klang anklagend, doch das war ihr egal. »Wenn Sie Operation Grauadler wirklich aus der Geschichte tilgen wollten, dann hätten Sie die Beweise doch ganz leicht verschwinden lassen können.«

»Ich habe das nicht für nötig oder auch nur möglich gehalten. Ich war nie selbst jenseits der Grenze, ich habe das Labor nie gesehen und auch nie von der Abkürzung gehört, die es mit dem Keller unter dem Pausenraum verbindet. Gillroth hat Michelle die Position der Grenzwächterin hauptsächlich deshalb übertragen, weil er glaubte, dass sie sich wichtig, nützlich fühlen müsse. Er hat sie darum gebeten, uns zu informieren, falls irgendjemand versuchen sollte, die Grenze zu überschreiten, doch im Grunde war ihre Rolle redundant, da das Labor inmitten eines meilenlangen Gewirrs aus unpassierbaren Tunneln lag.« Etwas umsichtiger fügte sie noch hinzu: »Das war es jedenfalls, was Henry mir versprochen hatte.« Hinter dieser Aussage lag eine verborgene Bedeutung, wie Marion begriff. Etwas, das Nancy nicht laut zugeben konnte: dass Gillroth sogar ihr gewisse Dinge vorenthalten hatte.

»Jetzt habe ich es allerdings getan«, fuhr sie fort. »Falls Sie sich das fragen. Der Tunnel, der den Pausenraum mit dem Labor verbindet, wurde verschlossen. Es gibt keine Möglichkeit mehr, jetzt noch in das Labor hineinzukommen.«

Ein langes Schweigen entstand. Frank wirkte, als würde er sich unwohl fühlen, als wäre schon zu viel gesagt worden und als würde die Last dessen auf seine Nerven drücken.

Schließlich stand Nancy auf und trat an das Bücherregal. Sie strich über den von feinen Haarrissen umspannten Kelch, der Marion schon bei ihrem letzten Besuch hier aufgefallen war. »Ich glaube, für den Moment ist damit vielleicht alles gesagt.« Sie kam zu Marion und legte ihr eine kalte Hand auf die Schulter. »Und noch einmal: Danke!«

»Werden Sie David von seinem Stiefbruder erzählen?«, fragte Marion, als sich Nancy schon zur Tür wenden wollte. Sie wusste nicht, ob es Nancy überraschte, dass sie die Verbindung zwischen Asbrey und David kannte, aber nach allem, was geschehen war, musste sie deswegen sicher keine Konsequenzen fürchten.

Argwöhnisch musterte Nancy sie. »Wir haben David bei seiner Anwerbung erzählt, dass Ned eines Abends einfach verschwunden ist und dass wir nicht mehr darüber wissen. Damals war das die Wahrheit.«

»Doch das ist es jetzt nicht mehr. Sie könnten ihm wenigstens sagen, dass sein Stiefbruder tot ist.«

»Miss Lane«, fiel Nancy ihr ins Wort, und nun war ihr Tonfall streng und weniger verständnisvoll. »Ich habe so gut ich es vermag erklärt, wie wichtig Diskretion in diesen Angelegenheiten ist. David ist immer davon ausgegangen, dass sein Stiefbruder in diesen Tunneln gestorben ist, was sollte es also nützen, diese Tatsache zu bestätigen? Was Asbrey entdeckt hat, spielt für David keine Rolle. Die Zukunft der Detektei und unser aller Zukunft hängt davon ab, dass Operation Grauadler ein Geheimnis bleibt. Je weniger Menschen von der Wahrheit wissen, desto besser. Wir haben schon viel mehr Menschen eingeweiht, als ich je vorgehabt habe. Hier endet es allerdings. Niemand mehr. Habe ich mich klar ausgedrückt?«

Marion sah Frank an. Er nickte leicht. »Ja, natürlich.«

»Gut.« Sie lächelte kurz und wandte sich zum Gehen.

Marion hatte das Gefühl, als würde der Boden unter ihr wanken. Alle Hoffnungen, die sie sich darauf gemacht hatte, was sie als Inquirer erreichen konnte, all das Gute, was Miss Brickett's für die Menschen Londons tat, kam ihr nun nicht mehr ganz so altruistisch vor, da sie wusste, worauf die Detektei gründete. Es brachte Marion dazu, ihre eigene blinde Loyalität infrage zu stellen und darüber nachzudenken, was Nancy ihren Angestellten sonst noch vorenthielt.

Marion wartete, bis die Tür ins Schloss gefallen war, bevor sie sich an Frank wandte. Da gab es etwas, das sie wissen musste.

»Du kannst mich alles fragen«, sagte Frank, der ihre Unruhe zu spüren schien.

»Was passiert mit Swindlehurst und den anderen von Turnchapel Mews? Werden sie in die Haftkammern geschickt?«

Es dauerte unbehaglich lange, bis Frank antwortete, und als er es tat, waren seine Worte kaum mehr als ein Flüstern. So, als hätte er sie lieber nicht ausgesprochen. »Sie kommen dorthin, ja.«

»Dann gibt es sie also wirklich.«

Frank wurde blass und fuhr sich durchs Haar. »Ich fürchte, ja. Es ist schwer, die komplizierten Gesetze zu erklären, die diese Detektei regulieren. Mit all ihren Geheimnissen. Ich wusste beispielsweise nichts über Operation Grauadler bis vor ein paar Tagen. Und ich weiß auch nicht viel mehr über die Haftkammern.« Seine Stimme wurde eindringlicher. »Ich würde dir nicht raten, Nancy danach zu fragen. Wie ich vorhin schon gesagt habe, je weniger du über alles weißt, desto besser.«

Er stand auf und goss ihnen beiden etwas zu trinken ein. Whisky dieses Mal. Schweigend durchquerte er den Raum, während Marion den Globus anstarrte, der sich auf dem Schreibtisch drehte. Viele ungute Gefühle stiegen in ihr auf.

»Da gibt es etwas, das ich dir sagen wollte.« Er versuchte, eine gelassene Miene aufzusetzen, doch es gelang ihm nicht sonderlich gut. Er wirkte eher so, als müsste er die Tränen zurückhalten. »Als ich im Verschlussraum war, in der Nacht, in der Michelle ermordet wurde, als ich über ihr gestanden habe, während sie an ihrem eigenen Blut erstickt ist, da wusste ich, dass es schlimm werden würde in der Detektei. Ich hatte Angst davor, was das für uns alle bedeuten könnte, aber besonders für dich. Ich habe es einfach nicht verstanden. Um ehrlich zu sein, habe ich mich einen Moment lang gefragt, ob ich vielleicht in eine Art Trance gefallen bin, in der ich Michelle getötet habe, ohne es zu merken. Ich hatte Angst. Ich war verwirrt. Ich habe daran gedacht, was passieren würde, wenn ich wegen Mordes verurteilt und weggesperrt werden würde. Ich habe mir Sorgen darum gemacht, wie du die Nachricht aufnehmen würdest, aber schlimmer war die Vorstellung, dass der wahre Mörder eine Gefahr für dich darstellen könnte.« Er leerte sein Whiskyglas und setzte sich. »Ich war es, Marion. Ich habe das Haus von deiner Großmutter gekauft. Das waren die Papiere, die ich ihr zum Unterschreiben gebracht habe.«

Marion starrte ihn an.

»Ich hatte es schon eine ganze Weile vor, eigentlich schon seit Dolores es zum Verkauf angeboten hat. Irgendwie hat mir einfach immer die Zeit dafür gefehlt. Dann, nach dem Mord an Michelle, wusste ich, dass ich nicht länger warten konnte. Wenn man mich einsperren würde, hätte ich keine Chance mehr, es zu tun.«

Marion zwang sich dazu weiterzuatmen. »Das verstehe ich nicht.«

Frank senkte den Blick. Er wirkte beschämt, reuevoll. »Das

Haus. Ich wollte es dir schenken. Aber …« Er holte tief Luft und setzte noch einmal neu an. »Ich habe deiner Mutter einmal ein Versprechen gegeben. Für den Fall, dass ihr irgendetwas zustoßen würde. Ich habe ihr versprochen, an ihre Stelle zu treten und für dich zu sorgen, wenn du es brauchst. Nicht nur emotional, sondern auch finanziell. Das ist der eigentliche Grund dafür, dass ich dir die Stelle in der Detektei angeboten habe. Ich wusste, dass du nicht mehr bei Felix in der Werkstatt arbeiten konntest und dass du zulassen würdest, dass dich deine Großmutter verheiratet, wenn sich dir nicht schnell eine andere Möglichkeit bieten würde. Deine Mutter hätte nicht gewollt, dass du ein Leben führst, das du nicht willst. Nach der Mordnacht habe ich allerdings noch einmal über alles nachgedacht. Ich wollte das Haus immer noch kaufen. Dolores und ich haben die Papiere durchgesehen und uns über den Preis geeinigt. Sie hat mir erzählt, dass sie vorhat, nach Amerika zu gehen und dass sie dich gern mitnehmen würde. An jedem anderen Tag wäre ich gegen diese Idee gewesen, aber nun, da das Schicksal der Detektei am seidenen Faden hing, dachte ich, dass Dolores vielleicht recht hätte. Deshalb habe ich ihr erlaubt, zuerst mit dir zu sprechen und dir anzubieten, mit ihr zu gehen. Ich fand es grässlich, dir die Wahrheit über den Verkauf vorzuenthalten, aber Dolores hat darauf bestanden, dass du ihr Angebot nicht einmal in Erwägung ziehen würdest, wenn du wüsstest, dass ich das Haus auf dich habe überschreiben lassen.« Über den Schreibtisch hinweg griff er nach ihrer Hand. »Ich wollte dir am Montag nach der Aufnahmezeremonie sagen, dass das Haus dir gehört. Ich wusste, dass ich dich nicht in mein Büro würde bitten können, aber ich dachte, dass ich nach der Verhandlung vielleicht noch die Möglichkeit hätte, dir eine Nachricht zukommen zu lassen … Wie sich herausgestellt hat, war das unmöglich.«

Eine Woge der Bitterkeit wallte in Marion auf, und sie konnte sie nicht mehr zurückdrängen. Sie wusste nicht, ob diese Gefühle gegen Frank, gegen ihre Großmutter oder gegen die Situation als Ganzes gerichtet waren. Sie kippte den gesamten Inhalt ihres Whiskyglases auf einmal hinunter.

»Ich weiß«, sagte er. »Und es tut mir leid. Ich habe wirklich geglaubt, ich würde tun, was für dich das Beste ist. Genau wie Dolores. Ich nehme an, es war dumm von uns, anzunehmen, dass du gehen würdest.«

Marion schloss einen Moment lang die Augen. Sie war wütend, weil Frank ihr nicht die Wahrheit gesagt hatte, aber es war unmöglich für sie, an ihrer Wut auf ihn festzuhalten. Nach allem, was er getan hatte. »Ja, das war dumm. Danke dafür, dass du das Haus gekauft hast. Dafür, dass du mich beschützen wolltest. Aber ich bin erwachsen, Frank. Ich will meine eigenen Entscheidungen treffen.«

Frank drückte ihre Hand fester. »Damit hast du natürlich recht. Das Haus gehört trotzdem dir, wie versprochen. Wenn du wieder dort einziehen möchtest, dann helfe ich dir mit allem.«

Unentschlossen lächelte Marion. In ihr tobte ein Gefühlschaos. Sie war dankbar, erschrocken, erleichtert. Frank hatte sie angelogen, etwas, von dem sie gedacht – *gehofft* – hatte, er könnte es gar nicht. Doch er hatte es mit den besten Absichten getan, und nun gehörte die Willow Street 16 nach allem wieder ihr. Sie würde nicht sofort dorthin zurückkehren, aber die Möglichkeit dazu zu haben, war tröstlich. In einem Punkt hatte Swindlehurst recht gehabt: Die sonnenlosen Korridore von Miss Brickett's konnten erdrückend sein.

Vierundzwanzig

DIE WIEDERVEREINIGUNG

Zum ersten Mal seit ihrer Rückkehr in die Detektei betrat Marion ihr Zimmer im Mitarbeitertrakt. Alles war noch genauso, wie sie es zurückgelassen hatte. Der Notizblock auf ihrem Nachttisch, den sie benutzt hatte, um die Details der Zeitbombe zu erklären. Kennys Zigarettenstummel in einem Aschenbecher beim Waschbecken, das Kleid, das sie beim Zirkusball getragen hatte, zusammengeknüllt am Boden.

Seither schien kaum mehr als ein Augenblick vergangen zu sein, doch natürlich fühlte sich alles vollkommen anders an.

Sie hängte das zerrissene Kleid auf, leerte den Aschenbecher aus und zog ein Holzkästchen unter dem Bett hervor. Darin lagen eine Pergamentrolle, ein Monokel und ein kleines, in Seide eingeschlagenes Kristallfläschchen. Sie holte die Karte heraus, legte sich auf das Bett und starrte mit leerem Blick an die alte Steindecke über ihr, trist grau und von Rissen durchzogen. Ihre Finger strichen über das Pergament, über die zerfaserten Ränder und die Furchen auf der Oberfläche. Ihre Gedanken schweiften umher: zu Michelle White und Helena Jansen. Wie brutal ihre Leben geendet hatten. Ihre Familien, wer auch immer sie sein mochten, würden nie die Wahrheit erfahren, nie damit abschließen können.

Eine bleierne Schwere senkte sich auf sie herab, während sie an die Geheimnisse dachte, die sie nun hüten musste: Ned

Asbreys Tod, das Ausmaß von Swindlehursts Verrat, Michelle Whites letzte Augenblicke. Und natürlich, was wirklich jenseits der Grenze lag. Sie verzog das Gesicht, als sie auf ihren verstümmelten Finger hinabsah und das tiefe Pochen in dem verbliebenen Stumpf spürte. Eine weitere Lüge, die sie würde erzählen müssen.

Es klopfte an der Tür. Rasch legte sie das Pergament zurück in das Kästchen und schob es wieder unter ihr Bett.

»Herein.«

Kenny trat ein. Es war das erste Mal, dass sie einander seit Turnchapel Mews sahen. Wie immer war er ein leuchtender Farbblitz in der ihn umgebenden Tristesse. Als er lächelte, schien es sein Gesicht noch mehr erstrahlen zu lassen als sonst. Marion spürte, wie ein Hauch Wärme in ihren Körper zurückfloss. Reflexhaft erwiderte sie das Lächeln.

»Verdammt, Lane!« Er runzelte die Stirn, doch es wirkte eher komplizenhaft als tadelnd. Er musterte erst sie, dann das Zimmer. »Was ist denn das für ein Chaos hier? Geht's dir gut?« Er setzte sich neben sie und lehnte sich lässig an das Kopfteil des Betts, die Beine lang vor sich ausgestreckt.

»Es wird«, antwortete sie und zog sich den Blusenärmel so weit wie möglich über die verletzte Hand. Das Bett war so schmal, dass ihr Oberschenkel seinen berührte, fest und warm. Es störte sie nicht. »Du siehst allerdings gut aus. Und deine Haare liegen wieder perfekt«, zog sie ihn mit Blick auf seine dichten Goldlocken auf, die er zurückgekämmt und zu einem Seitenscheitel frisiert hatte.

Er schenkte ihr ein schiefes Lächeln. »Danke. Du hast ja keine Ahnung, wie viel Arbeit das macht.«

»Oh, das glaube ich dir.« Sie dachte an die Batterie an Haarpflegemitteln, die sie in seinem Zimmer gesehen hatte.

Er senkte den Blick auf ihre verbundene Hand. »Und was ist damit? Du willst doch nicht einfach so tun, als hättest du noch zehn Finger, oder?«

»Ich weiß nicht, wie ich das irgendjemandem erklären soll.«

»Tja, sie wissen alle, dass du Nancy dabei geholfen hast, Swindlehurst zu fassen. Also sag einfach, du hättest eine Kugel abbekommen oder so.«

Marion zuckte mit den Schultern. Sie wollte jetzt nicht an Swindlehurst denken oder auch nur seinen Namen laut ausgesprochen hören. Nicht hier, in ihrem tröstlich vertrauten Zimmer.

»Hör mal, ich wollte mich dafür entschuldigen, dass ich erst so spät zu diesem Haus in Clapham zurückgekehrt bin. Ich habe versucht, in der Detektei so schnell wie möglich Hilfe zu organisieren, aber …«

Marion fiel ihm ins Wort. »Schon gut. Du hast getan, was du konntest. Der Distraktor war fantastisch, damit hast du uns im Grunde gerettet. Und zwar gerade noch rechtzeitig.«

»Etwas anderes ist mir als Ablenkung nicht eingefallen, um mich an dem Wachposten draußen vorbeizuschleichen.« Er schüttelte den Kopf.

Sie schob die Hand hinter ihren Rücken. Sie wollte wirklich über etwas anderes reden. »Und was kommt für dich als Nächstes? Bleibst du hier?« Sie spannte sich an, wartete auf seine Antwort, hoffte.

Er grinste, als wüsste er genau, was sie hören wollte. »Ja, ich bleibe. Allerdings vermutlich eher, weil Nancy nicht will, dass ich wieder gehe, nicht mit allem, was ich jetzt weiß.«

Marion spürte einen Knoten im Magen. Eine Mischung aus Erleichterung und Besorgnis, was Kennys Festanstellung bei Miss Brickett's betraf. Sie wusste, dass er vor ihr ein ganz ähnliches Treffen mit Nancy und Frank hinter sich gebracht hatte. Sie nahm an, dass er daher nun genauso viel wusste wie sie. Ein weiterer widerwilliger Zuwachs in Nancys Zirkel des Vertrauens. »Stimmt, wahrscheinlich nicht.« Sie berührte seinen Arm und zog ihre Hand einen Moment später wieder zurück, als sie eigentlich vorgehabt hatte. »Aber es freut mich, dass du bleibst.«

Kenny zog eine Zigarette hervor, steckte sie zwischen die Lippen und zündete sie an.

»Und übrigens wollte ich mich noch bedanken«, fügte sie hinzu.

»Wofür?«

»Dafür, dass du Nancy nichts von der Karte oder meinem Ausflug ins Labor erzählt hast.«

»Gern geschehen.« Er blies eine Rauchwolke in die Luft. »Obwohl ich dir sagen muss, dass es einfach Glück war, dass ich das nicht musste.«

»Wie meinst du das?«

Er sah sie an, die Zigarette locker zwischen den Lippen. »Tja, ich habe an dem Abend vor dem Zirkusball versucht, mit Nancy Kontakt aufzunehmen, aber niemand wusste, wo sie war. Wenn ich sie erreicht hätte, dann hätte ich ihr sagen müssen, dass du im Spiel bist. Anders wäre es nicht gegangen. Sie hätte mir sehr wahrscheinlich nicht geglaubt, dass ich den Keller ohne die Karte gefunden habe. Als ich dann endlich mit ihr gesprochen habe, war die ganze Sache zum Glück schon vorbei. Also habe ich beschlossen, die Wahrheit etwas abzuändern.«

»Wie?«

»Ich habe nur gesagt, dass ich Swindlehurst seit dem Abend des Zirkusballs verfolgt habe, genau wie Bal mir aufgetragen hat. Und bevor er zum Verschlussraum gegangen ist, hat er den Keller aufgesucht, um seine Sachen auszuräumen. Mit anderen Worten: Ich bin ihm dorthin gefolgt und brauchte die Karte also gar nicht.«

»Oh.« Mehr fiel Marion nicht ein. Ihr Verstand war erschöpft und träge.

»Aber, Lane.« Nun klang er ernst, und er beugte sich so zu ihr vor, dass er sie direkt ansehen konnte. »Diese Karte macht nur Ärger. Sie muss verschwinden.«

»Ich weiß.«

»Also? Wo ist sie?«

»Bill hat sie.« Es gefiel ihr nicht zu lügen, aber etwas in ihr wehrte sich gegen die Vorstellung, Kenny könnte die Karte mitnehmen und sie loswerden.

Ein Anflug von Gereiztheit flackerte über Kennys Gesicht. »Und?«

»Und?«

»Was habt ihr damit vor?«

»Sie zerstören, wahrscheinlich. Ich weiß es noch nicht.« Eine weitere Lüge.

Offensichtlich war er damit nicht zufrieden. »Tja, das kannst du ja heute Abend mit Hobb besprechen. Ich habe keine Lust, euch beide noch mal decken zu müssen …«

»Heute Abend?«, hakte Marion nach und ignorierte den Rest einfach. Sie wollte die anderen unbedingt wiedersehen, aber nachdem sie aus der Krankenstation entlassen worden und aus Franks Büro zurückgekommen war, hatte sie angenommen, alle wären schon zu Hause, da die Arbeitszeit längst vorbei war.

Kurz wirkte Kenny verwirrt. »Oh. Ich dachte, sie hätten es dir gesagt. Vielleicht sollte es ja eine Überraschung sein.«

»Tja, jetzt hast du sie jedenfalls ruiniert, also kannst du auch weiterreden.«

»Bill und Jessica haben eine Willkommen-zu-Hause-gute-Besserung-schön-dass-du-wieder-da-bist-Sache organisiert. Gleich im Gemeinschaftsraum.«

»Wirklich?« Sie lächelte, als eine Woge der Erleichterung sie durchlief, geboren aus der Hoffnung, dass ein Wiedersehen mit den anderen ihr eventuell das Gefühl von Normalität zurückbringen würde, nach dem sie sich so sehnte.

»Vielleicht kannst du mich den anderen dann richtig vorstellen?«

»Hast du Angst, sie mögen dich nicht?«, neckte sie ihn.

»Nein, das ist nämlich unmöglich.« Er lachte, drückte seine Zigarette aus und stand auf. »Also, bereit für einen Drink?«

»Für eine ganze Flasche, genau genommen.« Gemeinsam verließen sie ihr Zimmer und gingen den Gang entlang zum Gemeinschaftsraum.

Jessica und Maud begrüßten sie an der Tür. Marion stellte alle einander vor und ignorierte Jessicas faszinierte Miene, während sie von Marion zu Kenny und wieder zurück blickte – interpretierend, analysierend. Sicher fragte sie sich, warum sie zusammen angekommen waren und ob es da mehr als professionelle Interessen zwischen ihnen gab. Tatsächlich fragte sich Marion seit einer Weile dasselbe.

»Ich kann nicht fassen, was da passiert ist«, sagte Jessica kurz darauf, nachdem sie dankenswerterweise beschlossen hatte, ihre gesamte Aufmerksamkeit wieder allein Marion zu widmen. »Ich kann nicht fassen, dass es am Ende Edgar war … und dieser Zirkusball …«

»Wir waren alle völlig weggetreten von diesen Drogen«, mischte sich Maud ein.

»Du wärst sowieso völlig weggetreten gewesen«, entgegnete Jessica.

»Was soll das denn heißen?« Maud runzelte die Stirn, dann fuhr sie jedoch fort, ohne auf eine Antwort zu warten. »Na ja, jedenfalls freuen wir uns, dass du wieder da bist. Und noch am Leben.« Kurz ruhte ihr Blick auf Marions linker Hand, und sie schien zu überlegen, ob sie fragen sollte, was passiert war. Zum Glück ließ sie es aber bleiben.

Dann gesellte sich Amanda zur Gruppe, begrüßte Marion mit kaum mehr Enthusiasmus als sonst und ging schließlich zum Tisch in der Mitte weiter, wo mehrere Lehrlinge aus dem zweiten Jahr Rommé spielten und eine Reihe Drinks aufgebaut hatten. Die anderen vier blieben zurück: Maud und Kenny rissen Witze miteinander, als würden sie sich schon seit Jahren kennen, während Marion und Jessica sich gegenseitig auf den neuesten Stand brachten. Die kurze Affäre mit Roger aus der Instandhaltung war vorbei (worüber Jessica eher erleichtert als betrübt zu sein schien), Preston hatte sich die Grippe eingefangen, John Perry war eine Vollzeitstelle als Registraturassistent angeboten worden (sehr zu seinem Missfallen), Amanda hatte keine weiteren Beförderungen ergattert, und Rakes hatte zusätzlich zur Leitung der Informationsabteilung auch Swindlehursts Aufgaben als Beauftragter für Sonderfälle übernommen.

»Wenn man vom Teufel spricht«, sagte Rakes, die in diesem Moment an Marions Seite aufgetaucht war. »Hallo zusammen!« Sie nickte Jessica zu, dann wandte sie sich an Marion. »Könnte ich kurz mit Ihnen sprechen?« Sobald Jessica fort war, zog Rakes eine Akte aus ihrer Tasche. »Verdammt offensichtlich jetzt, was?«

Marion warf einen Blick auf die Akte, auf der »SI 0087. Der Brandschatzer« stand.

»Swindlehurst, dieser Dreckskerl«, erklärte Rakes. »Er war nie dafür, sämtliche Projekte der Informationsabteilung einzufrieren, weil ihm dieser Fall wichtig war. Er wollte nur nicht, dass die Inquirer dem Mord an Michelle White zu viel Aufmerksamkeit schenken.« Sie seufzte. »Wie auch immer, wie Sie sicher gehört haben, habe ich im Augenblick eine ganze Menge zu tun, und ich wollte Sie fragen, ob Sie Interesse daran hätten, mir auszuhelfen.« Sie reichte Marion die Akte. »Da Sie kürzlich Ihr Talent für knifflige Ermittlungen unter Beweis gestellt haben. Wären Sie gern wieder dabei?«

Marion wurde leichter ums Herz. Dem Brandschatzer-Fall wieder zugeteilt zu werden war genau das, was sie brauchte. Eine Ablenkung von ihren Gedanken, ein Weg zurück in die tröstliche Realität, die sie während der letzten Wochen hatte hinter sich lassen müssen. »Wirklich?«

»Ich kann mir niemanden vorstellen, der dafür besser geeignet wäre.« Rakes streckte ihr die Hand entgegen. »Gut gemacht, Lane. Alles.« Sie sah an Marion vorbei zum Kamin, wo Bill stand, der gerade mit einer Flasche Wein hereingekommen war. Er fing Marions Blick auf und winkte sie zu sich. »Sie sind heute Abend sehr gefragt. Dann lasse ich Sie jetzt lieber mal gehen. Wir sehen uns Montag Morgen in meinem Büro.«

»Ich wurde dem Brandschatzer-Fall wieder zugeteilt«, sagte Marion, nachdem Bill und sie einander begrüßt und umarmt hatten. Sie setzte sich neben ihn auf das Sofa. »Kannst du das glauben?«

»Natürlich kann ich das.« Er schenkte ihnen beiden ein Glas Wein ein. »Amanda wird darüber bestimmt ziemlich enttäuscht sein.«

Sie lachten.

»Wie war übrigens dein Treffen mit Nancy und Frank?«, fragte Bill kurz darauf.

Marion holte tief Luft. Es gab vieles, was Bill und sie noch zu besprechen hatten: dass die Willow Street 16 jetzt ihr gehörte, den Inhalt des Holzkästchens unter ihrem Bett und was sie damit tun sollten. Am wichtigsten war jedoch das, von dem Nancy ihr aufgetragen hatte, es niemandem zu erzählen. Es war allerdings nicht einmal wirklich eine Entscheidung, ob sie ihm davon erzählen würde oder nicht. Natürlich würde sie das.

»Es war interessant«, sagte sie. »Ich erzähle dir alles, wenn du sicher bist, dass du es wirklich wissen willst?«

»Natürlich will ich«, sagte er, ohne zu zögern. »Aber vielleicht nicht heute Abend. Es gibt für alles die richtige Zeit, wie man so schön sagt. Ich bin einfach nur froh, dass du wieder da bist, Mari.« Er drückte ihre Hand, dann blickte er durch den Raum zu Kenny hinüber, der sich Lachtränen aus den Augen wischte wegen etwas, das Maud gerade sagte. Er ließ ihre Hand los. »Dein neuer Freund scheint sich gut einzugewöhnen.«

Marion sah, wie Bills Gesicht starr wurde, wie er die Augen

zu Schlitzen verengte. »Schieß los«, sagte sie einfach. »Red's dir von der Seele.«

Bill drehte sich zu ihr, aufgebracht. »Er ist einfach so …« Er schien nach dem richtigen Wort zu suchen oder zumindest nach der höflichsten Version des richtigen Worts. *»Laut.«*

Marion hakte sich bei ihm ein und zog ihn zu sich. »Ach komm schon. In ein paar Monaten teilt ihr euch bestimmt brüderlich eine Flasche Scotch.« Sie hoffte wirklich, dass sie damit recht hatte. »Gib ihm eine Chance.«

Bill rollte mit den Augen und kippte den letzten Schluck Wein hinunter. »Klar.« Er murmelte noch irgendetwas vor sich hin, aber Marion hörte nicht mehr zu.

Ihre Aufmerksamkeit war zu David gewandert, der auf der anderen Seite des Gemeinschaftsraums allein in einem Sessel saß, ein Pint auf dem Knie, unter dem sein Bein in einem schmutzigen Gipsverband steckte. Als sich ihre Blicke begegneten, holte sie unwillkürlich scharf Luft. »Entschuldige mich mal kurz.«

Bill wirkte verwirrt, dann sah er zu David hinüber. Er öffnete den Mund, als wollte er ihr ausreden, was auch immer sie vorhatte, überlegte es sich dann jedoch anders. Offensichtlich hatte er kein Interesse daran, sich mit David auszusöhnen, aber vielleicht verstand er, dass Marion es tun musste. »Na los, geh schon.«

Sie durchquerte den Raum und kniete sich neben Davids Sessel. »Hallo!«

Er erwiderte nichts, blieb vollkommen uninteressiert.

»Was macht das Bein?«

Er leerte sein Pint und stellte es auf den Boden. Dann griff er nach der Krücke, die neben ihm lag. »Es tut verdammt weh, danke der Nachfrage. Ich kann immer noch nicht richtig laufen.«

Marion seufzte. »David, hör zu, da gibt es etwas, das ich dir sagen muss. Über deinen Stiefbruder.«

Jetzt drehte er sich doch zu ihr um. Seine derben Gesichtszüge verzogen sich leicht, zeigten einen Anflug von Überraschung. Sie wusste, dass sie ihm nicht alles sagen konnte, aber er sollte wenigstens wissen, dass sein Stiefbruder gestorben war. »Wie du vielleicht weißt, wurde ich in Whites Mordfall verwickelt«, begann sie. Als er wegsah, fuhr sie fort. »Und da gibt es etwas, das Swindlehurst mir erzählt hat und von dem ich glaube, dass du es wissen solltest.« Sie wartete einen Moment ab und bereitete sich vor. Was sie nun sagen würde, war wichtig. David hielt ihren Blick, eine stumme Aufforderung, weiterzusprechen. Da erzählte sie es ihm, so vorsichtig sie konnte. Sie sagte ihm, dass Swindlehurst und Ned in der Nacht seines Verschwindens einen Streit gehabt hatten wegen etwas, das Ned auf der anderen Seite der Grenze entdeckt hatte, und darüber, was deswegen zu tun sei. »Es gab ein Gerangel«, berichtete sie und versuchte, so viel Wahrheit in die Geschichte fließen zu lassen, wie sie es wagte. »Swindlehurst hat Ned gegen die Mauer geschubst, härter, als er vorhatte, glaube ich. Ned hat sich den Kopf an einem spitzen Stein angeschlagen.«

David wurde blass, seine Lippen teilten sich vor Schreck. »Swindlehurst? Ich habe gehört, dass sie Freunde waren, aber …« Er verstummte.

Marion nahm seine Hand. Er zuckte zusammen, zog die Hand jedoch nicht weg. »Swindlehurst war am Boden zerstört, das glaube ich wirklich. Aber er ist auch ein Feigling. Er wollte sich den Konsequenzen nicht stellen. Deshalb hat er das Gerücht in die Welt gesetzt, Ned wäre über die Grenze gegangen, und er hat Neds Rucksack vor Whites Büro platziert, damit es so aussah, als wäre Ned dort gewesen. Es tut mir leid, David. Wirklich.«

Ausdruckslos starrte David in die Ferne. Reglos. Langsam füllten sich seine Augen mit Tränen. Marion drückte seine Hand fester. Seinen Schmerz mit anzusehen war schlimmer, als sie es sich vorgestellt hätte. Vielleicht, weil sie nicht gedacht hätte, dass er zu solchen Gefühlen fähig war.

Schließlich wandte er sich an Marion und wischte sich mit dem Ärmel über die Augen. »Als ich ihn zum letzten Mal gesehen habe, da haben wir uns gestritten. Über irgendeinen Mist, ich weiß nicht einmal mehr, worum es ging. Aber ich habe ihm gesagt, er sei ein blöder Idiot. Dafür werde ich mich nie entschuldigen können.«

»Es tut mir so leid«, wiederholte sie, und ihre Stimme bebte.

David schwieg eine Weile, seine Gesichtszüge blieben starr. Dann schien er sich zu fassen, sich daran zu erinnern, wo er war und mit wem er sprach. Sein Mund verzog sich zu einem unangenehmen Ausdruck, irgendetwas zwischen einem höhnischen Grinsen und einer wütenden Miene. Auf die Krücke gestützt stand er auf. »Ich nehme nicht an, dass du mir sonst noch etwas erzählen kannst? Darüber, was Ned in den Tunneln da unten gefunden hat? Wo Swindlehurst jetzt ist?«

»David, ich kann nicht …«

Er hob die Hand, um sie zum Schweigen zu bringen. »Schon gut. Ich verstehe. Trotzdem danke.« Er warf seine Tasche über die Schulter, nickte und humpelte davon.

Marion seufzte und kehrte zu Bill zurück, der mittlerweile bei den anderen am großen Tisch saß und eine Partie »Rommé saufen« mitspielte. Sie spürte einen Stich des Mitgefühls für David, der nun mit diesem Bruchstück der Wahrheit zurechtkommen musste. Doch da war er nicht der Einzige. Sie trank einen großen Schluck Wein und schloss für einen kurzen Moment die Augen, erlaubte dem Alkohol, sich in ihrem Körper auszubreiten und ihre Gedanken zu beruhigen. Und hier, in der Wärme des knisternden Kaminfeuers, eingehüllt von dem Gelächter ihrer Freunde und Kollegen, war es überraschend leicht zu glauben, dass nun, trotz des schlimmen Starts in ihr erstes Jahr bei Miss Brickett's, alles in Ordnung kommen würde.

Sie hob ihr Glas, um der Gruppe am Tisch zuzuprosten. Alle wandten sich ihr zu. »Auf Neuanfänge!«

»Auf Neuanfänge!«, erwiderten die anderen.

Man hatte Edgar Swindlehurst geknebelt und ihm die Augen verbunden. Irgendwo in den finsteren Eingeweiden der Erde trat er auf eine Stahlplattform hinaus. Der Untergrund bewegte sich unter seinem Gewicht. Er richtete sich auf und umklammerte mit schweißnassen Fingern eine kalte Metallkette vor ihm. Es knirschte und rasselte, dann folgte ein Moment der Stille, bevor sich die Plattform schließlich in Bewegung setzte.

Hinab, hinab, hinab.

Schaukelnd hielt sie mehrere Sekunden später wieder an und neigte sich so stark zur Seite, dass Edgar gezwungen war hinunterzutreten. Er riss sich die Augenbinde ab und spuckte den Stoffball aus. Natürlich konnte er dennoch kaum etwas erkennen, auch nicht, nachdem sich seine Augen an die Dunkelheit gewöhnt hatten. Nur ein schwacher Lichtschimmer fiel durch die Luke, durch die er herabgelassen worden war. Er sah den grauen Schatten der Plattform, die wieder nach oben gezogen wurde. Mit einem lauten Klirren rastete die Plattform schließlich an der Decke ein und versiegelte die Luke. Nun drang kein Licht mehr herab.

Edgar begann zu zittern, als er in die vollkommene Schwärze starrte und versuchte, das in ihm aufsteigende Entsetzen niederzuringen. Wenn er seine Ohren anstrengte, konnte er das Wimmern und Stöhnen seiner beiden Komplizen hören, die in den Kammern neben seiner versuchten, sich in ihrer ganz persönlichen Hölle zurechtzufinden. Sie würden hier unten keine Woche durchstehen, keiner von ihnen. Und obwohl Edgar die ewige Qual der Haftkammern ebenso fürchtete wie alle anderen, hatte er sich in gewisser Weise hierauf vorbereitet.

Er würde einen Plan B finden. Wie lange es auch dauern mochte.

DANKSAGUNG

Ohne meine Agentin Hayley Steed gäbe es dieses Buch nicht. Du hast Potenzial in einem sicherlich noch recht unfertigen Manuskript gesehen und hattest Vertrauen in meine Ideen und Vorstellungen – sogar mehr als ich selbst. Dafür und für deinen unerschütterlichen Enthusiasmus (und deine Toleranz, was die nicht enden wollende Flut panischer E-Mails betrifft) bin ich dir so dankbar.

Meine Dankbarkeit gilt auch allen bei der Madeleine Milburn Literary Agency für ihre Professionalität und Effizienz. Ganz besonders zu erwähnen ist das Superteam für Foreign Rights: Sophie Pélissier und Liane-Louise Smith wegen ihres unablässigen Strebens, »Der Mitternachtsmord« auf der ganzen Welt übersetzen zu lassen.

Ich hatte das unglaubliche Glück, dass gleich zwei britische Redakteurinnen mit mir an diesem Buch gearbeitet haben: Katie Brown, deren Einsicht, scharfes Auge und editorisches Können mir dabei geholfen haben, mich durch Handlungslöcher und vermurkste Timelines zu brainstormen, und Rachel Neely, die so meisterhaft und ohne zu zögern, in das Projekt eingestiegen ist – es war fantastisch, mit euch beiden zu arbeiten.

Außerdem geht ein Dank an das wunderbare Team bei Trapeze/Orion, weil ihr mich so gekonnt durch den Publikationsprozess geführt habt. Ein besonderer Dank geht an die Projekteditorin Clarissa Sutherland, die Lektorin Ilona Jasiewicz und den Korrektor Fraser Crichton, ebenso wie an den Kartografen Mike Hall, weil er meine unordentliche Skizze der Detekteikarte mit Leben gefüllt hat, und an Micaela Alcaino für das schönste Cover, das ich je gesehen habe!

Danke an meine amerikanische Editorin, Cheerleaderin und Geschichten-Alchemistin Laura Brown für die vielen arbeitsreichen Stunden, die du damit verbracht hast, dieses Buch zu formen, zu schleifen und auf ein Level zu heben, das ich allein niemals erreicht hätte. Ich bin begeistert, jemandem von deinem Kaliber an meiner Seite zu haben.

Ein riesiges Dankeschön an die Buchverkäufer, Bibliothekare, Rezensenten und Blogger, die sich die Zeit dafür genommen haben, dieses Buch zu lesen und Marion Lane zu promoten. Ihr seid meine Helden!

Mom, danke dafür, dass du mich in die Welt der Literatur und Sprache eingeführt hast, und dafür, dass du mir das Lesen und Schreiben beigebracht hast. Danke für deine frühen Korrekturdurchgänge und Grammatikprüfungen bei diesem Buch und vor allem für deine Liebe und Unterstützung.

Dad, du und deine exzentrische Fantasie haben mir zweifellos die Inspiration für die vielen bizarren Apparaturen in diesem Roman geliefert. Ich werde die Butterbrotkatzenturbine, über die wir vor all den Jahren so ausführlich diskutiert haben, nie vergessen. Vielleicht hat da alles angefangen.

Ben, als ich mir vorgestellt habe, welche besonderen Fähigkeiten Marion Lane haben sollte, habe ich sofort an dich und deine Vorliebe für Mechanik und Reparaturen gedacht. Ich glaube, das macht euch beide so cool.

An meine liebsten Freunde: Tarryn, Savannah, Derusha, Jade, Beverly, Carin und Natalia – meine Mitlehrlinge in dieser komplizierten Welt –, danke für eure ungetrübten Ermutigungen, obwohl ihr sicher dachtet, dass es ein bisschen verrückt ist, meine Karriere als Chiropraktikerin auf Eis zu legen, um ein Buch zu schreiben.

Connie, Wildrie, Hildegard, Ric und Angie, danke dafür, dass ihr mich so vollständig und bedingungslos in eure liebevolle Familie aufgenommen habt.

Willie, du warst da während der besten und der schlimmsten Zeiten dieses Schreibprozesses, und du hast mich auf der ganzen Reise angespornt. Du hast nie daran gezweifelt, dass mein Buch verlegt werden würde, auch nicht, als du es noch gar nicht gelesen hattest. Danke. Ich liebe dich.

Und schließlich danke an die majestätischen Städte und ihre lebendige Unterwelt, die mich zu dieser Erzählung inspiriert haben: London und Valletta, diese Geschichte ist für euch.

DIE KRIEGSAPPARATUREN, DIE ALS INSPIRATION FÜR MISS BRICKETT'S GEDIENT HABEN

Die wundersamen Ausrüstungsgegenstände, die in der Werkstatt bei Miss Brickett's Ermittlungen und Recherchen entwickelt werden, sind, wie ihr euch vielleicht schon gedacht habt, einzig und allein meiner exzentrischen Einbildungskraft entsprungen. Dafür habe ich mir überlegt, welche verrückten Geräte einem Inquirer am nützlichsten sein könnten, der gut getarnt durch die Straßen Londons streift, Verbrecher verfolgt, sich an Sicherheitssystemen vorbeischleicht und unknackbare Schlösser aufbricht.

Wie sich herausgestellt hat, ist es jedoch viel schwieriger als gedacht, sich Trick- und Spionageausrüstungsgegenstände von Grund auf auszudenken. Mir wurde klar, dass ich für jedes meiner bizarren Geräte eine wissenschaftliche Grundlage aus der echten Welt brauchen würde. Nach einiger Recherche habe ich – zu meiner großen Begeisterung und Faszination – herausgefunden, dass es zur damaligen Zeit *tatsächlich* eine Fülle an merkwürdigen Spionagewerkzeugen gab (und immer noch gibt). Hier sind einige meiner Favoriten:

Der Vagor-Kompass, Miss Brickett's geheimnisvolle Vorrichtung, mit der sich mithilfe des Vagor-Steins eine Zielperson verfolgen lässt, basiert lose auf dem Schuh-Transmitter. Dieses Instrument, das in den 1960er-Jahren vom KGB entwickelt und eingesetzt wurde, bestand aus einem unauffälligen Mikrofon, Batterien und einer Verkabelung, alles versteckt im Absatz des Schuhs der Zielperson. Die verwanzten Schuhe wurden von einem eingeweihten Zimmermädchen oder einem Doppelagenten im Hotelzimmer des Feindes platziert. Der Überbringer des Schuhs war auch dafür zuständig, den Transmitter zu aktivieren (zum richtigen Zeitpunkt), wofür man einen kleinen Stift aus dem Absatz ziehen musste. Die raffinierte Vorrichtung erlaubte es Agenten in der Nähe, die sich im Besitz eines speziellen Receivers befanden, die Unterhaltungen der Zielperson mittels übertragener Radiowellen mitzuhören. Das Gerät war ein echter Hit für die Sowjets und wurde erst in den späten Siebzigerjahren aufgegeben, als besser entwickelte Apparaturen auftauchten.

Der Schuh-Transmitter war jedoch bei Weitem nicht die einzige Erfindung des KGB, um an »Kompromat« (kompromittierende Informationen) aus dem Westen heranzukommen. Tatsächlich hat die Organisation ein breites Spektrum an Miniaturabhörgeräten und Spionagekameras entwickelt, ganz ähnlich wie das Knopfmikrofon, das Marion bei ihrer tückischen Mission in Turnchapel Mews trägt. Bei ihren Einsätzen wurden KGB-Agenten häufig mit winzigen Kameras ausgestattet, die ein oder zwei Fotos aufnehmen konnten. Die schwierig zu bedienenden und empfindlichen Kameras wurden in einfach allem versteckt, in Ringen, Armreifen, Lesebrillen, Kleidungsstücken, Koffern, Zigarrenkisten und Handtaschen. Sogar in Tauben! Sucht euch was aus, die Sowjets haben mit Sicherheit versucht, eine Kamera darin zu verstecken.

Einer meiner absoluten Lieblingstricks ist die »verschwindende« oder »unsichtbare« Tinte. Eine fantastische Erfindung, die – auf die eine oder andere Art – schon seit dem sechzehnten Jahrhundert in Umlauf ist. Im Gegensatz dazu, wie einfach man Miss Brickett's Grautinte verwenden und lesen kann, war die Prozedur, eine Nachricht mit verschwindender

Tinte zu verfassen, sehr mühsam, kompliziert und oft wenig erfolgreich. Während des Zweiten Weltkriegs bedienten sich die Alliierten schließlich der KISS-Methode – »keep it simple, stupid« –, indem sie einfach den guten alten Zitronensaft verwendeten, der beim Trocknen spurlos vom Papier verschwand. Wenn die Nachricht decodiert werden sollte, wurde das Blatt in eine Jodlösung getaucht, wodurch die Schrift zum Vorschein kam. Ganz leicht, oder? Fast. Die Deutschen, die natürlich wild entschlossen waren, sich nicht hinters Licht führen zu lassen, begriffen schnell, dass alle nach Zitrone duftenden Dokumente vermutlich eine Geheimbotschaft enthielten, woraufhin sich die Alliierten etwas anderes einfallen lassen mussten. Es waren allerdings die Sowjets, die schließlich in den späten Fünfzigerjahren die fortgeschrittenste Rezeptur für unsichtbare Tinte entwickelten. Die spezielle gelartige Substanz trocknete sofort, hinterließ keine Spuren und blieb vollkommen unaufspürbar, es sei denn, man legte sie unter UV-Licht. Diese Erfindung war so brillant, dass sie bis heute in Gebrauch ist, wenn auch inzwischen eher zum Spaß als bei Spionageeinsätzen.

Die Inquirer von Miss Brickett's und die Spione im Zweiten Weltkrieg und im Kalten Krieg mussten jedoch nicht nur Verdächtige verfolgen und Geheimbotschaften übermitteln, sie brauchten darüber hinaus auch diskrete Methoden, ihre Zielpersonen aufzuhalten oder außer Gefecht zu setzen. Marion hat das Pech, es auf ihrem Weg in die verbotenen Tunnel von Miss Brickett's mit einer Salve Giftpfeile zu tun zu bekommen. Die Vorbilder dieser fiesen Falle aus dem echten Leben sind nicht weniger furchteinflößend. Das berüchtigtste Beispiel dafür ist der »Bulgarische Regenschirm«, in dessen Griff ein druckluftbetriebener Mechanismus eingebaut ist, mit dessen Hilfe der Träger mit erschreckender Geschwindigkeit eine stecknadelkopfgroße Kugel aus der Spitze des Schirms abschießen kann. Die Kugel ist mit Gift gefüllt, üblicherweise mit Rizin, das – wenn es sich erst einmal im Blutkreislauf der Zielperson befindet – zu einem langsamen und schmerzvollen Tod führt. Der tödliche Regenschirm wurde bei einer ganzen Reihe von Gelegenheiten erfolgreich eingesetzt (hauptsächlich vom KGB und der bulgarischen Geheimpolizei). Eine davon war das Attentat auf den bulgarischen Schriftsteller und Journalisten Georgi Markov im Jahr 1978 in London.